CASTLES
by Julie Garwood
translation by Miho Suzuki

碧い夜明けの婚約者

ジュリー・ガーウッド

鈴木美朋［訳］

ヴィレッジブックス

よき聞き手、閃きを与えてくれる人、よろこびの源である
シャロン・フェリス・マーフィに。
あなたなしではやっていけないわ。

CASTLES

碧い夜明けの婚約者

おもな登場人物

- **アレサンドラ**
  ヨーロッパ小国の王家の血を引く娘
- **コリン**
  〈エメラルド海運会社〉の経営者
- **ケイン**
  コリンの兄
- **ジェイド**
  ケインの妻
- **ヘンリー**
  ウィリアムシャー公爵、コリンとケインの父
- **グウィネス**
  ウィリアムシャー公爵夫人
- **フラナガン**
  コリンの執事
- **レイモンド**
  アレサンドラの護衛
- **ステファン**
  アレサンドラの護衛
- **リチャーズ**
  イングランド戦争省幹部
- **ドレイソン**
  イングランドの保険契約仲介業者
- **ネイサン**
  コリンの共同経営者。ジェイドの兄
- **サラ**
  ネイサンの妻

プロローグ

一八一九年、イングランド

彼は文字どおりの女殺しだった。

愚かなその女が死ぬことは、最初から決まっていたようなものだ。女は、何者かがひそかに自分をつけまわしていることも、その隠れた崇拝者のほんとうの意図も知らなかった。

彼は、親切で殺してやったのだと本気で思っている。いいことをしたと自負している。もっとむごいやり方で殺すこともできた。だが、そうはしなかった。じわじわと心を浸食する欲望は一刻も早く満たされたがっていたし、エロティックな拷問《ごうもん》を想像するとひどく興奮したが、衝動に屈することはなかった。彼は野獣ではない、人間なのだ。欲望は満たしたかったし、女は殺されてもしかたのないような手合いだったが、それでも心の底から哀れんでやった。このうえなく優しくしてやった――状況を鑑《かんが》みれば。

なんといっても、女は笑顔で死んだ。彼は故意に不意打ちをかけたので、鈍重な茶色の瞳に恐怖が一閃《いっせん》したのをちらりと見ただけで、すべてが終わった。あのとき、女の首を絞めるあいだずっと、傷ついた愛玩《あいがん》動物を慰めるよき飼い主のように甘い声をかけ、優しい言葉を聞かせてやった。女がこときれ、もはやこちらの声が聞こえていないと確信するまで、哀れみの歌をうたいつづけた。

彼は慈悲深かった。女が死んだとわかっても、その顔をそっとそむけさせてから頬をゆるめた。やっと終わったのだという安堵《あんど》と、すんなりやれたという満足で、声をあげて笑いたかったくらいなのだが、あえてこらえていた。そのようなみっともないふるまいをすれば、人間ではなく怪物になってしまうが、自分は断じて怪物ではないという思いが頭の片隅にあった。違う、自分は女というものを憎んでいるわけではない。かわいらしいと思っているし――まあ、だいたいは――救いようがあると思える女たちには、非情でも薄情でもない。

もっとも、狡猾《こうかつ》ではある。そう自認することに、彼はいささかのためらいもなかった。狩りは興奮を煽《あお》ったが、最初から最後まで女の反応を予測することができた。とはいえ、女の慢心にはかなり助けられた。所詮は世慣れた女を気取った小娘でしかなく――危険な勘違いだ――結局、彼ほど抜け目がない男にはかなわなかったということだ。

凶器の選択にも、優しい皮肉をこめた。当初は短剣を使う予定だった。刃が女の体に食いこむのを感じたかった。すべすべした柔肌に何度も刃を突き立て、噴き出す熱い血に両手が包まれるのを感じたくてたまらなかった。肉を切り分けろ、肉を切り分けろ。頭のなかで命令する声が響いていた。だが、彼は屈しなかった。内なる声には負けられない。ゆえに、短剣は使わないと土壇場で決めた。以前贈ったダイヤモンドのネックレスが、ちょうど女の首にかかっていた。彼はその高価な装身具をつかみ、それで女の命を搾り取った。そのネックレスがもっともふさわしい凶器だと感じた。女はみな装身具が好きだし、なかでもこの女は人一倍そうだった。遺体と一緒にネックレスを埋めてやろうかと考えたが、腐敗を早めるための石灰の塊をばらまきかけた瞬間に思いなおし、ネックレスをポケットにしまった。

彼は墓に一瞥《いちべつ》もくれず立ち去った。後悔も罪の意識も感じなかった。彼女はよく尽くしてくれた、もう充分だ。

濃い霧が地面を覆っていた。彼は広い道に出てから、ブーツにこびりついている石灰に、はじめて気づいた。新品のウェリントンブーツがだめになってしまったが、かまわなかった。この勝利のよろこびは、なにがあっても損なわれることはない。まるで重い荷物から解放されたような気分だ。だが、それだけではない——久しぶりにわきあがったあの快感、彼女を手にかけた瞬間の、あの絢爛《けんらん》たる恍惚《こうこつ》……ああ、前回よりもっとすばらしかった。

彼女のおかげで、ふたたび生きていると感じられるようになった。このうえなく強く雄々しい男にとって、選択肢に満ちた、薔薇《ばら》色の世界が戻ってきた。

当分は今夜の記憶を糧《かて》に生きていけることはわかっている。そのうちこのよろこびが色褪《いろあ》せはじめたら、また狩りをすることになるだろう。

1

女子修道院長メアリ・フェリシティはいつも奇跡を信じていたが、このすばらしい地上の六十七年間において奇跡をはじめて体験したのは、イングランドから手紙が届いた一八二〇年二月の凍《い》てつく日のことだった。

最初、院長はそのよろこばしい知らせをにわかには信じることができなかった。悪魔がいたずらに希望を与えておいて粉々にしようとしているのではないかと恐れたからだ。だが、礼儀正しく使節に返事を託すと、しばらくしてウィリアムシャー公爵の封蠟《ふうろう》が押された書状が届き、自分がなにを受け取ったのか悟った。

奇跡だ。

ようやくあの厄介者《やっかい》がいなくなるのだ。院長は、さっそく朝課でほかの修道女たちにこのいい知らせを伝えた。その夜、一同はあひるのスープと焼きたての黒パンで祝った。シスター・レイチェルは傍目《はため》にもわかるほど浮かれていて、晩課で二度も笑い声をあげて叱られるはめになった。

厄介者――いや、プリンセス・アレサンドラは、翌日午後に院長の簡素な執務室に呼び出された。

院長は、彼女に負けないくらい年月を経た傷だらけの大きな机の前で、背の高い椅子に座っていた。黒い衣の脇にさげた、ずっしりと重い木のロザリオを上の空でいじりながら、アレサンドラが知らせに反応するのを待った。

アレサンドラは知らせに口もきけない様子だった。いかにも不安そうに両手を組んでいたが、わきあがる涙は見せないようにうなだれていた。

「おかけなさい、アレサンドラ。あなたの頭のてっぺんに向かって話したいのではありませんよ」

「はい、院長」アレサンドラは硬い木の椅子に浅く腰かけて背筋を伸ばすと、膝の上で両手を握りあわせた。

「いまの話をどう思いますか」院長は尋ねた。

「あの火事のせいなのですね、院長。あの事故のことをまだお許しくださっていないのでしょう?」

「ばかばかしい」院長は答えた。「あの軽率な行為に関しては、ひと月前に許しましたよ」

「では、シスター・レイチェルがわたしを追い払うようせっついたのですか？　あの方にはきちんと謝りましたし、お顔の色だってもう緑色じゃなくなったのに」

院長はかぶりを振った。眉をひそめてもいた。アレサンドラはうかつにも、みずからが犯した失敗のいくつかを院長に思い出させ、いらだたせた。

「あの気持ちの悪いべたべたしたしろものでそばかすが取れるなんてどうして思いこんだのだか、わたくしには理解できませんね。もっとも、あれはシスター・レイチェルも同意したことです。彼女はあなたが悪いとは思っていませんよ……まあ、それほどはね」院長は、いまの嘘が神の目に小罪にしか映らないように、急いでつけくわえた。「アレサンドラ、わたくしがあなたを引き取ってほしいと手紙を書いたわけではないのですよ。あちらからお手紙をいただいたのです。ほら、これがウィリアムシャー公爵からのお手紙です。読んでごらんなさい、いまの話が嘘ではないとわかりますよ」

アレサンドラは震える手で手紙を受け取った。すばやく目を通し、院長に返した。

「これが火急の事態だということはわかりますね。このアイヴァン将軍とかいう方は、どうやらひどく評判が悪いようです。あなたは会ったことがあるそうですけれど、覚えていますか？」

アレサンドラはかぶりを振った。「父の祖国を何度か訪れましたけど、わたしはまだ小さかったので。その方とお会いしたことも覚えていません。いったいなぜわたしと結婚したいとお考えなのでしょう」

「公爵は将軍の思惑をご存じのようですよ」院長はいい、手紙を指先でたたいた。「お父さまのお国の人々は、あなたのことを忘れていないのです。あなたはいまだに彼らの敬愛するプリンセスなのですよ。アイヴァン将軍は、あなたと結婚すれば大衆の支持を得て王国を引き継ぐことができると考えています。巧妙なやり方です」

「でも、わたしはその方と結婚したくありません」アレサンドラは小声でいった。

「公爵もあなたの気持ちをお考えになっています。けれど、アイヴァン将軍はしぶとくて、国を手に入れるためなら、あなたを力尽くで自分のものにしかねないような方だというではありませんか。ですから、公爵はイングランドまで護衛をつけてくださるそうです」

「わたし、ここを出ていきたくありません、院長。ほんとうに、ここにいたいんです」

アレサンドラのつらそうな声に、院長は胸を痛めた。つかのま、この数年間にわたってプリンセス・アレサンドラが関与した騒動のすべてを忘れてしまった。病弱な母親と一緒にはじめてこの修道院に到着した少女が、不安で傷つきやすそうな目をしていたことを思い出した。母親が生きていたころのアレサンドラは、ほんとうに聖女のようだった。まだ子どもで

──わずか十二歳だった──半年前に父親を亡くしていた。それなのに、目をみはるほどの強さを見せた。昼も夜も母親の看病を一手に引き受けた。だが回復する見こみはなく、病は母親の心身をむしばんだ。やがて末期になり、母親が痛みでもだえ苦しむようになると、アレサンドラは弱った母親の体をそっと揺すり、天使のような声で優しい子守歌をうたった。母親への愛情は、痛々しいほど美しかった。ついに悪魔の責めがやんだとき、母親は娘の腕のなかで息を引き取った。

アレサンドラは、だれにも慰められようとしなかった。暗い夜、ほかの修道志願者たちに嗚咽《おえつ》を聞かれないよう、自分の個室で白いカーテンを閉めきり、ひとり泣いた。

母親は、チャペルの裏の花壇に囲まれた美しい岩屋に埋葬されている。アレサンドラは、母親を置き去りにするなど考えるのも耐えられなかった。この修道院は〈石の聖域《ストーン・ヘイヴン》〉と呼ばれる王家の別邸である城に隣接しているが、アレサンドラはその城へしばらく帰ろうともしなかった。

「わたし、ここにいつまでもいられるものと思っていました」アレサンドラはささやいた。

「これをきっかけに自分の運命がひらけると考えなさい」院長は助言した。「人生の第一章が終わり、これから次の章がはじまるのですよ」

アレサンドラはふたたびうなだれた。「わたしはここですべての章を終えたいんです。院長なら、ウィリアムシャー公爵のご依頼をお断りできませんか。それとも、あれこれ口実を作って返答を先送りすれば、公爵閣下もうんざりなさって、あきらめてくださるかもしれません」

「アイヴァン将軍のことはどうするのです」

その難題に対する答はすでに考えてあった。「将軍とて、この聖なる場所に無理やり押し入ってくることはできませんもの。ここにいれば、わたしは安全です」

「権力をほしがっている者は、この修道院を律する神聖な掟《おきて》もためらいなく破りますよ、アレサンドラ。将軍はきっとわたしたちの聖域を侵します。それに、あなたは大切な後見人を欺けといっているのですよ、わかっていますか」

院長の声は非難がましかった。求められている返事はわかりきっていたので、アレサンドラは小さく息を吐いて答えた。「はい、院長……」

アレサンドラがしょんぼりとそういうと、院長はうなずいた。「あなたの願いを聞くわけにはいきません。たとえ正当な理由があったとしても……」

アレサンドラはその言葉に飛びついた。「あら、正当な理由ならありますわ」と、いきなり口走り、深呼吸をひとつして、きっぱりといった。「わたし、修道女になると決めたんです」

　アレサンドラが自分のもとで修道女になると考えただけで、院長は背筋が寒くなった。

「神よ、われらを助けたまえ」院長はつぶやいた。

「あの帳簿のせいなのですか。わたしを追い払おうとなさるのは、あのささやかな……偽装のせいなのですね」

「アレサンドラ……」

「わたしが二重帳簿を作ったのは、銀行が院長にお金を貸してくれるようにと思ってのことです。院長はわたしからお金を借りようとなさらなかったけれど、新しいチャペルが必要なのはわかりきっていましたし——火事で燃えてしまいましたから。結局、銀行からお金を借りることができたでしょう？　神さまもわたしの行為をお許しくださったはずです。きっと、神さまもわたしに帳簿を操作させたかった。だから、数字に強い頭をくださったんです。そうでしょう、院長？　わたしにはわかっています、神さまはわたしのささやかな策略を許してくださいました」

「策略？　むしろ〝窃盗〟というべきですよ」院長はぴしゃりといった。

「いいえ、院長」アレサンドラは訂正した。「窃盗とはなにかをくすねることですわ。わたしはなにもくすねていません。操作しただけです」

　院長が厳しく顔をしかめるのを見て、口答えしてはいけなかった——いや、そもそもまだほとぼりの冷めていない二重帳簿問題を持ち出したのが間違いだったと、アレサンドラは気づいた。

「火事の件については――」

「院長、あの不幸な事故のことなら、もう懺悔《ざんげ》しました」アレサンドラはあわてていった。院長がまた興奮する前に、さっさと話題を変えた。「修道女になりたいというのは、真剣な気持ちです。神さまのお召しをいただいたと信じています」

「アレサンドラ、あなたはカトリックではないでしょう」

「改宗します」アレサンドラは勢いこんだ。

長い沈黙が降りた。しばらくして、院長が身を乗り出し、椅子がきしんだ。「わたくしを見なさい」

アレサンドラがいわれたとおりにするのを待って、院長はふたたび口を開いた。「あなたがなぜここに残りたがるのか、わたくしにはほんとうの理由がよくわかります。だから、あなたに約束をしましょう」院長は、優しくささやいた。「お母さまのお墓はわたくしがきちんとお世話します。わたくしがいなくなったら、シスター・ジュスティーナかシスター・レイチェルが引き継ぎます。お母さまは決して忘れられたりしません。これからも毎日、お母さまのためにお祈りします。あなたにそう約束しますよ」

アレサンドラは泣きだした。「お母さまを置いていくのはいやです」

院長は立ちあがり、足早にアレサンドラのかたわらへ行った。片方の腕で彼女の背中を抱き、そっとさすった。「お母さまを置いていくわけではありませんよ。お母さまはいつまでもあなたの心のなかにいらっしゃいます。そして、あなた自身の人生を歩んでほしいと望んでいらっしゃるのですよ」

アレサンドラの頬に涙が伝った。その涙を両手の甲でぬぐった。「ウィリアムシャー公爵がどんな方なのかも知らないんです、院長。一度しかお会いしたことがなくて、お顔も覚えていないくらいですわ。公爵閣下はわたしを引き取るのがおいやかもしれません。わたしはだれかのお荷物になるのはいやです。どうか、ここにいさせてください」

「アレサンドラ、この件はわたくしに決定権があるように思っているようだけど、そうではないのですよ。わたくしも、あなたの後見人の依頼に応じなければなりません。イングランドでも元気に暮らせますよ。ウィリアムシャー公爵には六人のお子さまがいらっしゃいます。もうひとり増えたくらいで、どうということはないでしょう」

「わたしはもう子どもじゃありません」アレサンドラはいってやった。「公爵閣下だって、きっといまごろはもうお年を召して弱っていらっしゃるでしょう」

院長はほほえんだ。「ウィリアムシャー公爵は、あなたのお父さまがじきじきに後見人として指名なさったのですよ。きちんとした理由あってのことです。お父さまのご判断を信用なさい」

「はい、院長」

「あなたなら幸せな人生を送れます、アレサンドラ」院長はつづけた。「ほんの少し、自制するということを覚えていればいいのです。行動する前に、よく考えること。それが鍵ですよ。あなたには立派な頭があるでしょう。それをお使いなさい」

「ありがとうございます、院長」

「そんなに殊勝なふりをしなくていいのですよ。まったくあなたらしくありませんね。もうひとつ、ちょっとした助言をしましょう、しっかりお聞きなさい。背筋を伸ばして。プリンセスたるもの、うなだれてはいけません」

これ以上背筋を伸ばしたら背骨が折れてしまうと、アレサンドラは思った。なんとかもう少しだけ胸を張ると、院長は満足してくれたらしく、うなずいた。

「いつもいっていたように」院長はさらに話をつづけた。「あなたがプリンセスだということは、ここではなんの意味もありませんでしたが、イングランドではそうはいかないでしょう。どんなときも体面を保たなければなりません。とにかく、気まぐれなふるまいで人生をめちゃくちゃにしてはいけませんよ。では、アレサンドラ、わたくしが心に留めておきなさいと繰り返し伝えたふたつの言葉がありますね、いってごらんなさい」

「品位と礼節です、院長」

「そのとおり」

「またここへ帰ってきてもいいですか……もし、新しい生活になじめないとわかったら？」

「いつでも帰っていらっしゃい」院長は請けあった。「さあ、シスター・レイチェルを手伝って荷造りをしなさい。用心のため、真夜中に出発することになっています。わたくしはチャペルで待っていますよ」

アレサンドラは立ちあがり、さっと腰を屈めてお辞儀をすると、部屋を出ていった。院長は狭い部屋の真ん中に立ちつくし、娘が出ていったあともしばらくドアを見つめていた。アレサンドラが修道院を出ていくことがあれば奇跡だと、ずっと思っていた。院長は昔から厳密な日課どおりに生きてきた。ところが、アレサンドラが日々の生活に入りこんできたのを境に、日課など決まっていないも同然になった。院長は無秩序が嫌いだが、アレサンドラのほうは無秩序とこのうえなく馬が合うらしい。それなのに、あの片意地なプリンセスが執務室を出ていってしまったとたん、院長の目は涙で潤んだ。まるで太陽が黒い雲に隠れてしまったように感じたのだ。

ああ、あの小悪魔がいなくなって、毎日が静かになれば、きっとさびしくなるだろう。

2

彼は〝ドルフィン〟と呼ばれていた。プリンセス・アレサンドラは、ドルフィンにじゃじゃ馬と呼ばれていた。アレサンドラは、なぜ後見人の息子に海獣のあだ名がついているのか知らなかったが、じゃじゃ馬といわれたわけは、よくわかっていた。自分自身のせいだ。子どものころはほんとうにじゃじゃ馬だったし、ひどくわがままにふるまっていた。たしかに、アレサンドラはほんの子どもだったし、甘やかされてもいた。きょうだいはなく、親族や召使いにちやほやされていたので、当然のなりゆきだった。だが、両親はふたりとも辛抱強いたちで、娘の困った行動も受け流した。そのうち、アレサンドラもやっと癇癪《かんしゃく》を起こさなくなり、我慢することも少しは覚えた。

両親に連れられてイングランドに短期間滞在したときは、まだ幼かった。ウィリアムシャー公爵夫妻の顔はぼんやりとしか覚えていないし、夫妻の娘たちとなるとまったく記憶になく、年長の息子ふたりについても、おぼろげな印象が残っているだけだ。ケインとコリン。記憶のなかのふたりは大男だが、当時の自分は小さく、相手はどちらもすでに大人だった。たぶん、実物より大きく覚えてしまっているのだろう。いま人混みのなかでふたりに会ってもわからないに違いない。願わくは、コリンがじゃじゃ馬という呼び名と一緒に過去のわがままなふるまいも忘れていてくれればよいのだが。コリンとうまくやっていければ、いろいろなことが楽になる。これから果たすべきふたつの義務には苦労しそうだし、一日の終わりにほっとできる場所をかならず確保しておかなければならない。

イングランドに到着したのは曇天の月曜日で、すぐにウィリアムシャー公爵の領地へ連れていかれた。アレサンドラは道中ずっと体調が悪く、胸がむかつくのは不安のせいだと思っていた。だが、公爵一家がほんとうに温かく迎えてくれると、たちまち気分がよくなった。公爵も夫人も、実の娘のように接してくれ、アレサンドラの緊張はほどなくやわらいだ。特別扱いはされず、ときには思っていることを正直に話してもとがめられなかった。公爵夫妻はアレサンドラをロンドンへ連れていき、社交シーズン中はタウンハウスに滞在しようと考えていた。アレサンドラもロンドンで十五人以上と会う約束をしていた。ところが、ロンドンへ出発する数日前、公爵夫妻はともにひどく体調を崩してしまった。

アレサンドラは単身ロンドンへ向かおうとした。だれかに迷惑をかけたくないので、シーズン中は自分でタウンハウスを借りると申し出たが、それを聞いた公爵夫人は、心配のあまり動悸《どうき》がすると訴えた。それでも、アレサンドラは引きさがらなかった。もう一人前なのだから、自分のことは自分でできるといいはった。けれど公爵は耳を貸そうとせず、話しあいは数日つづいた。結局、アレサンドラはロンドンで公爵の長男夫妻、ケインとジェイドのタウンハウスに身を寄せることになった。

ところがあいにく、翌日ロンドンへ到着するというときになって、ケインとジェイドも、公爵夫妻と四人の娘を襲った謎の病にかかってしまった。

残されたのはコリンだけだった。父親の友人たちと会う予定さえなければ、アレサンドラは公爵夫妻が回復するまで田舎にいたかった。コリンの厄介になりたくなかったのだ。ウィリアムシャー公爵の話では、コリンはここ二年間ほど大変な苦労をしていたらしい。いまは客人など迎えたくないはずだ。だが、公爵は、コリンのもてなしを受けなさいといってゆずらなかった。後見人の心遣いをむげにするのは失礼だろう。それに、アレサンドラはコリンにひとつ頼みがあった。何日か同じ屋根の下で過ごせば、頼みやすくなるかもしれない。

そんなわけで、アレサンドラは、ディナーの時刻を少し過ぎたころにコリンのタウンハウスに着いた。コリンは出かけていて留守だった。アレサンドラは新しい侍女と信頼のおける護衛二名と一緒に、黒と白のタイルを張った狭い玄関ホールに通され、フラナガンという若く見目よい執事にウィリアムシャー公爵からの手紙を渡した。執事はせいぜい二十五歳くらいだろう、突然の訪問者にあわてたのか、プラチナブロンドの生えぎわまで赤面し、ぺこぺこと頭をさげた。どうすればこの執事を落ち着かせてあげられるのか、アレサンドラには皆目わからなかった。

「プリンセスをお迎えするとは、なんと光栄なことでしょう」執事はつっかえながらいった。ごくりと唾を呑みこみ、まったく同じ挨拶《あいさつ》を繰り返す。

「こちらのご主人もそう思ってくださるといいのですけれど」アレサンドラは答えた。「ご迷惑をかけたくないので」

「そんな」フラナガンはぎょっとしたように声をあげた。「迷惑だなんてとんでもない」

「そういってくださるとありがたいわ」

フラナガンはまた唾を呑みこむと、心配そうにいった。「しかし、プリンセス・アレサンドラ、みなさまにお泊まりいただくには、部屋数が足りないように存じます」執事の顔は気まずさで真っ赤だった。

「なんとかなるわ」アレサンドラはフラナガンを安心させようとほほえんで請けあった。かわいそうに、フラナガンは青くなっている。「ウィリアムシャー公爵がぜひにとおっしゃるので、護衛を連れてきたの。それに、侍女を連れてこないわけにはいかないでしょう。ヴァリーナというの。公爵夫人じきじきに選んでくださったのよ。ヴァリーナはずっとロンドンに住んでいるのだけど、生まれも育ちもわたしの父の国なの。同胞がこの仕事に申しこんできたなんて、素敵な偶然ではないかしら。もちろんそうよね」フラナガンが口を挟むひまもなかった。「まだ雇ったばかりだから、やめさせるなんてできないわ。とっても失礼でしょう？　わかってくださるわね。あなたならきっとわかってくださると思うわ」

フラナガンは話についていけなかったが、とりあえずアレサンドラの気がすむようにうなずき、やっとのことで美しいプリンセスから視線を剝《は》がした。それから侍女にお辞儀をしたものの、それまでの礼儀正しい態度を台無しにするような言葉を口走ってしまった。「まだ子どもではありませんか」

「ヴァリーナはわたしよりひとつ年上よ」アレサンドラは金髪の侍女に向きなおり、フラナガンが聞いたことのない言語で話しかけた。フランス語に似ていたが、べつの言語であることはフラナガンにもわかった。

「お付きの方々は、英語は話せますか？」フラナガンは尋ねた。

「その気になれば」アレサンドラは、白い毛皮の縁取りがついたワイン色の外套《がいとう》の紐《ひも》をほどいた。たくましく強面《こわもて》で、髪の黒い護衛が進み出て外套を受け取った。アレサンドラは礼をいい、またフラナガンのほうを向いた。「今夜はもう休ませていただきたいの。ロンドンまではほとんど丸一日かかったのよ。雨のせいで体の芯まで凍えてしまったわ。外はひどく寒くて」うなずいてつけくわえる。「雨といってもみぞれのようだったわ。そうでしょう、レイモンド」

「そうですね、プリンセス」護衛は、見た目からは意外なほど優しい声で答えた。

「わたしたち、ほんとうに疲れているの」アレサンドラはフラナガンにいった。

「もちろんお疲れでしょう」フラナガンはうなずいた。「では、どうぞこちらへ」アレサンドラと並んで階段をのぼりはじめた。「寝室は二階に四部屋ございます、プリンセス・アレサンドラ。上の三部屋が使用人部屋でございます。護衛のおふたりは同じお部屋でも……」

途中で黙ってしまったフラナガンに、アレサンドラはいった。「レイモンドとステファンなら相部屋でかまわないわ。こちらにお世話になるのは、コリンのお兄さまご夫妻のご病気が治るまでのことだもの。できるだけ早くあちらへ移るつもりよ」

フラナガンはアレサンドラの肘に手を添え、残りの階段をのぼった。アレサンドラは彼の助けなど必要なかったが、一生懸命な様子なので断るのも気の毒に思われた。老女のように扱われても、それでフラナガンの気がすむのなら、合わせてあげればいい。

二階にたどりついたとき、フラナガンは護衛がついてきていないことに気づいた。アレサンドラによれば、護衛たちは下の階を見まわり、あらゆるドアや窓の場所を調べていて、それが終わってからあがってくるとのことだった。

「でも、なぜそんなことを――」

「わたしたちの安全のためよ」アレサンドラは最後までいわせなかった。

フラナガンはうなずいたものの、正直なところアレサンドラがなにをいっているのかさっぱりわからなかった。

「今夜はご主人さまのお部屋をお使いいただいてもよろしいでしょうか。シーツは今朝替えたばかりですし、ほかのお部屋はご用意できないのです。使用人はわたくしのほかに料理番しかおりません。ご主人さまは現在、経済的に厳しい状況にいらっしゃいますので。ほかのお部屋をご用意する必要があるとは思っておりませんでした、みなさまがいらっしゃるとは存じあげず……」

「心配しないで」アレサンドラは口を挟んだ。「自分たちでなんとかするわ、大丈夫よ」

「ご理解くださってありがとうございます。お荷物は明日、もっと広いお客さま用のお部屋に移します」

「コリンのことをお忘れじゃない？　わたしが自分のベッドで寝ているのを見つけたら、気を悪くなさるんじゃないかしら」

フラナガンはその反対だと思ったが、はしたない想像にすぐさま顔を赤らめた。まだ動揺がおさまっていないから、ばかみたいなことを考えるのだと決めつけた。だが、急に客人を受け入れることになったせいで、こんな情けないことになっているのではなかった。原因はプリンセス・アレサンドラだ。フラナガンはこれほど美しい人に会ったことがなかった。彼女に目をやるたびに、頭のなかが真っ白になってしまう。彼女の瞳はあざやかなブルーだ。フラナガンの知るかぎり、だれよりも長く濃いまつげに、このうえなく清らかな肌。ただ、鼻梁《びりょう》にはそばかすが散っているが、それすらフラナガンには美点に思えた。

フラナガンは落ち着きを取り戻そうと咳払いをした。「ご主人さまも今夜はほかのお部屋でお休みくださると思います。どのみち、早朝までお帰りにならないかもしれません。書類仕事があって、エメラルド海運会社の事務所へお戻りになったんです。事務所で夜を明かされることもしょっちゅうです。ほら、時間をお忘れになってしまうんですよ」

話が終わると、フラナガンはアレサンドラを連れて廊下を歩きだした。二階の四部屋のうち、大きく開いたままになっている最初のドアの前で、アレサンドラとフラナガンは足を止めた。

「こちらは書斎でございます」フラナガンがいった。「いささか散らかっておりますが、ご主人さまはここにあるものに触れてはいけないとおっしゃるのです」

アレサンドラはほほえんだ。書斎の散らかりようはいささかどころではなく、そこらじゅうに書類の山があった。それでも、温かくつい引きこまれそうな部屋だった。ドアと向かいあうように置かれたマホガニーの机、その左側に小さな暖炉、右側には茶色の革張りの椅子と同じ素材の足台、そのあいだの床には茶色い絨毯《じゅうたん》が敷いてある。壁際の本棚にはたくさんの本が並び、隅の戸棚には会計台帳がうずたかく積んであった。

書斎はどこから見ても男の部屋だった。ブランデーと革のにおいが漂っている。アレサンドラは、ガウンに部屋履きという格好で暖炉の前でくつろぎつつ、持ち株に関する最新の報告書を読んでいる自分の姿を想像した。

それからまた、フラナガンに促されて廊下を進んだ。二番目のドアがコリンの寝室だった。フラナガンが急いでドアをあけた。

「コリンはいつもこんな遅い時間まで仕事をしているの?」アレサンドラは尋ねた。

「ええ、そうですね。ご親友のセント・ジェイムズ侯爵と会社を設立なさってからしばらくたちますが、おふたりとも会社をつぶさないよう、苦労しておいでです。競争は厳しゅうございますから」

アレサンドラはうなずいた。「エメラルド海運会社の評判は上々ね」

「そうでございますか」

「ええ。公爵閣下も株を買いたがっていらしたわ。かならず儲《もう》かるのに、コリンたちが株を売ってくれないそうよ」

「ご自分たちだけで経営を管理なさりたいのですよ」フラナガンはそういって、顔をほころばせた。「ご主人さまが父上さまにそうおっしゃるのをこの耳でお聞きしました」

アレサンドラはうなずき、おしゃべりをやめて寝室に入った。フラナガンは室内が冷えきっていることに気づき、急いで暖炉に火を入れにいった。ヴァリーナがアレサンドラを追い越し、ベッドサイドテーブルの蠟燭《ろうそく》をつけた。

コリンの寝室も書斎と同様に男の部屋らしく、居心地がよさそうだった。ドアの正面にあるベッドはとても大きく、チョコレート色の上掛けがかかっていた。壁はこっくりとしたベージュで、美しいマホガニーの家具の背景にぴったりだとアレサンドラは感じた。

ベッドのヘッドボードの両脇の窓には、ベージュのカーテンがかかっていた。ヴァリーナが、下の通りから部屋が見えないようカーテンのタッセルをほどいた。

アレサンドラから見て左手に、書斎へ通じるドアがあった。右側の背の高い木の衝立《ついたて》の隣にもドアがある。部屋を突っ切ってそのドアを大きくあけてみると、そこも寝室だった。色使いは主人用の寝室とそっくりだったが、ベッドはずっと小さい。

「素敵なお宅ね」アレサンドラはいった。「コリンの趣味がいいんだわ」

「こちらはご主人さまの持ち物ではないのです」フラナガンがいった。「代理人がうまく家賃を交渉しましてね。夏の終わりには出ていかなければなりません。家主がアメリカから帰ってきますので」

アレサンドラは笑いを嚙《か》み殺した。コリンとて、使用人に懐具合をこうもあけっぴろげに漏らされたくないだろう。フラナガンのようによくしゃべる使用人に会ったのははじめてだ。すがすがしいまでに正直で、とても好ましい。

「明日、お荷物をそちらのお部屋に運びます」フラナガンは、隣室を覗《のぞ》きこんでいるアレサンドラに気づいていった。暖炉に向きなおり、燃えあがりかけている火に薪を足してから立ちあがって、両手をズボンの脇ではたいた。「この階にある残りの二部屋はかなり狭く、このふたつのお部屋がいちばん広いのです。ドアには鍵もかかりますし」うなずいてつけくわえた。

黒い髪の護衛レイモンドがドアをノックした。アレサンドラは足早に部屋の入口へ行き、低い声の報告に耳を傾けた。

「レイモンドの話では、下の広間の窓の掛け金が壊れているそうよ。修理したいので許可をいただけるかしら」

「いますぐですか」フラナガンは尋ねた。

「ええ。レイモンドは心配性なの。このお宅の安全を確認するまでは眠らないわ」

アレサンドラはフラナガンの返事を待たず、レイモンドにうなずいて許可した。ヴァリーナが、とうに女主人の寝間着とガウンを取り出していた。アレサンドラが手伝おうと振り向いたとき、ヴァリーナは大きなあくびを漏らした。

「ヴァリーナ、もう休んでいいわ。明日、残りの荷解きをしてくれればいいから」

侍女は低くこうべを垂れた。フラナガンはあわてて先に立ち、廊下のいちばん奥の部屋へ行くようにすすめた。その部屋はもっとも狭いが、ベッドは寝心地がよく、ほんとうにくつろげると説明した。フラナガンはアレサンドラに挨拶をすると、ヴァリーナをその部屋へ連れていき、ベッドの準備を手伝った。

アレサンドラは、それから三十分後には眠っていた。普段はそのまま朝まで熟睡するのだが、その夜は午前二時きっかりに目を覚ました。イングランドへ来てからというもの、夜中に目を覚ますことにも慣れていた。ガウンをはおって暖炉に薪をたし、書類の入った鞄《かばん》を持ってベッドに戻った。まず仲買人がよこしたロイズの最新の財務報告書を読み、それでも眠くならなければ、自身が保有している株の株価変動表を作るつもりだった。

階下で騒々しい声がして、アレサンドラは集中力を乱された。フラナガンの声があわてふためいているところから推して、怒っている主人をなだめようとしているらしい。

アレサンドラは好奇心に負けた。部屋履きを履き、ガウンの帯を締めると、階段の前まで行ってみた。暗かったが、階段の下の玄関の間は蠟燭の明かりがともっていた。レイモンドとステファンがコリンの前に立ちはだかっているのを見て、アレサンドラは小さく嘆息した。コリンはむこうを向いていたが、レイモンドがふと目をあげてアレサンドラに気づいた。アレサンドラは、すかさずコリンの前からどくように合図した。レイモンドはステファンに持ち場へ帰るよう促し、コリンにお辞儀をして立ち去った。

フラナガンは護衛たちがいなくなったことにも、アレサンドラが上から見ていることにも気づいていなかった。彼女に一言一句聞かれているとも知らず、ぺらぺらしゃべりつづけた。

「ほんとうに、本物のプリンセスとはこうだろうなあという感じの方ですよ」興奮して甲高い声で主人に話している。「髪は夜の闇の色で、ふわふわの巻き毛が肩のまわりに浮かんでいるように見えるんです。瞳はブルーですが、あんなブルーは見たことがありません。きらきらして澄みきっています。それに、とっても小柄で、あの方にまっすぐ見あげられると、わたくしですら図体ばかり大きい間抜けな巨人になったような気がします。でも、そばかすがあるんですよ」息継ぎをするあいだだけ口をつぐんだ。「ほんとうにお美しい方です」

コリンはろくに耳を傾けていなかった。立ちふさがる闖入者《ちんにゅうしゃ》を殴りつけ、その連れともども通りに放り出してやろうかと思ったとき、フラナガンが階段を駆けおりてきて、お二方はウィリアムシャー公爵のお使いでいらっしゃったのですと説明した。そんなわけで、コリンはふたりのうち大柄なほうを放し、いまは会社の共同経営者が作成した計算書を探していた。事務所に置き忘れていなければいいのだが。寝る前に、売上を台帳に書き写しておかなければならない。

今夜はあまりいい気分ではない。執事に邪魔されたのはいささか残念だ。さっきの男を殴りつけてやれば、すこしは気晴らしになったかもしれないのだが。

ようやく計算書が見つかったのに、またフラナガンがしゃべりはじめた。

「プリンセス・アレサンドラは華奢《きゃしゃ》ですが、出るべきところは出ていると申しますか」

「もういい」コリンは穏やかだが有無をいわせない口調で命じた。

フラナガンは、プリンセス・アレサンドラの美点に関するくどくどしい話をぴたりとやめ、落胆もあらわにうなだれた。まだ話ははじまったばかりで、あと二十分は話したいことがあるのに。あの方の笑顔や、プリンセスにふさわしい物腰や――

「よし、フラナガン」コリンは、まだぼんやり考えこんでいる執事に声をかけた。「はっきりさせよう。プリンセスはここにしばらく泊まると決めた。この点に間違いはないか」

「ございません、ご主人さま」

「それはなぜだ」

「なぜ、と申しますと？」

コリンは溜息《ためいき》をついた。「おまえはなぜ彼女がここに来たと思う――」

「わたくしがあれこれ推測するのは僭越《せんえつ》かと」フラナガンはコリンをさえぎった。

「かつて一度でもおまえが遠慮したことがあったか」

フラナガンは満面に笑みを浮かべた。まるでほめられたかのようにうれしそうだ。

コリンはあくびをした。ああ、くたくただ。今夜はおしゃべりに耐えられる気分ではない。長時間、会社の台帳と格闘したせいで疲れ、利益を見こめる数字が出ないことにがっくりし、他社と競りあうことにもほとほと嫌気が差していた。まるで一日おきに新しい海運会社が営業を開始しているような気がする。

金銭的な不安にくわえ、コリンは体に痛みも抱えていた。数年前、海で負傷した左脚がひどく疼《うず》くので、とにかく温かいブランデーを飲んでベッドに入りたかった。けれど、疲労に屈するつもりはなかった。寝る前に片付けておかなければならない仕事が残っている。フラナガンに外套を渡し、ステッキを傘立てにしまうと、書類をサイドテーブルに置いた。

「ご主人さま、お飲み物をお持ちしましょうか」

「書斎にブランデーを頼む。それより、なぜご主人さまと呼ぶんだ。コリンでいいといってるだろう」

「事情が変わりましたので」

「事情？」

「いまは本物のプリンセスがいらっしゃいます。わたくしがご主人さまをお名前で呼ぶのは適切ではございません。それとも、サーとお呼びしましょうか」コリンはナイトの称号を持っている。

「コリンでいい」

「ですが、いま申しあげましたように、それではだめなのです」

コリンは笑った。フラナガンときたら、やけに仰々しいことをいう。まるで兄ケインの執事スターンズそっくりになってきたが、そもそもフラナガンはおじのスターンズの紹介でコリンの屋敷へ来たのだから、似るのが当たり前かもしれない。

「おまえ、なんだかスターンズみたいに偉そうだぞ」コリンはいった。

「ありがとうございます、ご主人さま」

コリンはまた笑った。そして、フラナガンにかぶりを振ってみせた。「プリンセスの話に戻るぞ。なぜ彼女がここに来ることになったんだ」

「それはお話してくださらないのです。わたくしから尋ねるのも僭越かと存じまして」

「で、いわれるがままに受け入れたのか」

「父上さまのお手紙を携えておいででしたので」

ようやく迷路の出口にたどりついたようだ。「その手紙はどこにある」

「客間に……いえ、食堂だったかもしれません」

「持ってきてくれ」コリンは命じた。「彼女がなぜふたりもごろつきを連れているのか、その手紙に書いてあるかもしれない」

「あのおふたりはプリンセスの護衛です」フラナガンはかばうようにいった。「父上さまが遣わされたのですよ」うなずきながらつけくわえる。「プリンセスともあろう方が、ごろつきと旅をなさるわけがありません」

プリンセス・アレサンドラをあがめるあまり、フラナガンの顔はほとんど滑稽《こっけい》といってもいい顔になっていた。感動しやすいこの若者は、さぞプリンセスに眩惑《げんわく》されたのだろう。

執事は小走りで客間へ手紙を探しにいった。コリンはテーブルの蠟燭を吹き消し、書類を取って階段のほうへ振り向いた。

プリンセス・アレサンドラがなぜここへ来たのか。父親の差し金に決まっている。父親はなんとかコリンを結婚させようと、ますます露骨に干渉するようになっていた。これ以上、道楽につきあわされるのはごめんだ。

階段を途中までのぼったところで、コリンはアレサンドラがいたことに気づいた。手すりのおかげでぶざまなところを見られずにすんだ。しっかりと手すりをつかんでいなければ、階段を転げ落ちていたかもしれない。

フラナガンは大げさに騒ぎ立てていたのではなかった。たしかに、アレサンドラは見るからにプリンセスらしかった。しかも美しい。髪は肩のまわりにふわふわと漂い、ほんとうに真夜中の闇の色をしていた。白いガウンをまとった彼女は、コリンの意志の強さを試すために神が遣わした幻のようだった。

コリンはその試練に負けた。懸命に我慢したものの力及ばず、体の反応を抑えることはできなかった。

今度ばかりは、父親にしてやられた。今回の父親の選択については、忘れずに賛辞を送らなければならない――もちろん、その前にまず彼女に荷造りをさせなければ。

長いあいだ、コリンはアレサンドラとにらみあっていた。彼女はコリンのほうから話しかけてくるのを待っている。コリンは、彼女がなぜここに来たのか説明するのを待っている。

先に折れたのは、アレサンドラだった。階段の手前まで歩いてきて、お辞儀をして口火を切った。「お帰りなさい、コリン。またお目にかかれてうれしいわ」

その声はとても耳に心地よかった。コリンは、彼女がいまなにをいったのか思い出そうとしたが、笑ってしまうほど難しかった。

「また?」くそっ、妙にぶっきらぼうになってしまった。

「ええ、わたしがまだほんの子どものころにお会いしたでしょう。あなたはわたしのことをじゃじゃ馬といったわ」

その言葉に、コリンは不本意にもほほえんでしまった。だが、やはり彼女と会ったことは思い出せなかった。「じゃじゃ馬だったのかい?」

「ええ。あなたを蹴ったと聞いているわ――それも、何度か。でも、昔のことだもの。わたしも大人になったし、じゃじゃ馬ではなくなったつもりよ。もう何年も人を蹴ったりしていないわ」

コリンは痛む脚を休めようと手すりにもたれた。「ぼくたち、どこで会ったかな」

「あなたのお父さまが田舎にお持ちのお屋敷で。わたしは両親とお邪魔していて、あなたはちょうどオックスフォードから帰省していらした。お兄さまは卒業したばかりだったわ」

それでもまだ思い出せない。無理もないだろう。両親はしょっちゅう客を招いていたが、コリンはだれが来ていようが興味がなかった。いま思えば、屋敷に来ていたのは運に見放された人々ばかりで、他人の過ちに寛大な父親は、助けを請われればだれでも招き入れていたのだ。

アレサンドラは澄ました様子で両手を重ね、気後れしているようにはまったく見えなかった。だが、その指の関節が白くなっているということは、不安と緊張で力が入っているに違いない。見せかけほど落ち着いているわけではないのだ。そう気づいたとたん、コリンはつい彼女を安心させてやりたくなった。

「ご両親はいまもご健在なのか」

「父はわたしが十一のときに世を去りました」アレサンドラは答えた。「母もその翌年の夏に。あの、書類を拾いましょうか」話題を変えたがっているかのように、早口で尋ねた。

「書類？」

彼女はまばゆい笑みを浮かべた。「いま、落としたでしょう」

コリンは目を落とし、階段に書類が散らばっていることに気づいた。空気を抱えて突っ立っていたとは、間抜けもいいところだ。上の空だった自分に、思わず苦笑した。これではフラナガンと大差ないじゃないか。あいつがのぼせあがるのはしかたない。まだ若く未熟だし、とにかく世間知らずなやつだから。

だが、自分はもっと分別があるはずだ。年齢でも経験でもフラナガンよりずっと上だ。とはいえ、今夜はひどく疲れている。だから、ばかみたいなふるまいをしてしまったのだ。

それに、アレサンドラはほんとうに美人だ。コリンは溜息をついた。「あとで拾うからかまわないよ。ところで、なぜうちに来たんだ、プリンセス・アレサンドラ?」ぶしつけに尋ねた。

「あなたのお兄さまと奥さまがご病気だから。ロンドンにいるあいだ、あちらのお宅に泊めていただくはずだったのだけど、おふたりが急病にかかってしまわれたものだから、お元気になるまではこちらに泊まるようにいわれたの」

「だれにいわれたんだ」

「あなたのお父さまよ」

「なぜ父がそんなお節介を……」

「なぜって、わたしの後見人でいらっしゃるもの」

コリンは驚きを隠せなかった。父親はそんなことをひとこともいっていなかった。もっとも、なんの相談もないのはいつものことだ。父親には相談役がいるから、息子たちに意見を求めてくることなどめったにない。

「ロンドンへは社交のために来たのかい?」

「いいえ」アレサンドラはいった。「いくつかのパーティには出席するつもりだし、あちこち見てまわりたいと思っているけれど」

コリンの好奇心はかきたてられた。もう一歩、彼女に近づいた。

「あなたにご迷惑をかけたくはなかったのよ。自分でタウンハウスを借りるか、公爵夫妻のお宅をお借りしたいと申しあげたのだけれど、閣下が許してくださらなくて。どうしてもだめだとおっしゃるの」彼女は溜息をついた。「説得はしたわ。でも、説き伏せることができなかった」

彼女はなんと愛らしくほほえむのだろう。しかも、その笑みは伝染する。コリンも知らず知らずほほえみ返していた。「父を説き伏せることができる者はいないよ。それより、なぜロンドンに来たのか、まだ聞いていないんだが」

「あら、そうだったかしら。話せば長いのだけれど……」うなずいてつけくわえる。「いままではロンドンへ来る必要はなかったのに、事情が変わったの」

コリンはかぶりを振った。「中途半端な説明にはやきもきするんだ。ぼくはばか正直でね――会社の共同経営者の性格がうつったんだとよくいわれる。なんでも包み隠さずに話すことは美徳だと思うんだ。貴重なことだからね。だから、わが家の客人であるきみにも、なんでも率直に話してもらいたい。いいかな」

「ええ、もちろん」

プリンセス・アレサンドラはまた両手を握りあわせた。怖がらせてしまったようだ。言葉づかいが冷たかったかもしれない。コリンはにわかに、無慈悲な男になってしまったような気がしてきた。怖がらせてしまったのは申し訳ないが、こちらのペースで進められるのは好都合だ。それに、彼女はいまのところ口答えをしないし、媚《こ》びる様子も見せない。媚びる女は苦手だ。

コリンは努めて穏やかな口調で尋ねた。「いまから尋ねることに答えてもらえるかい？」

「ええ。なにをお知りになりたいの」

「なぜ護衛を連れてきたんだ。目的地に到着したのだから、帰してもいいだろう。それとも、ぼくに追い返されると思っていたのか？」

彼女はまず、最後の質問に答えた。「あら、追い返されるなんて思ってもいなかったわ。あなたならできるかぎりのことをしてくださると、あなたのお父さまが請けあってくださったもの。フラナガンに閣下からのお手紙をあずけてあるわ」うなずいてつけくわえる。「護衛を連れてきたのは、閣下にそうなさいといわれたからよ。レイモンドとステファンは、わたしがご厄介になっていた修道院の院長から、イングランドまでの護衛にと紹介されたの。まだふたりを帰さないほうがいいと、閣下がおっしゃったのよ。どちらも国で待っている家族はいないし、お金はたっぷりもらってる。だから、あなたはお気になさらないで」

コリンはいらだちを抑えた。なんて大まじめにばかげたことをいうのだろう。「ぼくはそういうことを気にしているわけじゃない」そういって、笑顔でまたかぶりを振った。「きみからなにかを聞き出すのは、とても難しいようだな」

アレサンドラがうなずいた。「院長も、まったく同じことをおっしゃっていたわ。それがわたしの最大の欠点のひとつだって。混乱させてしまったのだとしたら、ごめんなさい。そんなつもりはなかったの」

「アレサンドラ、この策略の黒幕はぼくの父だろう？　父がきみを差し向けたんだな」

「そうともいえないわ」

コリンが顔をしかめると、アレサンドラはあわてて手をあげた。「はぐらかしているわけじゃないの。たしかに、閣下はあなたを頼るようにとおっしゃったけれど、お兄さまと奥さまもご病気だということがわかったからよ。策略などではないと思うわ。むしろ、閣下も奥さまも、回復したらロンドンへ付き添うから、それまで屋敷にいればいいといってくださった。わたしもそうしたかったけれど、こちらで約束があったものだから」

嘘をついているようには見えなかった。コリンはそれでも、父親がなにもたくらんでいないわけがないと思っていた。一週間前、クラブでぴんぴんしている父親に会ったばかりだった。そして、お決まりの話になったことも覚えている。いかにもさりげなく結婚の話をはじめ、やがておまえも早く妻《めと》を娶れと容赦なくせっつきはじめたのだ。コリンは聞いているふりをしていたが、父親の熱弁が終わりに近づくと、独身のままでいるつもりだときっぱりいってやった。

コリンがそんなことを考えているとは、アレサンドラには知るよしもなかった。だが、彼の難しい顔は彼女を不安にさせた。コリンはどうやら疑り深いたちらしい。でも、素敵な人だわ、とアレサンドラは思った。こっくりとした赤褐色の髪、緑がかった榛《はしばみ》色の瞳。彼がほほえむと、その目はきらりと輝く。それに、左頬に愛嬌《あいきよう》のあるえくぼができる。なのに、なんて険しいしかめっ面だろう。院長よりよほど怖い。あの院長より怖いなんて。

アレサンドラは、いつまでも沈黙に耐えられなかった。「閣下は、わたしが置かれている一風変わった事情のことをあなたにお話しくださるはずだったの」小さな声でいった。「それも、ごく率直に」

「あの父がなにかをたくらんだら、率直に話すわけがない」

アレサンドラは胸を張ってコリンを厳しい目で見返した。「あなたのお父さまは、わたしがいままでお目にかかった殿方のなかでも指折りの立派な方よ。ほんとうによくしてくださるし、いつも気遣ってくださるわ」

弁護が終わるころには、やけに熱い口調になっていた。コリンは頬をゆるめた。「父をかばってくれなくてもいい。父が立派な人間だということは知っている。ぼくが父を愛するのは山ほど理由があるが、立派な人間だというのも理由のひとつだ」

アレサンドラは肩の力を抜いた。「あんなすばらしい方がお父さまだなんて、とても運がいいわね」

「きみも運がよかったのかな」

「ええ、もちろん。最高の父だったわ」

コリンが階段をのぼりつめると、アレサンドラはあとずさった。壁に背中がぶつかったので、向きを変えて自分の部屋へのろのろと歩いていった。

コリンは背中で両手を握りあわせ、彼女のあとをついていった。フラナガンのいうとおりだ。アレサンドラにくらべて、自分はかなり背が高い。体格の差で、彼女を怖がらせてしまったかもしれない。

「怖がらなくてもいい」

アレサンドラはぴたりと足を止めて振り返った。「怖がる？　いったいどうして、わたしがあなたを怖がるの？」

信じられないという口ぶりだった。コリンは肩をすくめた。「ぼくが階段をのぼったら、あわててあとずさったじゃないか」彼女が不安そうだったことや、両手を握りあわせていたことには触れなかった。怖がっていないふりをしたいのなら、そうすればいい。

「あら、怖かったからじゃないわ」アレサンドラは断言した。「ただ……こんな格好で人と会うことなんてめったにないだけよ。はっきりいえば、ここにいるとこのうえなく安心できるの。安心できるっていいことね。このところ、少し緊張していたから」

恥ずかしいことを告白しているかのように頬を赤らめた。

「なぜ緊張していたんだ」

アレサンドラは答えずに話を変えた。「なぜわたしがロンドンへ来たのかお話ししましょうか」

コリンはその場で吹き出しそうになった。こっちは十分前からそのことを聞き出そうと苦労していたのだが。「話したければどうぞ」

「理由はふたつあるの。どちらも、わたしにとっては重大なことよ。ひとつめは、ある謎を解き明かしたいから。一年と少し前に、ヴィクトリア・ペリーという、わたしと同じくらいの年頃の方と知りあったの。聖十字修道院にしばらくのあいだ逗留《とうりゅう》なさった方よ。ご家族と一緒にオーストリアを旅していたのだけれど、病気にかかってしまって。聖十字修道院のシスターたちは看護の腕で有名だったから、ヴィクトリアに回復の見こみがあるとわかると、ご家族は彼女を修道院に残して静養させても大丈夫だろうと考えたの。わたしはヴィクトリアとたちまち仲よくなったわ。彼女はイングランドに帰ってからも、月に一度、どうかするとそれよりもっと手紙を書いてくれた。いま思えば、手紙を取っておくべきだったわ。なぜならそのなかに、〝秘密の崇拝者〟と自称する殿方にいいよられていると書いてあるものがあったから。ヴィクトリア本人は、とてもロマンティックな関係だと思っていたようだけれど」

「ペリー……聞いたことがある名前のような気がするが、どこで聞いたんだろう」コリンは思ったことを声に出した。

「さあ、知りませんけれど」

コリンは苦笑した。「邪魔をして悪かった。つづけてくれ」

アレサンドラはうなずいた。「ヴィクトリアから最後に届いた手紙の日付は、九月一日。わたしはすぐに返事を送ったけれど、それ以来、手紙が届かなくなってしまったの。もちろん、心配したわ。だから、公爵閣下のお屋敷に到着してすぐに、ヴィクトリアに会いたいから使いを出してほしいとお願いしたの。あれからずっと、どうしていたのか聞きたかったのよ。ヴィクトリアはとてもおもしろそうな毎日を送っていて、わたしはいつも手紙を楽しみにしていたし」

「彼女と会えたのか」

「いいえ」アレサンドラは足を止め、振り返ってコリンの顔を見あげた。「閣下が教えてくれたわ。ヴィクトリアは、身分の低い人と駆け落ちして、グレトナ・グリーンで結婚したらしい、と。嘘みたいな話だと思うでしょう。でも、彼女のご家族はそう思っている。閣下の話では、ヴィクトリアは勘当されたんですって」

「思い出したぞ。たしかにその話は聞いた」

「全部、嘘よ」

むきになっていうアレサンドラに、コリンは片方の眉をつりあげた。「嘘?」

「ええ、そうよ。わたしには人を見る目があるわ、コリン。ヴィクトリアが駆け落ちなんかするはずない。とにかく、そういうことをするような人ではないの。わたしは、彼女になにがあったのか調べるつもりよ。ひょっとしたら、なにか事件に巻きこまれて、助けてあげる必要があるのかもしれないもの。明日、ヴィクトリアのお兄さまのニールに、手紙で面会をお願いするわ」

「ご家族はいまさら娘の醜聞をほじくり返してほしくないのではないかな」

「そこは慎重にやるわ」

アレサンドラの声は真剣そのものだった。彼女のくるくると変わる表情がやけに美しくて、コリンは話に集中できなかった。彼女の瞳に魅入られていた。ふと彼女の手に目をやると、コリンの寝室のドアノブを握っている。だが、それより気になるのは、彼女のすばらしい香りだった。かすかな薔薇の芳香がふたりのあいだに漂っていた。コリンはあわてて一歩あとずさり、彼女と距離を置いた。

「あなたのベッドをお借りしていたのだけど、かまわないかしら」

「そんなことは聞いていないぞ」

「明日、フラナガンがわたしの荷物を隣のお部屋に運びこんでくれるの。今夜はあなたがお帰りにならないと思っていたのよ。ひと晩だけお部屋をお借りするつもりだったけれど、フラナガンが隣のお部屋のベッドにシーツをかけてくれたようだから、あなたのベッドはお返しするわ」

「明日でいいよ」

「ご親切にどうも。ありがとう」

コリンはいまになって彼女の目の下に隈《くま》ができていることに気づいた。傍目にもはっきりとわかるほど疲れているのに、自分があれこれ尋ねて引きとめたせいで休めなかったのだ。

「そろそろ休んだほうがいい、アレサンドラ。もう真夜中だ」

アレサンドラはうなずくと、コリンの寝室のドアをあけた。「おやすみなさい、コリン。気を遣っていただいて、あらためてお礼をいいます」

「不運なプリンセスを放っておくわけにはいかないからな」

「不運？」アレサンドラは、コリンがどういうつもりでそんなことをいったのかわからなかった。わたしが不運だなんて、いったいなぜなのかしら？

「アレサンドラ、ロンドンへ来たもうひとつの理由はなんだ」

その質問に、アレサンドラは面食らったようだった。おそらくたいした理由ではないのだろうと、コリンは考えた。「聞いてみたかっただけだ」肩をすくめた。「理由がふたつあるといっていたから、あとひとつはなんだろうとね……もういいよ。さあ、もう休んでくれ。また明日。おやすみ、プリンセス」

「いま思い出したわ」出し抜けにアレサンドラがいった。

コリンは振り返った。「え？」

「いまお話ししましょうか」

「ああ、頼む」

アレサンドラは長いあいだコリンの顔を見あげていた。ためらっているのは明らかだ。そして、見るからに不安そうだ。「正直に話してもいいかしら」

コリンはうなずいた。「もちろん、どうぞ」

「わかったわ。正直に話します。閣下には黙っているようにといわれたのだけれど、あなたがどうしても知りたいようだし、正直に話すといってしまったし……」

「だからなんだ」コリンはせっついた。

「ロンドンに来たもうひとつの理由は、あなたと結婚するためなの」

突然、彼はまたむらむらと渇きを覚えた。激しい欲望が一気に噴き出すのが、彼特有の傾向だった。それはいつも前触れなしにやってくる。ほんとうにずいぶん長いあいだ、狩りのことなど頭に浮かびもしなかったのだが。それなのにいま、友人宅の図書室でドアのそばに立ち、ほかの上流紳士たちとブランデーをちびちびやり、摂政皇太子に関する最新の噂話《うわさ》に耳を傾けながらも、欲望に呑みこまれそうになっている。

体から力が抜けていくのを感じた。目がひりひりと痛い。腹も疼く。自分はからっぽだ、からっぽだ、からっぽだ……。

もう一度、餌《えさ》をやらなければならない。

3

アレサンドラは、ほとんど眠れないまま翌朝を迎えた。ロンドンへ来たふたつめの理由を打ち明けたときのコリンの顔つきを見た瞬間、喉の奥で息が詰まった。ああ、あの人はひどく怒っていた。どんなにがんばっても彼の怖い顔を頭から締め出すことができず、なかなか眠りにつくことができなかった。

正直に話したりするからだわ、とアレサンドラは思った。正直に話すとろくなことがない。黙っているべきだった。大きな溜息をつく。いや、やはりいつもほんとうのことを話すようにしなければならない。院長から、何度となくお説教されたことだ。

すぐにまたコリンの怒った顔が目に浮かんだ。あんなに素敵なえくぼのある人に、あんなに冷たい目ができるなんて。あの人は怒らせたら危険なのかもしれない。そんな大事なことを公爵が教えてくれなかったおかげで、コリンをすっかり怒らせてひどくきまりの悪い思いをするはめになったのよ。

またコリンに会うのが怖かったので、のろのろと時間をかけて服を着た。ヴァリーナがアレサンドラの髪にブラシをかけながら、とめどなくおしゃべりをしていた。それから、一日の予定を尋ねた。外出なさいますか。あたしはお供しましょうか。アレサンドラは、できるだけ質問に答えた。

「今夜から泊まるところを見つけなければね」アレサンドラはいった。「どうするか決めたら教えるわ、ヴァリーナ」

ヴァリーナがアレサンドラの紺青色のウォーキングドレスの背中に並んだボタンをかけ終えたと同時に、ドアをノックする音がした。

フラナガンが、客間にいるコリンのもとへなるべく早く来てほしいと告げた。

アレサンドラは、待たせないほうがよさそうだと思った。髪を編んでいるひまはないが、時間があったとしても、そういう面倒なことはする気がなかった。格式張った生活とはなんとわずらわしいのだろう。修道院に住んでいたころは侍女などいなかったし、なんでも自分でする習慣が身についているのに。

ヴァリーナをさがらせ、フラナガンにすぐ行くと伝えてから、旅行鞄に駆け寄った。ウィリアムシャー公爵にもらった書きつけを取り出し、肩の後ろへ髪を梳《と》かして部屋を出た。

アレサンドラは、ドラゴンと対決する覚悟をした。コリンは客間で待ち構えていた。暖炉の前でドアのほうを向き、背中で両手を握りあわせて立っている。その顔がしかめっつらでないことに、アレサンドラは安堵した。ただ、彼はまだ完全には機嫌が直っていないようだった。

客間の入口で立ち止まり、アレサンドラはコリンが呼んでくれるのを待った。だが、彼はそれからしばらくひとことも発さなかった。その場に突っ立ったまま、じっとアレサンドラを見ている。おそらく、考えをまとめようとしているのだろう。それとも、怒りを抑えようとしているのだろうか。じろじろと眺められて、アレサンドラは頬が赤らむのを感じたが、自分も彼を無遠慮に見つめ返していたことに気づいた。

コリンは目を惹《ひ》かずにはおかない男だった。魅力にあふれている。引き締まった体つき。黄褐色の鹿革の乗馬ズボン、磨きあげた茶色の長靴、まばゆい純白のシャツ。その着こなしから、彼の性格がうかがえた。シャツの一番目のボタンをはずし、あのおぞましい、硬く糊《のり》付けされたクラヴァットを締めていない。保守的な階級に属していながら、ささやかな反抗をせずにはいられないたぐいの男なのだろう。髪型も流行にのっとったものではなかった。ずいぶん長い――ゆうに肩の下まで伸びている。革紐でひとつに縛ってあるので、正確な長さはわからないけれど。どこから見ても、自由な心の持ち主だ。背が高く、肩も太ももまたくましい彼は、アレサンドラが新聞の木炭画でしか見たことのない、屈強そうな開拓民を思わせた。顔立ちこそととのっているけれど、どこか風雪にさらされたような雰囲気も持っている。それでも近寄りがたくはないのは、なにかをおもしろがるときに浮かぶ温かな微笑のおかげだろうと、アレサンドラは思った。

けれど、いまの彼は少しもおもしろそうではない。

「こっちへ来て座りなさい、アレサンドラ。話がある」

「はい」アレサンドラはすかさず応じた。

いつのまにか現れたフラナガンが、アレサンドラの肘を取って部屋の奥へ連れていった。

「余計なことはするな」コリンが声をあげた。「アレサンドラは自力で歩ける」

「でも、プリンセスであらせられますから。礼を尽くさなければなりません」

コリンはひとにらみで執事を黙らせた。フラナガンは渋々アレサンドラを放した。

フラナガンは見るからにしょんぼりとしていた。アレサンドラはとっさに、傷ついた彼の気持ちをなだめにかかった。「あなたはとても気のつく方ね、フラナガン」

とたんに、フラナガンはふたたびアレサンドラの肘を取った。アレサンドラは、彼に錦織のソファまで付き添ってもらった。ソファに腰をおろすと、彼がひざまずいてスカートをととのえはじめたので、やんわり止めた。

「ほかにご用はありませんか、プリンセス」フラナガンが尋ねた。「料理番がすぐに朝食のご用意をしますので」と、つけくわえてうなずいた。「お待ちになるあいだ、熱いチョコレートでも召しあがりますか」

「いいえ、結構よ」アレサンドラは答えた。「でも、ペンとインク壺《つぼ》がいるの。取ってきてくださる？」

フラナガンはいいつけに従い、小走りで部屋から出ていった。

「ひざまずいて礼拝しなかったのが不思議なくらいだな」コリンがぼそりとつぶやいた。

その冗談に、アレサンドラは顔をほころばせた。「あんなに気配りのできる人が仕えてくれるなんて幸せね、コリン」

返事はなかった。フラナガンが、アレサンドラに頼まれたものを持ってばたばたと戻ってきた。ペンとインク壺を幅の狭いサイドテーブルに置くと、テーブルごとアレサンドラのもとへ運んできた。

アレサンドラは当然のこととして礼をいったが、それだけでフラナガンはうれしそうに頬を紅潮させた。

「ドアを閉めていけよ、フラナガン」コリンが命じた。「だれも入れるんじゃないぞ」

コリンはまた不機嫌そうになっていた。アレサンドラは小さく溜息をついた。なんだか気むずかしい人みたい。

アレサンドラはコリンをまともに見据えた。「わたしのせいでご機嫌を損ねてしまったのね。だったら、謝ります――」

「きみに腹を立てているわけではない」コリンはぴしゃりといった。

ひとりだったら、アレサンドラは声をあげて笑っていただろう。コリンはどう見ても怒っている、それは間違いない。あんなふうに歯を食いしばっているのが、本心のあらわれでなければいったいなんだというのだろう。

「あらそう」それ以上コリンの気持ちを逆なでしないように答えた。

「だが」コリンは有無をいわせない険しい口調で本題に入った。「いますぐ、われわれは二、三の問題について話しあわなければならない。いったいどうして、ぼくがきみと結婚したがるなどと思ったんだ」

「あなたのお父さまがそうおっしゃったから」

コリンはいらだちを隠そうともしなかった。「ぼくは一人前の男だ、アレサンドラ。自分のことは自分で決める」

「ええ、もちろんあなたは一人前よ」アレサンドラはいった。「でも、これからもずっと、あの方のご子息でもあるのよ、コリン。お父さまのご意向に沿うのがあなたの務めだわ。息子は父親に従うものよ、いくつになってもね」

「ばかばかしい」

アレサンドラは控えめに肩をすくめた。コリンはなんとか我慢していた。「きみが父となにを合意したのか知らないし、父がぼくのかわりになにかを勝手に約束したのなら申し訳ないが、はっきりいっておく。きみと結婚する気はない」

アレサンドラは、両手に持った書きつけに目を落とした。「わかりました」

いかにもどうでもよさそうな口調であっさりと同意され、コリンは面食らった。「断られて怒らないのか」

「怒るわけがないでしょう」

アレサンドラは目をあげてほほえんだ。コリンはすっかりまごついていた。「残念ではあるけれど。でも、怒ってはいないわ。あなたのことはほとんど知らないんですもの。怒るのは筋違いよ」

「たしかに」コリンはすかさずうなずいた。「きみはぼくを知らない。だったらなぜ、ぼくと結婚しようなどと思うのか……」

「そのわけはもう話したでしょう。公爵閣下に、そうしなさいといわれたからよ」

「アレサンドラ、このことはいっておきたいんだが――」

最後までいってもらう必要はなかった。「あなたが結婚しないとおっしゃるなら、それでいいの」

コリンはついほほえんでしまった。プリンセス・アレサンドラが、あまりにもしょんぼりとしていたからだ。

「きみならすぐにふさわしい相手が見つかるよ。そんなに美人なのだからね」

アレサンドラは肩をすくめた。コリンのほめ言葉など気にもとめていないようだった。

「結婚してほしいとはいいだしにくかっただろうね」コリンはいった。

アレサンドラは肩をそびやかした。「結婚してほしいと頼んだわけじゃないわ。閣下の第一目標を伝えただけよ」

「父の第一目標？」

コリンはいまにも笑いだしそうな声をしていた。アレサンドラは、恥ずかしさで顔が赤くなるのを感じた。「からかわないで。ただでさえ、こんなお話はしにくいのだから」

コリンはかぶりを振った。ふたたび口を開いたとき、その声は優しかった。「からかったわけじゃないよ。きみの気持ちはわかる。ぼくたちがこんなふうに気まずい思いをしたのは父のせいだということにしよう。父はしつこくぼくに妻をあてがおうとするんだ」

「閣下には、あなたと結婚の話をしないようにいわれたわ。あなたがその言葉を聞くと、じんましんが出るからって。まずはあなたにわたしとじっくり知りあう時間をもうけて、それから閣下がみずからご自分の望みを伝えたかったみたい。閣下は……そのうち、あなたがわたしを気に入るかもしれないとお考えなの」

「いや、いまだってきみを嫌いではないよ。でも、いまは妻を娶る余裕なんかないんだ。計画では、五年後には経済的に安定して、結婚することができるようになっているはずだが」

「修道院長はきっとあなたを気に入るわ、コリン」アレサンドラは断言した。「計画を立てるのがお好きなの。無計画な人生はむちゃくちゃになると信じていらっしゃるのよ」

「修道院暮らしは長かったのか?」コリンは結婚から早く話をそらそうとした。

「ええ、かなり」アレサンドラは答えた。「コリン、申し訳ないのだけれど、あなたを待っていることはできないわ。わたしはいますぐにでも結婚しなければならないの。ほんとうに残念だけれど……」溜息をついてつけくわえた。「あなたなら、まずまずよい夫になったと思うわ」

「どうしてそう思うんだ」

「閣下がそうおっしゃったから」

ついにコリンは声をあげて笑ってしまった。こらえきれなかった。やれやれ、なんて素直な娘だろう。だが、コリンはアレサンドラが両手でなにかを書きつけた紙をきつく握りしめていることに気づき、すぐに笑うのをやめた。彼女はさっきから困っている。笑われて、ますますいたたまれない気持ちなのだ。

「きみを追い詰めないよう、ぼくから父に話しておく」コリンは約束した。「父にあれこれ吹きこまれて、ぼくがよい夫になると信じこんだんだな。父は口が達者だからね、そうだろう」

アレサンドラは答えなかった。視線を膝に落としたままだった。コリンは不意に、彼女を落胆させた自分がろくでなしに思えてきた。えいくそ、と内心でつぶやいた。なぜこんな気持ちになるのか、わけがわからない。

「アレサンドラ、これは金が絡んだ取引なんだろう。いくらだ」

金額を聞いて、コリンは低く口笛を吹いた。マントルピースにもたれ、かぶりを振る。いままでは完全に、父親に立腹していた。「ようし、がっかりすることはないよ。父がそれだけの大金を払うといったのなら、払わせればいい。きみは取引のとおりに行動するふりをして――」

アレサンドラは、片手をあげてコリンを制した。いつのまにか修道院長のしぐさをまねていた。そうとは知るよしもないコリンは口をつぐんだ。

「誤解なさらないで。閣下がお金を払うわけではないの。わたしがお支払いするのよ。でも、お断りされました。それどころか、わたしがお金で夫を手に入れようとしたことに仰天なさったわ」

コリンはふたたび声をあげて笑った。きっと、彼女は冗談をいっているのだ。

「なんにもおかしいことなんかないわ、コリン。わたしは三週間以内に結婚しなければならないの。そして閣下はそんなわたしを助けようとしてくださっているだけよ。なんといっても、わたしの後見人でいらっしゃるのだから」

コリンは座らずにはいられなかった。ソファの向かいにある革の椅子へ歩いていき、どさりと腰をおろして四肢を伸ばした。

「三週間以内に結婚しなければならない?」

「ええ」アレサンドラは答えた。「だから、あなたのお父さまに助けてくださるようお願いしたの」

「アレサンドラ……」

アレサンドラは紙を掲げて振った。「名簿作りのお手伝いをお願いしたのよ」

「なんの名簿だ」

「婚約者としてふさわしい方の」

「それで?」

「閣下はあなたと結婚しなさいとおっしゃった」

コリンは身を乗り出し、両膝に肘をつくと、険しい目でアレサンドラをにらんだ。「よく聞くんだ」きっぱりといった。「ぼくはきみと結婚しない」

アレサンドラはすかさずペンを取った。インク壺にペン先を浸し、紙の上部に線を引いた。

「なにをしているんだ」

「あなたのお名前を消したの」

「なにから？」

アレサンドラはあきれたような顔をした。「名簿からよ。ところで、テンプルトン伯爵という方はご存じ？」

「知っている」

「いい方かしら」

「とんでもない」コリンはつっけんどんに答えた。「放蕩者《ほうとう》だ。賭博《とばく》のつけを払うのに妹の結婚資金を使ったうえ、いまだに夜ごと賭博場に出没するんだぞ」

アレサンドラはすぐさまふたたびペン先をインク壺に突っこみ、二番目の名前を消した。

「閣下はこの方の賭博癖をご存じなかったのね」

「父はもうクラブに顔を出さないからな」

「なるほど。ああ、思ったより面倒なことになりそうだわ」

「アレサンドラ、なぜそんなに急いで結婚しなければならないんだ」

ペンが宙で止まった。「はい?」アレサンドラは名簿に気を取られていたので訊き返した。

コリンはしかたなく繰り返した。「三週間以内に結婚しなければならないんだろう。その理由を訊いたんだ」

「教会よ」アレサンドラは短くうなずいた。「コリン、タウンゼンド侯爵はご存じ? この方も悪癖をお持ちなのかしら」

もはやコリンの忍耐も尽きた。「名簿を置くんだ、アレサンドラ。ぼくの質問に答えてくれ。いったい、教会がなぜ関係あるんだ……」

アレサンドラは彼をさえぎった。「あなたのお母さまがすでに予約してくださったのよ。ほかのこともすべて手配してくださった。ほんとうにすばらしい方ね。ええ、とてもてきぱきしていらっしゃる。あなたも出席してくださいね。わたしは派手な式はしないと決めていたの。あなたのご両親はご不満だったけれど。こぢんまりと、内々のものにしましょうということで、決着したわ」

父上はご自分の後見している娘がおかしいということをご存じなのだろうか、とコリンは思った。「ひとまず話を整理しよう。きみは準備を万端にととのえて、あとは結婚相手さえ見つかれば……」

「がんばったのはわたしじゃないのよ」アレサンドラが口を挟んだ。「さっきもいったけれど、なにもかも準備してくださったのはあなたのお母さまですもの」

「きみのやり方は間違っていないか？　普通はまず相手を見つけるものだぞ、アレサンドラ」

「たしかにそうね、でもいまは普通の状況じゃないのよ。とにかく大急ぎで結婚しなければならないの」

「どうして」

「礼儀知らずな娘だと思わないでいただきたいのだけれど、あなたはわたしと結婚したくないのでしょう。だったら理由は伏せておいたほうがよさそうだわ。でも、協力してくださるおつもりがあるのなら、ありがたくお願いします」

コリンは引きさがるつもりなどなかった。アレサンドラが結婚しなければならないほんとうの理由を知りたい、それも今日じゅうに。だが、とりあえずは彼女のいうとおりにして、あとでじわじわと核心に迫ることにした。

「よろこんで手伝おう」コリンはいった。「ぼくはなにをすればいいのかな」

「五人——いえ、六人、結婚相手として適当な方のお名前を教えてくださる？　今週中にお目にかかるわ。来週月曜日までには、どなたかに絞れるはずよ」

ああ、この娘にはいらいらさせられる。「きみの要求する条件は？」コリンは穏やかに尋ねた。

「第一に、尊敬できる方であること」アレサンドラは答えはじめた。「第二に、爵位をお持ちであること。娘が平民と結婚したなんて知ったら、父がお墓のなかで身をよじるわ」

「ぼくは爵位を持っていない」コリンは指摘した。

「ナイト爵をお持ちでしょう。合格よ」

コリンは笑った。「なにより大事な条件を忘れているじゃないか。裕福でなければならないだろう」

アレサンドラはコリンに眉をひそめてみせた。「わたしを侮辱したわね」きっぱりという。「でも、わたしのことはまったくご存じないんですものね、いまの嫌味は許してさしあげるわ」

「アレサンドラ、たいていのご婦人は安楽な暮らしをさせてくれる夫を求めるものだよ」

「お金はわたしにとって重要ではないわ」彼女は答えた。「財産のないあなたと結婚しようとしていたくらいだもの」

その率直な言葉に、コリンはむっとした。「ぼくが金を持っているかいないか、きみにわかるわけがないだろう」

「閣下に伺《うかが》ったわ。ねえコリン、あなたって怖い顔をするとドラゴンみたいになるのね。わたしはいつもシスター・メアリー・フェリシティをドラゴンって呼んでいたの。怖くて面と向かってはいえなかったけれど。あなたのしかめっ面も迫力があるわ、ドラゴンという呼び名のほうが似合っているんじゃないかしら」

コリンは挑発に乗らなかった。ここで話をそらさせるつもりもなかった。「ほかに、夫に求める条件は?」

アレサンドラはすこし思案してから答えた。「わたしを放っておいてくれる方。そう……つきまとってくる方はいやだわ」

コリンはまた声をあげて笑った。そして、アレサンドラの表情に気づいたとたんに、笑ったのを後悔した。しまった、彼女を傷つけてしまった。目が潤んでいる。

「ぼくもつきまとってくる妻は遠慮したいね」アレサンドラを慰めたくて、コリンはそういった。

彼女はコリンから目をそむけていた。「お金持ちの女性がいいの?」

「いや。ずいぶん前から、他人の力を借りずに財産を築くと決めているんだ。その誓いは守る。兄はぼくと相棒の会社に資金を出すといってくれたけれどね。もちろん父もだ」

「でも、お断りしたのでしょう。お父さまは、あなたにもっと頼ってほしがっていらっしゃるのに」

コリンは話題を変えることにした。「夫婦の寝室は同じにするのか」

返事はなかった。アレサンドラはまたペンを取った。「候補者のお名前を教えてください」

「だめだ」

「協力するとおっしゃったわ」

「あのときは、きみがここまでばかだとは知らなかったからだ」

アレサンドラはテーブルにペンを置いて立ちあがった。「失礼します」

「どこへ行くんだ」

「荷造りをしに」

コリンはドアまでアレサンドラを追いかけ、腕をつかんで振り向かせた。くそっ、ほんとうに彼女を怒らせてしまった。目に涙を浮かべるアレサンドラなど見たくなかった。涙の原因が自分だとわかっているのだから、なおのこといやだった。

「出ていくな、とりあえずぼくがきみをどうするか決めるまではだめだ」コリンはぶっきらぼうにいった。

「わたしのことはわたしが決めるわ、コリン、あなたじゃない。放っておいてくださるかしら。厄介者扱いされているのに、ここにはいられないわ」

「出ていくな」

コリンはアレサンドラに思いとどまらせようと、わざとにらみつけた。だが、彼女は少しもひるまなかった。それどころか、にらみ返してきた。「わたしをいらないといったのはあなたでしょう」

コリンは苦笑した。「いや、いらないとはいっていない。結婚する気がないだけだ。正直な気持ちをいっているだけだし、そんなに顔を赤くして、ぼくに侮辱されたと思っているんだろう。きみはまだ若いし、世間も知らないんだから、こういうばかげた賭《か》けみたいなことはよせ。父にまかせて――」

「ご病気のお父さまに手伝っていただくわけにはいかないわ」アレサンドラはさえぎった。

コリンの手を振りほどく。「ほかにも助けてくださる方はいます。ご心配なく」

コリンはばかにされたような気がしたが、なぜかはわからなかった。「父が病気できみの面倒を見られないというのなら、ぼくがかわりに引き受けることになる」

「いいえ、違うわ。お兄さまのケインがわたしの後見役になってくださるのよ。順番としてはケインだわ」

「だが、都合のいいことにケインも病気じゃなかったか」

「病気で都合のいいことなんてあるわけがないでしょう、コリン」

コリンは反論せず、それどころか聞こえなかったふりをした。「家族が病気のあいだ、きみの後見人を務める者として、きみがいつどこへ行くのかはぼくが決める。そんなふうに反抗的な目でぼくを見るんじゃないぞ、お嬢さん」厳しくいった。「ぼくは自分のしたいようにする。夜までに、なぜきみがこんなにあわてて結婚しなければならないのか、その理由を聞かせてもらおう」

アレサンドラはかぶりを振った。コリンは彼女のあごをつかんで動けないようにした。「やれやれ、強情だな」彼女の鼻をつまんでから解放した。「しばらく出かけてくる。おとなしくしてるんだぞ、アレサンドラ。出ていったら探しまわるからな」

レイモンドとステファンが玄関の間で待っていた。コリンはふたりの前を通り過ぎ、ふと足を止めた。「彼女を外に出すな」

レイモンドがすぐさまうなずいた。アレサンドラは目を丸くした。「ふたりはわたしの護衛よ、コリン」と大声をあげた。ああ、コリンに鼻をつままれたり、偉そうにお説教されたり、さんざん子ども扱いされたせいで、まさに子どもじみた行動を取ってしまった。

「そうだ、きみの護衛だ」コリンは玄関のドアをあけてアレサンドラのほうへ振り向いた。

「だが、ぼくの指示に従う。そうだろう、ふたりとも」

レイモンドとステファンがすかさずうなずく。アレサンドラはいらだち、コリンの横暴なやり方に文句をいいそうになった。

品位と礼節。そのふたつの言葉が脳裏に響いた。背後に修道院長が立っているような気がして、アレサンドラは肩越しに振り返った。もちろん、ただの気のせいだ。院長は海を隔てた地にいるのだから。それでも、院長のお説教は頭に染みついていた。アレサンドラは平静を装い、こくりとうなずいた。

「お帰りは遅くなるの、コリン？」落ち着き払った声で尋ねた。

コリンには、彼女の声がひきつっていて、いまにもわめきだしそうに聞こえた。わざとにこやかに答えた。「たぶん遅くなる。さびしいか」

アレサンドラもにっこりと笑った。「たぶんさびしくないわ」

彼の笑い声とともにドアが閉まった。

4

アレサンドラは少しもさびしくなかった。コリンは夕食の時間を過ぎても帰ってこなかった。かえって好都合だ。彼がいればあれこれ干渉してきたに決まっている。

その日は一日じゅう、せっせと人に会った。午前も午後も、父親の旧友をもてなした。客は次々とやってきて、アレサンドラの父親への敬意をあらわし、ロンドンでなにかあれば頼ってほしいと申し出た。そのほとんどが貴族だったが、芸術家や労働者もいた。父親の交友は幅広かった。人を見る目があったわけだが、アレサンドラはその性質を受け継いだつもりでいる。父親の友人たちは、ひとり残らずよい人たちだと思えた。

最後の客はマシュー・アンドリュー・ドレイソンだった。太鼓腹の初老の男は、父親が信頼していたイングランドでの代理人で、いまでもアレサンドラの資産の一部を管理している。二十三年間、ロイズの保険契約仲介業者という、だれもが望む職業についている。仲介業者としての彼はこのうえなく有能だ。職業倫理を守るだけではなく、抜け目がない。アレサンドラの父親は、自分の死後は財産管理についてドレイソンに相談するよう妻に指示し、アレサンドラは母親から同じように指示を受けていた。

アレサンドラはドレイソンを夕食に誘った。フラナガンとヴァリーナが給仕した。だが、実際に立ち働いたのはヴァリーナで、フラナガンはもっぱらテーブルでの経済に関する話題に耳を傾けていた。彼はアレサンドラが経済についてこれほど詳しいことに舌を巻き、ご主人さまが帰宅したらここで聞いたことを教えてさしあげることと、頭のなかに書きとめた。

ドレイソンはたっぷり二時間、さまざまな推奨銘柄を紹介した。アレサンドラはみずから選んだ銘柄もつけくわえて、取引の手続きをした。ドレイソンは、アレサンドラの頭文字のみでロイズの保険引受業者と交渉する。女性が投機をするなど、普通は考えられないことだからだ。ドレイソンですら、アレサンドラみずから購入銘柄を決めているとは知らない。女に対する男の偏見は、アレサンドラもよくわかっていた。偏見という障壁を避けるために、アルバートという家族の旧友がいるということにしている。

だが、ドレイソンは、アルバート氏が自分の代理としてアレサンドラに頭文字を署名させるのはなぜなのかと、一度ならず疑問を口にした。アレサンドラは、アルバート氏はこのごろひどく気むずかしくなり、人と会いたがらないのだと、とりあえず答えた。そして、彼はイングランドに暮らすようになって以来、客人は静かな毎日をかき乱すものでしかないと考えているとつけたした。取引のたびに相当な仲介料を受け取っているうえ、いまのところアルバート氏の指示は的を射たものばかりだったので、ドレイソンはそれ以上追及しなかった。顧客を失うことはなによりも避けたい。きっと、アルバートという人物は変わり者なのだろう。

夕食後、ふたりは客間に戻り、フラナガンがドレイソンにポートワインを出した。アレサンドラは客と向かいあってソファに座り、王立取引所をうろつく株式引受人たちのおもしろい話に耳を傾けた。実際に取引がおこなわれるさまを自分の目で見ることができたらどんなにいいだろう。だが、アレサンドラはその光景を思い浮かべるだけで満足するしかない。王立取引所は女人禁制だからだ。

コリンが帰宅したのは、ちょうどドレイソンがポートワインをほとんど飲んでしまったころだった。コリンは外套をフラナガンへ放り、つかつかと客間へ入ってきた。そして客人に気づいてぴたりと足を止めた。

アレサンドラとドレイソンは立ちあがった。アレサンドラは家主に客を紹介した。コリンはドレイソンを知っていて、海運業界でも評判の保険仲介業者に感銘を受けてもいた。過酷な金融の世界でも、彼は自分より顧客の利益を優先する希少な人物だという。実際、彼は見るからに高潔そうで、仲介業者にはめずらしいことだとコリンは思った。

「大事な話しあいの邪魔をしたのではありませんか」コリンは尋ねた。

「仕事の話はちょうど終わったところです」ドレイソンが答えた。「お会いできて光栄です。御社の成長ぶりに注目しておりました。賞賛するしかありません。わずか五年で所有する船を三隻から二十隻まで増やすとは、じつにすばらしい」

コリンはうなずいた。「共同経営者ともども、競争に生き残ろうと努力していますよ」

「外部に投資を募ることはお考えになりましたか。いや、これほど手堅い投機なら、わたし自身も興味がありますのでね」

脚がひどく痛かった。姿勢を変えて顔をしかめ、かぶりを振った。腰をおろして古傷の残る脚を台にのせ、酒で痛みをやわらげたかった。だが、自分を甘やかしたくなかったので、ふたたび姿勢を変えてソファの脇に寄りかかり、なんとかドレイソンとの話に注意を戻した。

「あいにくですが」きっぱりと答えた。「エメラルド海運会社の株は、ネイサンとぼくとで、きっちり二等分しています。外部の方に株をおわけするつもりはありません」

「もし気が変わったら――」

「変わりません」

ドレイソンはうなずいた。「プリンセス・アレサンドラからうかがったのですが、ご家族のご病気が治るまで、一時的にプリンセスの後見人をなさっているそうですね」

「そのとおりです」

「名誉なお役目をお引き受けになったわけですね」ドレイソンはいったんアレサンドラに笑顔を向けた。「プリンセスをよろしくお願いしますよ。希有《けう》な方ですから」

大げさなほめように、アレサンドラは居心地が悪くなった。だが、ドレイソンがコリンに公爵の具合を尋ねたとたん、そちらが気になった。

「今日、会ってきましてね」コリンが答えた。「このところほんとうに調子がよくなかったようですが、ようやく回復してきました」

アレサンドラは驚きを隠せなかった。コリンに向きなおる。「あなたは――」いいかけて、なんとか自分を押しとどめた。あなたはわたしの話をすこしも信じなかったじゃないの、それどころか、自分の父親を嘘つき呼ばわりしたくせに、と口走るところだった。コリンのしたことは非難されるべきではないだろうか。とはいえ、人前で個人的な話をしてはいけない。どんなにむかむかしても、その侵すべからざる原則は守らなければならない。

「ぼくがどうかしたかい?」コリンが尋ねた。アレサンドラがなにをいおうとしたのかわかっている証拠に、にんまりと笑っている。

アレサンドラは穏やかな表情こそ変えなかったが、目つきが冷ややかになった。

「ご両親にはあまり近づきすぎなかったでしょうね」コリンに尋ねてから、ドレイソンに弁解した。「伝染性のご病気かもしれませんから」

「かもしれない？」コリンは笑いを嚙み殺した。

アレサンドラは彼などいないかのように、ドレイソンだけを見ていた。「何日か前にコリンのお兄さまがほんの一、二時間だけお父さまをお見舞いにいかれて、奥さまともども具合が悪くなってしまわれたんです。もちろん、わたしもお兄さまにやめておいたほうがよいと申しあげたかったのですけれど、ちょうど乗馬に出かけていて、帰ってきたときにはもうお兄さまはいらっしゃらなくて」

ドレイソンは公爵一家の災難に同情の意を示した。アレサンドラとコリンは、彼を玄関まで見送りにいった。「では、プリンセス・アレサンドラ、署名していただく書類は三日以内にお持ちします」

まもなくドレイソンが玄関を出ていくと、コリンはドアを閉めた。振り返ったとたん、すぐ後ろで自分をにらみつけていたアレサンドラと目が合った。彼女は両手を腰に当てていた。

「あなたはわたしに謝るべきだわ」アレサンドラはきっぱりといった。

「謝るよ」

「よくもいけしゃあしゃあと——謝る？」

たちまちアレサンドラは気勢をそがれた。コリンはにっこりと笑った。「謝るよ」もう一度いった。「父と兄が病気できみの面倒を見られないなんていう話は、最初から信じていなかった」

「だから自分の目で確かめにいかずにはいられなかったということ？」

コリンはアレサンドラの声に含まれたいらだちには気づかないふりをした。「父の策略だと思ったことは認めるよ。本気でここへ父を連れてくるつもりだった」

「なんのために？」

コリンは正直に話すことにした。「きみをあずかるという責任から解放されたかったからだ、アレサンドラ」

彼女は傷ついた気持ちを隠そうとした。「わたしがここにいることがそんなに迷惑だったなんて」

コリンは溜息をついた。「迷惑とはいっていない。ただ、ぼくはいま仕事で手一杯で、だれかの後見役をする余裕がないんだ」

でもやっぱりわたしが嫌いだからでしょうといわれる前に、コリンは執事に向きなおった。

「フラナガン、飲み物を持ってきてくれ。温かいものがいい。今日みたいな日に馬に乗ると凍えてしまう」

「当然の報いよ」アレサンドラが口を挟んだ。「疑り深いその性格では、いつか困ったことに巻きこまれるわ」

コリンは身を屈め、彼女の鼻先まで顔を近づけた。「疑り深い性格のおかげでここまで生き延びたんだぞ、プリンセス」

その言葉の意味が、アレサンドラにはわからなかった。彼の怖い顔も気に入らなかったので、放っておくことにした。コリンに背を向け、階段のほうへ歩きだす。

コリンは、アレサンドラがぶつぶつとなにかつぶやいていることに気づいたが、はっきりとは聞き取れなかった。どちらにしても、すっかり気が散ってしまって、彼女のつぶやきを聞くどころではなかった。目の前でやわらかく揺れるアレサンドラの腰を見ないようにすることと、その腰つきのなまめかしさに気づかないふりをすることで精一杯だった。

アレサンドラは背後の大きな溜息を聞いて、コリンが後ろから階段をのぼってきているのを知り、振り向かずにいった。「ケインのお宅にも立ち寄ったの、それとも、ケインもご病気だというお父さまの言葉を信じたの?」

「立ち寄ったよ」

アレサンドラはくるりと振り向き、コリンをにらんだ。危うく彼にぶつかるところだったが、アレサンドラのほうが一段上にいたので、ふたりの目と目が同じ高さになった。

アレサンドラは、彼の顔が日に焼けていて、口元は男らしく、微笑を浮かべると瞳が緑色にきらめくことに気づいた。

コリンのほうも、アレサンドラの鼻梁のそばかすは魅力的だと思った。

アレサンドラは、自分の感じ方が気に入らない方向へ進んでいるように感じた。「埃《ほこり》まみれじゃないの、コリン。それに、これは馬のにおいね。お風呂に入るべきよ」

コリンは彼女の口調が気に入らなかった。「きみもぼくをそんなふうににらむのをやめるんだ」彼女に負けず冷ややかな声で命じた。「後見される者が後見人に対してそんなふうに無礼な態度を取るものじゃない」

たしかにそのとおりだ。アレサンドラは返す言葉もなかった。当分のあいだ自分の後見人になってくれるコリンには、敬意を払うべきだろう。けれど、いいなりになるのはいやだった。彼にこのうえなくはっきりと邪魔者扱いされたのだから。

「お兄さまは、少しはよくなったの？」

「半分死人だ」コリンは楽しげにいった。

「お兄さまがお嫌い?」

コリンは声をあげて笑った。「嫌いなわけがないだろう」

「だったらなぜうれしそうに半分死人だなんていうの」

「ほんとうに具合が悪そうだったということは、父の陰謀に荷担していないということだからだ」

アレサンドラはかぶりを振り、ふたたび彼に背を向けると、残りの階段を駆けのぼった。

「奥さまの具合は?」肩越しに尋ねた。

「ケインほど顔色が悪くはなかったよ。ありがたいことに、娘にはうつらなかった。スターンズと田舎にいるのでね」

「スターンズってどなた」

「元執事の養育係だ。ケインとジェイドは全快するまでロンドンにとどまるそうだ。母はだいぶよくなったが、妹たちはまだ食事もとれずにいる。アレサンドラ、きみが元気なのはおかしいな」

アレサンドラはコリンと目を合わせようとしなかった。自分のせいだとわかっていても、口に出して認めたくなかった。「いま考えると、イングランドへ来る道中ですこし体調を崩したみたい」さりげなくつぶやいた。

コリンは笑った。「ケインはきみのことを疫病神だといっていた」

アレサンドラはふたたびコリンに振り向いた。「わざとみなさんに病気をうつしたわけじゃないわ。ほんとうにケインはわたしのせいだとおっしゃったの?」

「おっしゃったよ」コリンは彼女をからかってやろうと嘘をついた。

アレサンドラはがっくりと肩を落とした。「明日にはケインのお宅に移ろうと思っていたのに」

「無理だね」

「わたしというお荷物を押しつけられたと思っているんでしょう」

否定されるのを待った。紳士ならば嘘でも礼儀として優しい言葉をいってくれるはずだ。

「アレサンドラ、たしかにきみはお荷物だ」

正直すぎるその答に、アレサンドラはコリンをにらみつけた。「現状を受け入れて、もう少し感じよくしてほしいものだわ」

小走りに廊下を進み、書斎に入った。コリンはドア枠に寄りかかり、アレサンドラが暖炉のそばのテーブルから書類を集めるのを眺めていた。

「父が病気だという話を信じなかったからといって、まさか本気でぼくに腹を立てているわけじゃないだろうね」

アレサンドラは答えなかった。「わたしの身の上について、お父さまからお聞きになった?」

彼女が不安そうな目をしていることに、コリンは不意を突かれた。「父は長話をできる状態ではなかったよ」

彼女は目に見えて安堵した。

「きみの口から話してくれるんだろう」

コリンはアレサンドラを安心させるべく、低い声で話した。それでも彼女はどなりつけられたかのようにびくりとした。「お父さまからお聞きになって」

「それは無理だ。自分で話してくれ」

「わかったわ」アレサンドラはようやく同意した。「わたしの口からお話しするしかないのね。ほら、フラナガンが通してほしそうにしているわよ」邪魔が入ったことに、アレサンドラは明らかにほっとしていた。

「プリンセス・アレサンドラ、お客さまがお見えです。ハーグレイヴ伯爵ニール・ペリーさまが客間でお待ちです」

「なんの用だ」コリンは尋ねた。

「ヴィクトリアのお兄さまなの」アレサンドラは答えた。「今朝、会っていただきたいとお手紙でお願いしたのよ」

コリンは歩いていって机に寄りかかった。「妹のことで話があるということも伝えたのか？」

アレサンドラはフラナガンに書類を渡し、寝室に持っていくよう頼むと、またコリンに向きなおった。「はっきりとはお伝えしていないわ」

アレサンドラは、コリンにとやかくいうひまを与えず、さっさと部屋を出た。戻ってこいという彼を無視し、自分の部屋へ廊下を歩いていった。ヴィクトリアの兄に尋ねるべきことを書きとめてある紙が、ナイトテーブルに置いてあった。その紙をたたみ、ベッドをととのえているフラナガンにほほえみかけると、下の階へ急いだ。

フラナガンが客間へ先立とうとしたが、アレサンドラは彼を置いていった。客人は客間に入ってすぐの場所に立っていた。アレサンドラが玄関の間まで来ると、彼は振り返ってお辞儀をした。

「こんなに早くにお越しくださって、ありがとうございます」アレサンドラはひざを曲げてお辞儀をするなり、口火を切った。

「大事なお話があるということでしたが、プリンセス。お目にかかるのははじめてですね。以前お目にかかったことがあれば、記憶にあるはずですので」

ヴィクトリアの兄は愛想よくしているつもりなのだろうが、その笑顔は、アレサンドラにはむしろ冷笑に見えた。ハーグレイヴ伯爵ニール・ペリーは、アレサンドラよりほんの数センチ背が高いだけで、身につけているものすべてに糊付けしてあるかのように、かちかちにしゃちこばっていた。その細い顔にヴィクトリアと似たところは見られなかったが、瞳の色は例外だった。そっくりの茶色い瞳だ。だが、ヴィクトリアのほうが、顔立ちはよい。鼻がまっすぐで短めだった。ニールの鼻は鷹《たか》のくちばしのように突き出てとがっている。さえない人だ。鼻声も耳障りに感じる。

でも外見で人の価値は決まらない、とアレサンドラは自分にいいきかせた。ひょっとしたら、ヴィクトリアのようにいい人かもしれない。見るからに神経質そうだけれど。そうではありませんように。

「どうぞ、奥へ入っておかけになって。気になることがあって、それについて二、三お尋ねしたいんです」

ニールはうなずき、むこうを向いて部屋の奥へ歩いていった。アレサンドラがソファに座るのを待ってから、はすかいの椅子に腰をおろし、脚を組んで膝に両手を置く。その爪が男にしては長く、きれいに手入れしてあることに、アレサンドラは目をとめた。

「このタウンハウスのなかを拝見するのははじめてです」ニールは室内を見まわした。そして、軽蔑《けいべつ》をこめた声でつけたした。「もちろん、最高の立地ですが、借りているにすぎないのでしょう」

「ええ、そうです」

「狭すぎるのではありませんか。プリンセスともあろう方には、もっとふさわしいお宅があるように思いますが」

なんという俗物だろう。嫌いにならないようにがんばっているのに、そんなことをいわれては無理だ。でも、ヴィクトリアを見つけるには、兄であるニールの協力が必要だ。

「ここで充分ですわ」アレサンドラは、なんとか愛想よく答えた。「それよりも、妹さんのことでお話があるんです」

ニールの聞きたい話ではなかったらしい。たちまち笑みが消えた。「妹の話は結構です、プリンセス・アレサンドラ」

「とにかく聞いていただけませんか」アレサンドラは返した。「わたしは去年、ヴィクトリアと知りあいました。旅の途中に病気にかかって、聖十字修道院に逗留なさったときのことです。ヴィクトリアからわたしのことはお聞きになっていませんか」

ニールはかぶりを振った。「妹とはほとんど口もききませんので」

「そうなのですか」アレサンドラは驚きを隠せなかった。

ニールは大げさに溜息をついた。「ヴィクトリアは母と暮らしていたんです。ぼくは自分の屋敷を持っていますのでね」かすかに自慢のにじむ口ぶりでつけたした。「もちろん、どこに行ったのか知らないが、妹が出ていったので、母はぼくの屋敷に移ってきましたよ」

彼はいらだちをあらわにし、指先でひざを小刻みにたたきはじめた。

「話しづらいことでしたら申し訳ありません。でも、ヴィクトリアのことが心配なんです。駆け落ちするような人には思えません」

「心配は無用です。心配していただくのがもったいない。自業自得ですよ」

「どうしてそんなに冷たくなさるのかしら。ヴィクトリアが困っているかもしれないのに」

「ぼくにはあなたがそこまで心配なさる理由がわかりませんね、プリンセス」ニールはいい返した。「イングランドには久しぶりにいらっしゃったのでしょう。だから醜聞というものが人の立場にどれだけの影響を与えるのかご存じないのですよ。母はヴィクトリアの浅はかな行動に打ちひしがれています。そうですとも、十五年ぶりにアシュフォードのパーティに招待されなかったのですからね。屈辱のあまり、母はひと月も寝こんでしまいました。すべて妹のせいです。妹は昔から愚かだった。ぼくが知っているだけでも、三人の貴族を袖にしている。もちろん、自分のことしか考えていない。母は立派な結婚相手を見つけてやろうと心を砕いていたのに、妹はこっそり愛人と逢引《あいびき》していたんです」

アレサンドラはこみあげる怒りを呑みこんだ。「ほんとうかどうか、わからないではありませんか。醜聞だなんていっても——」

「どうやら、あなたも醜聞など気になさらないようだ」ニールがぼそぼそといった。「妹と馬が合うのも当然ですね」

「なにをおっしゃりたいの?」

「独身の男とひとつ屋根の下で寝起きしているわけでしょう。いまごろ噂になっていますよ」

アレサンドラは深呼吸をしてどなりたいのをこらえた。「どんな噂ですか」

「サー・コリン・ホールブルックはあなたのご親戚だといわれています。そうではなくて、愛人だという話もあります」

アレサンドラは握っていた紙を膝に取り落とし、立ちあがった。「ヴィクトリアはあなたのことをほとんど口にしませんでしたけれど、その理由がいまわかりました。あなたは意地の悪い人だわ。ヴィクトリアのことが心配でなければ、いますぐここから追い出すところだけれど」

「ぼくがかわりにやろう」

客間の入口からそういったのはコリンだった。ドア枠にもたれ、くつろいだ様子で腕組みをしている。のんびりしているようで、その目つきは……。ああ、あの目は怒っている。アレサンドラは、これほど怒っている彼をはじめて見た。思わず身震いした。

ニールはすっかり不意を突かれたようだった。すぐにわれに返ると、気まずそうに組んだ脚を解いて立ちあがった。

「用件がわかっていたら、そもそもこんなところへは来なかったんですがね。ではご機嫌よう、プリンセス・アレサンドラ」

アレサンドラはコリンから目を離せず、返事もできなかった。コリンがニールに飛びかかるのではないかと、ばかげたことを思った。

その予感は当たっていた。フラナガンが客のためにドアをあけて押さえた。コリンはその隣に立った。涼しい顔をしていたので、彼が本気でニールをつまみ出そうとしていることは、ニール本人には少しも気づかれなかった。

まばたきしていたら見逃していただろう。ニールは豚の悲鳴によく似た憤慨の叫び声をあげた。コリンに首根っことズボンのウエストの後ろをひょいと持ちあげられ、外に放り出されたのだ。着地したのは側溝のなかだった。

アレサンドラは小さく声をあげ、スカートを持ちあげて戸口へ走った。フラナガンは、通りに伸びているハーグレイヴ伯爵の姿をアレサンドラに見せてから、ドアを閉めた。

アレサンドラはくるりとコリンに向きなおった。「これからわたしはどうすればいいの。こんなふうにあなたにつまみ出されたからには、あの人は二度とここに来てくれないわ」

「あの男はきみを侮辱した。それは許せない」

「でも、あの人にはまだ訊きたいことがあるのよ」

コリンは肩をすくめた。アレサンドラはいらいらと髪を手で梳《す》いた。コリンに怒るべきなのか、感謝すべきなのかわからない。「紙はどこへやったのかしら」

「なんの紙ですか、プリンセス」フラナガンが尋ねた。

「ニールに尋ねるはずだったことを書きつけた紙よ」

急いで客間に戻り、ソファの下を覗きこむと、そこに落ちている紙切れが見つかった。

フラナガンはコリンとその様子を見ていた。「プリンセス・アレサンドラはやるべきことを書きつけるのを信条としておられるのですね、ご主人さま」

コリンは黙っていた。自分の前を通り過ぎ、階段をのぼっていくアレサンドラの後ろ姿に、眉をひそめた。

「二度とここへあの男を呼ぶんじゃないぞ、アレサンドラ」大声でいった。あの気取った男の嫌味なものいいに、まだむかむかしていた。

「もちろん、また来てもらうわ」アレサンドラは肩越しにいい返した。「あなたがわたしの後見役をしているあいだは、ここはあなたのお宅であると同時に、わたしの家でもあるのよ。わたしは絶対にヴィクトリアの無事を確かめると決めたの、コリン。そのためにあの方の無礼を我慢しなければならないのなら、そうするわ」

コリンはフラナガンのほうを向いた。「いまの男が来たら追い払え。いいな」

「かしこまりました、ご主人さま。中傷する輩《やから》からプリンセスをお守りするのはわれわれの役目でございます」

アレサンドラはすでに階段をのぼりきり、角を曲がっていたので、コリンの命令もフラナガンの同意の言葉も聞こえていなかった。ほんとうに男というものにはうんざりするが、なかでもニール・ペリーは最悪だ。さしあたって、彼のことは頭から追い出すことにした。これからどうするかは明日考えても遅くはない。

ヴァリーナが寝室で待っていた。アレサンドラの持ち物は、ヴァリーナとフラナガンが隣のコリンの部屋から運びこんであった。

アレサンドラはベッドに腰かけ、靴を蹴って脱いだ。「もうしばらくここにいなければならないみたいだわ、ヴァリーナ」

「お荷物が届いていますよ、プリンセス。荷解きしてもよろしいですか」

「明日でいいわ。まだ早いけど、今夜はもう休むことにするから。あなたもさがっていてもいいわ」

ヴァリーナは出ていった。アレサンドラはのろのろと寝る支度をした。今日はたてつづけに人と会ったのでくたびれた。何人もの父の友人に会い、素敵な思い出話を聞いたことで、両親がなつかしくてたまらなくなった。それに、ニールがあれほど冷淡で自分勝手な男だとわかり、腹が立ってしかたがなかった。彼をどなりつけ、愛する母と妹がいるということに感謝すべきだと説教してやりたかった。でも、彼には通じないだろう。家族を大事にしない人々はほかにも知っているが、ニールも彼らと同じだ。

やがて、アレサンドラは自分を哀れむ気持ちに屈した。心から気にかけてくれる人はだれもいない。コリンには、はっきりと厄介者扱いされ、ほんとうの後見人は息子より優しくてものわかりがよいとはいえ、正直なところでは、やはり厄介者を押しつけられたと感じているに違いない。

母親が恋しかった。家族の思い出は、もはやアレサンドラを慰めてはくれなかった。孤独で胸が痛くなるだけだった。しばらくしてベッドへ行き、上掛けの下にもぐりこんで泣きながら眠りについた。真夜中に目を覚ましたが、気分は晴れず、あろうことかまた涙が出てきた。

コリンが嗚咽を聞きつけた。彼もまたベッドにいたが、眠れずにいた。脚がずきずきと痛むせいで、少しも眠気を感じなかった。アレサンドラは声を殺して泣いていたが、コリンは家のなかのどんなささいな物音も聞き逃さない。すぐさま上掛けをはねのけ、ベッドを出た。部屋を突っ切りかけたところで、自分が一糸まとわぬ裸だったことを思い出した。ズボンをはき、ドアノブに手をかけて、はたと動きを止めた。

アレサンドラを慰めてやりたいが、いま出ていけば気まずい雰囲気になってしまうだろうと思われた。泣き声はくぐもっているので、彼女は音をたてないよう精一杯こらえているのだろう。泣いていることに気づかれたくないのだろうから、放っておいてやったほうがよいのかもしれない。

「まいったな」コリンはつぶやいた。自分がどうしたいのか、さっぱりわからない。いつもはこれほど優柔不断ではないのだが。直感は、アレサンドラと距離を置けと告げている。関わるべきではない、厄介な存在だ。

コリンはくるりと向きを変えて自分のベッドに戻った。そしてようやく、真実を認めた。アレサンドラに気まずい思いをさせたくなかっただけではない。自分自身の下劣な想像から彼女を守るためでもある。アレサンドラはベッドにいるはずだ。おそらく薄い寝間着だけを身につけて。近づいたら、触れずにいられないのはわかっている。

歯を食いしばって目を閉じた。こんなことを考えているのを隣の部屋にいるうぶな娘が知ったら、護衛たちをベッドのそばに立たせるに違いない。
くそっ、彼女がほしい。

彼は娼婦《しょうふ》を殺してしまった。手違いだった。まったく満足できるものではなかった。急激にこみあげた万能感と興奮は薄れている。数日間、この問題について考えたあげく、もっともな理由に思い当たった。よろこびの大波は、満足のいく狩りのあとにやってくる。あの娼婦はあまりにも簡単に引っかかったから、悲鳴には興奮させられたが、やはりだめだ。そう、どれだけ巧妙に獲物をおびき寄せることができたか、そこが肝心なのだ。名手が無垢《むく》な娘を誘惑する。それが決定的に大切な要素だ。あの娼婦は薄汚れていた。他の女たちと永遠の眠りにつくに値しない。だから、川に投げ捨て、野生動物の餌にした。
次はレディでなければならない。

翌朝、アレサンドラが一階におりたときには、コリンは出かけたあとだった。フラナガンとレイモンドと一緒に食堂のテーブルに着き、アレサンドラはその朝届いたばかりの招待状の束をよりわけた。ステファンは、夜のあいだ見張りに立っていたので、まだ眠っていた。アレサンドラは、だれかが一晩じゅう起きている必要はないと考えていたが、二名の護衛のうち年かさのレイモンドが、頑として反対した。彼は、いざというときに備えて、絶えずどちらかひとりが警戒していなければならない、いったん護衛の仕事をおおせつかったからには、自分のやり方でやらせてほしいと主張した。

「でも、ここはイングランドよ」アレサンドラはもう一度いった。

「将軍をあなどってはなりません」レイモンドはいった。「そもそもだからここへ来たのではありませんか。将軍がわれわれの次の船で追っ手を送りこんでいてもおかしくないのですよ」

アレサンドラは抵抗をあきらめ、招待状の山に目を戻した。

「ロンドンに到着したばかりなのに、こんなにたくさんの方に知られているのが驚きだわ」

「わたしにとっては驚きでもなんでもありません」フラナガンがいった。「プリンセスがいらっしゃったと噂になっていると肉屋から聞いたと、料理番が申しておりました。こちらに滞在なさっているということで、悪くいう者も少しばかりいるようです。侍女と二名の護衛をお連れであることなど関係ないといわんばかりで。ただ、おもしろい噂話もありまして……じつにばかげたものですが……」

アレサンドラは一通の封筒から手紙を取り出そうとしているところだった。その手を止めて、フラナガンの顔を見あげた。「ばかげた噂って？」

「プリンセスとご主人さまが親族同士だと」フラナガンは説明した。「ご主人さまはプリンセスのいとこだと思われているようです」

「ニール・ペリーもそんなことをいっていたわ。それから、コリンがわたしの愛人だと思っている人もいるんですって」

フラナガンは当然のことながらぎょっとした。アレサンドラは手を伸ばして彼の手を軽くたたいた。「大丈夫。人間というのは自分が信じたいことを信じるものよ。コリンはお気の毒だけど。ただでさえわたしのことをうっとうしがっているのに、いとこなんていわれようものなら、どうなってしまうことやら」

「どうしてそんなことをおっしゃるのですか」フラナガンが尋ねた。「ご主人さまはプリンセスがここにいらっしゃることをおよろこびですよ」

「感心したわ、フラナガン」

「どういう意味でございましょう、プリンセス」

「あなたはいま、真顔で最高に嘘くさい嘘をついたのよ」

フラナガンはアレサンドラの笑顔を見て、ようやく笑った。「そうですね、あれほど帳簿に忙殺されておいでalong-でなければ、プリンセスがいらっしゃることをおよろこびになったのでしょうが」

主人の面目をつぶさないようにしているのだろう。アレサンドラは同意したふりをしてうなずくと、手紙の仕分けを再開した。フラナガンが手伝わせてほしいというので、アレサンドラは封筒に封をする仕事を与えた。

アレサンドラの紋章はとてもめずらしい。フラナガンは似たものすら見たことがなかった。それは、くっきりとした城の線画で、一本の塔の頂《いただき》に、鷲《わし》か鷹のようなものがとまっている。

「このお城には名前があるのですか、プリンセス」フラナガンは細部まで描きこまれている図案に興味を惹かれて尋ねた。

「〈石の聖域《ストーン・ヘイヴン》〉というのよ。わたしの両親はここで結婚したの」

アレサンドラは、質問にひとつひとつ答えた。フラナガンが見るからに楽しそうなので、気分も明るくなった。アレサンドラがほかにももう一カ所、城を所有していると話すと、フラナガンは仰天した。アレサンドラはその顔つきに笑った。彼はほんとうに愉快な人だ。

ふたりは昼過ぎまで一緒に作業をつづけたが、やがて午後一時の鐘が鳴り、アレサンドラは二階へあがって着替えた。フラナガンには、できるだけきれいにしてお客さまをお迎えしたいとだけ話しておいた。

午後七時ごろ、コリンが帰宅した。一日じゅう座りっぱなしで仕事をしていたため、体は凝り固まり、気持ちもいらいらしていた。そのうえ、重たい帳簿を脇に抱えてもいた。

二階へあがる階段に、フラナガンが仰向けに伸びているのが目に入った。玄関のドアをあけてコリンを出迎えたのは、レイモンドだった。

フラナガンはすっかりくたびれているようだった。

「どうしたんだ?」コリンは尋ねた。

執事はぼんやりとした状態からわれに返り、立ちあがった。「今日もお客さまがいらっしゃいました。それがまったくの不意打ちでございまして。もちろん、プリンセスをおとがめしているわけではございませんし、たしかにお客さまがいらっしゃるとはおっしゃっていたのです。けれど、まさかあの方だとは思いもしませんでしたし、お付きの方も大勢いらしたので、わたくしとしたことが料理番がせっかく用意したお茶をこぼしてしまいました。お客さまがお帰りになったあと、港の労働者らしき男がやってきましてね。わたくしは物乞いだと思ったものですから、裏口へまわって料理番から食べ物をもらうようにいったのですが、プリンセスはそれを聞きつけて玄関に飛んできました。なんと、その男を待っていたそうなのですよ、しかもご主人さま、プリンセスは先の方と同じようにその男を丁寧におもてなしなさったのです」

「先の方?」コリンはフラナガンの混沌《こんとん》とした話をなんとか理解しようと尋ね返した。

「摂政皇太子殿下でございますよ」

「なんだって。嘘だろう」

フラナガンはまや階段に腰をおろした。「あんな失敗をしでかしたのをスターンズおじに知られたら、殴られてしまいます」

「あんな失敗？」

「皇太子殿下の上着にお茶をこぼしてしまいました」

「よくやった」コリンはいった。「できれば給料をあげてやりたいところだ」

フラナガンは顔をほころばせた。主人が皇太子を嫌っているのを忘れていたのだ。「わたくしは殿下のお出ましに肝をつぶしたのですが、プリンセスはまったく普段通りでした。じつに落ち着いていらっしゃいました。ところが皇太子殿下のほうは、いつもの気障《きざ》な感じはどこへやら、のぼせあがった男子生徒のようでございましたよ。どう見てもプリンセスに首ったけのご様子で」

そのとき、階段の上にアレサンドラが現れた。コリンは目をあげ、とたんに顔をしかめた。胸が苦しくなり、自分が息を止めていたことに気づいた。

アレサンドラはこのうえなく美しかった。銀色と白のドレスは、彼女が動くたびにかすかにきらめいた。ドレスの襟《えり》ぐりはさほど深くないが、胸元のふくらみがわずかにうかがえた。

髪は純白の細いリボンを編みこみ、結いあげてあった。うなじの後れ毛がふわふわと踊っている。

その姿は息を呑むほど美しかった。コリンの全神経が反応していた。いますぐ彼女を抱きすくめ、キスをして味わえたら……。

「どこへ行くんだ」コリンは将官のように厳しく問いただした。怒りが欲望を隠してくれた——のならよいのだが。

アレサンドラは、コリンのとげとげしい声に目をみはった。「オペラよ。皇太子殿下が、今夜はぜひご自分のボックス席を使うようにとおっしゃるの。レイモンドを連れていくわ」

「うちにいるんだ、アレサンドラ」コリンは命じた。

「プリンセス、わたしは皇太子殿下のボックス席まではご一緒できません」レイモンドが、その威圧的な巨体にふさわしからぬ哀れな口調でいった。

「殿下はいらっしゃらないのよ、レイモンド」

「それでも、なかには入れません。不適切です。わたしは馬車でお待ちします」

「どこに行こうが、ぼくが付き添う」コリンはきっぱりといった。ついでに、本気だとわからせるために、怖い顔でにらみつけてやった。

アレサンドラはぱっと輝くような笑みを浮かべた。そのとき、コリンは気づいた。そもそも彼女はレイモンドを歌劇場のなかまで引きずりこむつもりなどなかったのだ。そして自分はまんまと彼女に付き添うはめになってしまった。

「では、急いで着替えてきてくださいな、コリン。遅れたくないもの」

「オペラなんか大嫌いだ」

野菜を食べなければならないことに不平をいう子どものような口調だった。アレサンドラは、気の毒だとも思わなかった。彼女自身、とくにオペラが好きというわけではないが、コリンにそのことを話すつもりはなかった。話せば、コリンは行きたがらないだろうし、せっかくの摂政皇太子の申し出をむげにしては失礼だ。

「それはあいにくだわ、コリン。でも、一緒に来てくださるとおっしゃったでしょう。急いでいただけるかしら」

アレサンドラはスカートの裾《すそ》を持ちあげて階段をおりた。フラナガンがぽかんと口をあけて見ている。アレサンドラは、すれちがいざまにほほえみかけた。

「まるでプリンセスのような物腰ですね」フラナガンは主人にささやいた。

コリンは苦笑した。「現にプリンセスだろう、フラナガン」

と、苦笑が引っこんだ。アレサンドラの襟ぐりは、コリンが思ったより深かった。間近からは、胸の谷間が垣間《かいま》見える。

「出かける前に、別のドレスに着替えるんだ」コリンはいった。

「なぜ着替えなければならないの？」

コリンはぶつぶつと小声で悪態をついた。「そのドレスは……人目を惹きすぎる。劇場じゅうの男たちに、じろじろ見られたいのか」

「殿方がわたしをじろじろ見ると思います？」

「当たり前だろう」

アレサンドラはにっこりした。「それはよかった」

「男の目を惹きたいのか」コリンはぎょっとした。

アレサンドラはあきれたようにいった。「当然でしょう。わたしは結婚相手を探しているのよ、お忘れかしら」

「とにかく着替えてくるんだ」

「いいえ、このままで行きます」

「着替えろ」

白熱した口論のあいだ、フラナガンは右へ左へ首を動かしていたが、だんだん首筋が痛くなってきた。

「あなたのおっしゃることはばかげているわ」アレサンドラがいった。「それに、おそろしく古くさい」

「ぼくはきみの後見人だ。きみを守るためには、ばかげたことも古くさいこともいう」

「コリン、少しは考えてくださらないと。ヴァリーナはこのドレスのしわを伸ばすのに、さんざん時間も手間もかけてくれたのよ」

コリンは最後までいわせなかった。「そんなことをいっているうちに、時間はどんどん過ぎていくぞ」

アレサンドラはかぶりを振った。彼のしかめっ面がどんなに怖くても、屈したくはなかった。

コリンがつかつかと歩いてきた。なにをするのかと思っているうちに、彼はアレサンドラのドレスのボディスをつかみ、生地をあごまで引っぱりあげようとしていた。

「歌劇場だろうがどこだろうが、襟があきすぎだと感じれば、そのたびにこんなふうに引っぱりあげるからな」

「着替えてくるわ」

「そのほうがいい」

コリンが手を離すと同時に、アレサンドラは背中を向けて階段を駆けのぼった。「あなたはひどい方だわ、コリン」

コリンは意にも介さなかった。とりあえず彼女に着替えさせることができたのだから、侮辱されようがかまうものか。飢えた独身男の群れがいやらしい目で彼女を眺めるようなことだけは阻止しなければならない。

手早く顔を洗い、正装に着替え、十五分もかけずに一階へ戻った。

アレサンドラがようやく着替えを終え、階段をおりようとしたとき、コリンが食堂からのんびりと出てきた。彼は青リンゴを食べていたが、階段の上に現れたアレサンドラを見て、ぴたりと動きを止めた。そして、彼女のボディスをじっくりと検分してから、それでよいというようにうなずいてみせた。満足そうに口元がゆるむ。勝ってご満悦なんだわ、とアレサンドラは思った。この深緑のドレスなら控えめでよいと考えたのだろう。じつは違うのだけれど。襟ぐりは深いV字に切れこんでいるが、とやかくいわれないよう、抜け目なくレースのハンカチを挟んでおいたのだ。

このドレスを選んだのは、コリンを挑発するためではなかった。ほかに選択肢がなかったのだ。ヴァリーナがちょうどこのドレスのしわを取り終えたばかりで、ほかのものはまだしわくちゃだった。

コリンはたしかに素敵だった。黒がよく似合う。糊付けした白いクラヴァットをゆるめながら、リンゴをかじっている。

それなのに、信じられないほど男の色気を醸し出していた。広い背中で上着の生地が張りつめている。ズボンはみだらなまでにぴったりとしていて、アレサンドラはたくましい太もの線に、つい目を奪われた。

オペラ座までの道中ずっと、コリンは上の空だった。アレサンドラは狭い馬車のなかで彼の向かいに座り、膝の上で両手を重ねていた。彼の脚が当たり、暗闇のなかでは、いつもより彼の体の大きさに気圧《けお》された。そして、彼の沈黙にも。

「きみが皇太子殿下と親しいとは知らなかったな」コリンがつぶやいた。

「親しいわけではないわ。今日はじめてお目にかかったんですもの」

「フラナガンがいっていたぞ、殿下はきみにすっかりご執心だと」

アレサンドラはかぶりを振った。「殿下には、わたしがだれかということではなく、わたしがなにかということが肝心なの」

「というと?」

小さく溜息をついてから答えた。「殿下がいらしたのは表敬訪問よ、コリン。わたしがプリンセスだからいらしたの。わたしの人となりはまったくご存じないわ。これでおわかりでしょう?」

コリンはうなずいた。「世間の連中は、きみがプリンセスだからちやほやするんだ、アレサンドラ。人々が親切にすることには裏があるかもしれないとわかっていてくれて、安心した。案外、大人だということだ」

「大人？　いいえ、ひねくれているのよ」

コリンはほほえんだ。「そうともいう」

沈黙のうちに時間が流れた。やがて、コリンがふたたび口を開いた。「あの方のことは好きなのか」

「どなたのこと？」

「皇太子殿下だ」

「好きもなにもないわ、よく知らないもの」

「はぐらかすな、アレサンドラ。正直にいってくれ」

「一応、礼儀正しく接したわ」アレサンドラは答えた。「でも、あなたには正直にいいます。好きにはなれなかったわ。どう、ご満足？」

「満足だ。きみには人を見る目があるということだからな」

「ほんとうは、殿下は優しい方かもしれないけれど」好きにはなれなかったと認めたのを後ろめたく思った。

「優しくはないよ」

「あなたはなぜあの方がお嫌いなの？」

「約束を破ったんだ――ぼくの会社の共同経営者との約束を」コリンは答えた。「皇太子殿下はネイサンの奥方のサラのものだった財産をあずかっていたんだが、その後、自分のものにしてしまった。やり方が汚い」

「恥ずべきことね」

「きみはなぜあの方を好きになれなかったんだ？」

「なんだか……うぬぼれている感じがして」

コリンは鼻を鳴らした。「たしかに……」口にしかけていた辛辣《しんらつ》な言葉を引っこめ、代わりにいった。「鼻持ちならないところがある」

王立歌劇場の前で、馬車が大きく揺れながら止まった。アレサンドラはコリンをじっと見つめながら白い手袋をはめた。「あなたのお仕事のお仲間になにをしたのかを知っていたら、あの方をお宅に入れたりしなかったわ。ごめんなさい、コリン。あなたのおうちはあなたのお城だもの、お友達以外は入れてはいけなかったわね」

「知っていれば、あの方を追い払ったのか」

アレサンドラはうなずいた。コリンにウインクされ、たちまち胸の鼓動が速まった。ああ、この人は魔法使いだわ。

御者の隣に座っていたレイモンドが御者台から飛び降り、馬車のドアをあけた。

コリンが先に降り、振り向いて手をさしのべた。アレサンドラがその手を取ろうとしたとき、外套の前が分かれた。ボディスの胸元に挟んだハンカチが、舗道に降り立った拍子にはらりと地面に落ちた。

コリンはアレサンドラの深く切れこんだ胸元を見やるや、怖い顔になった。

怒っているのだ。アレサンドラはとっさに逃げようとして、縁石につまずいた。コリンに捕まり、くるりと馬車のほうへ振り向かされると、胸元にふたたびハンカチを突っこまれた。

屈辱のあまり、アレサンドラもコリンをにらみ返した。しばらくにらみあったあと、アレサンドラはついに屈服し、顔をそむけた。

コリンはアレサンドラの外套の前を合わせると、いきなり肩を抱くようにして歌劇場の入口へ向かった。アレサンドラは、彼が騒ぎ立てなかったことに感謝すべきなのだろうと思った。いまのささやかな諍《いさか》いは、だれにも気づかれなかったはずだ。歌劇場へ入っていく人々の視線を彼がさえぎってくれたからだ。そう、やはり感謝しなければならない。けれど、ありがたいとは思えなかった。コリンのやることなすこと、まるでおじいさんのようだ。

「あなたは長いあいだ帳簿と一緒に過ごしすぎたのよ、コリン。もっと外に出かけなければだめよ。そうすれば、わたしのドレスなんか少しもはしたなくないってわかるわ。それどころか、控えめすぎるくらいよ」

腹立たしいことに、コリンは信じられないといわんばかりに鼻を鳴らした。アレサンドラは彼を蹴りつけてやりたくなった。「そんなに保護者の役目が気に入ったのね」

コリンはアレサンドラの肩をがっちりとつかまえたまま、階段をのぼった。アレサンドラは、何度もその手から逃れようとしたが、コリンは絶対に手を離すつもりはないらしい。アレサンドラはあきらめた。

「アレサンドラ、父はぼくを信用してきみを託した。ぼくが気に入ったかどうかは関係ない。ぼくはきみの後見人だ、だからきみはぼくの指示に従うんだ」

「残念だわ、あなたはお父さまに少しも似ていない。お父さまはとても優しくてものわかりがいい方だわ。もう少し見習うべきよ」

「娼婦みたいな格好をやめれば、ぼくももっとものわかりよくふるまってやる」

アレサンドラは息を呑み、しゃっくりのような音をたてた。「わたしを娼婦呼ばわりした人ははじめてだわ」

アレサンドラが憤慨しても、コリンは黙っていた。ただ、頬をゆるめただけだった。

その後、長いあいだふたりとも口をきかなかった。摂政皇太子のボックス席に案内され、並んで座った。

歌劇場は満員だったが、コリンが見たところ、舞台を鑑賞しているのはアレサンドラだけのようだった。だれもがアレサンドラを見つめていた。

アレサンドラは人々の視線に気づかないふりをしていた。完璧に落ち着いていた。槍《やり》が通っているかのように背筋を伸ばし、一瞬たりとも舞台から目を離さなかった。とはいえ、コリンには彼女の手元が見えた。両手は膝の上できつく握りしめてあった。

コリンは少しアレサンドラに身を寄せた。それから、手を伸ばして彼女の両手を包みこんだ。彼女はまっすぐ舞台を見つめたまま、強く手を握り返してきた。ふたりは舞台が終わるまでそのままでいた。

糊付けした白いクラヴァットのせいで、コリンは息が詰まりそうだった。クラヴァットをかなぐり捨て、舞台側の手すりに両足をのせて目を閉じることができればどんなにいいだろう。だが。そんな無礼なふるまいに及べば、アレサンドラが心臓発作を起こしてしまう。もちろん彼女に恥をかかせるわけにはいかないが、くそっ、社交界につきものの上品ぶったあれやこれやは大嫌いだ。

摂政皇太子のボックス席に座らなければならないはめになったことが、腹立たしくてたまらなかった。ネイサンが知ったら、一週間は大笑いするだろう。彼のほうがコリンよりよほど皇太子を嫌っているのだ。あまり高潔ではない皇太子に財産をだましとられたのは、ネイサンの妻だからだ。

鑑賞したくもないオペラを観なければならないせいで、コリンの神経はますますささくれだっていた。やがて、コリンは目を閉じ、舞台から襲ってくる甲高い騒音を頭から締め出そうと努めた。

コリンが居眠りしていることにアレサンドラが気づいたのは、幕がおりてからだった。コリンもオペラを楽しんだか尋ねようと振り返り、口を開こうとしたそのとき、彼がいびきをかきはじめた。アレサンドラは吹き出しそうになった。笑いをこらえるのに骨が折れた。たしかにオペラはひどく、正直なところアレサンドラも眠ってやりすごしたかったくらいだ。とはいえ、そのことをコリンに認めるつもりはなかった。彼がほくそえむのは目に見えている。

アレサンドラはコリンを肘で強く突いた。彼はびくりと目を覚ました。

「ほんとうに、あなたって信じられないことをするのね」声をひそめていった。

コリンはまだ眠そうな目でにやりと笑った。「だったらうれしいね」

彼に嫌味をいっても無駄だ。アレサンドラはあきらめた。席を立ち、外套を取ると、彼に背を向けてボックス席から出た。コリンがついてきた。

一階の玄関ホールは人であふれかえっていた。だれもがアレサンドラを間近に見ようと待っていたのだ。いつのまにか、アレサンドラは自己紹介をさせてほしいという紳士たちに囲まれていた。混雑のなかコリンを見失い、ようやく姿を見つけたときには、彼も女に囲まれていた。これ見よがしに胸元を覗かせたけばけばしい赤毛の女が、コリンの腕にしがみついている。その様子に、アレサンドラはクリームの入ったボウルを見つけたばかりのおなかを空かせた野良猫を連想した。

コリンは見るからにその女の獲物だった。アレサンドラは、どこかの伯爵だかなんだかと自己紹介した紳士の話に耳を傾けようとしたが、視線はどうしてもコリンに戻ってしまう。彼は注目を浴びて得意になっているように見え、アレサンドラはなぜかむかむかと腹が立った。

このわけのわからないいらだちは、まったく突然に襲ってきた。気分は最低最悪だった。女の手がコリンの腕をつかんでいるのが、とにかく見ていられなかった。

だが、コリンよりよほどいやになるのが、そんな自分だった。イングランドに来てからというもの、努めてプリンセスらしくふるまおうとしてきた。修道院長が大切にしていた品位と礼節というふたつの言葉が頭のなかで鳴り響いた。修道院長はいつも、軽はずみな言動は厳に慎むようにといい、アレサンドラのとっさの思いつきがどんな悲惨な結果をもたらしたか、十の事例を並べ立てた。

アレサンドラは溜息をついた。コリンのそばへつかつかと歩いていき、あのいやらしい女の手を彼の腕からひっぺがすのは、おそらく軽はずみな言動だろう。それに、明日には噂になり、そんなことをしたのを後悔するはめになるのは目に見えている。

まるで玄関ホールの壁が自分に向かって迫ってくるような気がした。さっさと立ち去ろうとする者はひとりもいないようだった。だれか有名人がいるのかひと目見ようと、狭い空間にどんどん人が集まってくる。

新鮮な空気が吸いたくてたまらなかった。ぜひまたお目にかかりたいので手紙をお送りしてもよいかと話している紳士に失礼しますと告げ、人混みを縫って少しずつドアのほうへ進んだ。

コリンがついてきているかどうかなど、どうでもよかった。劇場の外に出て、階段の上で足を止めると、さほど新鮮とはいえない街の空気を深々と吸いこみ、外套をはおった。階段の真下で、コリンの馬車が待っていた。レイモンドがすぐにアレサンドラに気づき、御者台から飛び降りた。

アレサンドラはドレスの裾を持ちあげて階段をおりはじめた。そのとき、だれかに腕をつかまれた。ようやくコリンが追いついたのだろう。その握力は痛いほどだった。強く握りすぎだといってやろうと思い、振り返りつつ彼の手を振りほどこうとした。

そこにいたのはコリンではなかった。アレサンドラの腕を握っている見知らぬ男は、頭からつま先まで黒ずくめだった。黒い帽子を目深にかぶっている。顔がはっきりと見えなかった。

「放してください」アレサンドラはいった。

「いまからお国へお連れします、プリンセス・アレサンドラ」

胸がすっと冷たくなった。男は父親の祖国の言葉で話しかけてきた。アレサンドラは事態を理解し、恐慌に陥らないように耐えた。あとずさって逃げようとしたが、べつの男に背後から捕まえられた。痛いほどぎりぎりと手を締めつけてくる。アレサンドラはにわかに怒りを覚え、痛みも忘れた。最初の男は味方を得て、アレサンドラを建物の脇へ引っぱっていこうとしている。劇場正面に並んだ石の柱の陰から三人目が現れ、レイモンドを阻止すべく階段を駆けおりた。レイモンドはアレサンドラを守ろうと突進してくると、三人目の男を殴りつけたが、男は後ろに少しよろめいただけで、刃物で逆襲した。レイモンドの顔の脇から血が流れ出したのを見て、アレサンドラは悲鳴をあげた。

とたんに、背後から手で口をふさがれた。できるだけ強くその手に嚙みついてやった。相手は苦悶《くもん》の声をあげ、手をずらした。

だが、すぐに首を絞められた。男は、痛い目にあいたくなければ抵抗をやめろと繰り返した。

アレサンドラは恐怖にとらわれた。息ができない。なんとかこの恐ろしい男から逃れてレイモンドのもとへ走ろうと、さらに暴れた。レイモンドを助けなければ。出血がひどくて死んでしまうかもしれない。ああ、わたしのせいだ。将軍の追っ手が捕まえにくるかもしれないというレイモンドの忠告を聞き入れるべきだった。おとなしくコリンの家にいればよかった……そうすべきだったのに……。

コリンの声が、姿が見えるより先に聞こえてきた。アレサンドラが訊いたこともないような憤怒《ふんぬ》の叫び声が、暗がりのなかで響き渡った。背後からアレサンドラを捕まえていた男が、不意に離れ、石の柱に頭から突っこんでいった。そして、捨てられたリンゴの芯のように、地面に転がった。

アレサンドラは咳きこみ、あえいだ。腕をつかんでいた男の前に引っぱられ、盾がわりにされた。だが、コリンがそれを許さなかった。彼の動きはすばやく、アレサンドラには協力するひまもなかった。拳《こぶし》が男の顔にぶつかる。帽子が吹き飛び、男は階段を転げ落ちた。どさりと音をたてて止まったのは、レイモンドの足元だった。レイモンドは攻撃をかわすのに必死で、敵の手のなかで鈍く光るナイフに気を取られていた。

コリンが後ろから近づくと、ナイフを持った男は振り向きざまに飛びかかった。コリンは男の手からナイフを蹴り飛ばし、腕をつかんだ。その腕を不自然な方向にねじる。骨の折れるおぞましい音につづいて、悲鳴があがった。それでもコリンは攻撃の手をゆるめず、男の頭を馬車の後部にたたきつけた。

アレサンドラは階段を駆けおりた。ボディスからハンカチを抜き取り、レイモンドの右頬の深い切り傷から流れ出している血をぬぐった。

コリンは、ほかにもまだ敵がいるかもしれないと考えていた。家に帰るまでは、危険が去ったと見なすことはできない。

「馬車に乗るんだ、アレサンドラ。早く」

その声は怒りでこわばっていた。アレサンドラは、怒りは自分に向けられているのだと思った。急いで命じられたとおりにしつつ、レイモンドも連れていこうとした。彼の腕を自分の肩にかけてつっかい棒がわりになり、わたしに寄りかかりなさいとささやいた。

「わたしなら大丈夫です、プリンセス」レイモンドがいった。「早くお乗りください。ここは危険です」

コリンがレイモンドからアレサンドラを引き離した。ほとんど放りこむようにアレサンドラを馬車に押しこむと、レイモンドのもとへ戻って手をさしのべた。

レイモンドにアレサンドラをまかせられる状態であれば、コリンはここに残って彼女を襲おうとした者たちの意図を問い詰めたかった。だが、レイモンドはかなり出血していて、いまにも気を失いそうな様子だった。

コリンは小声で悪態をつき、馬車に乗った。御者はすぐに口笛で馬に指示を出し、速歩で走らせた。

アレサンドラはレイモンドの隣に座っていた。「だれも助けにきてくれなかったのが不思議だわ」とつぶやく。「わたしたちが襲われていることに、だれも気づかなかったのかしら」

「あのとき、劇場の外にいたのはプリンセスだけでしたので……」レイモンドが答え、座席の隅にうずくまった。「あっというまのできごとでした。付き添いの方はなぜそばにいらっしゃらなかったのでしょう」

レイモンドはそういいながら、コリンをにらみつけた。頰に添えたハンカチは赤く染まっている。傷口にハンカチを当てなおし、アレサンドラに向きなおった。

アレサンドラは膝の上で両手を重ねてうつむいた。「全部わたしが悪いの。あまりの混雑に我慢できなくて、新鮮な空気を吸いたかったの。待たなかったのが間違いだったわ」

「そのとおりだ、待たなかったのが間違いだったんだ」

「怒らないで、コリン」

「ヒルマンはいったいどこにいたんだ」

「あなたがわたしを置き去りにする前に紹介してくださった伯爵のこと?」

「置き去りにしたわけじゃない。ヒルマンが友人を紹介しているあいだに、ちょっとよそ見をして仕事仲間に挨拶していただけだ。まったく、アレサンドラ、早く外に出たかったのなら、ヒルマンにそういってぼくを呼べばよかったじゃないか」

「大声を出すことはないでしょう。全部わたしが悪かったと認めているのに」

アレサンドラはレイモンドのほうを向いた。「レイモンド、どうか許して。わたしは出かけるべきじゃなかった。わたしのせいであなたをこんな目にあわせて……」

コリンは口を挟んだ。「べつに鍵のかかったドアのなかに隠れている必要はないんだ、アレサンドラ。ただし、外ではぼくのそばを離れるな」

「あなたがそばにいても襲われていたわ」

コリンはじっと彼女を見た。「どういうことか話してくれ」

「大声を出すのをやめたらお話しします」

コリンはどなっていなかったが、動転したアレサンドラは気づいていないようだった。彼女は白い手袋をはずした。コリンが見ていると、手袋を四角形にたたんで、またレイモンドのほうを向いた。そして、ハンカチが血で真っ赤になってしまったから、手袋をかわりにしてといった。

「やれやれ、アレサンドラ、きみこそけがをしていたかもしれないんだぞ」

「あなたもよ、コリン。レイモンドをお医者さまに診てもらわなければ」

「帰ったらすぐに、フラナガンにウィンターズ先生を呼びにいかせよう」

「ウィンターズ先生はかかりつけのお医者さま?」

「そうだ。アレサンドラ、きみを襲った男たちがだれか知っているか」

「いいえ。といっても、名前は知らないということだけど。どこから来たのかは知っているわ」

「狂信者です」レイモンドが割りこんだ。

アレサンドラはコリンの怖い顔を見ていられなかった。座席の背にもたれ、目を閉じた。

「あの人たちは、父の祖国から来たの。わたしを連れ戻そうとして」

「なんのために」

「人でなしの将軍と結婚させるためです」レイモンドが答えた。「申し訳ありません、プリンセス。人を罵《ののし》る言葉を使ってしまいました。でも、アイヴァンは間違いなく人でなしです」

コリンはまだ訊きたいことがあったが、タウンハウスに到着したので、後まわしにしなければならなかった。アレサンドラを安全な馬車から降ろす前に、玄関のドアをあけてステファンを呼んだ。ステファンが出てきてレイモンドに手を貸し、コリンがアレサンドラを降ろした。

レイモンドの手当にはたっぷり一時間かかった。かかりつけ医はほんの三ブロック先に住んでいて、ありがたいことにその晩は自宅にいた。フラナガンがコリンの馬車に医師を乗せて帰ってきた。

ウィンターズ医師は白髪に茶色の瞳の持ち主で、穏やかな声で話し、てきぱきと動いた。医師は強盗のしわざだろうといったが、その間違いを正す者はいなかった。

「もはやロンドンに安全な場所はないよ。無法者たちがうろつきまわっているからね。なにか手を打たねばなるまい、それも早いうちに。堅気の人々がひとり残らず殺されてしまう」

医師はロンドンの治安の悪さを嘆きながら、レイモンドのあごに手を添え、頬の傷を診た。

鼻をつくにおいのする薬液で切り傷を消毒し、黒い糸で縫合していく。その痛みを伴う試練のあいだ、レイモンドは身動きひとつしなかったが、アレサンドラのほうが顔をしかめていた。隣に座り、ウィンターズ医師が彼の肌に針を刺すたびに、手を伸ばしてレイモンドの手を握った。

コリンは戸口に立って見守っていた。視線はアレサンドラだけに集中していた。彼女が動転しているのが見て取れた。目は潤み、肩は震えている。コリンはそばへいって慰めてやりたいのをこらえた。

アレサンドラは優しく、思いやりのある娘だ。それにかよわい。レイモンドになにか小声で話しているが、コリンにははっきりと聞こえなかった。そばへ行き、彼女がなんといっているのか聞き取れたとたん、ぴたりと足が止まった。

アレサンドラは、これ以上あなたを危険な目にあわせないと約束していた。アイヴァンはそれほどひどい結婚相手ではないかもしれない。よくよく考えて、祖国に帰ることにしたわ、と。

レイモンドはそんなことをいわれても、少しもうれしそうではなかった。コリンは憤慨した。「今夜はなにも決断するんじゃない、アレサンドラ」

アレサンドラは振り向き、コリンの顔を見あげた。彼の怒りのこもった声にあっけにとられた。わたしがなにを決めようが、この人には関係ない。

「そうですよ、プリンセス」レイモンドの声に、アレサンドラはまた振り返った。「明日決めても遅くはありません」

アレサンドラは同意するふりをした。けれど、心はもう決まっていた。これ以上、自分のせいでだれかを傷つけたくない。アイヴァン将軍の支持者たちがここまでして野望を達成しようとするなんて、この夜までは思いもしなかった。コリンが介入しなければ、レイモンドは殺されていたかもしれない。

コリンもけがをしていたかもしれないのだ。そう、心はもう決まっている。

ウィンターズ医師は手当を終え、注意事項を伝えてから帰っていった。コリンはレイモンドに、グラスになみなみとブランデーを注いでやった。レイモンドは一気にブランデーを飲み干した。

レイモンドが上の寝室に引きあげると、フラナガンはただちにすべてのドアと窓の鍵がかかっているか確認するという毎晩の儀式に取りかかった。

アレサンドラも寝室に行こうとしたが、ドアノブに手をかけようとした瞬間に、コリンに邪魔された。彼はアレサンドラの手を取って書斎に引っぱっていき、黙ったままアレサンドラを書斎に入れ、ドアを閉めた。

今度こそ、いささか変わった身の上について洗いざらい話さなければならないようだと、アレサンドラは覚悟した。暖炉の前へ歩いていき、フラナガンが気を利かせて焚《た》いておいてくれた火に両手をかざした。

コリンはその様子をじっと見ていたが、なにもいわなかった。アレサンドラはしばらくして振り向いた。彼はドアにもたれて腕組みをしていた。もうしかめっつらではなく、怒っているようには見えない——ただ、なにかを考えているようだ。

「今夜はわたしのせいであなたを危険な目にあわせてしまったわ」アレサンドラはささやいた。「あのとき、すぐに説明すればよかったのだけれど」

コリンがそのとおりだというのを待った。だが、以外にも彼はかぶりを振った。「きみのせいじゃないよ、アレサンドラ。ぼくのほうから、きみがこちらへ来たいきさつを教えてくれと問いただすこともできた。ただ、このところぼくは自分の仕事で手一杯で、きみをほったらかしにしていた。後見人の責務を怠けていたわけだ。でも、もう違う。いまから事情を話してくれるね?」

アレサンドラは両手を握りあわせた。「あなたのせいでもないわ。こんなに長居して迷惑をかけることになるなんて想像もしていなかったの。なんといっても、あなたは当分結婚するつもりはないとはっきりおっしゃっていたのだし。それに、将軍は使節を通して帰ってくるよう伝えてくるだろうと勝手に考えていたのよ。このとおり、それは勘違いだったのだけれど。礼儀はわきまえてくれるものと思っていたわ。でも、そうではなかった。将軍は思いこんだら後に引かない……そして、手段を選ばない」

涙がわきあがった。アレサンドラは深呼吸して、気持ちを鎮めようとした。「今夜はあんなことになってごめんなさい」

コリンは彼女がかわいそうになった。「きみのせいじゃない」

「あの人たちはわたしを追いかけてきたのよ。あなたでもレイモンドでもなく」

コリンはついに動いた。机のむこうへ歩いていき、椅子に座ると、手近な足台に足をのせた。

「その将軍はなぜきみを祖国へ連れ戻そうとしているんだ」

「わたしにとっては祖国ではないの」アレサンドラは訂正した。「あそこで生まれたのでもないわ。ご存じのように、父は国王だったけれど、それは母と結婚するまでのことだったの。母はイングランド人で、よそ者だと見なされていたわ。父は王座を降りて母と結婚し、父の弟のエドワードが国王になった。少しももめなかったのよ」

コリンはなにもいわず、アレサンドラには彼がどう思ったか見当もつかなかった。「この先を聞きたい？」不安があらわになった。

「なぜ将軍がきみを連れ戻そうとしているのか、理由を聞きたい」

「父は国民に愛されていたわ。よその国の人と結婚したからといって、非難されたりはしなかった。それどころか、ロマンティックだと評判になったそうよ。母のために父は国王という地位をなげうったのだし、母は会う人すべてに好かれたわ。優しくて温かい心の持ち主だったから」

「きみの顔かたちは母上に似たのかな」

「そうね」

「だったら、美しい人だったのだろうね」

それはほめ言葉だったが、アレサンドラは素直に受け取ることができなかった。母親はただ美しいというだけではなかったからだ。

「ほめられたのに、そんな難しい顔をするのか」コリンがいった。

「母は美しかったわ。けれど、純粋な心も持ちあわせていた。わたしはもっと母に似ればよかったと思うの、コリン。考えることは純粋にはほど遠いし。今夜もあの人たちに腹が立って、たたきのめしてやりたいと思ったわ」

コリンは、思わずほほえんでしまった。「ぼくがたたきのめしただろう。さあ、話のつづきを頼む。早く最後まで聞いてしまいたいんだ」

「去年、おじが亡くなって、国はふたたび混乱に陥った。そして、わたしを連れ戻すべきだと考える人たちが現れた。将軍は、わたしと結婚すれば、確実に王座に就くことができると考えているの」

「それは勝手な思いこみだろう」

アレサンドラは溜息をついた。「王家の血を引いている者はわたししかいないもの。父が王位を放棄したことなんか、みんな都合よく忘れてしまったのよ。さっきもいったように、父は国民から愛されていたけれど、その愛が……」

その先はつづけられなかった。コリンは、彼女の頬がかすかに染まっていることに気づいた。「その愛が?」

「今度はわたしに向いた」アレサンドラは早口でいった。「とにかく、この国の陸軍省のリチャーズさんがそういったの。現に、ここ数年、国王派の人たちからたくさんの手紙を受け取ったわ」

コリンは椅子の上で背筋を伸ばした。「リチャーズを知っているのか」

「ええ」アレサンドラは答えた。「いろいろと助けてくださっているのよ。なぜそんなにびっくりしているの。なにか問題でも? あの方の名前を聞いて、ひどく驚いたわね」

コリンはかぶりを振った。「イングランド軍の幹部が関係しているとはね」

「ということは、リチャーズさんのことはご存じなのね」

「彼の下で働いている」

今度はアレサンドラが驚く番だった。そして、ぽかんとした。「でも、あの方は機密関係の……コリン、つまりあなたは危険なお仕事に従事しているということね。ご両親はあなたが二重生活を送っていることをどうお考えなの？　ああ、あなたが結婚したがらないのも当然だわ。妻になる方は、寝ても覚めても心配していなければならない。ええ、そうに決まっているわ」

コリンはアレサンドラに秘密を打ち明けたのを後悔した。「以前、働いていたということだ」

アレサンドラは嘘を見破った。証拠は彼の目にある。目が……冷たく、険しくなった。だが、アレサンドラはそれ以上、追及しないことにした。彼が諜報部門《ちょうほう》と無関係だと信じてほしがっているのなら、信じているふりをするまでだ。

「なぜ、どうしてリチャーズが関係しているんだ」

コリンのいらいらした口調に、アレサンドラはもともとなんの話だったのかを思い出した。「リチャーズさんは、あなたのお父さまが病気になる前日に、わたしに会いにいらしたの。同僚の方たちと――いいえ、上司だとおっしゃっていたわ――一緒にね。わたしにアイヴァン将軍と結婚してほしいとのことだった」

「リチャーズは将軍を知っているのか」

アレサンドラはかぶりを振った。「直接に知っているわけではないわ。ただ、ふたりの厄介者のうち、アイヴァン将軍のほうがまだましなんですって」

コリンは小声で悪態をついた。アレサンドラは聞こえないふりをした。「リチャーズさんはあなたのお父さまに、アイヴァン将軍のほうが御しやすいとおっしゃったの。イングランドは貿易を継続したい。もしわたしがイングランド政府の説得によって将軍と結婚することを決めれば、将軍はイングランドを友好国と見なすようになる。王位を狙う者はもうひとりいるのだけど、リチャーズさんはそちらのほうがずっと扱いづらいと考えているの。貿易協定にも同意してくれないとも見ているわ」

「つまり、きみは生贄《いけにえ》ということか」

アレサンドラは答えなかった。

「父はリチャーズになんといったんだ」

アレサンドラは両手をもみしぼりはじめた。「リチャーズさんは説得上手ね。お父さまは話を聞いて、善処するとおっしゃった。でも、リチャーズさんがお帰りになったあと、お父さまは結婚には反対するとお決めになったわ」

「その理由は？」

アレサンドラは両手を見おろし、手の甲が赤くなっていることに気づいて、すぐさま力を抜いた。「わたしが泣いたから」正直にいった。「いいたくないけれど、泣いてしまったの。

とても動揺して。あなたのお母さまがお父さまにお怒りになったのよ。そして、その原因はわたしでしょう。そのせいで、ますますみじめな気持ちになってしまったの。わたしのわがままでみんなを失望させているような気がしたわ。わたしはただ、幸せな結婚生活を送っていた両親と同じように、幸せになりたかった。政治的に得をするからというだけでわたしを求めるような方と結婚しても、幸せにはなれないと思うの。アイヴァン将軍にお目にかかったことはないけれど、レイモンドとステファンからどんな人か聞いているわ。ふたりの話が半分でも事実なら、将軍はだれよりも自分が大事な人よ」

アレサンドラは言葉を切り、深呼吸した。「あなたのお父さまは優しい方ね。わたしがうろたえるのを見ていられなかったみたい。それに、わたしのことはきちんと面倒を見ると、父に約束していたし」

「それで、ぼくと結婚させようとしたわけか」

「ええ。お父さまはそうお望みだったけれど、本気であてにはしていなかったわ。だから、お母さまはあなたの名前を名簿に入れなかったのよ。でも、愛のある結婚がしたいなんて、わたしも夢見がちだったわ。いまはもう、そんなことは不可能だってわかってるの。なるべく早く相手を見つけなければならないし。だから、結婚は契約みたいなものだと考えることにしたのよ。夫となる人はわたしの財産を手に入れるのだから、そのかわりにわたしも自由にさせてもらうわ。旅行をして……いずれは聖十字修道院に帰るのもいいわね。あそこはとても静かですもの」

「くそっ」

コリンの小さな罵り声に、アレサンドラはとまどった。思わず眉をひそめていった。「夫となる人とは、できれば親しくなりたかったわ」

「そして、愛しあいたかったか」

アレサンドラは肩をすくめた。「ええ、コリン、時間と忍耐さえあれば、それも可能でしょうね。だけど、わたしは自分のおかれた状況をじっくり考えてみたの。たしかにイングランドの紳士のみなさんのほうが礼儀正しいし、最低でも道義をわきまえた方とめぐりあいたかった。でも今夜、そういうことはもはや大事ではないと気づいたわ。将軍と結婚します。わたしのせいでいろいろな方に迷惑をかけてしまったもの。そのうち、将軍も……手加減することを覚えてくださるかもしれないし」

コリンは鼻を鳴らした。「蛇はずるずる這《は》いまわるのをやめない。その男も変わらない。そしてきみは、そんな男とは結婚しない。いいな」

アレサンドラはコリンの厳しい口調に身震いした。

「はいと答えるんだ、アレサンドラ」

それはできない。レイモンドの頬から流れていた血が、頭から離れない。「これ以上、だれにも迷惑をかけたくない――」

「こちらへおいで」

アレサンドラはコリンの机の前に行った。彼はもっと近くへ寄るようにと、指を曲げた。アレサンドラはのろのろと机の脇にまわり、彼の隣で足を止めた。

「わたしが結婚すれば、将軍もあきらめて、わたしから手を引いてくれるかもしれない……そうでしょう？」

不安と希望の入り混じった声に、コリンはどうしても彼女をこのまま放っておく気になれなかった。まだ若いのに、これほど大きな問題を抱えているとは。コリンの妹たちのように、無邪気でころころとよく笑う年頃であるはずなのに。

ああ、この娘には守ってやる男が必要だ。手を伸ばしてアレサンドラの両手を取った。アレサンドラはまた自分が両手を握りあわせていたことに気づき、力を抜こうとした。だが、できなかった。

「将軍と結婚するなど論外だ。その点について、きみとぼくの考えは一致したな」

コリンはアレサンドラの両手を握りしめ、うなずかせた。「よし。ほかに話しておきたいことはあるか？」

「ないわ」

コリンはほほえんだ。それから、つぶやいた。「情報部門の幹部の意見にはだれも反対しない」リチャーズのことだ。

「あなたのお父さまは反対したわ」

「そうだな」コリンは父親のしたことに大いに気をよくした。「明日、リチャーズに会って、協力を頼んでみよう」

「ありがとう」

コリンは短くうなずいた。「ぼくの家族はきみに対して責任があるのだから、父と兄が回復したらすぐに話しあいの機会を作るよ」

「なにを話しあうの」

「きみの処遇について」

コリンはちょっとした冗談のつもりでそう答えた。だが、アレサンドラは本気にしたらしい。さっと両手を引っこめた。ぶしつけな言葉に傷ついたようだ。どうも繊細すぎる。コリンは、もっと気持ちを強くしたほうがよいといおうとしたが、やめておいた。またばかにされたと思われるのがおちだ。

「お荷物にはなりたくないの」

「そんなことはいっていないだろう」

「言外にいったわ」

「ぼくはそういうことはしない。いいたいことがあれば、はっきりいう」

アレサンドラは背中を向け、ドアのほうへ歩きだした。「自分の置かれた状況を考えなおしたほうがよさそうね」

「もう考えなおしたんだろう」

「もう一度、考えなおすの」

突然、コリンは大波のような吐き気に襲われた。目をつぶり、深呼吸をする。腹が鳴った。急に気分が悪くなったのは、夕食を抜いたからに違いない。

アレサンドラがいまいったことはどういう意味なのか、なんとか考えようとした。「今度はなにを考えなおすんだ」

「あなたとの取り決めについて。ここにはいられないわ。明日、よそを探します」

「アレサンドラ」

大声ではなかったが、あいかわらずコリンの声はとげとげしかった。アレサンドラはドアの前で立ち止まり、振り返った。また遠慮のない厳しい言葉をかけられるのを覚悟した。

コリンは、彼女の目に涙がにじんでいるのを見て後悔した。「すまない」ぼそりという。

「きみはお荷物なんかじゃない。だが、いまきみが置かれている状況は厄介だ。それは認めるだろう」

「ええ」

コリンは上の空でひたいをこすり、そこが汗ばんでいることにぎょっとした。それから、クラヴァットを引っぱった。くそっ、ここは暑すぎる。暖炉の火が必要以上に強いらしい。上着も脱ぎたかったが、それも面倒くさいほど疲れていた。

「深刻な状況でしょう、コリン」先ほどからコリンがずっと黙っているので、アレサンドラがつけくわえた。

「だが、世界の終わりではない。きみはすっかり打ちのめされているが」

「当たり前だわ」アレサンドラは大声をあげた。「今夜、レイモンドがけがをした。もう忘れたの？　殺されていたかもしれないのよ。それに、あなただって……けがをしていたかもしれない」

ふたたびコリンはしかめっ面になった。アレサンドラはつい、思い出させてごめんなさいと謝りそうになった。けれど、そんな不愉快な方向に進んで今日を終えるのはやめた。

「そういえば、忘れていたわ」アレサンドラは出し抜けにいった。「お礼をいわなければ」

「礼？　なんの？」

「あなたは謝ってくださった。謝るのは嫌いでしょう」

「なぜ知ってるんだ」

「声が不機嫌そうになるもの。それに、わたしをにらみつけていたわ。図星でしょう。それでも、すまないと謝ってくださった。だから、なおのことありがたいわ」

コリンのそばに引き返した。勇気がしぼむ前に、身を乗り出して彼の頬にキスをした。

「でも、やっぱり後見人はお父さまにお願いしたいわ」彼が笑ってくれますようにと思いながらいった。「お父さまのほうがずっと……」

適切な言葉を探した。見つけたのはコリンだった。「扱いやすいか」

アレサンドラは笑った。「ええ」

「妹四人に骨抜きにされているからな。あの連中にかかったら、父はミルクに浸したトーストみたいになってしまう」

コリンは溜息をつき、またひたいをこすった。最前から頭がずきずきと痛み、話をするのもつらいほどだった。「もう休むんだ、アレサンドラ。遅いし、今日はくたびれただろう」

アレサンドラは出て行きかけて、足を止めた。「あなたは大丈夫なの？　ひどく顔色が悪いわ」

「ぼくはなんともない」コリンはいった。「ほら、行くんだ」

すらすらと嘘が出た。なんともなくはなかった。最悪だ。体の内側が燃えている。腹のなかは熱い石炭を呑みこんだかのようだ。肌はじっとりと汗ばんでいる。夕食をとっていないのがありがたいくらいだ。食べ物を思い浮かべただけで吐きそうになる。

少し眠れば気分がよくなるだろうと、コリンは考えた。だが、午前一時になっても、コリンは目を閉じてこのままあの世へ行ってしまいたいと思っていた。

午前三時、どうやら自分は死んだらしいと思った。

高熱に焼かれ、オペラへ出かける前にリンゴを数口食べただけなのに、少なくとも二十回は戻してしまった。

ついにコリンの胃袋は、これ以上なにも外に出すものがないことを受け入れてくれたのか、きりきりとした痛みだけにおさまった。ベッドでうつぶせになり、両腕をだらりと広げた。

ほんとうに、死んだほうがましだ。

5

アレサンドラには、コリンを死なせるつもりはなかった。ひとりで放っておくことなどできなかった。コリンの寝室から聞こえてくる物音で目を覚ましたとたん、上掛けをはねのけてベッドを出た。

外見のことを気にしている場合ではなかった。男の寝室に入るなど、あるまじきふるまいだと思われようがかまわなかった。コリンが助けを必要としているのだから、助けてあげなければ。

アレサンドラがガウンをはおってコリンの寝室に入ったとき、彼はベッドに戻っていた。上掛けの上に腹這いに伸びている。一糸まとわぬ裸だった。アレサンドラは彼の体から目をそらした。二カ所ある窓はどちらもあけはなったままで、室内は凍えるほど寒く、吐息が白かった。身を切るような寒風に、カーテンが風船のように窓の外へふくらみ、雨が降りこんでいる。

「まあ、あなたったら死ぬ気?」

コリンは返事をしなかった。アレサンドラは大急ぎで窓を閉め、ベッドのそばに引き返した。コリンの顔の片側しか見えなかったが、苦しげな表情からひどく具合が悪いのが見て取れた。

アレサンドラは骨を折ってなんとかコリンの下から上掛けを引っぱり、彼をきちんとくるんだ。放っておいてくれといわれても聞き流した。手の甲で彼のひたいに触れると熱かったので、急いで冷たい水で布を濡らしてきた。

コリンはあらがう力もなくしていた。アレサンドラは夜が明けるまで彼のそばを離れず、五分ごとにひたいをぬぐい、やはり五分ごとに寝室用便器を口元へ持っていってやった。もう胃は空で、出すものはないというのに、ひどくえずいていた。

コリンは水をほしがったが、アレサンドラは与えなかった。いまはだめだといいきかせても、彼は繰り返し水を求めた。体力を消耗して自力で水をくみにいけないことだけはさいわいだった。

「なにかをおなかに入れれば、すぐに戻してしまうだけよ。わたしも同じ病気にかかったわ、コリン。だからよくわかってる。とにかく目を閉じて、少しでも眠って。明日になればよくなるから」

ささやかな希望を持たせたかったので、わざと嘘をついた。ほかのみんなと同じ経過をたどれば、丸一週間は伏せっていなければならない。

アレサンドラの読みは正しかった。翌日も、その次の日も、コリンの具合は少しもよくならなかった。アレサンドラはつきっきりで世話をした。彼に近づいて病気がうつらないよう、フラナガンもヴァリーナも寝室に入れなかった。フラナガンはアレサンドラを説得しようとした。コリンの世話をするのが仕事なのだから、自分が付き添うべきだ。危険を冒すのも責務のうちである、というのだ。

アレサンドラは、すでにこの病気にかかった自分だけがコリンの面倒を見るべきだと反論した。わたしがまた同じ病気にかかる可能性は低い。それなのに、あなたはもっと大きな危険を冒そうとしている。もしあなたが病気にかかって動けなくなったら、わたしたちみんなどうすればいいの、と。

最後にはフラナガンも折れた。せっせと家事を切り盛りし、アレサンドラに届いた招待状にすべて返事を出すという、余分な仕事までこなした。コリンのタウンハウスは、住人以外は立ち入り禁止となった。ウィンターズ医師がレイモンドのけがを診にきたとき、アレサンドラはコリンの病気についても相談した。医師はコリンの寝室には入らなかったが、症状を抑えるための水薬を出し、熱をさげるためには水を含ませた海綿で全身をふいてやるとよいといいのこして帰っていった。

コリンは気むずかしい患者だった。その夜遅くに熱があがったとき、アレサンドラは医師の指示に従い、体をふいてやろうとした。まず冷たい布で胸と腕をぬぐってから、脚に取りかかった。彼は眠っているようだったが、傷跡の残る脚に布が触れたとたん、ベッドから転がり落ちそうになった。

「ぼくは安らかに死にたいんだ、アレサンドラ。いますぐ出ていってくれ」

しわがれた声でどなられても、アレサンドラは逃げなかった。コリンの脚の傷跡を見て、まだ驚きがおさまっていなかったからだ。膝の裏からかかとまでえぐられたような跡が残っていた。なぜそんな大けがをしたのかわからないが、コリンが耐えた痛みを思うと、胸を引き裂かれた。いま歩けているのは奇跡かもしれない。

コリンは上掛けで脚を隠すと、もう一度、もっと疲れた声でアレサンドラに出ていくようにいった。

アレサンドラの目に涙がにじんだ。コリンに気づかれたかもしれない。脚を見たせいで泣いたとは思われたくなかった。彼は誇り高く頑固だ。同情などされたくないだろうし、傷跡をひどく気にしているようだ。

傷跡からコリンの気をそらすことにした。「そんなふうに大声を出されたらびっくりするでしょう、コリン。それに、これ以上ずけずけと命令されてばかりだと、子どもみたいに泣きたくなってしまうわ。でも、あなたがどんなに意地悪になっても、わたしは出ていきませんからね。ほら、脚を見せて。ふいてあげる」

「アレサンドラ、出ていかないのなら窓から放り出すぞ」

「コリン、ゆうべは体をふかれてもいやがらなかったじゃないの。なぜ今日はそんなに怒るの？　ゆうべより熱があがってるのかしら」

「ゆうべ、ぼくの脚をふいたのか」

「ええ」堂々と嘘をついた。

「ふいたのは脚だけか」

彼がなにを訊きたいのかはわかっていたので、赤面しないようにしながら答えた。「腕と胸もよ。真ん中は放っておいたわ。さあ、抵抗はやめなさい」命じながら、上掛けの下から彼の脚を引っぱり出した。

コリンはあきらめた。罰当たりな言葉をぶつぶつつぶやき、目を閉じた。アレサンドラは冷たい水に布を浸し、両脚をそっとふいた。

平静な顔つきは崩さなかった。ふたたび上掛けを掛けてやったとき、コリンにじっと見つめられていたことに気づいた。

「さて」息を吐きながらいった。「さっぱりしたでしょう」

険しい目つきが答だった。アレサンドラは立ちあがり、彼に背を向けて笑みを隠した。洗面器を洗面台に戻し、グラスに半分だけ水をくんでコリンのもとへ引き返した。

水を渡し、しばらくひとりにしてあげると告げ、部屋を出ていこうとした。ところが、いきなり手をきつく握られ、引き止められた。

「眠いか」コリンはまだ不機嫌な声だった。

「それほどでも」

「だったら、ここにいてなにか話してくれないか」

コリンは脚を奥にどけてベッドの端をたたいた。アレサンドラは腰をおろして膝に両手を重ね、彼の胸からことさら目をそらした。

「寝間着はないの？」

「ない」

「それなら上掛けを引っぱりあげて、コリン」アレサンドラはしばらく待ったが、結局は自分でそうした。

コリンはすかさず上掛けをどけた。体を起こし、ヘッドボードに背中をあずけると、大きなあくびをした。

「うう、最悪の気分だ」

「なぜ髪を伸ばしているの？　肩にかかっているし、とても野蛮に見えるわ」ばかにしていると思われないよう、笑みを浮かべた。「ほんとうに、海賊みたい」

コリンは肩をすくめた。「忘れないため」

「なにを？」

「自由であることを」

アレサンドラにはどういう意味かわからなかったが、コリンはそれ以上説明しようとしなかった。そして、話を変えて仕事について質《ただ》した。

「フラナガンはボーダーズに手紙を送ってくれただろうか」

「ボーダーズさんって会社の方？」

「いや、違う。つい最近、海運業を引退したんだが、いまでも頼めば手伝ってくれる」

「そう」アレサンドラは答えた。「フラナガンはお手紙を送ったわ。ボーダーズさんがお仕事の穴埋めをしてくださってる。毎晩届く日報は書斎の机に積んであるから、元気になったら目を通して。それから、ネイサンからも手紙が届いているわ」うなずいてつけくわえた。

「海外に支所を立ちあげようとしているなんて知らなかったわ。あっというまに世界じゅうに支所ができそうね」

「ああ。それより、ここ数日きみはなにをしていたんだ。外出はしていないだろうな」

アレサンドラはうなずいた。「あなたの看病をしていたもの。それから、もう一度ヴィクトリアのお兄さまに手紙を書いたわ。返事はそっけなく、協力はできない、ですって。ほんとうに、あなたがあの方を放り出したのがうらめしいわ」

「あの男を二度とここに呼ぶなよ、アレサンドラ」

思わず嘆息した。コリンににらまれた。「余計なもめごとを起こすんじゃないぞ」

「くれぐれも慎重にやると約束したでしょう。わたしはヴィクトリアが心配なの」きっぱりといい、うなずいた。

「心配しているのはきみだけだ」

「わかってる」小声でいった。「コリン、もしあなたが困ったら、わたしはどんなことをしても助けるわ」

コリンはアレサンドラのひたむきな口調にうれしそうな顔をした。「ほんとうに?」

アレサンドラはうなずいた。「わたしたち、いまでは家族のようなものでしょう。あなたのお父さまがわたしの後見人なのだから、あなたを兄だと思うことにして……」

「やめてくれ」

アレサンドラは目をみはった。コリンは急に怒りだしたように見えた。「兄だと思われたくないということ?」

「そのとおり、絶対にごめんだ」

アレサンドラはしょんぼりした。

コリンはじっとアレサンドラを見やった。高熱に冒されていても、彼女がほしいと思う気持ちは弱まらなかった。くそっ、つのるいっぽうの欲望を忘れるには、死んで地面の下に埋めてもらわなければならないらしい。

アレサンドラは自分の魅力にまったく気づいていなかった。コリンのすぐそばに、取り澄まして座っている。着ている純白の服はどこから見ても慎み深いのに、このうえなく劣情をそそる。ボタンは喉元まできっちりととめてあるが、それがなぜかひどくみだらな感じがした。彼女の髪もそうだ。今夜は頭の後ろで結いあげるのではなく、肩の下までふわふわと巻き毛を垂らしている。なにげなく髪を振り払う仕草がたまらない。

兄だと思われたいわけがないじゃないか。

「一週間前には、ぼくを将来の夫として見ていたんじゃなかったのか」

コリンの理不尽ないらだちに、アレサンドラもむっとした。「でも、あなたはお断りしたのではなかったかしら」

「そういう口の利き方はやめるんだ、アレサンドラ」

「大声を出さないで、コリン」

コリンは長い溜息をついた。ふたりともくたびれているんだと、自分にいいきかせた。だから今夜はちょっとしたことでお互いに腹が立つのだろう。

しばらくして、コリンはいった。「きみはプリンセスだろう。そしてぼくは……」

「ドラゴンだわ」

「よかろう」コリンはぴしゃりといった。「ドラゴンで結構だ。プリンセスはドラゴンとは結婚しない」

「ああもう、今夜のあなたは怒りっぽいのね」

「ぼくはいつでもそうだ」

「だったら、わたしたちが結婚しないのは賢明だわ。あなたにはほんとうに、いやな気持ちにさせられるもの」

コリンはまたあくびをした。「そうか」

アレサンドラは立ちあがった。「もう眠って」身を乗り出して、コリンのひたいに触れる。「まだ熱が高いわね。でもゆうべほどではないわ。コリン、『わたしのいったとおりでしょう』っていうのが口癖の女は嫌い?」

「ああ、いやだな」

アレサンドラはほほえんだ。「よかった。わたしは以前、あなたは疑り深い性格のせいでひどい目にあうことになるといったわ。そのとおりだったでしょう」

コリンは答えなかったが、アレサンドラは気にもとめなかった。得意になっていたからだ。コリンに背を向け、隣の寝室に通じるドアのほうへ歩いていった。そして、だめ押しにいった。「ケインがほんとうに病気だったことを自分の目で確かめずにはいられなかったせいで、こんなことになったのよ」

大きくドアをあけた。「おやすみなさい、ドラゴン」

「アレサンドラ」

「はい？」

「ぼくは間違っていた」

「そう」コリンがそう認めたことに内心で快哉《かいさい》を叫び、謝罪の言葉を待った。結局、この人もそう悪い人ではなかったんだわ。「それで？」彼が黙っているので、つづきをせかした。

「きみはいまでもじゃじゃ馬だ」

コリンは七日七晩、高熱にさいなまれた。八日目の夜、ふたたび人間らしい気分で目が覚め、熱がさがったのを知った。驚いたことに、アレサンドラが隣にいた。きちんと服を着て、ヘッドボードにもたれて眠っていた。髪が顔にかかっている。コリンがベッドに戻っても、ぴくりとも動かなかった。コリンは顔を洗い、清潔なズボンをはくと、ベッドに戻ってアレサンドラを抱きあげた。体力を消耗していても、造作なかった。アレサンドラは空気のように軽い。肩に頰をすりよせ、かわいらしく小さな溜息をつく。コリンはほほえんだ。彼女を寝室に抱いていき、ベッドに寝かせて、サテンの上掛けを掛けてやった。

そのまましばらくアレサンドラを見ていた。彼女は目をあけなかった。ろくに眠っていなかったのだろう、疲れ果てているのだ。あの地獄のような苦しみにさいなまれているあいだ、ずっとそばにいてくれたに違いない。ほんとうに尽くしてくれた。けれど、そのことに対して感じているのは、感謝だけだろうか。

たしかに、アレサンドラには借りができた。しかし、この気持ちはもはや感謝だけではない。つまり、彼女は大切な存在になりはじめている。そう気づいたコリンは、これ以上アレサンドラに惹かれないようにするための方便を考えた。いまは女にかまけている場合ではない。そうだ、まったく間が悪い。女のために目標や夢を棚上げにするなど、もってのほかだ。

だが、アレサンドラは他の女たちとは違う。早く離れなければ手遅れになるのは目に見えている。なんとも面倒なことになった。頭のなかは相反する感情でいっぱいだった。結婚など論外だと、繰り返し自分にいいきかせるも、彼女が他の男のものになると考えただけで、胸がむかついた。

ぼくは変だ。コリンはついに、重い体を引きずるように彼女のベッドから離れた。自分の寝室には戻らず、書斎へ行った。少なくとも一カ月分の仕事がたまっている。すべての伝票を帳簿に書き写すだけでも、やはり一カ月かかるだろう。仕事に没頭すれば、アレサンドラのことも忘れられる。

ところが、だれかが仕事を終わらせてくれていた。帳簿を見たコリンは目を疑った。今日の日付の出荷番号まで、残らず記入されている。コリンは一時間かけて再計算し、金額が正確であることを確かめると、椅子にもたれて報告書を読みはじめた。

おそらくケインがかわりに仕事を片付けてくれたのだろう。あとで礼をいわなければ。一週間はかかったはずだ。五十枚以上の伝票を付け足してくれている。それに、この帳簿は一年以上ほったらかしにしていた。

コリンは報告書に目を戻した。結局、夜明けから夕方近くまで書斎で仕事をつづけた。フラナガンはコリンが回復した様子を見せたことによろこんだ。正午ごろに、たっぷりと食事をのせた盆を書斎へ運んだ。入浴し、白いシャツと黒いズボンを身につけた主人は、見たところすっかり顔色がよくなっている。フラナガンは、さっそく母鶏のように世話を焼きはじめ、コリンの集中力をそぐようになった。

午後三時頃、フラナガンはふたたび書斎に入り、ウィリアムシャー公爵とケインから手紙が届いたと告げた。

公爵からの手紙は、プリンセス・アレサンドラを心配する気持ちにあふれていた。歌劇場でアレサンドラが襲われたことを聞きつけたのだ。アレサンドラの身の振り方を家族で相談したいので、コリンが回復したらすぐに連絡をよこし、彼女とふたりで訪ねてくるようにとのことだった。

ケインの手紙も、似たような内容だった――が、奇妙なことに、帳簿を手伝ったことにはひとことも触れていなかった。親切をひけらかさないだけかもしれないが。

「よいお知らせではありませんか」フラナガンが尋ねた。「うちの料理番が公爵閣下の庭師に聞いたところでは、みなさまお元気になられたとのことでした。閣下はタウンハウスをあけるようにお命じになって、今夜までにはロンドンにお着きになるそうです。ご主人さまが回復されたことも、みなさまにお伝えしましょうか」

コリンはフラナガンがそこまで知っていることに驚きはしなかった。家と家とのあいだに張り巡らされた情報網が、たえず最新のできごとを伝えるのだ。「父が家族会議を開きたがっている。それも庭師に聞いたか」皮肉をこめて尋ねた。

フラナガンはうなずいた。「ええ、しかし日時は聞いておりません」

コリンはいまいましい気持ちでかぶりを振った。「明日の午後だ」

「何時でしょうか」

「二時」

「兄上さまには？　やはり使いをやりましょうか」

「そうしてくれ。兄も同席したがるに決まっている」

フラナガンは命令に応じるべく、せかせかと部屋を出ていきかけ、ドアの前で立ち止まった。「ご主人さま、まだお客さまをお迎えしてはいけませんか。ここ数日、プリンセス・アレサンドラ目当ての方々が、入れろ入れろとしつこいのですが」

コリンは顔をしかめた。「うちの玄関の前でろくでなしどもが野営しているのか」

フラナガンは主人の不機嫌そうな声に縮みあがった。「決まったお相手のいない、美しいプリンセスがここにお住まいだという噂が、野火のごとく広がっておりますので」

「ちくしょうめ」

「まさしく」

「家族会議までは何人《なんびと》たりとも入れるな」コリンは厳しくいい、にっこりと笑った。「おまえもアレサンドラに群がる男たちが気に入らないらしいな。なぜだ、フラナガン」

フラナガンはとぼけなかった。「おっしゃるとおりでございます。わたくしたちのプリンセスですので」と、遠慮なくいった。「いやらしい男どもを遠ざけるのは、わたくしたちの務めでございます」

そのとおり、とコリンはうなずいた。フラナガンが別の話をはじめた。「プリンセスの父上さまが取引なさっていたドレイソンさまはどうしましょう。毎朝、面会を求めるお手紙が届いています。プリンセスの署名が必要とのことで。ただ、わたくしがプリンセスの肩越しに手紙を拝見いたしましたところ、なにか深刻な知らせがあると書いてありました」

コリンは椅子に深く座りなおした。「アレサンドラの様子は?」

「とくにお変わりありませんでした。もちろん、ご心配ではないのかとお尋ねしました。プリンセスは、ドレイソンさまは株価の下降傾向に関する話がしたいのだろうとおっしゃっていました。どういう意味かはわかりませんが」

「つまり、財産が減ったという意味だ。ドレイソンに、アレサンドラに会いたいのなら、明日、父のタウンハウスに来るよう伝えてくれ。午後三時がいい、フラナガン。それまでには、家族会議が終わっているはずだ」

フラナガンはぐずぐずしていた。

「まだ訊きたいことがあるのか」

「プリンセス・アレサンドラは、ここを出ていかれるのでしょうか」いかにも心配そうだった。

「でも、ご主人さま……」

「父のタウンハウスに移る可能性は高いな」

「そもそも父が後見人なのだよ、フラナガン」

「そのとおりですが」フラナガンは食いさがった。「プリンセスをお守りできるのはご主人さまだけでございます。失礼ながら、父上さまはお年を召していらっしゃいますし、兄上さまには奥さまとお子さまがいらっしゃいます。残るはご主人さまただおひとり。プリンセスに万一のことがあったらと思うと、どうにも心配でたまりません」

「万一のことなどない」

きっぱりとした主人の口調に、フラナガンは安心した。コリンはいまやすっかり護衛役になっている。フラナガンにいわせれば、コリンはもともと所有欲が強いが、頑固でいささか鈍感かもしれない。プリンセス・アレサンドラと相性がぴったりなのに、いつまでたってもそのことに気づかないのだから。

コリンがふたたび帳簿に目を通しはじめた。フラナガンは咳払いをし、話がまだ終わっていないことを知らせた。

「まだなにかあるのか」

「その……歌劇場の前で起きたことについて、申しあげておいたほうがよろしいかと思いまして」

コリンは帳簿を閉じた。「話してみろ」

「プリンセスは動揺しておられます。わたくしにはなにもおっしゃいませんが、まだあのときのことが忘れられないのでしょう。レイモンドがけがをしたことで、いまでもご自分を責めていらっしゃいます」

「彼女のせいではない」

フラナガンはうなずいた。「何度もレイモンドに謝罪なさるのです。今朝、下におりてこられたプリンセスのお顔を見て、それまで泣いていらっしゃったのがわかりました。ご主人さま、お話を聞いてさしあげてください。プリンセスともあろう方を泣かせてはなりません」

王族にかけては専門家だといわんばかりだ。コリンはうなずいた。「わかったよ、あとで話をしよう。そろそろひとりにしてくれないか。数カ月分たまっていた仕事がやっと終わりそうなんだ。今日の合計も出したい。夕食まで邪魔しないでくれ」

フラナガンは、つっけんどんに命令されても気にもとめなかった。ご主人さまはプリンセスを守ってくださる、肝心なのはそこだ。

ところがその後、せっかくのよい気分も台無しになった。何度も玄関に呼び出されては、プリンセス目当ての男たちを追い払わなければならなかった。じつにうっとうしいことだ。

午後七時、リチャーズが玄関先に現れた。なかに入るのに、許可は求めなかった。国の情報部門の中枢にいる彼は、有無をいわせず入ってきた。

リチャーズはフラナガンに案内され、二階の書斎に入った。この威厳に満ちた白髪の紳士は、フラナガンがいなくなるのを待ってから、コリンに話しかけた。

「元気そうじゃないか。もちろん、どうしているか気にはしていたんだがね。すばらしい仕事ぶりについてもひとことほめておきたかった。ウェリンガムの件は厄介だったかもしれない。きみはよくやった」

コリンは椅子の背にもたれた。「実際、厄介でしたよ」

「ああ、だがきみはいつものように、そつなく片付けた」

コリンは危うく鼻で笑いそうになった。そつなく片付けた？　やむをえず国家の敵を殺すことを、リチャーズらしく上品に要約するとそうなるのだろうか。

「今日はなぜこちらへ？」

「もちろん、きみをほめたたえに来たのだよ」

コリンは今度こそ笑った。リチャーズもほほえんだ。「ブランデーをもらえるかね」壁際の棚のほうへあごをしゃくる。「きみもどうだ」

コリンは断った。酒を注ぎにいこうと立ちあがりかけたが、リチャーズが座れというように手を振った。「自分でやる」

リチャーズは酒を注ぎ、机と向かい合わせに置いてある革張りの椅子に腰かけた。「そろそろモーガンが来ることになっている。その前に、ふたりで話したい。またちょっとした問題が持ちあがったんだが、モーガンにうってつけの仕事かもしれないと思ってね。ほら、やつを少しばかり脅かすのにちょうどいい機会だ」

「では、彼も？」

「国に尽くしたいそうだ。コリン、彼をどう思う。お世辞はなしだ、直感で答えてくれ」

コリンは肩をすくめた。長いあいだ背中を丸めて帳簿を見ていたせいで、肩が凝っていた。凝りをほぐそうと、両肩をまわしてみた。「たしか、何年か前に父親から爵位と領地を引き継いだのではなかったでしょうか。オークマウント伯爵でしたね」

「そうだ」リチャーズが答えた。「ただし、半分は間違っている。爵位と領地はおじから継承したのだよ。ずいぶん前に、モーガンの父親は限嗣《げんし》相続を解除した。モーガンは親戚の家を転々として育った。庶子だという噂もあって、それで父親に捨てられたんじゃないかと見る向きもある。母親は、モーガンが四歳か五歳のころに他界した」

「苦労の多い子ども時代だったんですね」コリンはつぶやいた。

リチャーズがうなずく。「だからこそ、いまの彼が形成されたわけだ。幼くして賢く立ちまわる術を身につけたんだな」

「ぼくよりあなたのほうが彼について詳しいようですね。ぼくのほうからつけくわえることがあるとすれば、表層的なことだけです。彼とは何度か社交の場で会ったことがありますが、周囲の評判はいいですよ」

リチャーズはブランデーをゆっくりと飲み、また口を開いた。「きみ自身が彼をどう見ているのか聞きたいんだが」

「はぐらかしているわけではありません。正直なところ、彼の人となりはよく知らないんです。まあ、よさそうな男には見えますが。でも、ネイサンはあまりよく思っていないようです。そんなふうにいっていましたから」

リチャーズは苦笑した。「あの男はだれに対してもそうだろう」

「たしかに」

「ネイサンはモーガンを嫌う理由をいっていたか?」

「いいえ。よくいる優男《やさおとこ》だとか、そんなふうなことをいっていました。モーガンは美男だと、ご婦人方はみんなそういいますよ」

「ネイサンは彼の外見が気に入らないのか」

コリンは笑った。リチャーズがあきれたような口調だったからだ。「色男が嫌いなんですよ。なにを考えているのかわからないそうです」

リチャーズはいま聞いたことを頭の奥にしまっておいた。「モーガンもきみと同じくらい顔が広い。貴重な要員になるだろう。それでも、わたしとしては急ぎたくないのだ。たとえば彼が難しい局面でどう動くのか、まだわからないからな。そこで、コリン、彼にはきみに会いにいけと伝えておいた。きみが興味を持ちそうな問題があるんだ。一肌脱いでくれるのなら、モーガンを支援につける。きみから大いに学ぶところがあるだろう」

「ぼくは引退したんですよ、お忘れですか」

リチャーズはにっこり笑った。「わたしもだ」のんびりといった。「ここ四年ものあいだ、後継者を探していたのだよ。この稼業をつづけるには年を取り過ぎたのでね」

「あなたは絶対にやめませんよ」

「きみもだ」リチャーズはいった。「副収入なしで会社をまわしていけるようになるまではな。正直にいってみろ。きみの共同経営者は、追加資金の出所を知っているのか。もちろん、きみは知られたくないだろうな、うちの仕事を再開したことは」

　コリンは首筋に両手をあてた。「ネイサンは知りませんよ。支所の立ちあげで頭がいっぱいですから。奥方のサラはひとり目の子を身ごもっていて、いつ生まれてもおかしくありませんし。ネイサンには気づく余裕もないでしょうね」

「では、いつ気づくのかね」

「ぼくが教えたときです」

「ネイサンにもまた手伝ってもらいたい」

「ありえません。ネイサンはもう家族持ちですよ」

　リチャーズは渋々といった体《てい》でうなずき、仕事の話に戻った。「任務についてだが……」と切り出す。「この前の件ほど危険ではないが――やあ、こんばんは、プリンセス・アレサンドラ。またお目にかかれてよかった」

　アレサンドラは部屋の入口に立っていた。コリンは、どこから聞かれていたのだろうかと思った。

　彼女はリチャーズにほほえみかけた。「こちらこそ」穏やかな声で答える。「お邪魔したのではないかしら。ドアが少しあいていたものですから。お話の途中でしたら、またあとでまいりますわ」

リチャーズは急いで立ちあがり、アレサンドラのほうへ歩いていった。彼女の手を取り、深々とお辞儀をした。「邪魔なものですか。さあ、おかけください。帰る前に、あなたともお話がしたいと思っていたのですよ」

リチャーズはアレサンドラの肘を取り、椅子をすすめた。アレサンドラは腰をおろし、スカートのしわを伸ばしながら、リチャーズが座るのを待った。

「王立歌劇場の前で大変なことがあったとうかがいました」リチャーズは眉をひそめていった。椅子に座り、コリンにうなずいてみせてから、またアレサンドラに目を戻す。「もう落ち着かれましたかな」

「わたしなら、たいしたことはありません。けがをしたのは護衛です。レイモンドは八針も縫うはめになりましたけれど、昨日、抜糸しました。ずいぶん元気になりましたわ。そうでしょう、コリン」

アレサンドラはコリンに問いかけているのに、リチャーズを見ていた。コリンは気にしなかった。笑いたいのをこらえるのに骨が折れたからだ。リチャーズが頬を紅潮させている。信じられない。あの冷徹な秘密工作部門の長が、少年のように頬を染めているとは。

アレサンドラはリチャーズをすっかり魅了している。そのことに気づいていないのだろうか、それとも気づいていないふりをしているのだろうかと、コリンは考えた。笑顔はどこまでも愛らしく、まっすぐな視線は小揺るぎもしない。おおげさにまばたきすることもないので、周到な演技なのかどうかもわからない。

「例の件については、調べてくださいましたか?」アレサンドラが尋ねた。「お偉い方にお願いするなんて厚かましいとは思いますけれど、グレトナ・グリーンに人をやってくださるとお申し出くださって、ほんとうに助かりました」

「そのことなら、手配済みです」リチャーズが答えた。「シンプソンという者を使いに出しましたが、ちょうどゆうべ帰ってきたところです。あなたのおっしゃるとおりでした。ロバート・エリオットのところにも、競争相手のデイヴィッド・レインのところにも、記録はありませんでした」

「やはりそうだったのね」アレサンドラは声をあげた。祈るように両手を組み、眉をひそめてコリンを見た。「だからいったでしょう」

アレサンドラが意気ごむ様子に、コリンは苦笑した。「なんの話だ」

「ヴィクトリアは駆け落ちなんかしないってことよ。リチャーズさんが確認してくださったわ」

「いや、プリンセス、彼女がグレトナ・グリーンで結婚した可能性がないわけではないんです——もちろん、わずかなものですが。エリオットもレインも、自分の店でどれだけ多くの結婚を成立させたか示すために、きちんと記録を取っています。ただ、グレトナ・グリーンで結婚式を執り行うことができるのは、エリオットとレインだけではないのでね。正しい手続きにこだわらない連中は、わざわざ記録を取ったりしない。証明書に記入して、新郎に渡すだけです。つまり、レディ・ヴィクトリアはやはり駆け落ちしたのかもしれません」

「していません」アレサンドラは語気を強めた。

コリンはかぶりを振った。「彼女はなんでもないことを騒いでいるだけですよ、リチャーズ。放っておくようにいったんですが、聞き入れようとしない」

アレサンドラは険しい目でコリンを見やった。「わたしは騒いでなんかいないわ」

「いいや」コリンは答えた。「しつこくつきまとえば、また彼女の家族を苦しめるだけだぞ」

批判は辛辣だった。アレサンドラはうなだれた。「わたしがわざと他人を苦しめようとしているなんて、本気で信じているのなら、見くびられたものだわ」

「プリンセスにそこまでつらくあたることはないだろう」

コリンはいらだった。「つらくあたっているのではなく、事実をいっているだけです」

リチャーズはかぶりを振った。アレサンドラは彼にほほえみかけた。味方をしてくれたのがうれしかった。

「この人は、わたしが心配する理由を聞きもせずに、お節介だなんて決めつけるんです」

リチャーズはコリンをにらんだ。「理由を聞きもしない？　プリンセスのおっしゃることには筋が通っているぞ、コリン。すべてを聞く前に答を決めつけるものじゃない」

「余計なお世話です」コリンは鼻を鳴らした。

アレサンドラは無礼者を無視することにして、リチャーズに尋ねた。「捜索のために、次にやるべきことはなんでしょうか」

リチャーズはいささか面食らったようだった。「捜索？　そこまでは考えていなかったのですが……」

「力を貸してくださるという約束でしたわ」

リチャーズは助けを求めるようにコリンを見た。コリンはにんまりと笑ってみせた。

「あきらめるとはいっていませんよ」リチャーズはいった。「ただ、なにを捜索するのか、よくわからないのです。レディ・ヴィクトリアがだれかと家出をしたのは明らかな事実ですから。コリンのいうとおり、放っておくべきだと思いますね」

「なぜ明らかな事実だといえるのですか」

「彼女が手紙を残しているからです」

アレサンドラはかぶりを振った。「手紙なんか、本人でなくても書けます」

「ええ、しかし――」

「力を貸していただけるものと思っていましたわ、リチャーズさん」アレサンドラは途中でさえぎった。いかにも哀れな口調だった。「あなたが最後の望みでしたのに。ヴィクトリアが危険にさらされているとすれば、彼女を助けることができるのは、あなたとわたしだけ……。真実を突き止めることができるのは、あなただけです。とても頭がよくて、知恵がありなんですもの」

リチャーズは雄鶏《おんどり》のように胸をふくらませた。コリンは思わずかぶりを振った。たかがお世辞に骨抜きにされるとは。

「結婚したという記録を見つければ、よろこんでいただけますかな」

「見つからないでしょう」

「でも、もっと探せば……」

「記録探しはひとまずやめましょう」

リチャーズはうなずいた。「わかりました。では、ヴィクトリアの家族をあたってみましょう。明日、兄のもとに使いをやります。いろいろな手を使って謎を解きますよ」

アレサンドラの笑顔は輝かんばかりだった。「ほんとうにありがとうございます」小さな声でいった。「でも、最初にお伝えしておきますわ。じつはヴィクトリアのお兄さまには、すでにお手紙を差しあげたのですけれど、この件に関しては二度と話したくないといわれてしまいましたの。お察しのとおり、コリンが失礼な態度を取ったので、まだ怒っていらっしゃるようですわ」

「わたしの求めには応じさせます」リチャーズはきっぱりとうなずいた。

コリンはこれ以上ばかげた話につきあっていられないと思った。国家の情報部門の長ともあろう者が、よその家庭の問題について嗅《か》ぎまわるとは、面子《めんつ》にかかわることではないのか。

話題を変えようとしたとき、リチャーズが気になることをいいだした。「プリンセス・アレサンドラ、あなたには多大なご協力をいただいたのですから、慎重さを要するこの件を捜査するのは、わたしにできるせめてものご恩返しです。ご安心ください。あなたがイングランドを離れる前に、なんらかの答を見つけます」

コリンは身を乗り出した。「ちょっと待ってください」硬い声でいった。「アレサンドラがどんなことに協力をしたんですか」

リチャーズは意外そうな顔をした。「聞いていないのか――」

「お話する必要はないと思いましたので」アレサンドラがあわてた様子でいい、さっと立ちあがった。「これで失礼いたしますわ、殿方だけでお話をなさってください」

「アレサンドラ、座るんだ」

コリンの口調に、アレサンドラは逆らわないほうがよさそうだと思った。小さく溜息をつき、命じられたとおりにした。それでも、コリンと目を合わせないように、膝を見おろした。自分が決めたことを話すくらいなら、逃げて隠れてしまいたかったが、そんな卑怯《ひきょう》で無責任なことはしたくない。コリンにも、決まったことを知る権利がある。

品位と礼節よ、と自分にいいきかせた。内心うろたえていることは、コリンには絶対に悟られないようにしなければ。それができれば苦労はしないのだけれど。

「リチャーズがきみの協力とやらをここまでありがたがるのはどういうことか、説明してくれ」

「父の祖国に帰ることにしたの」かろうじて聞き取れるほどのささやき声で答えた。「アイヴァン将軍と結婚します。あなたのお父さまも認めてくださったわ」

コリンはしばらく黙っていた。アレサンドラをじっと見ている。アレサンドラは膝を見つめていた。

「それはすべて、ぼくが病気で伏せっているあいだに決まったことか」

「ええ」

「こっちを見るんだ」

アレサンドラは泣きだしてしまいそうだった。深呼吸をして、ついに顔をあげた。

コリンはアレサンドラの心の内を見抜いていた。両手をきつく握りしめ、涙をこらえている姿を見ればわかる。

「ばかな」

「無理強いしたわけではないのだよ」リチャーズが口を挟んだ。

「自分で決めたことよ」アレサンドラは強調した。

コリンはかぶりを振った。「リチャーズ、この件はなかったことにします。いいですね？　アレサンドラは先週の事件に責任を感じているんです。護衛が襲われて負傷したのは、自分のせいだと感じている」

「現にそうだわ」アレサンドラが叫んだ。

「違う」コリンは力をこめていった。「きみは怯《おび》えて正しくものを考えられなくなっていた」

「わたしに判断力があったかどうかは関係ないでしょう」

「あるに決まっている」斬り捨てるようにいい、リチャーズに向きなおった。「アレサンドラは先週ぼくに約束したことを忘れているようです」

「コリン――」

「黙ってろ」

アレサンドラはあきれて目を丸くした。「黙ってろ？　わたしの将来が問題になっているのよ、あなたのではないわ」

「いまはぼくがきみの後見人だ。きみの将来はぼくが決める。そのことを忘れているようだな」

コリンの顔つきは、ドラゴンが吐く炎もかくやと思われるほどのすごみがあった。アレサンドラは反論を呑みこんだ。コリンの態度はまったく理性を欠いている。にらむのをやめてくれなければ、やはり席を立って出ていくしかない。

コリンはまたリチャーズのほうを向いた。「アレサンドラとは、先週話しあったんです。アイヴァン将軍とは結婚しないということに決まりました。財務のお偉方には、この話は取りやめだと伝えてください」

コリンは憤慨するあまり、リチャーズがうなずいていることにも気づかずに話しつづけた。「アレサンドラは将軍とは結婚しません。とんでもなく冷酷な輩と聞いています。殺し屋集団を送りこんで、花嫁を誘拐しようとしたんですよ。求婚の方法としては最悪でしょう」

アレサンドラは、コリンが憤る理由がわからなかった。ここまで怒った彼を見るのははじめてだ。意外すぎて怖さも忘れてしまった。どうすれば、なんと声をかければ、落ち着いてくれるのだろうか。

「コリン、将軍はあきらめないわ」小さくいい、声が震えてしまったことに顔をしかめた。

「また追っ手を送りこんでくるでしょう」

「それはきみではなく、ぼくがなんとかすることだ」

「あなたが？」

アレサンドラの瞳に不安を垣間見たコリンは、いくぶん冷静になった。怖がらせるのは本意ではない。努めて穏やかな声で答えた。「ああ、ぼくがなんとかする」

ふたりは長いあいだ見つめあった。アレサンドラはコリンの優しい表情にほっとして泣きたくなった。彼はこのままイングランドに残れといってくれているのだ。

涙を見せないように目をそらした。膝を見おろして深く息を吸い、気持ちを落ち着かせた。「みんなのためになることをしたかったの。わたしのためにだれかが傷つくのは耐えられなかったし、リチャーズさんは、もっと有利な貿易協定が結べるかもしれないとおっしゃったし……」

「わたしではなく、財務の連中がそう考えたんです」リチャーズが割りこんだ。「わたし自身は疑問視していた。コリンと同じ考えです」とうなずく。「将軍は信用できない。だから、ご自分を犠牲になさることはありません」

「でも、コリンにもしものことがあったら？」アレサンドラは思わず口走った。

リチャーズもコリンも驚いた。アレサンドラはまた不安そうな顔になった。コリンは椅子にもたれて彼女を眺めた。自分ではなく、ぼくの身の安全を案じているのか。身を守るすべなら心得ているのに、そんなふうに心配されると、いささか見くびられたような気がする。

でも、悪い気はしない。

リチャーズが片方の眉をあげてコリンを見やり、返事を促した。

「自分の身は守れる」コリンはいった。「心配しないでくれ、いいね」

「わかったわ、コリン」

すぐさまそう返ってきたことに、コリンは満足した。「では、リチャーズとふたりにしてくれ、アレサンドラ。ほかに話したいことがある」

アレサンドラはのろのろとドアへ向かった。リチャーズに挨拶もしなかった。レディにふさわしくない態度だが、気にしていられなかった。手がひどく震え、ドアを閉めるのが精一杯だった。

安堵で膝が折れそうだった。壁にぐったりともたれて目を閉じる。涙が頬をつたった。気持ちを落ち着けようと、深呼吸をした。

自分を犠牲にしてあの恐ろしい男と結婚しなくてもよいのだ。コリンのおかげで取りやめになったのがありがたくて、彼が怒っていたことも忘れた。なぜかはわからないけれど、彼は後見役を全力で務めてくれる気持ちになったらしい。守り役に徹してくれた。味方がいることに感謝し、祈りの言葉をつぶやいた。

「プリンセス・アレサンドラ、大丈夫ですか」

アレサンドラは跳びあがった。それから、声をあげて笑った。フラナガンと、もうひとり見知らぬ男がすぐそばに立っていた。アレサンドラは、ふたりが近づいてくる足音にも気づいていなかった。

顔が熱くなった。フラナガンの後ろにいる男がほほえんだ。どうかしていると思われたに違いない。アレサンドラは壁から離れ、なんとか笑い声を止めた。「大丈夫よ」

「こんなところでなにをしていらしたのですか」

「反芻《はんすう》していたの」お祈りもね、と心のなかでつけくわえた。

フラナガンには意味がわからなかった。きょとんとした顔でアレサンドラを見ている。アレサンドラは客に目を向けた。「ご機嫌よう」

フラナガンはようやく礼儀を思い出した。「プリンセス・アレサンドラ、こちらはオークマウント伯爵モーガン・アトキンズさまでございます」

アレサンドラは笑みを返した。「お目にかかれて光栄ですわ」

モーガンは進み出てアレサンドラの手を取った。「こちらこそ、プリンセス。一度お目にかかりたいと思っていたのですよ」

「わたしをご存じなのですか」

モーガンはアレサンドラが驚いたのを見てほほえんだ。「はい。ロンドンじゅうで評判の方でいらっしゃるので。ご存じでしょうけれど」

アレサンドラはかぶりを振った。「いいえ、存じあげませんでしたわ」

「摂政皇太子殿下も、あなたのことは絶賛なさっておいででした」モーガンがいった。「そんな心配そうなお顔はなさらないでください、プリンセス。ほんとうに、ほめ言葉しか聞いていませんよ」

「たとえば、どんなことをおっしゃったのでしょう」フラナガンが厚かましく尋ねた。

モーガンはアレサンドラから目をそらさずに答えた。「とても美しいと。いま、ほんとうにそうだと実感しております。じつに美しい――いや、比類なき美しさだ」

アレサンドラは居心地が悪くなった。モーガンに握られた手を引き抜こうとしたが、放してくれなかった。

「頬を染めると、ますます素敵だ、プリンセス」モーガンが近づいてきた。蠟燭の明かりに照らされた彼の濃い褐色の髪に、銀色の筋がまじっているのが見て取れた。深い黒褐色の瞳は、微笑できらめいている。モーガンはフラナガンと背丈こそ変わらないが、にじみでる強さで圧倒していた。発散している力強い雰囲気は、たぶん社会的に上の地位にいるからだと、アレサンドラは考えた。爵位のおかげで、彼はこれほど自信たっぷりでいられるのだろう。

それでも、モーガンは魅力のある男だった。そして、そのことを自覚してもいる。アレサンドラを落ち着かない気持ちにさせるのを承知の上で、接近してくる。

「イングランドを楽しんでいらっしゃいますか」モーガンが尋ねた。

「ええ、ありがとうございます」

モーガンが明日の午後も会いにきてよいかと尋ねているとき、コリンが書斎のドアをあけて出てきた。コリンはすぐにアレサンドラが顔を赤らめていることに気づいた。そして、モーガンが彼女の手を握っていることにも。

考える前に体が動いていた。手を伸ばしてアレサンドラの腕をつかみ、自分のそばに引き寄せた。アレサンドラには強引だと思われそうだが、しっかりと肩を抱いた。彼女は眉をひそめてモーガンを見やった。

「彼女は明日、予定があるんだ」コリンはいった。「書斎へ入ってくれ、モーガン。リチャーズが待っている」

モーガンはコリンのいらだちに気づいていないのか、気づいているとしても、無視することにしたらしい。うなずくと、またアレサンドラのほうを向いた。「また会いにきてもいいか、あなたのいとこどのにお願いしてもよろしいでしょうか」

アレサンドラがうなずくと、モーガンはお辞儀をして書斎に入った。

「手を離して、いとこさん」アレサンドラは小声でいった。

コリンはその声に笑いが含まれていることに気づき、アレサンドラの顔を見おろした。

「あの男はなにを勘違いしているんだ。きみはぼくのことをいとこだといったのか」

「いいえ、そんなことをいうわけがないでしょう。ほら、手を離して。名簿を取りにいきたいの」

コリンは彼女を放さなかった。「アレサンドラ、なにがそんなにうれしいんだ」

「なにがって、将軍と結婚せずにすみそうなんですもの」身をよじってコリンから逃れ、廊下を小走りで進んだ。「それに」肩越しにいった。「名簿に新しい名前が加わったわ」

モーガンが書斎から出てきて、廊下を駆けていくアレサンドラを、不敵な笑みを浮かべてじっと見つめていたが、コリンにそっけなく促され、また部屋に入った。

すべての既婚婦人は不幸な生き物だ。愚かな妻たちは、夫に放置されていると感じている。不平不満をこぼし、なんのよろこびもない。そう、彼はずっと見て、観察してきた。たいていの夫はやはり妻を放置しているが、彼にいわせれば当然のことだ。愛人のほうが目をかけてやる価値がある。妻とは所詮《しょせん》、跡継ぎを産むためだけに必要な、面倒な存在にすぎない。男はやむをえず妻に耐え、抱いてやるが、子どもができれば妻をかえりみることなどない。

彼はあえて人妻を相手にしないようにしている。狩りがつまらなくなるからだ。逃げない犬を追い詰めても、なんのよろこびも得られない。だが、あの女は気になる。ひどく哀れを誘う。彼はその女を一時間前から観察していた。夫の腕にしがみつき、ときおり言葉や行動で夫の気を惹こうとしている。無駄な努力だ。風采のよい夫は、クラブの友人との雑談にすっかり没頭していて、かわいらしい妻に目もくれない。

かわいそうに。彼女が夫を愛していることは明らかだ。気の毒なほどに満たされていない。では、すべてを変えてやろう。彼は決意し、ほほえんだ。また狩りがはじまる。まもなく、新しいお気に入りをみじめな毎日から救い出すことになる。

6

コリンはリチャーズとモーガンと長い時間話しあっていた。アレサンドラは食堂でひとり夕食をしたためた。コリンを待ち、眠気を我慢して一階に残っていた。これからのことを気遣ってくれたコリンに礼をいい、オークマウント伯爵がどんな人物なのか尋ねたかった。

だが、午前零時頃にあきらめて寝室へあがった。十五分後、ヴァリーナがドアをノックした。

「明日の朝は外出の用意をなさるようにとのことです。十時に出発するそうです」

アレサンドラはベッドに入り、上掛けを引っぱりあげた。「コリンは行き先をいっていたかしら?」

ヴァリーナはうなずいた。「リチャーズさまのところです。バワーズ・ストリート十二番地」

アレサンドラはほほえんだ。「住所まで教えてくれたのね」

「はい。なにからなにまで。待たせないようにともおっしゃっていました」眉をひそめる。

「ほかにもご指示が……そう、思い出しました。午後にウィリアムシャー公爵ご夫妻と会う予定は、取りやめになりました」

「理由は聞いたの？」

「いいえ、聞いていません」

ヴァリーナは大きなあくびをして、すぐさま謝った。「今夜はとてもくたびれていて」

「そうでしょうね。もう遅いし、一日じゅう忙しかったでしょう、ヴァリーナ。さあ、もうさがっていいわ。おやすみなさい」アレサンドラがいうと、ヴァリーナはそそくさと出ていった。

それからまもなくアレサンドラも眠りについた。数日のあいだコリンを看病した疲れで、朝までぐっすり眠った。午前八時過ぎに目を覚まし、急いで身支度をした。スクエアカットの襟ぐりがつつましやかな、淡いピンクのウォーキングドレスを選んだ。コリンもこれならよしとしてくれるだろう。

アレサンドラは約束の午前十時の二十分前には一階におりたが、コリンは十時を過ぎても姿を現さなかった。彼が階段をおりてくるのが見えたとたん、アレサンドラは呼びかけた。

「コリン、時間よ。急いで」

「予定変更だ、アレサンドラ」コリンはアレサンドラの前を通り過ぎながら片方の目をつぶってみせ、食堂に入っていった。

アレサンドラはあとを追った。「なにがどう変更なの?」

「面会は取りやめだ」

「リチャーズさんとの面会? それとも、午後に公爵ご夫妻と会う約束を? ヴァリーナから聞いたけれど……」

コリンは食卓の椅子を引き、アレサンドラに座るよう合図した。「どちらも取りやめだ」

「チョコレートか熱いお茶はいかがですか、プリンセス」フラナガンが入口から尋ねた。

「お茶をお願い。コリン、取りやめにするという知らせでも届いたの? わたしはずっと玄関ホールで待っていたけれど、手紙の配達人は来なかったわ」

コリンは答えなかった。席に着いて新聞を取ると、目を通しはじめた。フラナガンがビスケットの入ったかごを持ってきて、コリンの前に置いた。

アレサンドラはわけがわからず、いらだった。「そもそも、リチャーズさんはなぜわたしたちを呼んだの? ゆうべ会ったばかりなのに」

「食べなさい、アレサンドラ」

「教えてくれる気がないのね」

「ない」

「コリン、朝いちばんにそんなつっけんどんな態度をとるのは失礼だわ」

彼は新聞をおろし、アレサンドラに向かってにやりと笑った。アレサンドラは、ばかなことをいったと気づいた。「どんなときでもつっけんどんな態度は失礼だっていいたかったのよ」

コリンはまた新聞のむこうに消えた。アレサンドラは指先でテーブルを小刻みにたたいた。そのとき、レイモンドが食堂に入ってきた。アレサンドラはすぐさま隣に座るよう手招きした。「だれか手紙を……」

コリンがさえぎった。「アレサンドラ、ぼくのいったことが聞けないのか?」

「いいえ。ただ、どういうことか知りたいのよ。あなたこそ新聞に隠れるのはやめたらどうなの?」

「朝はいつもそんなふうに機嫌が悪いのか?」

アレサンドラはコリンとまともな会話をするのをあきらめ、ビスケットを半分かじっただけで席を立った。すれちがいざまに、レイモンドが気の毒そうな顔を向けてきた。

二階へ行き、昼まで手紙の返信を書いて過ごした。修道院長には、イングランドまでの道中についで長々とつづった。後見人とその家族がどんな人たちか解説し、コリンの家に来るはめになったいきさつも、便箋《びんせん》三枚に渡って書いた。

封筒に封をしたとき、ステファンがドアをノックした。「一階においでください、プリンセス・アレサンドラ」

「お客さまがいらしたの？」

ステファンはかぶりを振った。「出かけます。外套をお召しになってください。今日は風が強いので」

「どこへ行くの」

「会合です」

「やるといったりやめるといったり、またやるといったり」アレサンドラはひとりごちた。

「なにかおっしゃいましたか」

アレサンドラはインク壺に蓋《ふた》をして立ちあがった。「愚痴をこぼしただけよ」にっこりと笑って認めた。「コリンのお父さまと会うの？　それともリチャーズさんかしら」

「それはわかりませんが、コリンさまが玄関でお待ちです。一刻も早く出発なさりたいご様子ですよ」

アレサンドラがすぐに行くと答えると、ステファンはお辞儀をして出ていった。アレサンドラは手早く髪を梳かし、衣装箪笥《だんす》から外套を出した。部屋を出ようとしたとき、名簿のことを思い出した。ウィリアムシャー公爵のタウンハウスへ行くのなら、名簿を持っていって、夫妻に相談してもよい。急いで引き返し、机の抽斗《ひきだし》から名簿を取り出して外套のポケットにしまった。

玄関ホールでコリンが待っていた。アレサンドラは踊り場で足を止めて外套を腕にかけた。

「コリン、これから行くのは、あなたのお父さまのお宅？　それともリチャーズさんのところ？」

コリンは答えなかった。アレサンドラは足早に階段をおりて、もう一度同じことを尋ねた。

「リチャーズのところだ」コリンは答えた。

「なにをしにいくの？　ゆうべ会ったばかりなのに」

「わけがあるんだろう」

ステファンとレイモンドと一緒に客間の入口の脇に立っていたヴァリーナが、アレサンドラに外套を着せようと、つかつかと出てきた。

だが、コリンのほうが早かった。アレサンドラにさっさと外套を着せると、彼女の手を引っぱるように外へ連れ出した。アレサンドラは脚の長いコリンに追いつこうと小走りになった。

レイモンドとステファンがついてきて、馬車の御者台にのぼり、御者と並んで座った。コリンとアレサンドラは馬車のなかで向かいあわせになった。

コリンはドアに鍵をかけ、クッションにもたれてアレサンドラにほほえみかけた。

「なぜそんな難しい顔をしているんだ」

「なぜこういうおかしなふるまいをするの？」

「ぼくは人を驚かせるのは好きじゃないんだが」

「ほら。またおかしな答え方をしたわ」

コリンは長い脚を伸ばした。アレサンドラはスカートの裾を寄せて座席の隅に腰をずらし、場所をあけてやった。

「リチャーズさんがなにを話したいのか、聞いているの？」

「リチャーズには会わない」

「でも、さっき……」

「嘘をついた」

コリンは息を呑むアレサンドラに頬をゆるめた。「嘘？」

アレサンドラは目を丸くしている。コリンはのんびりとうなずいた。「そう、嘘をついた」

「なぜ？」

アレサンドラの剣幕に、コリンは大笑いしたくなった。怒ったときの彼女はじつにおもしろい。そしていま、彼女は確実に怒っている。頬が真っ赤だ。これ以上肩をそびやかすと背骨が折れるぞ、とコリンは思った。

「事情はあとで話す。しかめっ面はやめろ、じゃじゃ馬。こんなに気持ちのいい日に、ぶっとするんじゃない」

コリンがやけに上機嫌であることに、アレサンドラはようやく気づいた。「なにがそんなに楽しいの？」

コリンは答えるかわりに肩をすくめた。アレサンドラは溜息をついた。この人はわざとわたしを困らせようとしているんだわ。「コリン、ほんとうはどこへ行くの？」

「両親のところへ相談に行くんだ、これから――」

残りはアレサンドラがいった。「わたしをどうするのか」

コリンはうなずいた。うつむいたアレサンドラの表情が見えた。しょんぼりとしていた。傷ついただろうか、とコリンは思ったが、なぜ傷ついたのかはわからなかった。

「どうした」声がぶっきらぼうになってしまった。

「べつに」

「嘘をつくな」

「あとで話すといったのはあなたでしょう」コリンはなるべくつっけんどんにならないように気をつけながらつけくわえた。「それより、なぜ泣きそうな顔をしているんだ」

「あとで話します」

コリンは身を乗り出した。アレサンドラのあごをつかんで、自分のほうを向かせた。「ぼくのまねはよせ」

アレサンドラはコリンの手をどけた。「わかりました」きっぱりといった。「あなたがやけに機嫌よくしているから、ちょっと腹が立ったのよ」

「わかるように話せ」

ウィリアムシャー公爵のタウンハウスの前に到着し、馬車が止まった。コリンはアレサンドラを見据えたままドアの掛け金をはずした。「ほら、話してくれ」

アレサンドラは外套の肩を合わせた。「わたしはじゅうぶんわかりやすい話だと思うわ」

レイモンドがドアをあけ、アレサンドラに手をさしのべた。アレサンドラはさっさと馬車を降り、しかめっつらでコリンに振り向いた。「ようやくわたしを厄介払いできるかららうれしいんでしょう」

コリンはそんなことはないと返すつもりで口を開いた。アレサンドラは、片方の手をあげて制した。「ご心配なく。わたしはもう怒っていませんから。早くなかに入りましょう」

アレサンドラは、つとめて冷静になろうとしていた。ところが、コリンは邪魔をした。大笑いしはじめたのだ。アレサンドラは彼にさっと背を向けて階段を駆けのぼった。レイモンドとステファンが両脇についた。

「まだ怒っているのが見え見えだぞ、じゃじゃ馬」

執事がドアをあけたが、アレサンドラは失礼な言葉にいい返してやろうと、くるりとコリンに向きなおった。「またわたしをじゃじゃ馬と呼んだら、その場で大騒ぎしてやるわ。わたしは怒ってなどいません」そうつけくわえたものの、明らかに怒った口調になってしまった。「あなたとはお友達になれたと思っていたのに。ええ、ほんとうに思っていたのよ。あなたがいとこ同然になっていたから、わたしは……」

コリンは身を乗り出し、アレサンドラの鼻先まで顔を近づけた。「ぼくはきみのいとこじゃない」ぴしゃりという。

コリンの兄ケインが執事をさがらせ、だれかが気づいてくれるのを戸口で待っていた。彼にはプリンセス・アレサンドラの後ろ姿しか見えなかった。体は小さいのに気が強いな、とケインは思った。コリンのほうがずっと背が高く、精一杯怖い顔をしてみせているのに、彼女はひるまない。少しも怖じ気《おけ》づいているように見えない。

「だれもがわたしたちはいとこ同士だと思いこんでいるわ」アレサンドラも切り口上で応酬した。

「他人がどう思おうが関係ない」

アレサンドラは深呼吸した。「こんな話をしてもしかたがないでしょう。わたしのいとこになりたくないのなら、こっちはかまわないわ」

「だから、ぼくはきみのいとこじゃない」

「どならなくても結構よ、コリン」

「きみと話しているとどうかなりそうだ、アレサンドラ」

「いらっしゃい」

ケインはふたりに聞こえるように、ほとんど叫ぶようにいった。アレサンドラはびっくりしてコリンにつかまった。

だが、すぐさまわれに返り、コリンの腕を放して振り返った。できるだけ穏やかな、堂々とした態度を取り繕う。戸口に立っている、目をみはるような凜々《りり》しい紳士は、コリンの兄に違いない。笑顔がそっくりだ。ただ、ケインのほうが髪の色が明るく、瞳の色はまったく違った。ケインのグレーの瞳より、コリンの薄い茶がかった緑色の瞳のほうが素敵だと、アレサンドラは思った。

腰を屈めてお辞儀をしようとしたが、コリンに邪魔をされた。彼はアレサンドラの腕をつかみ、玄関のなかへ押しこんだ。

アレサンドラはコリンの手をつねった。外套を脱がせようとするコリンと、ひとしきりやりあうことになった。外套のポケットには名簿が入っているので、アレサンドラは彼の手をはねのけた。

コリンの後ろで、ケインが背中で両手を握りあわせ、懸命に笑いをこらえていた。弟がこんなふうにいらいらするところを見るのは、ほんとうに久しぶりだ。

アレサンドラがようやく名簿を取り出した。「どうぞ、外套を取ってもいいわよ」

コリンは目だけで天を仰ぎ、アレサンドラの外套をケインのほうへ放った。ケインが外套を受け止めたと同時に、コリンはアレサンドラが握っている名簿に気づいた。「なぜそんなものを持ってきたんだ？」

「必要だからよ。どうしてそんなにいやがるのかしら。わけがわからないわ」

アレサンドラはケインのほうを向いた。「弟さんの無礼を許してあげてくださいね。この人、ずっと具合が悪かったものですから」

ケインは苦笑した。コリンはかぶりを振った。「ぼくのかわりにきみが謝ることはない。こちらは兄さんが疫病神と呼んでいたお嬢さんだ。アレサンドラ、僕の兄だ」

アレサンドラはもう一度、腰を屈めてお辞儀をしようとしたが、またコリンに阻まれた。スカートをつかもうと屈んだ瞬間に、コリンに手をつかまれて客間へ引っぱられた。

「奥方は？」コリンが肩越しに尋ねた。

「母上と二階にいる」

アレサンドラはコリンに放してほしくて、彼の手をはがそうとやっきになっていた。「わたしを椅子に座らせて、さっさと帰ったらいいでしょう。わたしを一刻も早く厄介払いしたいようだから」

「どの椅子がいいんだ」

コリンがやっと放してくれた。アレサンドラは一歩あとずさった拍子にケインとぶつかった。振り向いて謝り、ウィリアムシャー公爵がどこにいるのか尋ね、できるだけ早く話をしたいのだとつけくわえた。

アレサンドラがあまりにも切羽詰まった様子なので、ケインはあえて真顔を保った。内心で、かわいい娘だと思った。瞳はあざやかなブルーで、鼻梁にそばかすがあるのは妻のジェイドと同じだ。かわいいどころか、かなりの美人だ。

「ジェンキンズがいま呼びにいっていますよ、プリンセス・アレサンドラ。どうぞ楽になさってお待ちください」

アレサンドラは、すばらしい応答だと思った。どうやら、ケインのほうが礼儀を身につけているらしい。物腰が丁寧で、気配りができる。弟とは大違いだ。

コリンが暖炉のそばに立ってアレサンドラを見ていた。

アレサンドラは、コリンに一瞥《いちべつ》もくれなかった。後見人のタウンハウスの外観をじっくり眺めるひまはなかったが、きっと内部と同じように豪壮なのだろうと思った。客間はコリンの家の客間の四倍は広い。象牙《ぞうげ》色の大理石の暖炉を半円で囲むように、ソファが三台並んでいる。美しい部屋は、ウィリアムシャー公爵が世界じゅうから取り寄せためずらしい品々でいっぱいだった。アレサンドラは室内を眺め、マントルピースの中央で鈍く光っている物体に目をとめた。父親の城を模した金の置物は、紛失したわけではなかったのだ。アレサンドラが子どものころに暮らした城の模型は、ブランデーのデカンタほどの大きさだが、細部まで本物そっくりだった。

アレサンドラのよろこびの表情に、コリンは息を呑んだ。「アレサンドラ?」どうしたのだろうと訝《いぶか》りながら声をかけた。

彼女は笑顔でコリンを見たあと、マントルピースに駆け寄った。震える手を伸ばし、金の塔にそっと触れた。「これはわたしが育った城の模型よ、コリン。〝石の聖域《ストーン・ヘイブン》〟と呼ばれていたの。両親と暮らしていたのよ」

「きみの父上は結婚と同時に王座をおりたんじゃなかったのか」

アレサンドラはうなずいた。「ええ、そうよ。でも、結婚する前にこの城を買ったの。将軍も手出しはできないわ。オーストリアにあるから、将軍が王座についたとしても、権力は及ばない。城はいつまでも安全だわ」

「いまはだれのものになっているんですか」ケインが尋ねた。

返事はなかった。ケインは、聞こえなかったのだろうと考えた。自分と同じように、コリンも気になっているようだ。ふたりでアレサンドラを挟んで立ち、置物を眺めた。「細かいところまで精巧にできている」ケインはつぶやいた。

「父が公爵閣下にお贈りしたんです」アレサンドラがいった。「父はちょっとしたいたずらのつもりだったんでしょう――もちろん、悪気はありません。閣下の田舎の屋敷でこの城を探したのに見つからなかったんです。なくなったものとばかり思っていましたわ。でも、こんなふうに大切にしていただいているのがわかってよかった」

コリンがいたずらとはどういう意味か尋ねようとしたとき、声がした。

「もちろん、大切にしているとも」部屋の入口でそういったのは、ウィリアムシャー公爵だった。「きみの父上とは親しくさせていただいたのだからね、アレサンドラ」

アレサンドラは振り返り、後見人を笑顔で迎えた。ウィリアムシャー公爵は、銀髪と濃いグレーの瞳が素敵な紳士だった。いうまでもなく、息子たちのととのった顔立ちも背の高さも父親譲りだ。

「ご機嫌よう、父上」コリンがいった。

公爵は挨拶を返して客間に入ってきた。中央で立ち止まり、アレサンドラに向かって両腕を広げた。

アレサンドラはためらわなかった。公爵に駆け寄り、腕のなかに飛びこんだ。公爵は彼女をきつく抱きしめ、頭のてっぺんにキスをした。

コリンとケインは目をみはって顔を見あわせた。父親が後見する娘をこれほどかわいがっているることが意外だった。いつも冷静そのものなのに、長いあいだ行方知れずだった実の娘であるかのように、アレサンドラに接している。

「コリンは大事にしてくれているかね」

「ええ、ヘンリーおじさま」

「ヘンリーおじさま?」ケインとコリンは同時に繰り返した。

アレサンドラは公爵から体を離し、コリンをにらみつけた。「ヘンリーおじさまはわたしの親戚になってもいいとおっしゃったわ」

「だが親戚じゃないだろう」コリンは頑固にいいつのった。

公爵がほほえんだ。「ヘンリーおじさまと呼んでほしいと、わたしから頼んだのだよ。アレサンドラはいまや家族の一員だからな」

それから、アレサンドラに向きなおった。「座りなさい。結婚問題について話しあおう」

アレサンドラはすぐさまいわれたとおりにした。床に名簿が落ちていることに気づき、急いで拾った。コリンは錦織のソファのまんなかに彼女が座るのを待ち、隣に腰をおろした。

コリンの大きな体のせいで、アレサンドラはソファの端に追いやられた。スカートを踏んでいるたくましい太ももを押しのける。「座る場所ならいくらでもあるでしょう」声をひそめた。息子に文句をいっているのを公爵に聞かれたくない。「べつの場所に座ってちょうだい、いとこさん」

「あと一度でもいとこさんと呼んだら、その首を絞めてやるぞ」コリンは低い声で脅した。

「もぞもぞするのをやめろ」

「おまえはアレサンドラに窮屈な思いをさせているぞ。場所をあけなさい」

コリンは微動だにしなかった。公爵は眉をひそめ、アレサンドラのむかいにある大きなソファにケインと並んで座った。

「おまえたちは仲よくやっているのか？」

「コリンはここ一週間ほど具合が悪かったんです」アレサンドラが答えた。「今日、こちらに移ってもいいですか、おじさま」

「だめだ」コリンは間髪入れずに——しかも吐き捨てるように——いった。

公爵はコリンに眉をひそめ、アレサンドラに目を向けた。「ここに移りたいのかね？」

「コリンがそうしてほしがっているような気がして」アレサンドラは困惑をあらわにした。

「わたしをあずからなければならないのが負担なんですわ。今日はずっといらいらしていましたもの。待ちきれないからだと思います」

コリンはまた目で天を仰いだ。「本題に戻ろう」ぼそりといった。

公爵はその言葉を無視した。「待ちきれない？」アレサンドラに訊き返した。

「ええ、おじさま」アレサンドラは膝の上で両手を重ねた。「わたしを追い出すのが待ちきれないんです。わたしがとまどうのも無理はないとお思いになりませんか。ついさっき、コリンはわたしを置いてさっさと帰るつもりだったのに、今度は出ていくなというんですもの」

「それは矛盾するな」ケインが口を挟んだ。

コリンは身を乗り出し、両膝に肘をついて公爵を見据えた。「いますぐ移動するのはやめておいたほうがよいと思います。歌劇場でのこともありますし」うなずいてつけくわえた。「その話はいいましなくてもいいでしょう」アレサンドラはささやいた。「おじさまを心配させるだけだわ」

「心配して当然だ。きみを保護するという責任を負うなら、問題をわかっておくべきだ」

コリンは反論するひまを与えず、父親に向きなおった。歌劇場の外でアレサンドラが襲われたことを手早く説明し、リチャーズから聞いた話も補足してから、アレサンドラが結婚するまで脅迫はつづくのではないかという自分の考えを最後に述べた。

「もしくは、将軍の王権奪取作戦が成功するか失敗するまでは」ケインが割りこんだ。

「くそっ、一年かかる」コリンは顔をしかめた。

「そうだな」ケインはいい、父親のほうを向いた。「コリンのいうとおりだと思います。アレサンドラはコリンのところにいるほうがよいでしょう。こういうことに関しては彼のほうが慣れているし、父上と母上にとっても安全です」

「ばかをいうな」公爵が返した。「自分の家族を守る術くらい身につけている。どんな危険が襲ってこようが対処できる。だが、手を打たなければならないのは、世間の噂のほうだ。わたしもおまえたちの母親も元気になったのだから、アレサンドラにはここに来てもらう。結婚していない男女がひとつ屋根の下に住むべきではない」

「先週からそうしていますが」ケインがいった。

「われわれの病のせいだ」公爵が答えた。「世間も理解してくれる」

コリンは信じられない思いだった。父親ののんきな考えに、かける言葉も見つからなかった。アレサンドラをここへ移すべきではないと、ふたりがかりで父親を説得すべくケインを見やると、彼もあきれたような顔をしていた。

「おまえはなにか噂を聞いたのか」公爵は、すでに噂になっているのかどうかを心配し、眉をひそめた。

ケインはかぶりを振った。コリンはいらだちをこらえようとした。「父上、いま問題なのはそこではありません。たかが陰口を気にして、家族を危険に陥れてはならないんです。もちろん、噂にはなるでしょう。ですが、アレサンドラもぼくも気にしません」

「わたしが決めたことに口出しをするな」公爵は引きさがらなかった。「わたしが後見する娘ひとり守れないと思っているのなら、それは侮辱だぞ。いままで妻と六人の子どもたちも、問題なく守ってきた。これからもそうするつもりだ」

「でも、もし母上や妹たちが誘拐されたら――」ケインが口を開いた。

「もういい」公爵が命じた。「この話は終わりだ」口調をやわらげてつけくわえた。「グウィネスがアレサンドラを早く結婚させるべきだといったのは正しかったな。結婚すれば、脅迫も途絶える」

コリンはケインを見た。「アレサンドラは名簿を作っているんだ」

「わたしが作ってやったのだよ」

コリンは驚いて口もきけなかった。

「なんの名簿だ」ケインが尋ねた。

「ケインにはいわなくてもいいでしょう」アレサンドラが小声でいった。恥ずかしそうに頬を赤らめている。「ケインはもう結婚なさっているのよ」

「そのことなら、ぼくも知っている」コリンはにやりと笑っていった。

ケインはアレサンドラの抗議が聞こえなかったふりをした。「なんの名簿だ」もう一度、コリンに尋ねた。

「男の名簿だ」コリンは答えた。「父上と一緒に、結婚相手にふさわしい男の名簿を作ったんだ」

ケインはことさら反応を示さないようにした。アレサンドラの顔に目をやれば、見るからに居心地が悪そうだ。ほっとさせてやりたくて、こういった。「合理的なやり方だと思うが」

「合理的？　下品なやり方だ」

ケインはこらえきれずに頬をゆるめた。

「なにがおもしろいんだ」コリンが嚙みついた。

「いやいや」ケインは調子を合わせた。「なにもおもしろくないさ」

「真面目な話なんです」アレサンドラがうなずきながら割りこんだ。

ケインは姿勢を正した。「ということは、この会合の目的はその名簿からひとりを選ぶことなのか。そう考えていいのかい？」

「ええ」アレサンドラが答えた。「先週、候補者のみなさんとお会いするつもりだったのですけれど、コリンの看病で手一杯になってしまって」

「きみが看病をしたのか」ケインがほほえみながら尋ねた。

アレサンドラはうなずいた。「昼も夜も。そばについていなければならなかったんです」

コリンはむきになった。「こっちが頼んだわけじゃない」

そのいいぐさに、アレサンドラはむっとした。上体を引き、小声でいった。「ほんとうに、感謝するということを知らない方ね」

コリンは聞き流し、ケインにうなずいてみせた。「それで思い出したんだが、兄さんに礼をいいたかったんだ。帳簿があんなにまとまったのは一年ぶりだ」

「帳簿？」

「うちの会社の帳簿だよ。やってくれて助かった」

ケインはかぶりを振った。アレサンドラはコリンをつついた。「話を戻しましょう。できるだけ早く決めてしまいたいの」

「おまえの会社の帳簿なんかさわってもいないぞ」ケインがいった。

「だったら、だれが……」

長いあいだ、だれもが口をきかなかった。アレサンドラはせっせとドレスのひだをととのえている。コリンはゆっくりと彼女に向きなおった。

「きみがドレイソンかだれかに頼んでやらせたのか」

「まさか。帳簿なんてだれにでも見せられるものじゃないわ。よその人に見せるわけがないでしょう。それに、あなたが病気で伏せっていたときは、だれも入れなかったわ」

「だったら、だれがやったんだ」

「わたしよ」

コリンはかぶりを振った。「からかわないでくれ、アレサンドラ。冗談につきあうような気分じゃないんだ」

「からかってなんかないわ。わたしがやったのよ。業務日報も全部まとめて整理しておいたわ」

「だれに手伝ってもらったんだ」

その質問に、アレサンドラはひどく気を悪くした。「だれにも手伝ってもらっていません。わたしは計算が得意なの。信じられないのなら、どうぞ修道院の院長にお手紙を書いて尋ねてみて。わたしはね、銀行が修道院にお金を貸してくれるように、二重帳簿を作ったくらいで……あら、いけない。よけいなことをいってしまったわ。院長は罪だとおっしゃったけれど、わたしは違うと思うの。盗みの罪を犯したわけでもないし。お金を借りられるよう、ちょっと数字を変えただけですもの」

コリンはぽかんとしていた。アレサンドラは、あきれられたのだと思った。弁解するのはやめて、大きく息を吸った。「あなたの帳簿だけど。とくに訓練なんかしなくても、数字を書き写して合計するくらいはできるわ。難しいことではないもの、ちょっと退屈だけど」

「手数料はどうやって出した」コリンはまだ彼女の話が信じられないようだった。

アレサンドラは肩をすくめた。「手数料の計算なんてたいしたことではないわ」

コリンはかぶりを振った。「女がどうして……」

どうして帳簿のつけ方を知っているのか、とコリンはつけくわえるつもりだったが、アレサンドラにさえぎられた。

「ほら来たわ」彼女は大声をあげた。「わたしが女だというだけで、流行のファッションくらいしかわからないと思っているんでしょう？　だったらびっくりさせてあげるわ、わたしはファッションにはまったく興味がないの」

コリンは、ここまでいきりたった彼女を見たことがなかった。瞳が青い炎になっている。首を絞めて黙らせてやりたいが、その前にキスだ、とコリンは思った。

ケインがアレサンドラの味方にまわった。「それで、院長は首尾よくお金を借りられたのか、アレサンドラ」

「ええ」アレサンドラは得意げにいった。「もちろん、院長は銀行に見せているのが二重帳簿だとはご存じなかったのですけれど。誓いを立てた身でいらっしゃるもの、ご存じだったら正直におっしゃっていたわ。修道女は厳しい戒律に従うものでしょう。院長がお気づきになったときは、もう手遅れだったの。借りたお金は新しいチャペルを建てるのに使ってしまっていたから。そんなわけで、うまくいったわ」

コリンは鼻を鳴らした。「院長はさぞ、きみを手放したくなかっただろうな」乾いた口調でいった。

「ここに集まった理由を思い出そうじゃないか」ケインがいい、立ちあがってアレサンドラのほうへ歩いていった。「名簿を拝見したい」

「どうぞ」

ケインは名簿を受け取り、自分の椅子に戻った。アレサンドラはいった。「まだ完全なものではないんです。いまのところ十名ですけれど、もしつけくわえたい方がいらしたら、どうぞ」

「では、グウィネスを呼ばずに進めよう」公爵がいった。「ケイン、ひとり目の名前を読みあげてくれ。ふさわしい男かどうか、おまえたちの意見を聞きたい」

ケインは紙を開き、ざっと目を走らせると、弟を見やった。

「早くはじめなさい」公爵がせかした。

「ひとり目はコリンです」ケインは弟を見つめたままいった。

「ええ、でもコリンは削除しました」アレサンドラがいった。「線で消してあるでしょう。消していない名前を読みあげてください」

「ちょっと待ってくれ」ケインがいった。「コリンを削除した理由を教えてくれないか、アレサンドラ。コリンを名簿に入れたのはきみの考えか、それとも父上にすすめられたのか」

「わたしがすすめたのだよ」公爵がいった。「そのときはまだ、アレサンドラにコリンを会わせていなかった。手堅い組みあわせだと思ったが、うまくいきそうにないというのがわかったよ。相性がよくないようだ」

ケインは正反対の意見を持っていた。アレサンドラとコリンのあいだには、いまにも火花が散りそうだ。そしてふたりとも、自分がなぜじれったい気持ちになるのか、ほんとうの理由を認めたくなくてむきになっている。

「なぜ相性が悪いとお思いになるんですか」ケインは父親に尋ねた。

「ふたりを見ればわかるだろう。だれの目にも明らかだ。アレサンドラはひどく気まずそうだし、コリンはあそこに座ってからずっと難しい顔をしているじゃないか。どう見ても相性が悪い。安定した結婚生活には、相性は大事な要素だろう」

「兄さん、話を先に進めないか」コリンがいった。

「コリン、なぜそんなにいらいらしているの?」アレサンドラが尋ねた。

コリンは返事をしなかった。アレサンドラはケインのほうを向いた。「この人、具合が悪かったものですから」機嫌が悪いのはそのせいだといわんばかりだった。

「関係のない話ではないぞ」公爵がコリンに顔をしかめてみせた。

「コリンが同意すれば、きみは結婚してもいいと思うか、アレサンドラ」ケインが尋ねた。

「もう断られました」アレサンドラは答えた。「どのみち、コリンは結婚相手にふさわしくありません」

「なぜだ」

「もういいじゃないか」コリンは声をとがらせた。

ケインは無視した。そして、アレサンドラも難しい顔をして、ケインの質問に対する答を考えていた。ケインに納得してほしいけれど、長々と事情を説明するのは気が引けた。「なぜなら、コリンはわたしの財産をほしがらないんです」

「当然だ、きみの財産などいらない」

「ほら、おわかりになりました？」

ケインにはさっぱりわからなかった。弟の顔を見て、それ以上追及しないほうが賢明だと思った。コリンはだれかの首を絞めてやりたそうな顔をしているが、ケインは犠牲になる気はない。

「結婚相手を決めるには、もっといいやり方があるんじゃないか」ケインは提案した。「アレサンドラにはもっとじっくりと考えさせてあげなければ……」

「その余裕がないのだ」公爵が割りこんだ。

「お気遣いには感謝しますわ、ケイン」アレサンドラがつけくわえた。

「次にいこう。ふたり目の名前を読んでくれ」

ケインはいわれたとおりにした。ふたり目の名前も、やはり×印で消してあったので、三人目に進んだ。「ホートン。ウィートン伯爵です」

「一度会ったことがあるな」公爵がいった。「まあ、普通の男のようだったが」

ケインはうなずいたが、コリンはかぶりを振った。「どうしてだめなんだ、コリン」

「彼は大酒飲みです。ふさわしくない」

「大酒飲み？」公爵が訊き返した。「それは知らなかった。では消してくれ、ケイン」しかめっ面でつけくわえた。「アレサンドラを大酒飲みのもとにはやれない」

「ありがとうございます、ヘンリーおじさま」

コリンは自分がいまにも爆発しそうな気がしたが、気力を振り絞ってこらえた。自分がなぜこんなにいらだつのかわからない。アレサンドラと結婚しないと決めたくせに、彼女がほかの男のものになると考えると、なぜか腹立たしくてたまらなくなる。

いつのまにか、ソファの背に寄りかかり、アレサンドラの肩に腕をまわしていた。アレサンドラはおとなしく身を寄せてきた。コリンは彼女が震えているのを感じ、自分と同じくらい、この話しあいをいやがっているのだと思った。

兄さんのいうとおりだ。やり方を変えたほうがいい。

「ロックウッド伯爵キングズフォード」ケインが次の名前を読みあげ、コリンはわれに返った。

「グウィネスの推薦だ」公爵がいった。「礼儀正しいのが気に入っている」

コリンはかぶりを振った。「礼儀正しいかもしれませんが、加虐趣味があるという噂です」

「なんと」公爵が声をあげた。「加虐趣味だと？　ケイン、却下だ」

「了解」ケインは次の名前を読みあげた。「コリンガム侯爵ウィリアムズ」

「わたしは彼がいいと思う」公爵の声に、にわかに熱意がこもった。「いい男だよ。両親とは以前から懇意にしている。あのハリーなら家柄も申し分ない」

ケインは真顔を保つのに苦労していた。コリンが先ほどから両手を震わせている。

「ハリーは女たらしです」コリンがいった。

「それは知らなかった」公爵がいった。「わたしもグウィネスも、もっと出かけるべきだな。外に出て人と会わないから、そういうことを知らないんだろう。よし、わかった、ハリーもだめだ。浮気者になりそうな男にアレサンドラはやれない」

ケインはコリンを見据えたまま、次の名前を読んだ。「ウェンツヒル伯爵ジョンソン」

最後まで読み終えないうちに、コリンはかぶりを振った。

そのあともずっとその調子だった。どの名前をあげても、コリンはなにかしら欠点をあげた。ケインが最後の名前を読みあげようとしたときには、ウィリアムシャー公爵はすっかりあきらめたようにソファの隅で頭を抱えていた。ケインはおもしろくてしかたがなかった。最後の候補者、オークマウント伯爵モーガン・アトキンズには、コリンも欠点らしい欠点を思いつかないだろう。さて、なんといって反対するのか楽しみだ。

「その方にはお目にかかりました」アレサンドラがいった。「コリンとお仕事の話をしにいらしたんです。とてもよい方のようにお見受けしましたわ」

無理やりそう思いこもうとしているような口調だった。アレサンドラは、不安を隠しきれなくなっていた。こんなことになるなんて。自分の将来も運命もみずから手放してしまったような気がする。なんだか厄介者になったような気分がしはじめているのも、いやな感じだ。

「モーガンについてはなんともいえないな」ケインがいった。「実際に会ったことがないのでね」

「わたしは会ったことがあるぞ」公爵がいった。「悪い男ではなさそうだった。一度、食事にでも招いてみて……いったい今度はなんだ、コリン」

「まったくだ、コリン」ケインが割りこんだ。「モーガンのどこが悪いんだ」

コリンは溜息をついた。たしかに、モーガンにはなにひとつ欠点がない。ケインの態度が気に障った。声をあげて笑いだしたのだ。

「なにもおかしくないぞ」コリンは声をとがらせた。

「おかしいさ。なにがおかしいかって」ケインは思わせぶりにいった。「これまで九人の候補者を却下した。大酒飲み、大食らい、傲慢《ごうまん》、嫉妬《しっと》深い、倒錯趣味、強欲、女癖が悪い、云々《うんぬん》かんぬん。モーガンにはどんなけちをつけるのか、ぜひ聞きたい。七つの大罪はもう全部使ってしまったぞ、コリン」

「なにがいいたいんだ」コリンは険しい顔で尋ねた。

「おまえはどの男も気に入らないんだろう」

「ああ、気に入らないね。ぼくはアレサンドラのためを思っているんだ。プリンセスだぞ。もっとちゃんとした相手と結婚するべきだ」

最後の言葉こそ、ケインが知りたかったことだった。コリンがなぜ不機嫌なのか、その理由がやっと理解できた。コリンはアレサンドラを求めているが、自分は彼女にふさわしくないと思いこんでいる。そうだ、そうに違いない。コリンは次男だから、領地も爵位も継承できない。事業を手広く展開しようとやっきになっているのは、人に認めてもらいたい欲求のあらわれなのだ。弟が自立した男であることはすばらしいと思うが、その誇り高さのせいで、みすみすアレサンドラを手放そうとしている。

だが、結婚しなければならない事情ができればどうだろう。

「モーガンのどこが悪いのかね」ふたたび公爵が尋ねた。「欠点などないだろう」

「ありません」コリンはつっけんどんに返した。

公爵がほほえもうとしたとき、コリンがつけくわえた。「子どもががに股になってもかまわないのなら、いいんじゃないでしょうか」

「やれやれ……」公爵はまたソファにぐったりともたれた。

「モーガンはがに股なのか」ケインはアレサンドラに尋ねた。われながら、たいしたものだと思った。真顔でそう尋ねることができたのだから。

「正直に申しあげて、あの方の脚なんて見てもいませんわ。コリンがそういうのなら、そうなんでしょう。ちなみに、わたしは子どもを生まなければならないのかしら」

「まあそうだろうな」コリンがいった。

「では、あの方もはずします。できれば、子どもはがに股になってほしくないわ」

アレサンドラはコリンの顔を見あげた。「がに股ってつらいの？」とささやく。

「つらいよ」コリンは嘘をついた。

話しあいはしばらくつづいた。ケインと公爵が交互に候補者の名前をあげるたびに、コリンはことごとく欠点をあげて却下した。

ケインは心底楽しくなってきた。足のせ台を引き寄せて両足をのせ、楽な姿勢を取った。

コリンはますますいらだちをつのらせていた。アレサンドラの肩から手を離し、身を乗り出して両膝に肘をつき、公爵が次の候補者を思いつくのを待った。

話が長引くほどに、アレサンドラの胸中はかき乱された。平静を装っているものの、膝に置いた両手はきつく握りしめていた。

これ以上は耐えられないと思ったとき、コリンが体を起こし、アレサンドラの両手をそっと握った。

彼に慰められるのは不本意だったが、アレサンドラは手を握り返した。

「アレサンドラ、きみはどうしたいんだ」

そう尋ねたのはケインだった。アレサンドラは、愛する人と一緒になりたいとはとてもいえなかった。ほんとうは、両親のように愛のある結婚を望んでいたが、それはできない相談だ。

「わたしは修道女になるつもりでした。でも、院長が許してくださらなかったんです」

彼女の目が潤んでいたので、だれも笑わなかった。「なぜだろう」ケインが尋ねた。

「わたしはカトリックではないのです。カトリックであることは、大事な条件ですもの」

ケインはつい顔をほころばせた。そうせずにはいられなかった。「きみは修道女になっていたら、幸せになれなかったんじゃないかな」

いまだって幸せじゃないわ、とアレサンドラは思ったが、そういうのは失礼なので黙っていた。

「アレサンドラ、グウィネスに会っておいで」公爵がいった。「ジェイドにはまだ会っていないだろう。ケインのすばらしい奥方に、挨拶をしてきなさい」

アレサンドラは、刑の執行を猶予されたかのように反応した。ああ助かったといわんばかりの表情は、だれの目にも明らかだった。

三人の男たちは立ちあがって彼女を見送り、ふたたび席に着いた。コリンは足のせ台を引き寄せ、両足をのせて椅子の背にもたれた。

「彼女がかわいそうだ」コリンはぼそりとつぶやいた。

「ああ、かわいそうだ」公爵がうなずいた。「もっとゆっくり気持ちの整理をさせてやりたいが、その余裕はないのだよ、コリン」

ケインは話題を変えた。「ちょっと伺いたいのですが。アレサンドラの父上とはどこで知りあったのですか」

「アッシュフォードの年に一度のパーティだ」公爵が答えた。「ナサニエルとはたちまち意気投合してね。すばらしい男だった」とうなずく。

「だから、責任を持って娘の後見をしているわけですね」コリンはいった。

公爵の表情が一変し、ひどく悲しげになった。「そうではない。おまえたちふたりに話していないことがある。どうやら、わたしの罪を打ち明けるべきときが来たようだ。遅かれ早かれ、おまえたちにも知られることだ」

父親の深刻そうな口調に、ふたりの息子はこれから重大な話を聞かされるのを予感した。

じっと父親を見据えて待った。

しばらくして、ようやく公爵はふたたび口を開いた。「ケイン、おまえの母親が亡くなったあと、かなり苦しい状況に陥ったことがある。まだグウィネスに出会う前で、酒に頼るようにもなっていた——正直なところ、溺《おぼ》れていたといってもいい」

「父上が？　父上はお酒を召しあがらないでしょう」

「いまはな」公爵はうなずいた。「だが、当時は飲んでいた。賭け事もやった。当然、借金はかさむ一方だったが、そのうち大勝ちして取り戻せると自分にいいきかせていた」

コリンとケインは驚きのあまり口もきけなかった。父親が突然見知らぬ他人になってしまったかのように、まじまじと見つめるばかりだった。

「できればこんなことは話したくない」公爵はつづけた。「息子たちの前で自分の犯した罪を堂々としゃべりたがる父親などいないだろう」

「過去のことです」コリンはいった。「気になさることはありません」

公爵はかぶりを振った。「それほど単純な話ではないのだ。いいか。わたしはもう少しで破滅するところだった。ナサニエルがいなければ、ほんとうに破滅していた。受け継いだ財産も、みずから懸命に仕事をしてためたものも、担保として金貸しの手に渡ってしまったのだ。そう、わたしは破滅していてもおかしくなかった」

公爵が黙りこんでしまったので、ケインは促した。「それからどうなったんです?」

「ナサニエルが助けてくれたのだよ。あるとき、わたしはホワイツにいたのだが、気がつくと自宅に帰ってきていた。どうやら、気を失うまで飲んでいたらしい。目をあけたとき、かたわらにナサニエルが立っていた。それはもう、腹を立てていたよ。わたしはひどい二日酔いで、とにかく放っておいてほしかった。だが、ナサニエルは帰ろうとしなかった。しかも、わたしを脅したのだよ」

「なんといって?」ケインは尋ねた。思いも寄らない父親の告白に、その先が聞きたくてたまらず、身を乗り出して両手を握りあわせていた。

「ナサニエルは、おまえが下にいるといった。おまえはまだ幼く、少しのことで傷つきやすかった。そのおまえを連れてきて、父親のみっともない姿を見せつけてもいいのかと、そんなふうにナサニエルはわたしを脅したのだ。いうまでもなく、効果はてきめんだった。あんなぶざまな姿をおまえに見せるくらいなら死んだほうがましだからな」

長いあいだ、三人ともひとことも発さなかった。ケインは父親が飲んだくれていたころのことなど、まったく覚えていなかった。「わたしが何歳のころのことですか」

「五歳くらいだったか」

「そんなに小さかったら、もし父上が酔いつぶれているところを見ても、忘れてしまいましたよ」

「ナサニエルは、わたしがおまえをどんなにかわいがっているか知っていたのだよ。まったく、りこうな男だ。あのころは人生でいちばん暗い時期であり、転換点でもあった」

「借金はどうなったんですか」コリンが尋ねた。

公爵はほほえんだ。いかにもコリンらしい質問だ。次男は家族のなかでだれよりも几帳面だ――そして、自制が効く。

「ナサニエルが金貸しをまわって、手形をすべて買いあげてくれた。一日でわたしは借金から完全に解放されたよ。彼は手形をそのまま[くれ]ようとしたが、わたしは施しを受けるわけにはいかないと断った。破り捨てさせもしなかった。かならず金は返すから、それまで持っていてくれと頼んだ。利子も払うともいった」

「お金は返したんですか?」ケインが尋ねた。

「いや、返せなかった。ナサニエルは奥方と一緒にストーン・ヘイヴンへ帰ってしまったのだ。あの美しい宝物を置き土産にな」公爵はマントルピースに置いてある城のほうへあごをしゃくった。「想像してくれ、助けてくれたうえに贈り物までしてくれたわけだ。もちろん、その後も手紙のやりとりをした。次にナサニエルと奥方がイングランドへ来たときには、アレサンドラも一緒だった。わたしは借りたものの半分を返そうとしたが、彼は頑として受け取らなかったよ。どうにもみっともない話だがな。ほんとうにわたしを立ててくれるので、手形をどうしたのか尋ねるのもはばかられた。彼が亡くなったことがいまでも悲しくてね。だれよりも大切な友人だった」

ふたりの息子はうなずいた。アレサンドラの父親は自分たちの父親の親友だったのだ。

「いま、手形はどこにあるんでしょうか」ケインが尋ねた。

「それが問題なのだよ。わたしも知らないのだ」

「アレサンドラに訊いてみましたか」コリンが尋ねた。

「いや。アレサンドラはなにも知らないだろう。わたしは後見人だから彼女の資産の状況を知らないわけではない。ドレイソンという男が資産を管理しているが、彼も手形のことは知らないだろう」

「手形が見つかれば、全額返す用意はあるのですか」ケインが尋ねた。

「全額は無理だ。それでも、いまはそれなりに余裕がある。手形さえ見つかれば、必要な資金を借りられる。おまえたちにはよけいな心配をかけたくない。ナサニエルは几帳面《きちょうめん》で用心深い男だった。だから、手形はどこか安全な場所に保管してあるはずだ。それがどこかわかればいいのだが」

「ぼくも知りたいですね」

「こんなことを打ち明けた理由はふたつある」公爵がつづけた。「まず、おまえたちにアレサンドラの父親がどんな人間だったか知ってほしかった。ふたつ目には、わたしが彼の娘に対してどんな思いを抱いているのか、おまえたちにわかってほしかった。あの子はこの世でひとりぼっちなのだ。害悪から守ってやるのはわたしの務めなのだよ」

「わたしたちの務めでもありますよ」ケインがいった。

コリンもうなずいた。三人はふたたび押し黙り、それぞれ考えを巡らせた。

コリンは、この先どうなるか、あらゆる可能性を考えた。

自分は彼女になにもしてやれない。いまは会社を大きくしなければならないときで、情けないが妻を娶る余裕はないのだ。

アレサンドラがそばにいたら、仕事に集中できない。

だが、大きな借りがある以上、父とふたりの息子はプリンセス・アレサンドラを守るという義務を負っている。

けれど、その義務をまっとうするには、父親は年を取りすぎている。それに、コリンにいわせれば、悪党を相手にすることにも慣れていない。

ケインはどうだろうか。自分の領地を管理することで手一杯だ。それに妻子もある。残るはたったひとり。

コリンはちらりと目をあげ、父と兄が自分をじっと見つめていることに気づいた。もちろん、ふたりは最初からそのつもりで、コリンが自分たちと同じ結論に至るのを待ち構えていたのだ。

「くそっ、ぼくが彼女と結婚すればいいんでしょう?」

7

ウィリアムシャー公爵が、そのいい知らせをアレサンドラに伝える役目を担いたがった。だが、コリンは父親にまかせるつもりはなかった。自分で彼女に伝えるべきだと思った。

「ひとこと助言してもいいか」ケインがいった。

コリンがうなずくと、ケインはいった。「なにもかも正直に話せばいいというものではなくて――」

「いずれわかることだぞ、ケイン」公爵がさえぎった。

ケインはほほえんだ。「もちろんそうですよ。でも、わが弟は経験不足ですので、よけいなことはいわないほうがいい。とりあえず結婚を申しこみましょう」

「では、さっそく夕食の席でどうだ」

コリンは苦笑した。「いつどこで申しこむかはぼくが決めます」

「今夜じゅうに決めると約束してくれ」公爵がいった。「わたしとて、いつまでも黙っていられないぞ。グウィネスもそろそろ動きだすはずだ」

「母上はとうに動いていますよ」コリンがいった。

公爵は立ちあがり、両手をこすりあわせた。「言葉にできないくらいうれしいよ。アレサンドラもきっとよろこぶぞ」

公爵が得意そうにしているので、コリンもケインも、父上はついさっきまでコリンとアレサンドラの結婚に反対していたではありませんかとはいえなかった。

ケインはコリンとふたりきりで話したかったが、母親が急に現れた。

ウィリアムシャー公爵夫人は小柄で、波打つ金髪に榛《はしばみ》色の瞳の持ち主だった。夫と息子たちよりかなり小さい。年月は彼女にずいぶん優しかったようだ。髪はわずかに白いものが混じっている程度で、肌のしわも目立たない。

グウィネスは、ケインとは血のつながりがないが、そんなことはまったく気にしていなかった。実の息子のように接し、ケインもグウィネスを母親として受け入れている。

「ジェイドとアレサンドラももうすぐおりてくるわ。食堂にいらっしゃい。お夕食が冷めてしまうわ。息子たち、母さんにキスをして。まあ、ケイン、ひどくやせたのではなくて？コリン、脚の具合はどう？　痛むの？」

息子たちは、母親がとくに返事を求めているわけではないのを承知していた。あれこれ世話を焼きたいだけなのだとわかっているので、息子がふたりとも一人前の男であることを忘れたかのような母親らしいお節介にも耐えた。

ためらいなくコリンに脚の具合を尋ねるのはグウィネスだけだった。ほかの者はみな、コリンの苦悩には気づかないふりをしてやらなければならないと心得ていた。

「ケイン、プリンセス・アレサンドラはとても素敵なお嬢さんね」

ケインの妻ジェイドがそういいながら客間に入ってきた。夫のかたわらで足を止め、まず義父に挨拶のキスをしてから、コリンのそばで立ち止まって彼の頬にキスをした。

「すっかり魅了されてしまったでしょう、ドルフィン」ジェイドは、船上生活でついたあだ名でコリンを呼んだ。

「アレサンドラは?」コリンは尋ねた。

「お義父《とう》さまの書斎よ」ジェイドの緑色の瞳が楽しげにきらめいた。「大量の本を前にして、よろこびで失神しそうになっていたわ。新しい海上輸送の研究書を読みはじめたから、置いてきたの」

グウィネスはすぐさま、アレサンドラに食事の用意ができたと伝えにいくよう執事にいいつけた。

ジェイドはケインと腕を絡めた。家族会議の結果を聞きたくてたまらなかったが、コリンと義父母がそばにいるので遠慮した。

ケインは妻の赤い髪を肩の後ろへなでつけ、身を屈めてキスをした。

「さあ、行きましょう」グウィネスが夫の腕を取り、客間から連れ出した。

ケインは、あとにつづこうとしたコリンを呼び止めた。「あとで話がある」

「こっちは話したいことはないよ」コリンは返した。またアレサンドラのことでなにかいわれるのだということは、兄の顔つきを見ればわかる。

「いいや、ある」ケインも負けずにいった。

「お邪魔して悪いけど」ジェイドが口を挟んだ。「結婚相手の候補をもうひとり思いついたの。ジョンソンはどうかしら。コリン、あなたも覚えているでしょう。ライアンのお友達よ」

「覚えているよ」

「で、どう思う?」ジェイドは黙っているコリンをせっついた。

「たぶんだめだな」ケインが意味ありげにいった。

「あら、どうして?　いい方だと思うけど」

「たしかに」ケインはいった。「だが、どうせコリンがけちをつける。それに、この話はもう終わったんだ」

ケインは不満そうな妻にかぶりを振り、まあまあというように片目をつぶってみせてから、小声で「あとで」とつけくわえた。

コリンはふたりにくるりと背を向け、客間を出た。だが、食堂には向かわず、階段をのぼりはじめた。

「先に行ってくれ」下にいるケインに声をかけた。「ちょっとアレサンドラに話をしてくる」結婚するという話をするのに時間はかからないはずだ。そう、一分もあれば終わる。あとは自分のお楽しみの時間だ。

長い廊下の突き当たりが書斎だった。アレサンドラは窓辺に立って外を眺めていた。分厚い本を抱えている。コリンが入ると、振り返った。

コリンはドアを閉めて寄りかかり、眉をひそめてアレサンドラを見据えた。彼女はほほえんだ。

「家族会議は終わったの?」

「ああ」

コリンがそれ以上なにもいわずにいると、アレサンドラはささやいた。「そう」机へ歩いていき、本をデスクマットの上に置く。「それで、結論は?」いかにもさりげない口調で尋ねた。

コリンは、きみはぼくと結婚することになったといいかけたが、ケインの助言に従うことにして、質問の形で告げた。

「ぼくと結婚してくれないか、アレサンドラ?」

「いやです」アレサンドラは小さな声で答えた。「でも、お申しこみはありがたく思うわ」

「きみとぼくが結婚すれば――なんだって? ぼくがきみと結婚することになったんだ、アレサンドラ。そう決まった」

「いいえ、あなたとは結婚しません。怪訝《けげん》な顔はやめて、コリン。あなたは除外されたのよ。あなたの申しこみは一度お断りしたわ。安心して」

「アレサンドラ――」コリンは説得しようとしたが、アレサンドラは聞く耳を持たなかった。

「下でどんな話しあいがあったのかわかってるわ」きっぱりといった。「わたしと結婚するよう、お父さまにいいくるめられたんでしょう。わたしの父がさしあげた贈り物の話をしたのね」

コリンは苦笑した。アレサンドラはじつに鋭い。「そのとおりだ。ただし、贈り物ではなく、借金の話だったけれどね」

コリンはドアを離れ、アレサンドラのそばへ歩いていった。彼女はすぐさまあとずさりはじめた。

「借金と思っていたのは、あなたのお父さまだけよ」

コリンはかぶりを振った。「その話はもういい。それより、筋の通る話をしてくれ。きみは結婚する必要に迫られていて、ぼくが夫になるといっているんだ。なにが気に入らないんだ」

「あなたはわたしを愛していないもの」

思わず正直な答を口にしていた。コリンはぽかんとしている。アレサンドラは恥ずかしさのあまり、窓をあけて飛び降りてしまいたかった。ばかげたことを口走ってしまって、叫びだしたい。ほんとうにしっかりしなければ、と自分にいいきかせた。

「なんの関係があるんだ。名簿の候補者のなかにきみを愛している男がいると本気で思っているのか。ばかばかしい、だれを選んでも、相手はきみのことをなにも知らないんだぞ――」

アレサンドラはコリンの言葉をさえぎった。「ええ、もちろんそのとおりよ。べつに、愛してほしいとも思わないわ。純粋に、お金だけのことだもの。でも、あなたはわたしの財産にいっさい手をつけないといったわ。自力で稼ぐといったのよ、忘れたの?」

「覚えているさ」

「それなのに、急に考えを変えたの？」

「そうじゃない」

「ほら、やっとわかってくれた？　わたしと結婚しても、あなたはなにも得るものがないし、愛しているわけでもない。お金のほかに結婚する理由があるとすれば、それは愛だわ。わたしを愛してもいないのに、犠牲になることはないのよ」

コリンは机の端に腰かけ、アレサンドラを見つめた。「はっきりさせたいんだが」ぶつぶつという。「きみは本気で夫を金で買えると思っていたのか」

「ええ、思っていたわ」アレサンドラはいらだって声をとがらせた。「みんなそうしているじゃないの」

「ぼくは金で買えない」

コリンは腹を立てているようだった。アレサンドラは溜息をつき、どなりたいのをこらえた。「それはわかっているわ。でも、お金で買えないとすれば、わたしは取引上、不利な立場になる。それは受け入れられないの」

コリンはアレサンドラを揺さぶって説教してやりたくなった。「結婚の話をしているんだぞ、雇用契約の話じゃない」声を荒らげた。「結婚したら、子どもはどうするつもりだったんだ。子どもはほしいのか、アレサンドラ」

アレサンドラが答えたくない質問だった。「たぶん……いずれは。でももう、そんなのわからないわ」小声でいう。「あなたには関係ないでしょう」

コリンが不意に動いた。どうしたのだろうと思うひまもなく、アレサンドラは抱きすくめられていた。

コリンは片方の腕でアレサンドラの腰を抱き、もう片方の手でおとがいを持ちあげ、視線を合わせた。

どなりつけてやるつもりが、アレサンドラの目に涙が浮かんでいることに気づき、いらだちを忘れた。

「四六時中、こうするぞ」コリンは低い声で宣言した。

「どうして?」

アレサンドラがびっくりしているのがいまいましかった。「役得だ」ゆっくりという。

婚約の誓いに控えめなキスをするはずだったのが、アレサンドラはまた小声で拒絶し、コリンを怒らせた。

「だめだ」コリンはささやき返し、間髪入れずにアレサンドラの唇を唇でふさいだ。屈服させるためのキスは、激しく強引で容赦なかった。唇をつけたとたんに逃げられそうになったが、かまわず両腕で抱きしめた。抵抗を封じるため、あごに添えた手に力をこめて口をあけさせ、舌を差しこむ。

少しも優しさのないキスだった。けれど、情熱がこもっている。アレサンドラは、自分が抵抗しているのかどうかもわからなくなった。頭のなかがすっかり混乱していた。コリンの唇はすばらしく周到で、アレサンドラはいつまでもつづけていたかった。キスをしたのは生まれてはじめてだから、この情熱も未知のものだ。わけがわからない。けれど、コリンは経験があるようだ。何度もアレサンドラとはすかいに唇を合わせ、熱く舌を絡めてきた。

アレサンドラが小さくあえいだのを聞き、コリンはいますぐやめたほうがいいと悟った。それなのに、喉の奥から低いうなり声をあげ、ふたたびキスをしてしまった。くそっ、彼女がほしい。ドレスの布地越しに張りつめた乳房をなで、その熱さと弾力を感じたとたん、コリンはアレサンドラを抱きたくてたまらなくなった。

なんとか体を離したが、アレサンドラはぐったりともたれかかってきた。コリンの腰を抱きしめていることに気づいてもいないらしく、声をかけると、ようやく手を離した。

アレサンドラはたったいま起きたことに混乱し、口もきけなかった。コリンから離れようとしたものの、全身が震えていまにも膝が折れそうだった。

その気持ちはコリンに気づかれていた。満面の笑みは、ひどくわかりやすく——得意げでもあった。

「はじめてのキスだったのよ」アレサンドラは口ごもりつつ、いいわけのようにいった。

コリンは我慢できなかった。もう一度彼女を抱き寄せて口づけした。「そして、これが二回目だ」とささやく。

「失礼いたします」戸口にジェンキンズが現れた。「早く食堂にいらっしゃるようにと、奥さまがじれておいでです」

アレサンドラはさっとコリンから離れた。太陽に触れてやけどをしたかのようだった。恥ずかしくて頬が熱い。コリンの体越しにそっと執事をのぞき見た。執事は笑みを返した。

「いま行くよ、ジェンキンズ」コリンがアレサンドラから目をそらさず、顔をほころばせた。

アレサンドラはコリンをよけてドアへ向かおうとしたが、腕をつかまれた。「夕食の席で発表する」コリンはいいながら、アレサンドラを部屋の外へ引っぱっていった。

「だめよ。コリン、キスをしたくらいでなにも変わってなどいないのよ。あなたとは結婚しないし、あなたの綿密な人生設計を台無しにする気もないわ」

「アレサンドラ、勝つのはいつもぼくだ。わかったか」

アレサンドラはレディらしからぬ態度で鼻を鳴らした。コリンに手を握られ、一階へ引っぱられていく。遅れないよう、小走りになった。

「いつも自分が正しいと思っている傲慢な人は好きじゃないわ」非難がましくつぶやいた。

「ぼくもだ」

「あなたのことよ」アレサンドラは叫びだしたくなった。「あなたとは結婚しませんから」

「どうかな」

コリンは引きさがらない。罪深いまでに頑固だ。でも、頑固さならわたしだって負けないわ、とアレサンドラは思った。公爵は自分で結婚相手を選んでよいといってくれたし、コリンの威圧的なやり口は問題外だ。

夕食は精神的な拷問《ごうもん》だった。胃がきりきりと痛み、アレサンドラはほとんどなにも飲みこめなかった。空腹のはずなのに、そんなふうに感じなかった。コリンがなにかいうのを待ちつづけ、そのいっぽうで彼が口をつぐんでいますようにと祈った。

ジェイドがアレサンドラを会話に誘った。「皇太子殿下が訪ねていらしたそうね」

「ええ。コリンの会社の共同経営者から財産をだましとったなんて知らなかったから、お宅に入れてしまったの」

ジェイドはほほえんだ。「その共同経営者というのは、わたしの兄よ」公爵夫人のほうを向いて、なんの話をしているのか説明した。「皇太子殿下は義姉《あね》が譲り受けた財産をあずかっていたんです。親族同士が争っていましたので。争いは解決しましたけど、財産は殿下のもとから返ってきていません。相当な額なんです」

「知っていたら、殿下をコリンの家に入れなかったというのか」ケインが尋ねた。

「ええ、入れなかったわ」アレサンドラは重ねていった。「どうしてそんなに驚くの？　コリンの家は彼の城ですもの。友人でなければ入れられないわ」

アレサンドラはジェイドのほうを向いていたので、兄弟がおもしろそうに笑みを交わしたことに気づかなかった。

「ところで、ヴィクトリア・ペリーという方をご存じかしら」

ジェイドはかぶりを振った。「聞き覚えのない名前だわ。その方がどうかしたの？」

「彼女のことが心配なの」アレサンドラは打ち明けた。ヴィクトリアと出会ったいきさつから、最後に手紙が届いたあとにわかったことまでを話した。

「そっとしておいてあげたほうがいいのではないかしら」公爵夫人がいった。「その方のお母さまはきっと悲しんでいらっしゃるわ。つらい話を蒸し返すのは酷でしょう」

「コリンにもそういわれました」アレサンドラはいった。「おふたりのおっしゃるとおりかもしれません。わたしは手を引くべきなんでしょうね。ヴィクトリアのことを心配するのは、いい加減によします」

公爵夫人は長女キャサリンの話をはじめた。今年社交界にデビューした長女のために、はじめての舞踏会を開こうとあれこれ考えていた。

ケインは最後まで黙っていたが、弟から目を離さなかった。

コリンがなにを考えているのかわからなかった。石の彫刻のように表情を変えないからだ。

デザートが出るころになっても、コリンは結婚の話をはじめず、アレサンドラも少し安心していた。たぶん、コリンはじっくり考えたのかもしれない。そして、冷静さを取り戻したのだ。

「コリン、アレサンドラと話はしたのかね」公爵が尋ねた。

「はい。それで――」

「結婚しないことになりました」アレサンドラは出し抜けに口を挟んだ。

「なんだって？　コリン、決めたのではなかったのか」公爵は不満そうに声をあげた。

「ええ、決めました」コリンは手を伸ばしてアレサンドラの手を取った。「ぼくたちは結婚します。アレサンドラも同意してくれました」

アレサンドラはかぶりを振って否定しようとしたが、だれもこちらを見ていない。

「おめでとう」公爵がいった。「グウィネス、乾杯だ」

「ほんとうにアレサンドラは同意したのか、まず確かめたほうがいいのではありませんか」水のグラスを手に立ちあがろうとした公爵に、ジェイドが声をかけた。

公爵は座った。「おお、そのとおりだ」

「彼女はぼくと結婚しますよ」コリンは硬い声できっぱりといいきった。

アレサンドラはコリンにさっと顔を向けた。「犠牲になるつもりなら結構よ。あと五年は結婚したくないといっていたじゃないの。人生設計はどうするの?」

返事を待たずに公爵に向きなおった。「コリンとは結婚したくありません。おじさまはわたしの好きな相手を選んでよいとおっしゃったでしょう」

公爵はのろのろとうなずいた。「たしかにそういったが、なにかコリンと結婚したくない理由があるのかね」

「彼はわたしのお金をいらないといったんです。お金以外の利益がほしいようですわ」

「利益?」ケインは好奇心に駆られて尋ねた。「たとえば?」

アレサンドラの頬が赤くなった。あなたから話してと目顔で求めたが、コリンはかぶりを振った。「きみがいいだしたことだ、最後まで話すんだ」

その目は楽しげにきらめいている。アレサンドラは肩をそびやかした。「わかりました」そういったものの、コリンと目を合わせることができず、彼の背後の壁を見つめながら答えた。「コリンは……親密な関係を望んでいるんです」

だれもが言葉に窮した。公爵はまったくわけがわからないようだった。口を開きかけ、また閉じた。

「どんな結婚にも親密な関係はつきものだろう」ケインが尋ねた。「つまり、夫婦生活のことかな、アレサンドラ」

「ええ」

「それで？」

「わたしは結婚しても親密な関係はいりません」アレサンドラは力をこめていった。それから、矛先《ほこさき》をかわすためにつけくわえた。「そもそも、コリンはおじさまにいいくるめられるまではわたしと結婚したいなんて思っていなかったんです。それなのに、いまでは道義心に縛られている。義務感から結婚しようとしているのは、はっきりしています」

公爵は溜息をついた。「まあ、約束したのだからな。コリンと結婚したくないというのなら、無理強いはしないよ」

公爵夫人はナプキンで顔をあおいだ。「ジェイド、あなたからアレサンドラに話をしてくださるといいと思うの。あなたはまだ若くて、わたしのように頭が凝り固まっていないでしょうし、いまわたしが考えているような問題を話しあうのは同性同士がいいわ。アレサンドラはどうやら……夫婦生活に不安を抱いているみたいだけれど……わたしは説明役にふさわしくないように思うし……だから……」

最後までいうことができなかった。しきりにナプキンで顔をあおいでいるが、火を噴きそうになっている。

「母上は出産の経験がおありだ。まさに適任だと思いますが」コリンがいった。

ケインは大笑いしたが、ジェイドに脇腹をつつかれて静かになった。

「わたしはモーガン・アトキンズがいいと思います」アレサンドラがいきなりいった。「わたしのお金が必要なら、条件を呑んでくださるでしょう。それなら、わたしとしても子どもを生んでもいいわ。ええ、ぜんぜんかまいません」

「夫と親密な関係を結ばずに、どうやって子どもを生むつもりなんだ」コリンが尋ねた。

「先の話よ」アレサンドラは口ごもった。自分の話が矛盾《むじゅん》していることに気づいたものの、どうすればその矛盾を整理できるのか見当もつかなかった。知りもしない男と親密な関係になりたいわけがない。想像しただけで胸がむかつく。

「ジェイド、夕食のあとに、アレサンドラに話してあげてくれる?」公爵夫人がいった。

「ええ、お義母《かあ》さま」

「結婚したらどういうことをするのか、聞いたことはないのか」ケインが尋ねた。

アレサンドラは、テーブルクロスに焼け焦げを作りそうなほど、顔を火照《ほて》らせていた。

「もちろん聞いています。知っておくべきことは修道院の院長に教わりました。もうこの話はやめませんか」

公爵が助け船を出した。「では、モーガンにするのだね」アレサンドラがうなずくと、つづけていった。「よし。ではモーガンを夕食に招待して、どんな男か確かめよう」

「ぼくからもモーガンに話をします」コリンがいった。「やはり、知らせておいたほうがよいので」

「なにを?」公爵が訊き返した。

ケインは早くもにやにやと笑っていた。弟がなにかをもくろんでいるのはたしかだが、いったいなにをするつもりなのだろう。わかっていることはただひとつ。いったんアレサンドラと結婚すると決めたコリンが、いまさらあきらめるはずがないということだ。

「ほら、コリン」公爵夫人がいった。「モーガンになにを知らせなければならないの」

「アレサンドラとぼくがベッドをともにしたということです」

公爵夫人はナプキンを落とし、小さく悲鳴をあげた。ジェイドはあんぐりと口をあけた。ケインは声をあげて笑いだした。コリンの発言と同時に水のグラスを口に運んでいた公爵は、激しくむせはじめた。

アレサンドラは目をつぶって叫びだしたいのをこらえた。

「ベッドをともにしただと?」公爵がむせながらもどなった。

「はい」コリンは答えた。その声はほがらか、それどころか愉快でたまらないという感じだった。公爵の剣幕にひるんだ様子もない。「じつは、一度ならず」

「よくもそんな、わざと……」アレサンドラはその先をいえなかった。憤慨するあまり、次から次へといいたいことが浮かび、結局どれひとつ口にできなかった。

「どうしてぼくが嘘をつくんだ」コリンがいった。「きみとしたことが、どうしたんだ。ぼくは絶対に嘘をつかない。ぼくたちはベッドをともにしたじゃないか」

その場のだれもがアレサンドラを見つめ、彼女が否定するのを待っている。

「ええ」アレサンドラは小さな声で答えた。「でも……」

「なんたることだ」公爵が叫んだ。

「ヘンリー、落ち着いて。倒れてしまうわ」公爵の顔色がまだらになったのを見て、公爵夫人がいった。みずからも冷静になるべく、ふたたびナプキンを取り、ものすごい勢いで顔をあおいでいた。

コリンは周囲の騒ぎにかまわず、椅子の背にもたれていた。見るからに退屈そうだ。ケインはげらげらと笑っていた。ジェイドはおもしろがっている場合ではないというように、夫の脇腹をつついた。

「コリン、ほんとうのことをいって誤解を解いてちょうだい」アレサンドラはケインの笑い声に負けじと、ほとんど叫ぶようにいった。

「わかった」

アレサンドラは、ほっとして力を抜いた。ところが、それもつかのまだった。

「先週ぼくたちがどんなふうに過ごしたか聞いてもまだきみを受け入れるというのなら、モーガンはぼくより立派な男だ」

「もうあなたは黙っていて」アレサンドラは怒った声にならないよう我慢した。冷静さを失ったら負けだと思うものの、心は乱れ、叫びだしたくて喉がひりひりしている。

「いや、モーガンにはきちんと話しておくべきだ」コリンがいった。「せめてもの礼儀だからね。そうだろう、ケイン」

「そのとおり」ケインがうなずいた。「せめてもの礼儀だ」ジェイドに向きなおる。「どうやら、きみが夫婦生活について個人指導をする必要はなさそうだ」

アレサンドラはケインをにらみつけた。にやにや笑っているということは、ふざけているのだ。

「ああ、いまごろナサニエルはどう思っているだろう？　わたしに娘を託したことを後悔して、天国からかぶりを振っているに違いない」

「ヘンリーおじさま、父はなにも後悔していませんわ」アレサンドラは語気を強めた。父親を動揺させたコリンに腹が立って、声が引きつった。「罪深いことなどいっさいしていません。たしかに、コリンの部屋に入って、ベッドをともにしました。でもそれは、もう断る気力もなくて……」

公爵は両手でひたいを覆い、うめき声を漏らした。アレサンドラは弁解に失敗したことに気づき、やりなおしを試みた。「服は着たままでした」と口走る。「彼が――」

コリンが病気で、看病してあげなければならなかったというつもりだったが、さえぎられた。

「ぼくは裸でしたよ」コリンが楽しげにいいはなった。

「もういい」公爵がどなり、拳でテーブルをどんとたたいた。クリスタルのグラスがぶつかってカチャンと音をたてた。

アレサンドラは飛びあがりそうになり、さっとコリンをにらみつけた。こんなに腹が立ったのは生まれてはじめてだった。コリンが自分の都合のよいように事実をねじ曲げたせいで、公爵にふしだらな娘と思われてしまった。これ以上、ここに座っていられない。ナプキンをテーブルに放り出して立ちあがろうとしたが、椅子を後ろに引くひまもなくコリンにつかまり、また座らせられた。そして、すかさず肩をがっちりと抱かれた。

「結婚式はきっかり三日後にする。ケイン、特別結婚許可書の申請を頼む。コリン、よけいなことはいっさいしゃべるな。おまえの罪深い欲望のせいで、アレサンドラの評判がずたずたになるのは許せない」

「三日後ですって、ヘンリー？」グウィネスが尋ねた。「教会を予約したのは来週の土曜日ですわ。考えなおしてくださらない？」

公爵はかぶりを振った。「三日後だ」コリンがアレサンドラの肩を抱いているのを見とがめるようにつけたした。「あいつときたら、いっときたりともアレサンドラを放さずにはいられないようだからな」

「でも、ヘンリー……」グウィネスは困り果てている。

「もう決めたのだ、グウィネス。友人を招待したければすればいいが、あとは譲歩できないぞ」

「父上」コリンはいった。「結婚式が終わるまでは、他人に知られたくありません。そのほうが、アレサンドラにとっても安全です」

公爵はうなずいた。「そうだったな。わかった、たしかにそのほうが安全だ。では、家族だけが立ち会うことにしよう」

アレサンドラに向きなおった。「コリンと結婚することに同意するのかどうか、意志を確認したい。いまここで」

「同意するだろう」コリンがいった。

勝った、とコリンは思っていた。アレサンドラはのろのろとうなずいた。コリンは身を屈めて彼女にキスをした。アレサンドラは人前でそんなことをされて驚くあまり、逃げようともしなかった。

「いいかげんにしろ」公爵が声を荒らげた。「結婚するまでアレサンドラに触れてはならん」

アレサンドラはコリンの顔を見た。「わたしと結婚したら後悔するわよ」

コリンは少しもそんなふうに思っていないようだった。思っていれば、片目をつぶってみせたりしなかっただろう。

食堂の入口にジェンキンズが現れた。「失礼いたします、閣下。お客さまがお見えです。リチャーズさまがいますぐコリンさまにお会いになりたいとのことです」

「客間に通してくれ、ジェンキンズ」コリンが答えた。

「情報部の幹部がおまえになんの用だ」公爵がいった。「おまえはもうやめたんだろう」

アレサンドラは、なぜ公爵が心配そうにするのだろうと思った。本人に尋ねようと口を開きかけたとき、コリンに肩をぎゅっと握られ、振り返った。コリンはそしらぬそぶりで、同席している人たちは彼がひそかにアレサンドラを黙らせたことにも気づいていない。

「脚がそんなふうなのに、あの方の下でお仕事をつづけなくてもいいでしょう」公爵夫人がいった。

コリンはいらだちをこらえようとした。「けがをしたのはあの人のせいではありませんよ」

「ずいぶん前のことですもの」ジェイドが公爵夫人にいった。

「どういうことだ、間諜《かんちょう》の世界とは縁を切ったはずだろう」公爵がいった。

ケインがコリンのほうへ身を乗り出した。「いったい、リチャーズはなぜここに来たんだ」

「ぼくがお願いした」コリンは答えた。「ちょっと情報を集めてもらったんだ」

「なんの情報だ」

「アレサンドラの追っ手について」

公爵は安堵《あんど》したようだった。「そういうことなら問題ない。たしかにリチャーズなら例の将軍について情報を集められるだろう。では、客間で話を聞かせてもらおうか」

「わたしたちも置いていかれるつもりはありませんからね、ヘンリー」公爵夫人がいい、立ちあがって夫と向きあった。「あなたもいらっしゃいな、ジェイド。アレサンドラもよ。わたしたちのなかのだれかに関係することは、わたしたちみんなに関係あるわ。そうでしょう、ヘンリー?」公爵夫人の言葉を合図に、一同は食堂を出ていった。

コリンはアレサンドラを放した。アレサンドラはコリンが席を立つと同時に立ちあがり、逃がすまいと彼の手をつかんだ。

「おじさまにふしだらだと思われてしまったわ」小声でいう。「きちんと誤解を解いてください」

コリンはアレサンドラの耳元に口を寄せた。「結婚してからきちんと話す」

彼の温かい吐息を受けてうなじがぞくりとし、アレサンドラはぼうっとなった。一時間前に熱いキスを受けるまでは、彼は友人だと……いや、いとこだと必死に思いこもうとしてきた。もちろん、それは欺瞞《ぎまん》だが、効き目はあった。それなのに、彼に触れられたとたん、形勢が逆転した。いまではそばにいるだけで胸の鼓動が速くなる。とても素敵な香りがして、とても男らしくて……ああ、ほんとうに、考えることがめちゃくちゃだ。

「あなたは不埒《ふらち》な人だわ、コリン」

「自分でもそう思いたいね」

アレサンドラは、コリンを怒らせるのをあきらめた。「なぜいまでも陸軍省のお仕事をしていることをご家族に隠すのか――」

コリンは最後までいわせてくれなかった。突然、激しいキスで唇をふさがれた。彼が唇を離すと、アレサンドラは小さな吐息を漏らし、疑問を繰り返した。コリンはまたキスをした。

アレサンドラはようやくコリンのいわんとするところを察し、質問するのをやめた。「それも結婚してから教えてくれるの?」

「ああ」

ジェイドが食堂に戻ってきた。「コリン、アレサンドラとふたりきりで話をしてもいいかしら。長くはかからないわ」

アレサンドラはコリンが出ていってから、テーブルをまわってジェイドのそばへ行った。

「ほんとうにコリンと結婚したくないの?」

「ええ」アレサンドラは答えた。「まさにそこが問題なの」

「どうして?」

「コリンは無理やりわたしと結婚させられるんですもの。義務感からそうするだけ。そして、わたしはどうにもできない」

「意味がわからないんだけど」

アレサンドラはそわそわと髪を肩の後ろに払った。「わたしは自分ですべてを決めたかったの」と、小さな声でいった。「結婚しなければならないということがはっきりしたとき、内心では大きな怒りを感じたわ。自分がとても……無力になった気がして、こんなのは不当だと思った。でも、結婚は取引であって、人間的な関係を結ぶことではないと考えるようになって、あきらめがついたの。自分で夫を選んで、条件を設定すれば、相手がわたしを愛しているかどうかなんて関係ない。結婚は取引であって、それ以上のものではないって」

「でも、コリンはあなたの設定した条件を受け入れないわ、そうでしょう？　当然だと思うわ」ジェイドはいった。「あの人は他人に頼らない。家族や友人の援助を受けず、みずからの力で成功しつつあることを誇りにしている。他人の思いどおりになる人ではないのよ。でも、いずれはあなたも彼のそういうところが素敵だと思うようになるわ。あの人を信じてあげて、アレサンドラ。きっと大切にしてくれるわ」

そうね、とアレサンドラは心のなかでつぶやいた。コリンはきっと大切にしてくれる。だからこそ、わたしはあの人の重荷になる。

コリンはアレサンドラの財産に興味はなく、手をつけるつもりないと、はっきりいいきっている。

アレサンドラがプリンセスであることも、彼にとってはどうでもよいことなのだ。むしろ、プリンセスと結婚すれば、年がら年じゅう、社交の場に顔を出さなければならなくなり、面倒が増える。摂政皇太子ともつきあわなければならなくなる。どんなにコリンがいやがるか、目に見えている。

コリンは、アレサンドラが差し出すものすべてを拒否する。
やっぱり不当な取引だ。

8

アレサンドラとジェイドが客間に入っていくと、リチャーズはちょうど挨拶を終えたところで、ふたりのほうへ振り返った。ジェイドにまた会えてよかったと告げてから、アレサンドラに目を向けた。

「ヘンリーから聞きましたよ。おめでとうございます、プリンセス。すばらしい人を選ばれましたね」

アレサンドラは無理やりほほえんだ。リチャーズに礼をいい、コリンはほんとうにすばらしい人だと返してから、結婚式には出席してくださるのかと尋ねた。

「ええ」リチャーズが答えた。「ぜひ出席させてください。内密に執り行わなければならないのは残念ですが、その理由はご存じですね。さあ、こちらへどうぞ。あなたもご興味のある話があるんです」

リチャーズはアレサンドラをソファへ連れていった。ジェイドはその向かいにケインと並んで座り、公爵夫妻はべつのソファに座った。

コリンは暖炉の前にひとりで立っていた。リチャーズと家族のやりとりも聞かず、集《つど》った人々に背中を向け、マントルピースの上の城の置物を眺めていた。アレサンドラが見ていると、コリンは城を持ちあげて、仔細《しさい》にあらためた。その表情からはなにも読み取れなかった。なにを考えているのだろうと、アレサンドラは思った。

公爵夫人が結婚式について話していたが、出し抜けに公爵がコリンに声をかけ、夫人の話が途切れた。

「取り扱いに気をつけてくれ。わたしにとっては、値段がつけられないほど貴重なものなのだからな」

コリンはうなずいたが、振り返りはしなかった。繊細な鎖で吊られた小さな跳ね橋を見つけたところだったからだ。「じつに精巧な細工だ」つぶやきながら、そっと跳ね橋をおろす。とたんに、扉が開いた。コリンは城を掲げ、なかを見た。

アレサンドラは、コリンの目に驚きが浮かぶのを見た。その顔に微笑が浮かぶ。アレサンドラもつられてほほえんだ。コリンはアレサンドラの父親が何年も前に仕掛けたいたずらに気づいたのだ。

コリンがケインを見て、軽くうなずいてみせた。ケインが立ちあがり、弟のそばへ行った。コリンは黙ったまま兄に城を渡し、アレサンドラの隣へ来て腰をおろした。

公爵夫人は結婚式の話に夢中になっていた。公爵もリチャーズも、辛抱強くつきあっている。

突然、ケインが笑い声をあげた。当然、だれもがそちらを見た。

ケインはアレサンドラにいった。「きみは知っていたのか？」

アレサンドラはうなずいた。「父に聞きました」

「あとでぼくたちの父にも教えてくれるかな？」

「ええ、もちろん」

「それを置きなさい。見ているとはらはらする。どのくらいの価値があるのかわかっているのか、ケイン」

ケインは笑った。「ええ、わかっていますとも」跳ね橋をあげ、城をもとあった場所に戻した。

「母上、お客人は結婚式の計画にはご興味がないようですよ」コリンがいった。「もう充分おつきあいくださいました。そろそろ、用件を話していただきましょう」

公爵夫人はリチャーズのほうを向いた。「気を遣ってくださっていただけですの？」

「そうに決まっているではないか、グウィネス」公爵は妻が傷つかないように、そっと手をさすった。

ケインはジェイドの隣に戻ると、妻の肩に腕をまわして引き寄せた。

アレサンドラは、公爵もケインも、人前で堂々と妻への愛情をあらわにすることに気づいた。ケインはとくになにも考えずに妻の腕をさすっているし、公爵は妻の手を握ったままだ。愛情に満ちた二組の夫婦が、アレサンドラの目にはまぶしく映った。公爵夫妻が恋愛結婚だったことは聞いているし、ケインとジェイドが見つめあう様子から、このふたりも恋に落ちて結婚したのだと見て取れる。

けれど、自分とコリンは違う。彼は、大きなものを捨てて結婚するのだということをわかっているのかしら。アレサンドラはそう思い、その場で彼に尋ねそうになった。

リチャーズが話をはじめてくれたおかげで、恥をかかずにすんだ。「ちょっとした実験をコリンに頼まれましてね。コリンは、侍女のヴァリーナがプリンセスをさらおうとした連中の仲間だと考えたんです」

アレサンドラはあっけにとられた。コリンに向きなおる。「いったい、なんの根拠があって、あの優しいヴァリーナが――」

コリンはさえぎった。「最後まで聞いてくれ、アレサンドラ」

「コリンの読みは正しかった」リチャーズが公爵に笑みを向けた。「わたしも陸軍省生活が長いのですが、ご子息のおふたりほどずば抜けて鋭い直感の持ち主はほかに知りません」

公爵は満足そうに顔をほころばせた。「父親譲りの性質だと思いたいものだ」

「そのとおりですわ」グウィネスがうなずいた。夫への信頼は揺るぎない。「ヘンリーは昔から獅子《しし》のように鋭かったんですのよ」

コリンは笑みを嚙《か》み殺した。父親は獅子というより子羊だが、だからといってだめだとは思わない。むしろ、その無邪気なところがうらやましかった。コリン自身は、とうに無邪気さを失ってしまった。父親はやはり希有《けう》な人物だ。世間の暗部とは無縁のように見える。若いころに荒れていた時期があるという告白を聞くと、かえってますます父親の傑物ぶりがわかる。父親は苦しんでも世を拗《す》ねなかった。つねにあけっぴろげだ。コリンは、自分に少しでも優しいところが残っているとすれば、それこそが父親譲りなのだと考えている。

「それで、先ほどから申しあげていますが」リチャーズがつづけた。「コリンはヴァリーナに、わたしのタウンハウスで会合があるとプリンセスに伝えてほしいと指示しました。会合の時刻は今日の午前十時という設定です。ヴァリーナはゆうべ、こっそり仲間のもとへ出かけました。コリンがプリンセスの護衛に尾行させて確認したのですよ。案の定、今朝わたしのタウンハウスのそばで四人の男がプリンセスを待ち伏せしていました」

「では、敵は全部で四人だったのですね」コリンが尋ねた。リチャーズの報告に少しも驚いた様子がなかった。アレサンドラは口もきけなかった。人を見る目には自信があったのに、ヴァリーナのことは完全に見誤っていたと認めるしかない。たちまち、ヴィクトリアのことが思い出された。やはり自分はヴィクトリアのこともわかっていなかったのだろうか。

「なんてこと、ヴァリーナを雇ったのはわたしよ」公爵夫人が出し抜けにつぶやいた。「あの子が来たときに怪しいと気づくべきだったのに、アレサンドラの侍女にうってつけだと思ってしまったの。アレサンドラのお父さまの国の生まれだったものだから。子どものころのことを思い出させてくれる人がそばにいれば、アレサンドラも心強いだろうと思ったのよ。ヴァリーナはお国の言葉を話せるでしょう。身許《みもと》も確かめたのよ、ヘンリー。でも、いまわかったわ、もっとしっかり調べるべきだったのね」

「だれも母上を責めていませんよ」コリンがいった。

「どうしてヴァリーナを疑っていることを教えてくれなかったの」アレサンドラはコリンに尋ねた。

コリンは心外そうな顔をした。「調べるのはぼくで、きみは関係ないからだ」

本気でそう考えているようだった。アレサンドラは、あまりにも傲慢な考えに面食らった。「でも、どうして気づいたの。なにがきっかけだったの」

「レイモンドが戸締まりを確認して一時間後に、ある窓の掛け金がはずれていた。それに、あの男たちが、ぼくたちがオペラに行くことを知っていたのは、何者かが事前に教えていたからだ」

「皇太子殿下だって知っていたのだから……」

コリンは途中でさえぎった。「たしかにそうだが、殿下にはわが家の窓の鍵をはずすことはできない」

「全員を捕まえたのか」公爵がリチャーズに尋ねた。

「はい。逃げられないように閉じこめてあります」

「明日の朝いちばんに、尋問に行きます」コリンがいった。

「わたしも一緒に行ってもいい？」

「だめだ」

有無をいわせない口調だった。公爵も、息子の答を支持した。「行くなんてとんでもないぞ、アレサンドラ」

話は終わり、コリンがリチャーズをドアまで見送った。ジェイドとケインも同時に席を立ち、公爵夫妻もドアへ向かった。アレサンドラはひとりで暖炉の前に立ち、家族がたがいに笑顔でとりとめのない話をするのを見ていたが、不意に、仲がよく愛情に満ちた家族の一員になりたいという思いが突きあげるようにわき、泣きそうになった。そんなことはありえないのだと、かぶりを振って自分にいいきかせた。コリンはわたしを愛してくれて結婚するのではない。そのことは忘れてはいけない。

ジェイドとケインが出ていき、ドアが閉まると、アレサンドラはコリンの姿がないことに気づいた。

さようならもいわずに帰ってしまった。アレサンドラは傷ついたが、公爵に涙を見られないよう、マントルピースのほうを向いた。

品位と礼節、品位と礼節、と心のなかで唱えた。冷静沈着のマントをきっちりまとって結婚式に臨むのだ。コリンがばかばかしくも崇高であろうとするのなら、勝手にすればいい。

ふと城に目がとまり、コリンの居丈高なやり口に怒ろうとしていた気持ちが、にわかにしぼんだ。故郷と両親への恋しい思いがどっとこみあげ、胸が痛くなった。

アレサンドラは深呼吸して、恐慌に呑みこまれそうになるのをこらえた。なぜ怖いのかはわかっている。ああ、わたしはあのドラゴンを愛してしまったのだ。

それは受け入れられないことだ。コリンにはこの思いを悟られてはならない。蔦《つた》のつるのように、愛してくれない男をがんじがらめにしたくはない。彼につきまといたくもない。どんなにそうしたくても。結婚はただの取引だと、なんとか思いこむようにしなくては。コリンも、動機はばかげているとはいえ、とにかくみずから結婚すると決めたのだ。コリンの名前と保護を受ける代わりに、こちらからは彼を放っておき、好きなことをさせてやればいい。邪魔はしたくない。あの人も放っておいてくれるだろうから、わたしはひとりで運命に従うことになるのよ。

アレサンドラは涙をぬぐった。これからの行動方針が決まり、気分が楽になった。明日、コリンに会い、気持ちの整理がついたと伝えよう。

少しはむこうが出してくる条件に応じてあげてもいい。もちろん、ほんのささやかな点だけ。

「アレサンドラ、もうすぐ護衛がきみの持ち物を運んでくる」

公爵がそういいながら客間に戻ってきた。礼をいおうと振り返ると、公爵が眉をひそめた。アレサンドラの目が潤んでいることに気づいたのだ。

「どうしたのかね？　わたしがきみの夫に選んだ男がそんなに気に入らないのか……」

アレサンドラはかぶりを振った。「お城の置物を見ていたら、故郷がなつかしくなってしまって」

公爵は安堵したようだった。「それは田舎の屋敷に持って帰るつもりなのだよ。人に触られたくないのでね。コリンとケインもさわらずにいられないらしい」そういって、頬をゆるめた。「あのふたりはものの扱いがぞんざいだからね。壊されたらたまらない」置物を見やる。「わたしがきみの父上から贈り物をいただいたいきさつを知っているかね」

「父がこれをお贈りしたと母から聞いています」

「ああ。だが、そうではなくて、きみの父上がわたしにお金を貸してくれた話を知っているか訊いたのだよ。きみには知る権利がある。父上がわたしを救ってくれたことをね」

公爵は感極まり、声がしわがれた。アレサンドラはかぶりを振った。「貸したのではありませんわ、おじさま。そのことは知っています。母から聞きました。父がおじさまに、ちょっと気の利いたおもしろいいたずらを仕掛けたそうですわ」

「ナサニエルが？　いたずらを？」

アレサンドラはマントルピースから城の置物を取り、気をつけてくれととっさにいった公爵にうなずいた。公爵が見ている前で跳ね橋をおろしてから、置物を渡した。

「いままでずっと、そのなかにあったんです」アレサンドラはそっとささやいた。「ごらんになって、ヘンリーおじさま。手形が入っているでしょう」

公爵はアレサンドラの言葉が信じられないようだった。驚きの表情でアレサンドラをじっと見つめた。

「いままでずっと……」声がひびわれ、目が潤んだ。

「父は強情でしたでしょう」アレサンドラはいった。「お金は贈ったものだといったのに、おじさまは借りただけだとおっしゃって譲らなかった。母から聞きました。手形に署名させてほしいというおじさまの頼みは、父も聞き入れた。でも、最後に勝ったのは父でした。おじさまにこの城を贈り物として渡したんです」

「手形をつけて、か」

アレサンドラは公爵の腕に手を掛けた。「手形はお持ちください。そして、これで借りは返したと思ってください」

公爵は城を掲げてなかを覗《のぞ》きこみ、すぐにたたんだ紙片を見つけた。「借りを返せるのは、きみが息子と結婚したときだよ」

その言葉がアレサンドラをどんなに動揺させたか、公爵は知らなかった。視線は置物に向かっていたので、アレサンドラの表情に気づかなかった。

アレサンドラは暖炉に背を向け、客間を出た。玄関の間でグウィネスとすれちがったが、まともに声が出るとは思えず、黙っていた。

階段を駆けのぼろうとしたとき、グウィネスが足早に客間へ入っていった。「ヘンリー、あの子になにをいったの」

ヘンリーは妻を呼び寄せた。「アレサンドラなら大丈夫だ、グウィネス。少し故郷が恋しくなっただけだ。しばらくひとりにしておいてあげよう。それより、これを見てくれ」彼はふたたび置物に隠されていた手形に注意を戻した。

アレサンドラのことは、しばし忘れられた。だれもついてこないのが、アレサンドラにとってもありがたかった。公爵の書斎に入ってドアを閉めたと同時に、涙をあふれさせた。それからたっぷり二十分間泣いた。自分がひどくみじめに思えてしかたがなかった。子どもじみているのはわかっている――それに、情けないとも思う――けれど、かまわなかった。

泣きやんでも、少しもすっきりしていなかった。あいかわらず気は滅入ったままで、ごちゃごちゃに乱れていた。

一時間ほどして、ドレイソンがやってきた。アレサンドラは彼が用意してきた書類に署名し、父親の祖国からイングランドの銀行へ遺産を移すことについて、長い話を聞いた。ドレイソンが雇った代理人は手続きに手間取っているが、心配はいらないとのことだった。時間の問題であり、辛抱するしかない。

アレサンドラはお金の話に集中できなかった。その夜は早めにベッドに入り、これからの三日間を乗りきる力をくださいと祈った。

ところが、時間はあっというまに過ぎていった。結婚式の準備で、公爵夫人はアレサンドラを振りまわした。グウィネスが夫も息子も知らないうちに、数人――いや、三十八人もの親しい友人を披露宴に招待していたので、当日までにしなければならないことがどっさりあり、なんとか片付けていくのが精一杯だった。屋敷内のテーブルそれぞれを飾る生花を注文し、全員に供する正餐《せいさん》の準備をし、気むずかしいが腕は抜群の仕立屋、ミリセント・ノートンにドレスを注文した。ミリセントと三人のお針子が、とっておきの輸入物のレースを何メートルも使い、不眠不休で針を動かした。

アレサンドラは、仮縫いに呼び出されたとき以外は、グウィネスにいいつけられた仕事をした――結婚したことを知らせる手紙を書いたのだ。宛先の名簿には二百人以上の名前が載っていた。もちろん、封筒にも宛名を書かなければならない。かならず結婚式が終わりしだい配達できるよう、準備をしておくようにとグウィネスはいった。

アレサンドラには、なぜここまで大騒ぎになるのかわからなかった。家族と司祭とリチャーズだけが出席すると思っていたのだが。グウィネスになぜわざわざ大がかりなことをするのか尋ねると、アレサンドラの父親が自分たち家族にしてくれたことへの、せめてもの恩返しなのだという。

とうとう結婚式の日が来た。グウィネスがよろこんだことに、天気に恵まれた。庭園を使うことができる。太陽が輝き、春にしてはずいぶん暖かい。招待客が外套《がいとう》を着る必要はなさそうだ。フランス窓をあけはなち、テラスをきれいに掃いておくよう、使用人に指示した。

結婚式は午後四時にはじまる予定だった。正午には花が届き、手紙の配達人がひっきりなしにやってきた。アレサンドラは、忙しく立ち働いている人たちの邪魔にならないよう食堂にいた。花を活けた巨大な花瓶が二個、二階へ運ばれていくのを見て、グウィネスおばさまはほんとうによくしてくださると、アレサンドラは思った。

アレサンドラが身支度をするために二階へあがろうとしたとき、コリンの妹たちが到着した。四女のマリアン・ローズはまだ十歳で、披露宴に出席できるよろこびに、じっと立っていられないほど興奮していた。マリアンは夫妻にとって思いがけず授かった子だった。三女が生まれてほとんど四年近くたち、もう子どもはできないのだろうと考えていた矢先のことだった。当然、マリアンは両親と兄ふたりにかわいがられたが、姉たちのおかげでわがままにはならなかった。アリソンは十四歳、ジェニファーは十五歳、キャサリンは十六歳になったばかりだ。

アレサンドラは姉妹をひとり残らず好きになったが、とりわけキャサリンに親しみを感じた。けれど、あからさまにキャサリンを贔屓《ひいき》して、ほかの三人が傷つかないように気をつけた。

キャサリンは素敵な娘だった。アレサンドラは、自分とは正反対の彼女を、だからこそ気に入った。正直なところ、コリンの妹たちがうらやましかった。なかでもキャサリンはずばずばとものをいう。なにを思っているのかすぐにわかるし、思ったことはすべて口にする。それに、身振り手振りも大きく、親友のミッチェル・メアリとしょっちゅうふざけているらしい。窮屈な思いをすることなどないだろう。キャサリンは品位と礼節について考えたこともないだろうが、知り合いのなかでだれよりもすがすがしいまでに正直だとアレサンドラは思った。

それに、美しい娘でもあった。髪は濃いブロンドで、瞳は榛色だった。アレサンドラより五センチは背が高い。

コリンの妹たちは、理由も聞かされずにロンドンへ呼ばれていた。母親が四人を集めて結婚式の話をすると、真っ先によろこびの声をあげたのはキャサリンだった。彼女はアレサンドラに飛びついて、きつく抱きしめた。

「ミッチェル・メアリに、あの子の計画を台無しにしたって恨まれるわよ」楽しそうにいった。「自分がコリンと結婚するつもりだったんだもの。もう何年も前から」

グウィネスがあきれたようにかぶりを振った。「ミッチェル・メアリはコリンに会ったこともないでしょう。なぜ結婚するなんて思いこんだのかしら。あの子はあなたと同い年ではなくて、キャサリン。コリンは年上すぎますよ。二倍近く離れているわ」

アリソンとジェニファーも、アレサンドラに駆け寄って抱きしめた。三人の姉妹はアレサンドラを放そうとせず、アレサンドラは転ばないようにするのに骨が折れた。もちろん、三人がいちどきに話しかけてきたので、アレサンドラはかしましさに少し圧倒されていた。

マリアン・ローズは置いてきぼりを食っていた。ためらっていたのも最初のうちだけだった。みんなの注意を惹《ひ》こうと足を踏み鳴らしたが、だれも見向きもしないので、金切り声をあげた。姉たちがなにごとかと振り返った隙を逃さず、マリアン・ローズはアレサンドラに抱きついた。

レイモンドとステファンが、金切り声を聞いて駆けこんできた。グウィネスは娘たちのふるまいを詫《わ》び、マリアン・ローズをたしなめると、護衛たちに地下室からワイングラスの入った木箱をもっと運びあげておいてほしいと頼んだ。

レイモンドに目顔で合図され、アレサンドラはグウィネスと娘たちに断り、彼のそばへ行った。

「プリンセス、奥さまのいいつけでフランス扉が開きっぱなしです。われわれが何度閉めても、まただれかがあけるんです。屋敷の裏手が開放されているのは危険です。奥さまを説得してくださいませんか。コリンさまがここに来て、窓もドアもあいているのを知ったらお怒りになりますよ」

「わかったわ。でも、聞き入れてくださるかしら。なんとかなると思うしかないかもしれないわね。ほんの数時間のことだし」

レイモンドはお辞儀をした。なんとかなるとのんきに構えているつもりはなかった。大勢の見知らぬ人間が花だの料理だの贈り物だのを抱えて、わがもの顔でタウンハウスに入ってくるせいで、彼もステファンも髪を引き抜いてしまいたいほど緊張していた。全員の顔を確認するのは不可能に近い。レイモンドは厨房へ行き、使用人をひとりつかまえてコリンのもとへ行かせた。公爵夫人は護衛の言葉には聞く耳を持たないが、息子のいうことなら素直に聞くかもしれない。

レイモンドはそれだけで満足せず、危険であることをウィリアムシャー公爵にも伝えるため、二階へ探しにいった。

時間はどんどん過ぎていった。アレサンドラが階段をのぼろうとしたとき、ミリセント・ノートンとお針子たちが、待ち構えていたようにおりてきた。ミリセントは、ウェディングドレスは寝室の衣装簞笥の正面にかけてあり、自分の最高傑作だといって差し支えないといった。アレサンドラもそのとおりだと思った。ミリセントの腕前を長々とほめたたえ、この繊細なドレスに触れるときは細心の注意を払うとまで約束した。

ミリセントとお針子たちと別れたとたん、グウィネスが玄関の間に駆けこんできた。「まあ、アレサンドラ。もう三時なのに、まだお支度ができていないなんて。お風呂には入ったの?」

「ええ、おばさま」

「娘たちはそろそろ支度が終わるわ」グウィネスはアレサンドラの手を取って階段をのぼりはじめた。「ジャネットがマリアン・ローズの髪を編み終えたら、あなたの着付けをするわ。おなかが痛くはないかしら、アレサンドラ。興奮しているでしょう。でも、心配しないで。準備は万端よ。すばらしいお式になるわ。ほら、急がないと出席できなくなるわよ」

グウィネスは自分の冗談に声をあげて笑った。自室に着くと、グウィネスはアレサンドラの手を一度優しく握りしめ、ドアをあけてなかに入っていった。とたんに、マリアン・ローズが髪をほどいてとメイドに懇願し、グウィネスがじっとしなさいと声をかけるのが聞こえた。

アレサンドラの寝室は廊下のいちばん奥にあった。ドアをあけてなかに入る。急いでいたので、着ているものを脱ぐことしか考えていなかった。ドアを閉めたときには、ドレスの前についているボタンは全部はずしていた。ドレスを脱ぎ、もう一度入浴すると、白い木綿のガウンをはおった。帯を締めたとき、背後でドアがあいた。着付けの手伝いにきたメイドだろうと思い、振り向こうとしたそのとき、不意に後ろから抱きすくめられた。だれかの手に口をふさがれ、喉元までせりあがっていた悲鳴を封じられた。

ドアに鍵をかける音がした。少なくともふたりが侵入してきたらしい。

気力を奮い立たせ、落ち着きを失うまいとした。抵抗したかったが、我慢した。内心では怖くてたまらなかったが、恐怖のせいで頭が働かなくなっては困る。あとでいくらでも取り乱せばいい。曲者たちから逃げたあとで。

辛抱して、好機を待つのよ、と自分にいいきかせた。どんなに悲鳴をあげたくても、静かにしていること。コリンの妹たちがやってくる。ああ、あの子たちを傷つけるわけにはいかない。

行動の方針が決まったら、気持ちが落ち着いた。タウンハウスから充分に離れるまでは、連中のいいなりになる。公爵一家を守るためには、そうするほうがよい。充分に離れたら、暴れて叫び声をあげて、噛みついてやって、こんなことをしたのを後悔させてやるのよ。

ドアをノックする音がした。敵はアレサンドラをさらにきつく締めつけると、ノックしたやつを追い払えと小声で命じた。

アレサンドラがうなずくと、口をふさいでいた手が離れた。べつの男がドアの鍵をあけた。アレサンドラは、その男の人相を確かめた。黒っぽい髪、太い眉、脂ぎった肌。その顔に浮かんだ邪悪な笑みに、アレサンドラは身震いした。ひと目見ただけで、なんのためらいもなく人を傷つける男だとわかった。

背後の男はアレサンドラの目の前でナイフを振り、おかしなまねをしたら殺すと暗にほのめかした。

アレサンドラは、その言葉には不安を感じなかった。殺すというのははったりに決まっている。アイヴァン将軍は生きた花嫁をほしがっているのだから。死人ではなく。怖くなどないといってやりたかったが、やめておいた。黙っているのが賢明だ。協力していると思わせておけば、少しは相手も油断するかもしれない。

アレサンドラは少しだけドアをあけることができた。廊下に立っていたのは、笑顔のジェイドだった。

「まあ、アレサンドラ。ドレスも着ていないじゃない。お手伝いしましょうか」

アレサンドラはかぶりを振った。「大丈夫よ、キャサリン。下へ行って、ご主人と待っていらしてね。ヘンリーも、お客さまをお迎えするときには奥さまに隣にいてほしがるでしょう」

ドアが閉まるまで、ジェイドは笑顔のままだった。ドアに鍵をかける音を聞くや、くるりと後ろを向いて走った。

ジェイドが階段の入口へたどりついたとき、コリンが玄関から入ってきた。マリアン・ローズが客間から走り出てきて、兄に飛びついた。コリンは妹を抱きあげ、頬にキスをすると、身を屈めてケインの娘オリヴィアを反対の腕で抱きあげた。四歳のオリヴィアは、チュッと音をたてておじにキスをした。

駆けおりてきたジェイドを階段の下でケインがつかまえた。「ほらほら、ゆっくり。転んで骨を……」

彼女の目を見て、ケインははっとした。「どうした」

「アレサンドラがわたしをキャサリンと呼んだの」

コリンは義姉の恐怖に満ちた声を聞きつけ、妹と姪《めい》をおろすと、奥へ歩いていった。庭園に面したフランス扉が大きくあいていることに気づき、眉をひそめた。まったく、父上も母上も用心しなければならないということをわかっていないのだろうか。

「ちょっと混乱しているだけじゃないのか」ケインがジェイドにいった。「いまから結婚式をあげるのだから、緊張するに決まっているだろう」

ジェイドはかぶりを振った。コリンに向きなおる。「下に行って、ご主人のヘンリーのそばにいて、なんていったのよ。アレサンドラの部屋にだれかがいるわ。間違いない。アレサンドラはわたしになにかを伝えたかったのよ」

コリンはすでに階段をのぼろうとしていた。「レイモンドとステファンに、アレサンドラの部屋の窓の下で待機しろと伝えてくれ。ケイン、裏手の階段を頼む。曲者はアレサンドラをそっちから連れ出そうとするはずだ」

いいおわる前に階段をのぼりきり、階段をおりようとしていた両親とすれちがい、廊下の奥へ走った。

なにをするのかは、冷静に考えていた。腹のなかは怒りで煮えくり返っていたが、感情にまかせて下手なことをしてはならない。怒りを爆発させるのは、アレサンドラの安全を確保してからだ。

アレサンドラの寝室の前にたどりつき、静かにノブをまわして鍵がかかっていることを確かめてから、肩からドアにぶつかった。蝶番《ちょうつがい》のボルトが抜けてドアがはずれ、部屋のなかへ倒れた。

アレサンドラはコリンに危険を伝えようとしたが、ふたたび手で口をふさがれた。

ふたり目の男がナイフを構えてコリンに襲いかかった。だが、コリンの動きはすばやく、男はナイフを奪われたことに気づくのが遅れた。コリンは男の手をつかんだまま放さず、背中のほうへねじりあげると、ぐいと上へ引っぱった。ボキッと音をたてて肩の関節がはずれ、男は悲鳴をあげた。コリンは容赦なく男をドアの脇の壁に頭からたたきつけた。

怒りがコリンに大の男四人分の力を与えた。いまではほとんど目がくらんでいた。ひどく怯えているアレサンドラの体を、背後から男がなでまわしている。彼女のガウンははだけ、下になにも着けていないのがわかった。

「おれの花嫁を放せ」

コリンはそうどなると、突進した。男はコリンが罠《わな》にかかったのを確信し、アレサンドラを突き飛ばして部屋の外へ逃げようとした。

コリンはとっさにアレサンドラを安全なベッドへ放り投げ、男の首根っこをつかまえた。

その場でならず者の首を折ってやろうかと思ったが、アレサンドラが見ている。ただでさえ怯えている彼女を、これ以上怖がらせたくない。

「階段をおりるより手っ取り早く出ていく方法があるぞ」

コリンの声が穏やかで冷静だったので、アレサンドラは彼の次の行動にあっけにとられた。男のズボンの尻をつかむと、文字どおり頭から窓の外へ放り出したのだ。

閉まっていた窓のガラスが飛び散り、折れた窓枠の一部が男の肩に刺さって、残りは外壁の出っ張りに落ちた。

コリンは眉ひとつ動かさなかった。ズボンが埃《ほこり》まみれになっていることに気づくと、「くそっ」とつぶやき、溜息をついてアレサンドラを見やった。

アレサンドラはわけがわからなかった。コリンはついさっきまで逆上していたのに、いまではなにごともなかったかのような顔をしている。

あの男が死んでしまったかもしれないとは思わないのだろうか。思っていても、まったく気にしていないのだろうか。

アレサンドラは自分の目で確かめることにした。ベッドから飛び降り、窓辺へ駆け寄ったが、割れたガラスを裸足で踏んでしまう前に、コリンにつかまえられた。彼はアレサンドラをベッドへ引っぱっていき、荒々しく抱きしめた。

「コリン、あの人を殺してしまったんじゃないの」

生々しい恐怖がにじんだ声に、コリンはアレサンドラの目の前で大立ち回りを演じたことを後悔した。まだ若く世間を知らない彼女には、地獄へ行くべき人間が実在するとは信じられないだろう。彼女は腕のなかでひどく震えている。コリンを怖がっているのだ。

「殺してはいない」コリンはしわがれた声でささやいた。「間違いない、レイモンドが受け止めた」

われながらたいしたものだと思った。真顔で大嘘をついたのだから。

いっぽう、アレサンドラは、そんなたわごとでごまかせると彼が思っていることにあきれていた。だが、彼は肩を震わせている。暴れたせいで興奮しているのだろうから、ごまかされたふりをしてあげることにした。

「そう、よかった」アレサンドラはいい、溜めこんでいた息を吐くと、力を抜いてコリンに寄りかかった。「窓をあけるのを忘れたの？」

「ああ」嘘だ。「忘れていた」

アレサンドラは背伸びをして、コリンの肩越しに窓のほうを見た。「ほんとうに、レイモンドは受け止めてくれたかしら」

コリンは、アレサンドラが嘘だと承知のうえでそう尋ねたことに気づいていない。「ああ、大丈夫だ」アレサンドラをきつく抱きしめ、頭のてっぺんにキスをする。「けがはないか」その声は張りつめていて、心配してくれていることが伝わってきた。

アレサンドラはそのことがうれしかった。「ええ」彼の胸に向かってささやく。

視界の端でなにかが動き、アレサンドラはふたたびコリンのむこうを見やった。「あの人、這って逃げようとしているわ」

「ケインが待ち構えている」コリンは身を屈めてもう一度アレサンドラにキスをしようとした。アレサンドラは同時に仰向いた。誘惑に逆らえなかった。唇は優しく触れあったが、コリンはものたりないようだった。アレサンドラがみずから口をあけて迎え入れると、彼はよろこんだ。舌を絡め、喉の奥から低いうなり声をあげた。

アレサンドラは情熱に呑みこまれていた。経験がないせいで、こらえきれずコリンの魔法に反応してしまう。彼を味わうことがやめられない。そして、ああ、彼の香りときたら――

清潔で、とても男らしい——たまらない。

アレサンドラの奔放な反応に、コリンも自制を失いかけていた。ここでやめておくべきだ。コリンは殊勝にもアレサンドラを放そうとしたが、彼女は協力してくれなかった。がっちりと首に抱きつき、もっとというように髪を引っぱる。

コリンはアレサンドラを止めなかった。彼女は溜息をつき、おそるおそる舌でコリンの舌をこすった。自制心が逃げていく。コリンは何度も唇をはすかいに合わせ、激しく求めた。

「そろそろ準備は……おい、つづきは式のあとにしろ、コリン」

ケインの声が、ふたりを包む情熱の霧をなぎはらった。コリンはのろのろと体を起こした。少し遅れて、アレサンドラがわれに返った。コリンは首からアレサンドラの手をそっとはずしてやり、ガウンの帯もきちんと締めなおしてやった。アレサンドラは、ガウンの前をきっちり合わせるコリンの手をぼんやりと見つめていた。

「さあ、ドレスに着替えるんだ」コリンは、ぼうっとしたアレサンドラの表情にほほえみながら小声で促した。彼女がまだキスの余韻のなかにいることが、このうえなくうれしかった。

「聞こえたか」アレサンドラが動こうとしないので、もう一度声をかけた。

アレサンドラは、しっかりしなければと自分にいいきかせた、自分を酔わせた張本人から一歩あとずさった。「ええ、着替えなければね」とうなずく。だが、いった端からかぶりを振った。「無理よ。だって……」

「わたしがお手伝いするわよ」ジェイドが申し出た。心配そうに、同情するように、眉をひそめている。「すぐに終わるわ」

アレサンドラは、無理やり笑顔を作って振り返ったが、ケインとジェイドがすぐそばに立っていたのを知って驚いた。ふたりが入ってきたことにも気づかなかったなんて。

コリンのキスのせいで、まわりが見えていなかったんだわ。ああ、彼にしがみついていたのを見られてしまったかしら。考えただけで頬が熱くなった。

不意に狼狽《ろうばい》に襲われ、頭のなかが真っ白になった。なにかいわなければならないのに、それがなんだったか思い出せない。上の空で髪を梳く。腕をあげたせいで、胸元が少しはだけた。コリンがすぐに進み出て、きっちりと直した。いまから過保護な夫のようにふるまっている。怖い顔をしていなければ、愛情のしぐさだと思えたのだが。

「そんな姿を人に見せるものじゃない」コリンがいった。「修道院で教わらなかったのか？」

コリンは真剣だった。アレサンドラは胸元から彼の手をぴしゃりと払い、もう一歩さがった。「階段をおりてきた人を捕まえてくださった？」ケインに尋ねた。

「捕まえたよ」

「そう」アレサンドラはつぶやいた。「あれは花瓶を運んできた人たちだわ」うなずいてつけくわえた。「気づかなかった……あのふたりが花瓶を二階へ運ぶのを見たのよ、それなのに……」

ほかの三人は、つづきを待った。だが、アレサンドラはずっと黙っていた。

「もうひとりはどうしたんだ」ケインが尋ねた。

「コリンが窓から放り出したの」

「レイモンドが受け止めた」コリンがいった。

ケインは思わず笑いそうになったが、コリンがアレサンドラのほうへ軽く頭を傾けるのを見て、とっさに合わせた。「それはよかった」

「ほかの部屋にも仲間が紛れこんでいるのではないかしら」

コリンが答えた。「それは大丈夫だ」

「護衛たちが屋敷内を徹底的に捜索したが」アレサンドラの不安を取り払うべく、ケインがいった。「仲間はいなかったよ」

そのとき、ジェイドが小さくあえいだ。ケインは振り返って、妻の目に涙を認めた。「どうした」

ジェイドは衣装箪笥の前の床を指さした。ケインは振り向き、ウェディングドレスを見て、小さく悪態をついた。

アレサンドラはコリンしか見ていなかった。彼の様子がいつもと違うような気がしたが、どこが違うのか、どうしてもわからない。

「結婚式は十分後だ、アレサンドラ。その格好で結婚するわけにはいかないぞ。ケイン、上着を交換してくれないか。ぼくのは破れてしまった」

「今日は結婚式をしないほうがいいかもしれないわ」アレサンドラがつぶやいた。

「十分後だ」コリンが繰り返した。

コリンは、反論は聞かないといわんばかりにきつく唇を引き結んでいる。それでも、アレサンドラは最後に抵抗を試みた。「いやです」負けずにきっぱりといった。

彼は身を屈め、アレサンドラの鼻先まで顔を近づけた。「いやじゃない」

アレサンドラは溜息をついてから、うなずいた。コリンは、彼女がようやく折れたことに満足し、出し抜けにキスをした。それから、くるりと背中を向けてドアへ歩いていった。

「曲者たちがウェディングドレスをだめにしてしまったわ、コリン」

そう告げたのはジェイドだった。アレサンドラは涙をあふれさせた。当然、その場のだれもが、ドレスのせいで泣きだしたのだと思ったが、そうではなかった。アレサンドラは、コリンがなぜいつもと違って見えたのか、やっとわかったのだ。

「髪を切ってしまったのね」

怒った声に、コリンはあっけにとられた。振り向くと、アレサンドラの頬をぽろぽろと涙が伝っているので、すぐさま慰めてやろうとした。ところが、コリンが歩きだしたとたん、アレサンドラはあとずさった。コリンは足を止めた。アレサンドラがうっかりガラスの破片を踏むといけない。それに、いまにも逆上して叫びだしそうなので、刺激したくない。たいていの花嫁にとって結婚式の当日とは緊張するものなのに、アレサンドラはさらに大変な目にあった。だから、いま混乱しているのだ。

まず落ち着かせなければ、結婚式を挙げるなど無理だ。なぜうろたえているのか、ほんとうのことをいいたくなくて、新郎の髪型のせいにしたいのなら、つきあってやるしかない。

「そうだ」できるだけ、穏やかにいった。「髪を切った。気に入らないか?」

アレサンドラはうなずいた。「ええ、気に入らない」怒りで声が震えた。「それどころか、ものすごく腹が立つわ」

アレサンドラはコリンの顔つきを見て、なぜこれほど怒っているのか、この人はぜんぜんわかっていないのだと思った。髪を伸ばしている理由を訊かれて、なんと答えたのか覚えていないらしい。

自由。そう、コリンはそういったのだ。アレサンドラは、あのときのコリンの言葉を一言一句たがえずに覚えている。髪を伸ばしているのは、自分が自由であることを忘れないためだと、彼はいった。

アレサンドラは彼の足下を見おろした。「足枷《あしかせ》はどこ、コリン?」

「なんのことだ」コリンは、ついうんざりした口調で訊き返してしまった。

「ドレスのせいで動転しているんだ」ケインが口を挟んだ。

「口出ししないで」アレサンドラがいった。

ケインは片方の眉をあげた。いまのアレサンドラはいかにもプリンセスらしく、コリンを家来扱いしている。頬がゆるむのをこらえた。笑われてアレサンドラが癇癪《かんしゃく》を爆発させては困る。彼女はひどく興奮していて、痛々しい。

「ああもう、あなたのせいでひどいところを見せてしまったわ」アレサンドラはコリンにいった。腕組みをしてコリンをにらみ、それからケインに目をやった。「ごめんなさいね、失礼な口のききかたをして。普段は怒っても表には出さないの。でも、この人が相手だと、修道院長にたたきこまれた金言を忘れてしまうのよ。だいたい、この人が髪を切ったりしなければ、わたしだってこんなに怒らなかったわ」

「〝この人〟がね」ケインはにやりと笑って繰り返した。

「金言って?」ジェイドはその言葉に興味を抱いた。

「ドレスをだめにされたから怒っているんじゃなかったのか」

「品位と礼節よ」アレサンドラはジェイドに答えてからコリンに目を戻した。「違うわ、ドレスのせいじゃない」きっぱりといいきった。深呼吸して、落ち着きなさいと自分にいいきかせた。コリンはどこまでも鈍感なのだ。おまけに、自由まで忘れてしまった。「もういいわ。そういうことよ、わたしはドレスのせいで怒ってるの。でも、あなたのお母さまのほうがもっとお怒りになりそうよ。あのレースに大金を出したんだもの。めちゃめちゃになったと知ったら、きっと胸がつぶれてしまうわ」

「つまり、きみは母が傷つくのを心配しているのか」コリンは話の核心がつかめなかった。

「いま、そういわなかった？　コリン、こんなときによくもにこにこしていられるわね。わたしは着るものがないのよ」

「では――」

アレサンドラはさえぎった。「グウィネスおばさまにはいわないと約束して。いますぐ誓ってちょうだい、コリン。おばさまの結婚式を台無しにしたくないの」

「母の結婚式ではなく、きみの結婚式なんだが」

アレサンドラは聞く耳を持たない。「約束して」

コリンは溜息をついた。「約束するよ」ウェディングドレスを着ていないことは見ればわかるとは、あえてつけくわえなかった。アレサンドラはまだ興奮していて気づいていないようだから、わざわざ気づかせることはない。

アレサンドラはジェイドとケインにも約束させた。三人がおとなしく同意したので、アレサンドラはやっと落ち着いた。コリンは、彼女の突飛なふるまいにかぶりを振らずにいられなかったが、肩を抱いて引き寄せ、キスをしてから部屋を出た。ケインがついてきた。

「少し動揺しているようだ」コリンはケインにいった。

ケインは声をあげて笑った。「そりゃそうだ」皮肉な口調で答えた。「襲われて、さらわれかけたんだ。襲ったやつらは、見たこともないほど醜い連中ときている。恐怖で取り乱すのも当然だ。それに、おまえと結婚したくないとはっきりいっていたのに結婚しなければならない。ドレスはびりびりに破られた。これで動揺しないほうがおかしい」

コリンはがっくりと肩を落とした。「もう疲れた」ぼそりという。

「これ以上、騒ぎは起きないさ」ケインはいい、ほんとうにつつがなく式が終わるよう祈った。

兄弟は黙ったまま玄関の間へ向かうあいだに上着を交換した。寸法はほぼぴったりだった。ここ数年でコリンの肩幅は広くなり、兄と同じくらいたくましくなっていた。

コリンは客間に人が集まっていることに気づき、なかへ入ろうとしたが、ふと足を止めてケインに振り向いた。

「兄さんのいうとおりじゃないよ」

「また騒ぎが起きそうなのか」

コリンはかぶりを振った。「アレサンドラはぼくと結婚したがっていないといっただろう。それは違う。結婚したがっているんだ」

ケインはほほえんだ。「彼女がおまえを愛していることがわかったか」

事実をつぶやいたつもりが、コリンは質問と受け取った。「いや、まだ愛してはいない。でもそのうち愛するようになる。五年もすれば、ぼくは一財産を築いているはずだ。彼女も自分の間違いに気づくことになるさ」

ケインは弟の鈍感さにあきれた。「彼女はすでに財産を持っているだろう、コリン。彼女に必要なものは……」

「夫だろう。ところで、なぜ客間に人が集まっているんだ」

もちろん、コリンはわざと話を変えたのだ。アレサンドラが結婚しようとする理由について、いまは突っこんだ話をしたくなかった。それに、自分の動機についても考えたくなかった。

一時間後、結婚式がはじまった。コリンは司祭の前で兄と並んだ。花嫁を待っていると、じれったくてたまらず、じっとしているのに骨が折れた。自分でも意外だった。つねに冷静さを失わないと自負していたからだ。なにがあっても自分はあせらない。けれどいまは……。コリンは溜息をついて認めた。いまは、気がはやってしかたがない。こんな気分には慣れていないし、どうすればやり過ごせるのだろう。自制がきかなくなったのはアレサンドラのせいだ。彼女がこちらの生活に入りこんでくるまでは、結婚など想像しただけでぞっとしていたのだが。それなのに、いまでは正反対の理由でじれている。なにかあって取りやめになる前に、さっさと結婚してしまいたいのだ。

彼女に逃げられる前に。

「やれやれ、コリン。今日は結婚式だぞ。葬式じゃない。景気の悪い顔をするな」

コリンは兄の茶化しにつきあう気分ではなかった。なにかあったらと思うと、気が気ではなかった。

そのとき、ウィリアムシャー公爵がアレサンドラを連れて客間に入ってきた。アレサンドラは公爵の腕につかまっていたが、コリンは父親に目もくれなかった。花嫁だけを見つめていた。彼女が近づいてくるにつれて、気持ちが落ち着いてきた。安堵が不安を追い払い、花嫁がそばに来たときには、景気の悪い顔もどこかにいってしまっていた。

アレサンドラが自分のものになる。

彼女は緊張して震えていた。象牙色のサテンのドレスを着ている。簡素だが、優美な形。襟ぐりは開きすぎていないが、それでも刺激的だ。アクセサリーは着けていない。ブーケも持っていないし、髪もまとめていない。動くたびに肩のあたりでふわふわと揺れる黒い巻き毛だけが、必要にして充分な飾りだった。

ああ、アレサンドラは完璧だ。コリンははにかむ彼女にほほえんだ。アレサンドラは目を合わせようとせず、公爵から頬にキスされるあいだも、じっとうつむき、手を離そうともしなかった。公爵は彼女の手をはがし、コリンの腕に添えさせた。

家族や友人たちが周囲に集まってきた。アレサンドラは逃げ出したくなった。罠にかかったような、つぶされそうな気がして、自分もコリンも間違いを犯そうとしているのではないかと怖くなった。体の震えが激しくなり、立っているのもやっとだった。そのとき、コリンが手を強く握りしめてくれた。奇妙なことに、それで震えが少しおさまった。

アレサンドラの不安を吹き飛ばしたのは、ケインの娘オリヴィアだった。彼女はなにがどうなっているのか確かめようと、人だかりをすり抜けてアレサンドラの隣へやってきた。しきりにかぶりを振っている母親に気づかないふりをして、手を伸ばしてアレサンドラの手を取った。

ちょうど祈禱《きとう》書を開こうとしていた司祭が、ふと視線を落としてオリヴィアに気づいた。

司祭はすぐさま咳払いをして、頬がゆるむのをこらえた。

アレサンドラは司祭ほど自分を抑えることができない。黒髪に緑色の瞳のおちびさんをひと目見たとたん、吹き出してしまった。オリヴィアのお目付役が仕事をなまけていたのか、彼女はだれにも邪魔されずに楽しんできたらしく、ものすごいありさまだった。スカートの裾は泥まみれで、かなりの時間を庭園で走りまわっていたことが察せられた。赤いしみは、公爵夫人が披露宴でふるまうために用意していたパンチのもので、厨房にも忍びこんだのだとわかる。サッシュも腰のまわりにかろうじて引っかかっている。だが、なによりアレサンドラを笑わせたのは、蝶結びにした大きなピンク色のリボンだった。リボンはオリヴィアの右目の前にたれさがっている。オリヴィアはアレサンドラをにこにこと見あげながら、何度もリボンを頭のてっぺんに戻そうとしていた。

ジェイドはいまごろ娘の格好を見て心臓発作を起こしそうになっているに違いない。ケインが屈み、コリンとアレサンドラの後ろから娘を捕まえようとした。オリヴィアは父親の腕を逃れ、楽しげに笑い声をあげた。

オリヴィアのドレスの汚れはどうしようもないが、曲がったものをまっすぐにすることはできる。アレサンドラはコリンとつないでいた手を離すと、オリヴィアのサッシュを結びなおし、リボンを頭のてっぺんにとめてやった。オリヴィアはそのあいだ我慢していたが、終わるとまたアレサンドラの手を握った。

アレサンドラは体を起こして司祭に向きなおった。いまだにコリンの顔を見ることができなかったが、手を伸ばしてそっと彼の手に触れた。コリンはすぐに察し、また手をつないでくれた。

ようやくアレサンドラは落ち着いた。司祭の質問にも、ほとんど声を震わせずに答えることができた。妻になると答えたとたん、コリンがほっと力を抜いたのが伝わってきた。見あげると、彼は笑顔でこちらを見ていた。瞳の輝きに、アレサンドラの鼓動は少し速まった。

儀式は終わった。コリンは優しくアレサンドラを仰向かせ、キスをしようと身を屈めた。だれもが喝采した。唇が軽く触れあったときには、だれかがもうコリンの背中をバンバンとたたいていた。コリンはアレサンドラから引きはがされ、祝福の言葉を浴びた。

コリンはアレサンドラを放さなかった。目の届かないところへ——いや、手の届かないところへ行かせるつもりはなかった。彼女の腰に腕をまわし、かたわらにぴったりと抱き寄せた。

その後の披露宴のことは、アレサンドラはほとんど覚えていなかった。まるで霧のなかを歩いているような気分だった。披露宴のはじまりと途中と終わりに乾杯したが、どんな挨拶があったのかも忘れてしまった。コリンの家族と友人に囲まれ、すぐさま受け入れてもらえたことはうれしく、感激で胸がいっぱいだった。

コリンは、リチャーズからケインと三人で話をしたいと何度もいわれ、そのたびに断った。だが、リチャーズは引かなかったので、結局コリンはアレサンドラに護衛から離れないと約束させたうえで応じると、ケインと一緒にリチャーズのあとから階段をのぼった。三人は、十五分もしないうちに話を終えて一階に戻った。

コリンは客間でアレサンドラを見つけた。いっぺんに三人から話しかけられ、なんとかそれぞれに耳を傾けようとしている。マリアン・ローズは、アレサンドラに一緒に田舎の家に来てほしいとせがみ、キャサリンは、今度はいつ会えるのかと尋ね、ウィリアムシャー公爵は、だれに向かってというわけでもなく、息子たちの子ども時代の笑い話を語っていた。

アレサンドラはすっかり気圧されている。コリンは、そろそろ帰ろうと声をかけた。彼女はいやがらず、むしろほっとしたようだった。

公爵夫妻や参列者に礼をいい、別れの挨拶をするのに二十分かかった。コリンがうんざりしはじめたとき、ようやく馬車に乗りこみ、彼のタウンハウスへ向けて出発することができた。

馬車のなかの沈黙は、それまでふたりを取り巻いていた喧噪《けんそう》とは正反対だった。コリンは長い脚を伸ばして目を閉じ、頰をゆるめた。

初夜のあれこれを想像していた。

アレサンドラは彼のむかいに座っていた。かちこちに体をこわばらせ、両手を膝の上できつく握りあわせている。

そしてやはり、初夜のことを考えていた。

コリンは目をあけ、アレサンドラのしかめっ面に気づいた。握りあわせた両手にも目をとめた。

「どうした」尋ねたものの、答はすでにわかっているような気がした。

「今夜のことだけど……」

「ああ」

「どうしても、同じベッドでなければだめなの」

「だめだ」

アレサンドラはしょんぼりと肩を落とした。顔が青ざめ、いかにも心細そうだ。コリンは危うく笑い声をあげそうになった。なんとかこらえたものの、不安そうな彼女を見て笑いたくなった自分が人でなしのように思えた。アレサンドラはなにも知らず、未知のことがらに怯えている。その不安を増幅するのではなく、取り除いてやるのが自分の務めであるのに。

コリンは身を乗り出し、彼女の両手を取った。「大丈夫だ」かすれたささやき声でいった。

彼女の顔つきからすると、少しも大丈夫ではないと思っているようだった。「つまり、再交渉する気はないのね？」

「なにを？」

「あなたが得るものについて」

コリンはゆっくりとかぶりを振った。「アレサンドラ、大丈夫だよ」もう一度いった。

「あなたはそういうけれど」アレサンドラは、かろうじて聞こえるくらい小さな声でいい返した。「ほんとうに大丈夫だという証拠がないわ。ちなみに、ベッドに入る前に参考にできそうな文献を持っていないかしら」

コリンは座席に背中をあずけ、片方の脚をむかいの席にあげると、まじまじとアレサンドラを見つめた。殊勝にも笑わなかった。「どんな文献だ」

「たとえば……手引き書とか」アレサンドラは、緊張しているのを気取られないよう、両手をもみしぼるのをやめようとした。「どういうふうにするのか解説してあるようなものよ」

コリンはアレサンドラがすっかり怖じ気づいているのを知った。彼女のはったりを信じたふりをして、さりげなく尋ねた。「知っておくべきことは修道院長に教わったんだろう」

アレサンドラはなかなか答えなかった。コリンは辛抱強く待った。彼女は窓の外に目をやった。外は暗いが、月明かりのおかげで、もうすぐコリンのタウンハウスに到着することがわかった。うろたえてはだめ、と自分にいいきかせた。一人前の女なのだ。うろたえるなんて情けない。

「アレサンドラ、返事は？」コリンがいった。

恥ずかしさを押し隠し、やっとのことで穏やかに返した。「たしかに、内密で教えてくれたわ。でも、いま思えば充分ではなかったみたい」

「いったいなにを教わったんだ」

アレサンドラはもうこの話をやめたくて、自分から持ちかけたのを後悔した。「ええと、いろいろよ」小声で答え、肩をすくめた。

コリンはしつこかった。「だから、どんなふうに説明されたんだ」

馬車がコリンのタウンハウスの前で止まった。アレサンドラはドアの掛け金に文字どおり飛びついたが、コリンに手をつかまれ、止められた。「まだ答を聞いていないぞ」

アレサンドラは、自分の手をつかんでいるコリンの手をじっと見つめた。その手は二倍ほど大きい。ああ、なぜそのことにいままで気づかなかったのだろう。彼とベッドをともにするつもりはなかった。とにかく、何年も何年もたって、受け入れられるようになるまでは……だめ、なんて愚かなことを。突然、自分がとんでもない間抜けのように思えてきた。やはり修道女になる線で押すべきだったのだ。

「院長には、修道女に向いていないといわれたの」アレサンドラは思ったことをつい口走ってしまい、溜息をついた。「謙虚さが足りない。そうおっしゃったわ」

アレサンドラがなんとか話題をそらそうとしていることに、もちろんコリンは気づいていた。「ほかに、夫婦生活のことは教わらなかったのか」

彼女は視線をコリンの手に戻し、しばらくして答えた。「女の体は神殿のようなものなんですって。ほら、教えたわ。もう行ってもいい？　外に出たいの」

「まだだめだ」コリンはいい返した。その声の優しさが、アレサンドラの羞恥心《しゅうちしん》をいくぶん切り崩した。

「全部あなたが教えてくれるんでしょう？」

コリンは彼女の不機嫌そうな表情に苦笑した。「ああ。全部教えてやる」

「コリン、あなたは気づいていないようだけれど、こんな話は恥ずかしくていやなの」

「気づいているよ」

アレサンドラは、コリンがおもしろがっていることに気づいたが、目を合わせなかった。彼がにやにやしているのを目の当たりにしたら、叫びだしてしまいそうだった。

「あなたは恥ずかしくないの？」

「ない」

アレサンドラは、握られた手を引っこめようとしたが、彼は放してくれなかった。もう、なんてしつこいの。どうやら、つづきを話すまでは馬車から降ろしてくれないらしい。

「殿方は礼拝したくなるんですって」出し抜けにいった。

「どこで」コリンは、なんの話だといわんばかりに訊き返した。

「神殿よ」アレサンドラは叫ばんばかりに答えた。

コリンは笑わなかった。アレサンドラの手を放し、また座席にもたれた。アレサンドラがやはり逃げたがっている場合に備え、脚でうまく出口をふさぐ。「なるほど」こちらがくつろいだ態度を取れば彼女も安心するかもしれないと思い、できるだけのんびりといった。

とたんに、アレサンドラの顔に赤みが戻った。もはや日焼けしたかのように真っ赤になっている。コリンには、彼女のうぶなところがあきれるほどおもしろかった。

「ほかに、どんなことを教わったんだ」

「殿方に許可してはならないといわれたわ」

「礼拝を?」

アレサンドラはうなずいた。「結婚するまではだれにも体に触れさせてはならない。それから、修道院長はなにも心配することはないといってくださったわ。夫婦の契りは気高く貴いものをもたらすからって」

ちらりと目をあげ、コリンの反応を確かめると、彼はぽかんとしていた。わかってもらえなかったようだ。「つまり、子どもよ」

「そうだと思った」

アレサンドラはまた座席に腰をおろし、ひたすらドレスのひだをととのえた。長い沈黙のあと、コリンがまた口を開いた。「具体的な部分を省略されたようだな」

「ええ」アレサンドラはささやいた。ようやく、知識がないことに気づいてもらえてほっとした。「だから、手引き書があれば読ませてほしいの……」

「うちの書斎にはその手の本がなくてね。そもそも、そんな本があるのかどうかも知らない」

「でも、きっと……」

「ああ、たしかにいろいろな本があるが、きみに読ませてもいいようなものではない」コリンはうなずいた。「それに、そんなものは堂々と売られてはいないよ」

コリンは手を伸ばし、掛け金をはずしてドアをあけた。そのあいだずっと、赤面している花嫁から目を離さなかった。

「わたしはどうすればいいの」

アレサンドラは自分の膝に向かってそう尋ねた。コリンは彼女のおとがいに手を添え、仰向かせて目を合わせた。青い瞳は不安で曇っていた。「ぼくを信じればいい」

その言葉は命令のように聞こえた。アレサンドラは、コリンを信じようと決めたが、それはそうするよりほかに手立てがなかったからだ。コリンに短くうなずいてみせた。「わかったわ。あなたを信じます」

あっさりそういわれて、コリンは満足した。アレサンドラが事前にすべてを知りたがる理由はわかっていた。事前に知ることで優位に立ちたいのだ。知識があれば、その分怖くなくなる。

もちろん、若い娘は母親から必要なことを教わるものと決まっている。ともかく、コリンはそういうものだろうと考えている。自分の母親もキャサリンに結婚したらどんなことをするのか教えているに違いない。だが、アレサンドラの母親は、彼女がまだ幼くて、そのような知識を知る必要がないころに他界してしまった。

ならば、だれかがその役目を引き継いだはずだ。「その修道院長の年齢は?」

「八十歳くらいに見えたけれど、もっとお若かったかも」アレサンドラは答えた。「年なんて訊いたこともないわ。なぜ知りたいの」

「いや、べつにいいんだ」コリンは話を戻した。「アレサンドラ、必要なことはぼくが教えてあげよう」

その優しい声に、アレサンドラは頬をそっとなでてもらったような気がした。「ほんとうに？」

「ああ」コリンはほとんど上の空で約束した。頭のなかでは、年老いた修道女がアレサンドラに俗世のあれやこれやについて、神殿だの礼拝だのといった比喩《ひゆ》を駆使して説明するところを思い浮かべていた。ああ、実際にその場で聞きたかったものだ。

アレサンドラはコリンの瞳が輝いていることに気づき、自分の無知さ加減をおもしろがっているのだと決めつけた。

「ごめんなさい、あまり……経験がないようなことをいって」

「現にないだろう」コリンは優しくいった。

「ええ、残念だけれど」

コリンは笑った。「ぼくは残念とは思わない」

「ほんとうに、なにを訊いても教えてくれるの？」アレサンドラはいまだに彼を信じてよいものか決めかねていた。「なにひとつ隠さない？　わたしは見通しの立たないことは好きではないの」

「なにひとつ隠さない」

アレサンドラは息を吐いた。ドレスをいじるのもやめた。コリンが約束してくれたおかげで、また不安を抑えることができるようになった。コリンにおもしろがられたことも気にならなくなった。必要な知識を与えてくれさえすればいい。安堵したので、どっと力が抜けた。

「そう、だったら大丈夫そうね」アレサンドラはいった。「では、馬車を降りましょう」

コリンも同意した。先に馬車を飛び降り、アレサンドラに手を貸した。護衛たちがプリンセスを心配して、あからさまに眉をひそめている。きっと、彼女をどこかにしまって鍵をかけたいような気分なのだろう。

フラナガンがドアの前でうろうろしながら新しい女主人を待っていた。外套を受け取って腕にかけ、心のこもった祝福を述べた。

「すぐに二階へいらっしゃるのでしたら、入浴のご用意をいたしますよ、プリンセス」

緊張を強いられた一日を終えて、熱い湯にゆっくり浸かれるのはうれしい。今日だけで二度湯浴みをすることになるが、修道院長には、清潔とは信仰の次に大切なものといわれているので、贅沢《ぜいたく》すぎるとは思えなかった。

「コリンが書斎で話をしたいそうなの」アレサンドラはフラナガンにいった。「お風呂はあとにするわ」

「先に入ってくれ」コリンがいった。「そのあいだ、少し仕事をするから」

もちろん嘘だった。コリンとて、初夜に仕事をするつもりはないが、入浴すればアレサンドラも少しはくつろげるかもしれないし、彼女には気晴らしが必要だ。先ほどまでより少し不安がやわらいで落ち着いたように見えるとはいえ、まだ緊張がすっかりほどけたわけではない。

「わかったわ」アレサンドラは執事のあとから階段をのぼっていった。コリンもすぐあとにつづいた。

「結婚式は素敵だったのでございましょう」フラナガンが尋ねた。

「ええ、それはもう」アレサンドラは熱意をこめて答えた。「大成功だったわ。そうでしょう、コリン」

「さらわれそうになったしな」

「ええ、でもそのほかはすばらしかったでしょう」

「怖い思いをした」

「ええ、でも……」

「ウェディングドレスをめちゃめちゃにされた」

アレサンドラは階段のいちばん上の段で立ち止まり、くるりと振り向いてコリンをにらみつけた。どうやら、曲者の件は思い出したくなかったようだ。

「結婚した女はだれだって自分の結婚式は完璧だと思いたがるものよ」

コリンはウインクした。「だったら、完璧だった」

アレサンドラは満足してほほえんだ。

フラナガンは、寝室でアレサンドラとふたりきりになってから、式の顛末《てんまつ》を根掘り葉掘り尋ねた。レイモンドとステファンが、湯気をあげている桶《おけ》を運んできて、楕円《だえん》形の浴槽に湯を満たしていく。フラナガンが気を利かせ、前もってアレサンドラの荷物をほどき、白い寝間着とその上にはおるガウンをベッドの上に出してくれていた。

アレサンドラはのんびりと湯に浸かった。熱い湯で気分はくつろぎ、肩の凝りもほぐれた。薔薇《ばら》の香りの石鹸《せっけん》で髪を洗い、暖炉の前に座って乾かす。あわてることはない。コリンはいまごろ時間も忘れて仕事に没頭しているはずだ。

たっぷり一時間が過ぎ、アレサンドラはコリンの邪魔をしにいくことにした。髪はすっかり乾いたが、ガウンをはおってからさらに十分かけてもう一度ブラシで梳《と》かした。一分おきにあくびが出た。熱い風呂にくわえ、暖炉の炎がとろとろと眠気を誘ったが、コリンの話を聞くまでは寝てしまうわけにいかない。

廊下へ出て、書斎へ向かった。ドアをノックしてなかに入る。コリンの姿がない。寝室に行ったのだろうか、それとも一階におりたのだろうか。どちらにしても、話をしにくるだろうから、書斎で待つことにして、机の抽斗から紙を取り出した。ペンとインク壺を取ったとき、隣の寝室に通じるドアの前にコリンが現れた。

その光景に、アレサンドラは息を詰めた。コリンも風呂に入ったらしく、髪がまだ濡れていた。黒いズボンだけで、シャツも着けていない。ズボンのボタンははずれていた。

コリンはたくましい体つきをしていた。肌はむらなく日焼けし、いつもは洒落《しゃれ》た服に隠れている強靭《きょうじん》な体は豹《ひょう》を思わせた。動くたびに、かすかに筋肉が波打つ。胸板を覆う黒い毛は、腹部へおりるに従ってV字形に細くなっている。

それより下は、正視できなかった。

コリンはドア枠にもたれ、腕組みをして笑みを浮かべた。アレサンドラの頬がうっすらと染まった。手に持った紙を折ったり広げたりして、なんとか平静を装っている。彼女の不安を抑えるためには、あせってはいけない。簡単なことではない。というのも、コリンは無垢《むく》な娘を相手にしたことがないうえに、白い寝間着姿のアレサンドラを見ただけで全身に熱いものが駆け巡っていた。彼女をひと目見るだけで、こうなのだ。口元に目がとまると、あのふっくらとした愛らしい唇でなにをしてもらおうかと考えてしまう。

「コリン、なにを考えているの?」

正直に答えるのはやめておいたほうがよさそうだ。「その紙をなにに使うのかと思ったんだ」

アレサンドラは緊張のあまり、手元を見てはじめてコリンがなにをいったのか理解した。

「覚え書きよ」

コリンは片方の眉をあげた。「覚え書き?」

「ええ。あなたの話を聞きながら、大事なことを忘れないように書いておくの。いいでしょう、コリン」

真剣な口調に、コリンも襟を正したくなった。「じつに用意がいいな」

アレサンドラはほほえんだ。「ありがとう。用意の大切さを最初に教えてくれたのは父なの。それから、修道院長にもしつけられたわ」

ああ、口が勝手に動くのを止めたいのに止まらない。

「父君が亡くなったのは、きみがいくつのときだ」

「十一歳よ」

「それなのに、覚えているのか……」

「もちろん。父に教わったことはすべて覚えているわ。そうすれば、父がよろこんでくれたもの。わたしは父と一緒にいるのが大好きだった。父はわたしに仕事の話をするのを楽しんで、わたしは一人前に扱ってもらうのを楽しんでいたの」

アレサンドラは紙をくしゃくしゃに丸めてしまっていた。コリンの見たところ、そのことに気づいてもいないようだった。「大事な言葉だけ書きとめるわ」

コリンはゆっくりとかぶりを振った。「その必要はないさ。ひとつ残らず頭のなかに書きとめればいい」

われながらたいしたものだ、とコリンは思った。笑いだしたい衝動に負けそうだったが、なんとかこらえた。

「そうね」アレサンドラは机に向きなおると、しまおうとした紙がくしゃくしゃになっていることに気づいた。くずかごに放りこんでから、じっとコリンを見た。

彼の瞳の熱い光にアレサンドラは身震いし、片頬だけの魅惑的な微笑に胸が高鳴った。深呼吸して、落ち着きなさいと自分にいいきかせた。

ああ、でもやっぱり素敵。アレサンドラはいつのまにか、そう口走っていた。

コリンはほめられて笑った。アレサンドラは笑われても腹が立たず、思わずほほえみ返していた。「ドラゴンにしてはね」と、いたずらっぽくつけくわえた。

彼に見つめられると、おなかのなかで蝶《ちょう》の群れが羽ばたいているような気がした。手持ちぶさたなので、とりあえず両手を組んでみた。「では、話をはじめましょうか」

「それより先にすることがある。誓いのキスをきちんとしていなかった」

「そうだったかしら」

コリンはうなずいた。それから、人差し指を曲げてアレサンドラを呼んだ。アレサンドラはのろのろと歩いていき、彼の前に立った。

「いまからキスをするの?」すでに声がかすれていた。

「ああ」

コリンはゆっくりと答えた。のんびりと体を起こし、アレサンドラを見おろす。アレサンドラはとっさにあとずさったが、すぐに止まった。もう一度、コリンの前に戻った。「あなたのキスは好きよ」

「知っている」

彼の微笑は自信にあふれていた。アレサンドラが緊張していることに気づいている。それは間違いない。すべてわかったうえで楽しんでいる。

「どうして知っているの」どんな答が返ってきても、気の利いた応酬をしてやろうと思いながら尋ねた。

「触れたときの反応でわかる」

気の利いた言葉など思い浮かばなかった。それどころか、頭のなかはめちゃくちゃに乱れていた。もちろん、コリンのせいだ。熱いまなざしで見つめられ、おなかのあたりがむずむずする。

彼の両手が腰に触れるのを感じ、視線を落とすと、ガウンの帯をほどいているところだった。アレサンドラは止めようとしたが、彼の手を押さえるより先に、ガウンは肩からすべり落ちた。

「なぜ脱がせるの」

「暑そうだから」

「えっ」

ガウンが床に落ちた。寝間着は透けていて、体の曲線があらわになっていた。布地を体の前に集めようとしたが、体を隠すひまもなく、きつく抱きしめられた。「腕をまわして、アレサンドラ。しっかりつかまってくれ、キスをするから」

コリンの首に腕をまわすと、彼は身を屈め、アレサンドラの唇を唇で軽く挟みはじめた。下唇の内側をそっと舌でなでられたとたん、背筋に震えが走った。腕に力をこめ、つま先立ちになってキスを返す。胸のふくらみが彼の胸板をこすり、はじめて味わう肌の感触に吐息が漏れた。不意に乳房が重く張りつめ、乳首がとがった。不快な感じではなく、とにかく新鮮だった。もう一度、今度はわざと体をこすりつけてみたが、意図を悟られぬよう、ほんの少しだけにしておいた。大胆だと思われるのはいやだった。ほんとうは、もっと大胆になりたいけれど。たくましい体から発散させる熱は媚薬《びやく》のように作用し、どんなに密着しても満足できそうにない。

コリンは唇をそっとなめ、軽く歯を立てるばかりで、アレサンドラはじれったくてたまらなかった。甘い責め苦にはもう耐えられない。彼の髪を引っぱり、言外にもっととねだった。

ようやくコリンはアレサンドラの唇を唇で優しくふさぎ、舌を絡めてきた。時間ならたっぷりあるといわんばかりに、やけにのんびりしている。ゆるゆるともったいぶるように、ほんのかすかな圧力をかけるだけで、アレサンドラの内なる情熱の炎をかきたてる。

小さなあえぎ声が、彼女が楽しんでいることをコリンに伝えた。コリンは唇を離し、彼女の瞳に情熱を認めた。そこに映っているのが自分自身の情熱でもあると気づき、低くうめいた。「とても甘い」彼女の口元にささやく。「口をあけて」かすれた声で命じた。

指示に応じるひまも与えず、コリンは親指でアレサンドラのあごを押しさげた。舌を差しこみ、一度退いてまた侵入する。アレサンドラはすっかり力を抜き、コリンの思うがままだった。その無垢な反応に、コリンはわれを忘れた。にわかに彼女がほしくてたまらなくなり、自制がきかなくなった。唇が容赦なく求めはじめた。絡みあう舌は――コリンは大胆で、アレサンドラは遠慮がちな動きで――ふたりの体を欲望に震わせた。

アレサンドラはコリンにかきたてられた情熱に圧倒され、これからどうなってしまうのか不安に思う余裕すらなかった。考えることができず、ひたすら反応するばかりだった。たえずコリンに体をこすりつけていたが、それは無意識の動きで、そうすることでコリンがどうなっているのかも気づいていなかった。両手の指にはコリンの髪が絡んでいた。甘い声が漏れはじめ、彼の硬くなったものに、しきりに体をこすりつける。コリンはさらに荒々しくなった。キスはみだらに、貪欲《どんよく》になった。情熱が欲望に火をつけ、コリンは所有欲をむきだしにアレサンドラと唇を合わせた。そんな彼の様子が、さらにアレサンドラを駆り立てた。

キスは果てしなくつづきそうだったが、不意に終わった。コリンが体を起こしたとき、アレサンドラの唇は濡れて薔薇色になっていた。彼女の味わいがまだ口に残っていたが、飽き足らなかった。

アレサンドラはぐったりとコリンの胸にもたれ、あごの下に顔をうずめた。途切れ途切れの吐息がコリンの鎖骨をくすぐった。

コリンはアレサンドラを抱きあげ、寝室へ連れていった。ベッドの中央にそっと横たえ、かたわらから見おろす。コリンの熱い視線に、アレサンドラは体がかっと火照り、それでいてぞくぞくした。

アレサンドラはキスの余韻でぼうっとしていた。だが、コリンがズボンのウエストバンドに親指を引っかけておろしはじめたとたん、われに返った。きつく目を閉じ、よそを向こうとしたが、コリンのほうがすばやかった。ズボンを脱ぎ、アレサンドラが反対側へ逃げるより先にベッドにあがった。

寝間着をつかまれ、布地が裂けた。アレサンドラが息を呑んだときには、寝間着ははぎとられ、彼にのしかかられていた。

アレサンドラは板のように体をこわばらせた。コリンは膝頭でそっとアレサンドラの脚を開かせ、はじめて出会ったときから夢想していたように、ぴったりと体を重ねた。勃起《ぼっき》したものが彼女の脚のつけねのやわらかな繁みに当たり、あまりの心地よさにうめき声が漏れた。

夢想より現実のほうがはるかによかった。アレサンドラの肌の感触は、想像も及ばないほどやわらかくなめらかだった。乳房は意外なほどふくよかだったし、震えている彼女と肌を合わせただけで自分の体がこれほど強烈に反応するとは思ってもいなかった。天にものぼる心地とは、こういうことをいうのではないだろうか。

「コリン、先に話をしたいの」

コリンは両肘をつき、アレサンドラを見おろした。彼女のまなざしは不安があらわになっているが、自分は勝ち誇った目をしているはずだ。

「わかった」コリンはアレサンドラの頬に手を添えて動けないようにし、長々と激しいキスをした。

アレサンドラは興奮に身を震わせた。こらえきれずコリンの腰に両腕をまわし、熱い肌を引き寄せた。彼のふくらはぎに当たっているつま先が丸まり、不意に抱きついているだけでは物足りなくなった。コリンに触れたい。両手を彼の背中にすべらせ、腕をなでおろした。

それは蝶の羽のように軽く、コリンも体験したことがないほど官能をそそる愛撫だった。コリンはアレサンドラの喉に目をとめた。彼女が少し横を向いたので、そこにキスをしやすくなった。歯で耳たぶをそっと引っぱる。

突然、アレサンドラのつま先まで快感が広がった。アレサンドラはコリンの舌使いになにも考えられなくなった。コリンを求めて身をよじる。

コリンは体勢を変えて彼女の喉に唇を這わせ、そのまま下へ移動し、胸の谷間にキスをした。アレサンドラは薔薇と女の香りがした。その甘い匂いを吸いこみ、舌で味わった。

アレサンドラの体は、完全にコリンのものになっていた。アレサンドラは、いまやめられたら死んでしまうと思った。両の乳房を手のひらで包みこまれ、たちまちもっとほしくなった。体の内側でつのっていく焦燥のようなものはなに？　全身の縫い目がはじけていくような感覚。そのとき、コリンの舌が乳首をこすった。アレサンドラはベッドから転げ落ちそうになった。不安とよろこびの声が漏れた。その感覚は我慢できないほど強く、同時に信じられないほどすばらしかった。情熱の荒波に流されないように、両手を脇におろしてシーツをつかんだ。

「コリン！」

すすり泣きながら名前を呼び、身もだえした。コリンは乳首を口に含んで吸いはじめた。気が変になりそうだ。彼の両手が全身をなでまわす。大きく息を吸い、途切れ途切れに吐き、せつない声をあげた。コリンはふたたびキスをすると同時に、アレサンドラの純潔を覆っているやわらかな繁みのなかへ指をすべりこませた。アレサンドラはその手を押しとどめようとしたが、コリンはやめない。きつく閉まったなめらかな入口にゆっくりと指を入れ、引き抜く。アレサンドラを乱れさせるはずの、まさにその一点を親指の腹でこすった。

指で愛されているうちに、アレサンドラは充足を得ること以外のすべてを忘れた。コリンはこれほど正直に反応する相手をほかに知らなかった。もはや自制心を保つのも難しくなっている。

「かわいい人、とてもきついよ」しわがれた声でささやいた。

アレサンドラはほとんど聞いていなかった。「なんだかたまらない感じなの、お願いだから……」

どうしてほしいのか定かではなかったが、この甘い苦しみをなんとかしてくれなければ正気を失ってしまうことだけはわかる。

コリンは、アレサンドラの準備ができていることを祈った。シーツを握っている彼女の手を取り、自分の首にしがみつかせた。膝頭で彼女の脚をさらに開かせ、腰を抱える。一物の先端が、熱い潤いに包まれた。ゆっくりと突き進む。純潔の壁に触れたのを感じ、いったん止まってから、そっと貫こうと試みた。だが、壁は抵抗した。コリンは歯を食いしばり、長距離を走ってきたかのように荒い息をしていた。快感が強烈すぎて、残っているわずかな自制心も奪われそうだった。彼女に痛い思いをさせているのはわかっていた。キスをされたまま悲鳴をあげ、コリンを押しのけようとしている。

コリンは甘い言葉でなだめた。「すぐによくなる。痛みはつづかないから。しっかりつかまるんだ。ああ、そんなふうに動いてはだめだ……まだ早い」

優しくすればするほど、彼女の苦痛を長引かせるだけだ……それは耐えられない。ひたいに汗がにじむ。いますぐ最後までいかなければ、おかしくなりそうだ。

コリンはアレサンドラの腰を抱えなおし、奥まで一気に貫いた。アレサンドラは泣き声をあげた。痛みはおそらくコリンのよろこびと同じくらい強く、ふたたび彼を押しのけようとした。だが、重くてびくともしない。

完全にコリンのものとなったいま、アレサンドラはまるで第二の肌のように吸いついてくる。コリンは腰を揺らしたい衝動と闘った。アレサンドラに、なじむ時間を与えたかった。彼女の爪が肩に食いこんでくる。解放してほしがっているのだ。もう一度、焼けつくようなキスを試みたが、顔をそむけられた。残り少ない忍耐力をなんとかもたせようと、耳に、頬にキスをし、情熱がふたたび燃えあがるのを待った。アレサンドラは涙を流し、小さく嗚咽《おえつ》を漏らした。

「泣かないでくれ。すまない。どうしようもなかった。すぐに気持ちよくなるから。きみは最高だ。さあ、抱きしめてくれ。強く」

その言葉より、心配そうな口調がアレサンドラを落ち着かせた。痛みと快感が闘っている。相反する感覚に混乱し、アレサンドラはどうすればよいのかわからなかった。もうやめたいけれど、まだコリンとつながっていたいような気もする。耳元で彼の吐息が熱い。ぜいぜいという音も聞こえる。その音に励まされた。この先どうなるのだろうか。体は解放を求めているけれど、なにから解放してほしいのだろう。よくわからない。不意に、じっとしていられなくなり、全身の感覚がなにかを期待するかのようにざわつきはじめた。

「動きたくなったわ」わけがわからずつぶやいた。

コリンは上体を起こして肘をつき、アレサンドラを見おろした。瞳が熱い光を帯びている。なによりも、もう涙はない。

「こっちもだ。いったん引いて、また突くぞ」

コリンの声はしわがれ、気持ちの高ぶりがあらわれていた。アレサンドラは思わずきつくしがみついた。ほんとうに気持ちよくなるのか、試してみようと思った。ついさっきまで、まっぷたつに引き裂かれそうだったのに、いまでは疼きが少しおさまり、もぞもぞと動いてみても、痛くはなかった。突然、閃《ひらめ》くようなよろこびを覚えた。

「なんだか……気持ちよくなってきたわ」

その言葉さえもらえれば大丈夫だ。コリンは自制するのをやめた。むさぼるようなキスをする。抑えていた欲望が暴走しはじめた。ゆっくりと抜き、ふたたび奥深くまで突く。交合の儀式にコリンは没頭した。アレサンドラがふたたび両腕に力をこめ、コリンに合わせて腰を突きあげはじめた。コリンは彼女の首のつけねに顔を埋めて低くうなった。体が爆発しそうな、すさまじいまでの快感だった。こんな感覚は体験したことがない。腕のなかのアレサンドラは炎のようで、その奔放な乱れ方はコリンの魂を揺さぶった。彼女はすべてを差し出そうとしている。無私無欲のその姿に、コリンも全力で応えた。繰り返し腰を突き出すたびにベッドがきしんだ。コリンはふたりでのぼりつめることだけを考えた。

それはいきなりやってきた。アレサンドラが先に達した。思わずコリンを締めつけながらのけぞった瞬間、彼も頂点にたどりついた。

アレサンドラが現実に帰ってきたのは、ずいぶんたってからのことだった。よろこびの波に全身を洗われるがまま、いつまでも夫に抱きついていた。頭のどこかに、コリンにつかまっていれば大丈夫だという思いがあった。動けないことを心配する必要などない、コリンが助けてくれる。アレサンドラは目を閉じ、愛の行為の奇跡のようなすばらしさに思いを馳《は》せた。

こんなに安心して、こんなに自由な気持ちになったのは、生まれてはじめてだ。

コリンは正反対の気分を味わっていた。たったいま、自分の身に起きたことが信じられなかった。なぜなら、それまで完全にわれを忘れたことなど一度もなかったからだ。一度たりとも。恐ろしくてたまらなかった。アレサンドラのすべすべした太ももに、理性を一滴残らず搾り取られてしまった。経験のないアレサンドラに、防御の鎧《よろい》をはぎとられたのだ。最後の最後で自分を取り戻すことができず、もうすぐ達するというときになって、アレサンドラがコリンのなすがままになるのは当然としても、コリンも彼女のなすがままだった——でも、いままででいちばんすばらしかった。そのことが、怖くてたまらないのだ。

追い詰められてもう逃げられないという気持ちを、コリンは生まれてはじめて知った。

ふたりはまだつながっていた、コリンはゆっくりと抜いたが、その刺激でまた硬くなった。歯を食いしばってこらえた。起きあがる体力はないが、アレサンドラをつぶしてしまいそうだ。手をあげ、首からアレサンドラの手をそっとはずした。屈んで喉元にキスをすると、激しく脈打っているのがわかった。彼女もまだ余韻に浸っているのだと思うと、男としてこのうえなく誇らしかった。

しばらくして、コリンはアレサンドラの上からどいて仰向けになった。大きく震える息を吸い、目を閉じる。愛の行為の香りが漂っていた。口のなかにまだアレサンドラの味が残っている。なんということだろう、また脚のあいだが硬くなりはじめた。

物思いにふけっていたアレサンドラが、やっと現実に戻ってきた。片方の肘をついて、コリンの顔を見た。

コリンが難しい顔をしているのを見て、アレサンドラは驚いた。「コリン」小声で呼びかける。「大丈夫？」

コリンはアレサンドラのほうを向き、すぐに顔つきを変えた。不安を感じていることを知られてはならない。笑みを浮かべ、手の甲でアレサンドラの顔の脇をなでた。彼女はコリンの手に頬をすり寄せた。

「大丈夫かと尋ねるべきなのは、ぼくのほうなのに」

コリンの目には、アレサンドラは大丈夫どころか、絶好調に見えた。瞳はいまだに熱を帯びて輝き、唇はキスを受けてはれぼったく、髪が片方の肩にかかっている。世界一女らしいとコリンは思った。

「痛かっただろう」

アレサンドラはゆっくりとうなずいた。だが、コリンはさほど心配そうな顔をしていない。「でも……」

「興奮したか」

アレサンドラは頬を赤らめた。コリンが声をあげて笑い、抱き寄せると、彼女はコリンの胸に顔を押し当てた。「いまさら恥ずかしがっても遅いんじゃないか。それとも、ついさっきまでどんなに乱れたか、もう忘れたのか」

忘れてはいない。アレサンドラは自分のみだらなふるまいを思い出し、髪の生え際まで真っ赤になった。コリンの胸が楽しげに震えた。笑われても腹は立たなかった。世界でなによりすばらしいことがあったばかりなのだ、この気分を台無しにしたくない。暖かな光に包まれ、幸福でうとうとと眠くなった。

「わたし、品位に欠けていたわね」

あわてたようにいわれ、コリンはほほえんだ。「ああ」のんびりという。「たしかに、品位に欠けていた」

アレサンドラは溜息をついた。「素敵だった」

コリンは笑った。「素敵どころか、それ以上によかったよ」

長い沈黙がおりた。コリンのあくびで、穏やかなひとときが中断した。

「コリン。わたし……わたしは……」

どうしても最後までいえなかった。満足してもらえたかどうかなど、怖くて訊けなかった。

コリンはアレサンドラの気持ちをわかっていた。「アレサンドラ」

ささやくように呼ばれ、優しくなでられたような感じがした。「なに？」

「きみは完璧だった」

「優しいのね」

アレサンドラはコリンに寄り添い、目を閉じた。彼の胸の鼓動と、低い笑い声が混じりあった音を聴いていると、安心した。コリンが片方の手でアレサンドラの背中を、もう片方の手で首筋をなでてくれた。とろとろとまどろみかけたとき、また名前を呼ばれた。

「んん」

「いまから話をしようか」

しばらくして、コリンはアレサンドラが眠ってしまったことに気づいた。指で彼女の髪を梳《す》き、少し体を起こして、頭のてっぺんにキスをした。「女の体は神殿のようなもの、か」とつぶやく。

返事を求めていたわけではなく、アレサンドラも眠ったままだった。上掛けを引きあげ、新妻に腕をまわして目を閉じた。

眠りに落ちる直前に思い浮かんだことに、頬がゆるんだ。修道院長がアレサンドラに、男は礼拝したくなると話したのは正しかった。

たしかに、コリンは礼拝したくなったのだから。

彼は凶暴ではなく、衝動を抑えられないわけでもない。いまだに良心がとがめてもいる。ただ、そのとがめに耳を貸すのをやめただけだ。そう、自分がしていることは罪だとわかっていた。いまでも、大変なことをしているという自覚はある。いや、ともかくはじめてのときはそうだった。自分を拒絶したあの女は、死んでもしかたがなかったのだ。激情が彼の両手を操り、刃《やいば》を動かした。彼女を殺せば気がすむと思っていた。それが、あんなふうに興奮するとは想像もしていなかった。あれほど力がみなぎり、恐れるものはなにもないと思えるとは。

だが、もうやめよう。彼はグラスを取り、中身を一気に飲み干した。絶対に、二度としない。

傷だらけのブーツが部屋の片隅に置いてあった。彼は長いあいだそれを見つめ、明日捨てようと決めた。テーブルには花が……待っている……待ち構えている……彼を愚弄《ぐろう》している。

彼はグラスを暖炉に投げこんだ。グラスは粉々になった。瓶に手を伸ばしながら、誓いの言葉を何度も唱えた。

もうこれきりにするのだ。

9

アレサンドラは翌日の午近くに目を覚ました。コリンの姿はとうになかった。みじめなありさまを見られたくなかったので、彼がいないのはさいわいだった。全身がこわばり、痛みもあって、老女のようにうめきながらベッドを出た。痛いのも当然だ、シーツに血のしみが残っている。愛の行為が出血をともなうものだとは、だれも教えてくれなかった。不安というだちで、顔がゆがんだ。ほんとうに、だれも教えてくれなかったなんて。出血するのは普通のことなのだろうか。異常だったらどうしよう。コリンはうっかり治せないような傷をつけたの？

なんとか冷静でいられたのは、体を洗うまでのことだった。ひりひりする痛みがあり、タオルに血がついたせいで、ますます怖くなった。恥ずかしくもあった。フラナガンがシーツを交換するときに、血のしみに気づくといやなので、自分でシーツをはがした。

あれこれ心配しながら身支度をした。淡いブルーのドレスに、同じ色のやわらかい革の靴を合わせる。四角い襟ぐりと、長い袖のカフスに、白い縁取りのあるドレスは、とても女らしい感じがして、アレサンドラがとくに気に入っているものだった。髪がふわふわになるまでブラシをかけてから、夫を探しにいった。

ゆうべあんなふうに睦みあったあとに、はじめて昼間の明るさのなかで彼と顔を合わせるのは、どうにも気まずくて、さっさとすませたかった。恥ずかしい気持ちを隠そうと思えば隠せる自信はある。

コリンは書斎の机の前に座っていた。廊下に面したドアは開いていた。アレサンドラは入口に立ち、邪魔をしてもよいものかどうかためらった。だが、彼は視線を感じたのか、不意に顔をあげた。書類を読むのに集中していたので、眉間にしわを寄せていたが、たちまち表情を変え、優しい目でアレサンドラにほほえみかけた。

アレサンドラは、一応は笑みを返したつもりだった。ほんとうのところはわからない。ああ、コリンがそばにいることに、いつになったら慣れるのだろう。彼はあまりにも素敵だ。昨日より肩幅が広くなったような気がするし、髪はもっと濃い色に、肌ももっと浅黒くなったように見える。白いシャツが、彼の魅力をさらに強調していた。その白さが、髪や肌の色を際立たせている。口元に視線を転じたとたん、彼にキスをされた記憶が……全身にキスを受けた記憶がどっとよみがえってきた。

あわててあごに視線を落とした。恥ずかしくてたまらない気持ちを悟られたくなかった。堂々と、大人の女らしくふるまわなければならない。

「おはよう、コリン」蛙《かえる》の鳴き声のようにひしゃげた声が出た。顔が燃えるように熱い。ここはいったん退散するしかない。もっと落ち着いてから、もう一度会いにこよう。「忙しいみたいね」急いでいいながらあとずさった。「下に行くところだったの」

彼に背を向けて歩きだした。「アレサンドラ」

「はい」

「おいで」

アレサンドラは書斎の入口へ引き返した。コリンは椅子の背にもたれ、人差し指を曲げてみせた。アレサンドラは背筋を伸ばし、無理やり笑顔を作ってから部屋に入った。机の前で立ち止まったが、コリンはそれで許してくれず、もっとそばに来いと手招きした。アレサンドラはできるだけ平然とした顔で、机のむこうへまわった。この気まずさを気取られないようにしなければならない。

コリンは長いあいだアレサンドラを眺めた。「なにを心配しているのか、話す気はあるか」

アレサンドラは少しだけ肩を落とした。「あなたの目はごまかせないわね」

彼は眉をひそめた。「きみはぼくをごまかそうとしたりしないはずだから、ごまかせなくてもかまわないじゃないか」

「そうね」

コリンはさらにしばらく待ったが、アレサンドラが黙っているので、もう一度いった。

「なにを心配しているのかいってくれ」

アレサンドラは床に目を落とした。「あの……あなたに会うのが気恥ずかしくて……」

「どうして？」

「ゆうべのことがあったから」

アレサンドラの頬が薄紅色に染まった。コリンはおもしろくなり――興奮してきた。彼女を膝に座らせ、おとがいを持ちあげてほほえみかけた。「それで？」

「あなたとしたことを昼間に思い出すと、少し恥ずかしいわ」

「ぼくは、またきみがほしくなった」

しわがれた声の告白に、アレサンドラは目をみはった。「だめよ」

「だめじゃないさ」コリンは楽しげにいった。

アレサンドラはかぶりを振った。「わたしが無理なの」とささやく。

コリンが眉根を寄せた。「なぜ？」

頰が焼けるように熱かった。「無理だといっただけではわからない？」

「まったくわからない」

アレサンドラは膝を見つめた。「難しいことをいわないで。母がいたら相談するのに……」

それ以上つづかなかった。アレサンドラの悲しげな声に、コリンはいらだちを忘れた。彼女はなにか悩みを抱えている。聞き出してやらなければならない。「ぼくは夫だぞ。ふたりのあいだに秘密があってはならない。きみはゆうべの行為を気に入ったんだろう」

アレサンドラは、なんて自信たっぷりな人だろうと思った。「たぶん」彼をいらだたせるために、そう答えた。

コリンはあからさまにむっとしてみせた。「たぶん？　ぼくの腕のなかでわれを忘れたくせに」思い出したせいで声がかすれた。「もう忘れたのか」

「いいえ。忘れてはいないわ。痛いのよ、コリン」

アレサンドラはたたみかけるようにいい、コリンの謝罪を待った。謝ってくれたら、けがをしたことを話すつもりだった。そうすれば、なぜ二度とあれができないのか、わかってくれるだろう。

「そのことならわかってる」

コリンの声はぶっきらぼうで、なおかつ男らしく、アレサンドラは身震いした。彼の膝の上でもぞもぞと動くと、すかさず腰をつかまれた。もちろん、アレサンドラは自分がなにをしているのかわかっていない――自分の腰がコリンの大事なところをこすれば、それが硬くなるなど、考えもしない。

羞恥心はもはや消えていた。わたしの夫はここまで頑固なのかと、腹立たしくなってきた。彼は少しも反省したそぶりを見せない。

むっとしていると、コリンが苦笑した。「かわいい人」なだめるような口調だった。「今度はあんなに痛くないよ」

アレサンドラはかぶりを振り、コリンの目を見ずに、あごに視線を向けた。「あなたはわかっていないわ」とささやく。「大変なことが……起きたのよ」

「大変なこと？」コリンは辛抱強く訊き返した。

「出血したのよ。シーツが汚れて、わたし……」

そういうことだったのか。コリンはアレサンドラに両腕をまわし、胸に抱きしめた。そうしたのは、ひそかにふたつの思惑があってのことだった。ひとつ、彼女を抱きしめたい。ふたつ、笑い顔を見られたくない。ばかにしていると勘違いされては困る。

アレサンドラは膝の上から逃れようとしたが、コリンのほうが力でまさっているうえに、彼女を放すつもりは毛頭なかった。いやがられようが、安心させてやりたかった。ようやくアレサンドラがあきらめて体をもたせかけてきたので、コリンは安堵の息を吐き、彼女の頭のてっぺんにあごをこすりつけた。「普通のことではないと思ったんだろう？　あらかじめ話しておけばよかったな。すまない。無駄な心配をさせてしまった」

優しくそういわれ、アレサンドラの不安は少しやわらいだ。けれど、ほんとうに大丈夫なのか、まだ安心できなかった。「出血するのが普通だということ？」

アレサンドラはまだ信じられないという口調で――考えただけでぞっとするといいたげだった。コリンは真顔を保った。「そう。出血するのが普通だ」

「でも……野蛮だわ」

その言葉は、コリンには肯定しかねた。自分はよろこばしいことだと思うし、またきみを抱きたくなるというと、すぐさまあなたも野蛮だといい返された。

アレサンドラは修道女たちと繭《まゆ》のなかで暮らしていたのだ。まだ子どものころに修道院にあずけられ、大人になってから外の世界に出てきた。体の変化や、それにともなう気持ちについて、だれにも相談することができなかった。それでも彼女の官能はまったく損なわれていないことに、コリンは感謝すべきだと思った。修道院長は性愛について話したくなかったのかもしれないが、アレサンドラに男とは恐ろしいものだというでたらめを吹きこんだりはしなかった。神殿だの崇拝だのという婉曲《えんきょく》ないいまわしで、夫婦の行為はすばらしいことであり、気高く価値あるものとまで伝えてくれた。そのおかげで、アレサンドラは性を汚らしく下劣なものととらえるようにはならなかった。

コリンのかわいい新妻は、隔絶した隠《かく》れ処《が》から羽ばたいたばかりの蝶《ちょう》のようなものだ。自分自身の感じやすさと激しさに、驚いて怖くなっているのだ。

「院長がきみに恐怖を植えつけなかったことに感謝するよ」コリンはつぶやいた。

「そんなことするわけがないでしょう」アレサンドラは不思議そうにいった。「結婚の誓いは神聖なものよ。聖なる儀式を軽く見るのは罪だわ」

コリンはうれしくなり、アレサンドラを抱きしめた。無駄に心配させたことをもう一度謝り、なぜ出血するのか、理由を正しく説明した。それだけで話は終わらなかった。修道院長は、子どもは結婚によってもたらされる崇高かつ価値ある結果だとアレサンドラに語っている。なぜそういう考え方になるのか、コリンはきちんと説明した。それから、彼女の背中をゆるゆるとなでながら、男女の体の違いについて話した。とりとめのない講義は二十分近くつづいた。最初は恥ずかしがっていたアレサンドラも、彼の平然とした話しぶりのおかげで、まもなく落ち着いて聞けるようになった。とりわけ、コリンの体に興味を持ち、根掘り葉掘り質問した。コリンはそのすべてに答えた。

話が終わって、アレサンドラは心底ほっとした。コリンから体を離し、正しい知識を教えてくれたことに礼をいおうとしたが、彼の瞳が熱っぽく輝いているのを見て、いいたいことを忘れてしまった。だから、かわりにキスをした。

「きみはほんとうに、もう二度とできないと……」

アレサンドラはそのつづきを引き取っていった。「できないと思っていたわ」

「いますぐきみがほしい」

「まだ痛みがあるの」アレサンドラは小声でいった。「だけど、二、三日で気にならなくなるって、いまあなたが教えてくれたばかりだわ」

「ほかにも楽しむ方法がある」

たちまちアレサンドラは興味をかきたてられた。「そうなの?」息を弾ませて尋ねた。

コリンはうなずいた。「いくらでもあるさ」

彼にじっと見つめられ、アレサンドラはいてもたってもいられなくなった。下腹がぽっと熱くなり、にわかにもっとコリンに近づきたくなった。彼の首を抱き、髪に指をからめてほほえみかけた。「何通りくらい?」

「何百通りも」

彼がふざけていることは、いたずらっぽい笑みを見ればわかる。アレサンドラも冗談で返した。「だったら、あなたに解説してもらって、書きとめなければね。どれひとつ、忘れたくないもの」

　コリンは笑った。「実習のほうがずっと楽しいぞ」

「失礼いたします。お客さまがお見えでございます」

　フラナガンの声がして、アレサンドラはコリンの膝から転げ落ちそうになった。コリンがそれをつかまえ、新妻を見つめたまま執事に尋ねた。「だれだ」

「リチャーズさまでございます」

「くそっ」

「嫌いなの？」アレサンドラは尋ねた。

　コリンは溜息をつき、アレサンドラを膝から降ろして立ちあがった。「もちろん、そんなことはない。リチャーズが帰ってくれないのがわかっているから、悪態をついたんだ。しかたがないから会おう。フラナガン、お通ししてくれ」

　フラナガンはすぐにリチャーズのもとへ引き返した。コリンはアレサンドラの手を握って、膝の上に引き戻した。両腕で包みこみ、身を屈めて長いキスをする。熱く濡れた強引なキスに欲望をかきたてられ、体を離したときには、アレサンドラは震えていた。率直な反応がうれしい。「あとでな」と耳打ちし、彼女を放した。

　秘めやかな期待に満ちた彼のまなざしは、かならず約束を守るということを物語っていた。アレサンドラは、まともに口もきけず、うなずくだけにとどめた。それから、彼に背を向けて書斎を出た。震える手で肩にかかった髪を後ろに払い、廊下を曲がろうとして壁に激突した。情けなさに、小さく嘆息が漏れた。コリンに見つめられただけで、レタスのようにふにゃふにゃになる自分。たった一度のキスで、彼の腕のなかでとろけてしまう自分。

陳腐な空想だが、現にそうなってしまうのだ。結婚した新鮮味が薄れてくれれば、コリンにも慣れるかもしれない。そうだとよいのだけれど。そうでなければ、死ぬまでぼうっとしたまま歩きまわり、壁にぶつかってばかりいることになる。

とはいえ、コリンが夫でいることを当然だと思いたくなかった。これからのことを思うと、顔がほころんだ。コリンは決して怠慢を許してくれないだろう。要求が多くて、精力にあふれた人だ。ゆうべのことを思い出せば、アレサンドラ自身もその点は彼に引けを取らないようだ。

コリンの寝室に戻り、窓辺に立って外を眺めた。今日は記念すべき日だ。なぜなら、コリンに求められたから。きっと、ゆうべのわたしは申し分なかったんだわ、とアレサンドラは思った。あれは社交辞令ではなかったはず。そうでなければ、昨日の今日で求められるわけがないでしょう?

求めることと愛することは、同じではない。アレサンドラも、そのことは重々承知していた。自分は現実主義者だ。コリンは義務感から結婚しただけ。その事実は変えられない。愛してくれるように仕向けることもできない。けれど、時間がたてば、彼も心を許してくれるはず。もうお友達になれたんだもの。

ふたりは強く結ばれた、いい夫婦になる。神と証人の前で、死がふたりを分かつまで夫婦として生きると、誓いを立てたのだから。コリンは名誉を重んじる人だから、決して裏切らないし、年月とともに愛することを知るようになるだろう。

わたしはとうに彼を愛するようになったのに。アレサンドラはそう思った端からかぶりを振った。自分の気持ちを確かめる覚悟はまだない。

無力さに、不安を覚えた。結婚とは、想像していたよりずっと複雑なものらしい。

「プリンセス・アレサンドラ、シーツを交換してもよろしゅうございますか」

アレサンドラは振り向き、フラナガンにほほえんだ。「お手伝いするわ」

フラナガンは汚い言葉をかけられたかのような反応をした。ぎょっとしている。アレサンドラは笑った。「わたしだってシーツの交換くらいできるわよ、フラナガン」

「とんでもない……」

フラナガンは口もきけないほど仰天していた。アレサンドラは不思議に思った。「ここに来るまで暮らしていたところでは、だれの手も借りずに着替えていたし、お部屋の整頓もしていたわ。清潔なシーツなんて贅沢を求めるのなら、自分で換えていたのよ」

「プリンセスにそんなことをさせる人がいるのですか」

「修道院長よ。わたしは修道院で暮らしていたの。特別扱いはなかったわ。でも、そのほうがうれしかった」

フラナガンはうなずいた。「だから、そんなにしっかりしていらっしゃるのですね——いえ、いまのは賞賛のつもりです」あわててつけくわえた。

「ありがとう」

フラナガンは急いでベッドへ行き、シーツを広げはじめた。「プリンセスのベッドはもう新しいシーツに取り替えてございます。夕食後に上掛けを折り返しておきますので」

アレサンドラは、また怪訝に思った。「わざわざそこまでしてくださらなくてもいいのよ。主人のベッドで休むつもりだったから」

フラナガンは、アレサンドラが心配そうにしていることに気づかず、シーツの端をきちんと折りこみ、四隅を完璧に仕上げることに余念がなかった。「ご主人さまから、プリンセスはご自分のお部屋でお休みになるとうかがっております」

中途半端な説明に、アレサンドラはますます混乱した。フラナガンに顔を見られないように、窓のほうを向き、外を眺めているふりをした。目を見られたら、内心傷ついたことを気づかれそうだった。

「そう」ほかにいうべき言葉を思いつかなかった。「コリンは理由をいっていたかしら?・」

「いいえ」フラナガンは背筋を伸ばし、ベッドの反対側へ行った。「イングランドでは、ご夫婦は別々のお部屋でお休みになります。そういう習慣でございます」

アレサンドラは、少しほっとした。ところが、フラナガンの説明はそこで終わらなかった。「もちろん、ご主人さまの兄上さまは、そのような習慣にはとらわれません。ケインウッドさまの執事はスターンズと申します。わたしのおじなのですが」誇らかにつけくわえた。「あるとき、おじがちらっと漏らしたのでございますよ。ケインウッドさまと奥さまは、別々にお休みになったことは一度もないとのことで」

たちまち、アレサンドラはまたしょんぼりした。ケインとジェイドなら、そうに決まっている。ふたりは愛しあっているのだから。公爵夫妻も寝室は同じだろう。彼らも、おたがいを深く思いあっているのだから。

アレサンドラは胸を張った。なぜ同じベッドで寝てくれないのかなどとコリンに尋ねてはならない。自分にもプライドはあるのだ。コリンがどんな心構えで結婚したのか、勘違いのしようがないほどはっきりしている。最初は散髪、今度は妻に独り寝を強いている。それならそれでいいわ、とアレサンドラは思った。傷ついたりするものですか。ええ、絶対にお断りよ。だいたい、同じベッドで寝るなんて面倒だわ。彼のぬくもりがなくても夜は眠れるし、彼の腕に抱かれて眠るのが恋しくなったりするわけがないもの。

嘘に効き目はなかった。アレサンドラは、とうとう気分を立てなおすのをあきらめた。気晴らしに、なにかしたほうがよさそうだ。

フラナガンがベッドメイキングを終え、アレサンドラは彼のあとから廊下に出た。書斎のドアは閉まっている。書斎の前を通り過ぎ、充分に離れてから、コリンとリチャーズの話しあいがどのくらいかかると思うか、フラナガンに尋ねた。

「リチャーズさまは書類の束をお持ちでしたので、おそらく一時間はかかるかと思います」

実際には数時間の誤差があった。午後二時過ぎに、フラナガンは料理番が用意した軽食を書斎に運んだ。アレサンドラは、一階に戻ってきたフラナガンから、ふたりはいまだに書類を見ながら話しあっていると聞かされた。

午後三時にドレイソンが訪ねてくる予定だった。アレサンドラは、その朝届いた手紙に急いで目を通した。結婚を祝う手紙が五十通以上、パーティの招待状も同じくらいあった。アレサンドラは手紙を仕分けし、各組の差出人の名簿を作った。それから、断りの手紙を返す分の招待状をフラナガンに渡し、ニール・ペリーに、あと一時間だけ会ってヴィクトリアのことを相談させてほしいと頼む手紙を書いた。

「ご主人さまに、侍女と奥さま専任の秘書を雇っていただきたいとお願いいたしましょうか」フラナガンがいった。

「いいえ。どちらも必要ないわ。わたしにしょっちゅう用事をいいつけられて、あなたが困るのだったら、そうしてくれてもかまわないけれど。でも、コリンは会社を大きくすることを優先しているもの。これ以上、出費を増やしたくないのではないかしら」

アレサンドラがあまり熱心にいうので、使用人を増やしてほしいとこっそり主人に頼むのはやめたほうがよさそうだと、フラナガンは考えた。「ご主人さまの置かれている状況をそこまで理解なさっているとはさすがでございます。貧乏な生活はもうすぐ終わりますよ」にっこりとつけくわえた。

いまだって貧乏ではないわ、とアレサンドラは心のなかでつぶやいた。ただし、コリンがわたしの財産を使う気がないのなら、話はべつだけれど。「あなたのご主人さまは、ほんとうに頑固ね」アレサンドラは声をひそめていった。

フラナガンには、なぜ女主人がそんなことをいったのかわからなかった。そのとき、玄関をノックする音がして、フラナガンはすぐさまテーブルを離れた。

モーガン・アトキンズが玄関の間に入ってきた。彼は食堂にいるアレサンドラに気づき、笑顔で声をかけてきた。「おめでとうございます、プリンセス。ご結婚なさったと、ついいましがた聞きました。どうぞ、お幸せに」

アレサンドラは立ちあがろうとしたが、モーガンに立つ必要はないと合図された。彼は、コリンとリチャーズとの約束の時間に遅れているのでと説明した。

モーガンはほんとうに如才ない紳士だ。低くお辞儀をして、フラナガンのあとから階段をのぼっていった。アレサンドラは彼の後ろ姿が見えなくなるまで送り、かぶりを振った。コリンのいったことは間違っていた。モーガン・アトキンズは、少しもがに股ではない。

二十分後、リチャーズとモーガンがおりてきた。ふたりはアレサンドラに挨拶をして立ち去った。ちょうど入れ違いで、ドレイソンが現れた。

「少しまずいことになりました」挨拶もそこそこに、ドレイソンが口火を切った。「ふたりきりでお話ができるお部屋はありませんか」

レイモンドとステファンが、フラナガンと一緒に玄関の間に立っていた。ふたりは客が来るといつも駆けつける。アレサンドラは、もはやふたりにそこまで守ってもらう必要はないように思っていた。夫がいる身となったいま、アイヴァン将軍に手出しはできないはずだ。けれど、解雇しないかぎり、レイモンドとステファンは責務を遂行しつづけるだろう。ふたりを手放すのなら、ロンドンでふさわしい勤め口を見つけてやらなければならない。レイモンドもステファンもイングランドにとどまりたがっているのだから、アレサンドラとしても、なんとか希望をかなえてやりたかった。忠実なふたりへの、せめてものお返しだ。

「客間へ行きましょう」アレサンドラはドレイソンにいった。

ドレイソンはうなずいて、アレサンドラが前を歩きだすのを待ち、フラナガンに振り返った。「サー・コリン・ホールブルックはご在宅ですか」

フラナガンがうなずいた。ドレイソンは安堵した様子を見せた。「では、ぜひお目にかかりたいのですが。少し気になるお話がありますので」

フラナガンは、コリンを呼びに階段をのぼっていった。ドレイソンは客間に入り、アレサンドラと向かいあって座った。

「とても深刻なお顔をなさっているわ」アレサンドラは膝に両手を重ね、ドレイソンにほほえみかけた。「よくないお話ですのね」

「よくない話がふたつあります」ドレイソンは認めた。申し訳なさそうな口調だった。「ご結婚なさったばかりで、こんなことをお知らせしなければならないのは残念なのですが」溜息をついて、話をつづけた。「現地にいる者から連絡が入りました。プリンセスの財産のうち大部分が――というよりも、お国の銀行口座の預金が全額、国外へ持ち出せないことになったのです。アイヴァンという将軍が、卑怯な手を使って財産を押さえたとのことです」

アレサンドラは、ほとんど表情を変えなかった。ただ、ドレイソンの話に、少し面食らっていた。「お金はとうにオーストリアの銀行に移されたはずだわ。違うの?」

「ええ、送金は完了しています」

「それなら、アイヴァン将軍には手出しできないでしょう」

「彼の持つ影響力は、意外に強いようです」

「お金は実際に没収されてしまったの、それとも口座を凍結されただけ?」

「そんなことを尋ねて、どうなさるんです」

「とにかく答えてください。あとで説明しますから」

「口座が凍結されました。銀行は将軍のいいなりになっているわけではありませんが、あの根っからの悪党に恐れをなして、イングランドの銀行に送金するのをためらっているんです」

「それは悩むところでしょうね」

「悩む? プリンセス、これは降って湧いた災難ですよ。オーストリアの銀行口座に残っているのがどのくらいの額か、ご存じですか。全財産のほとんどがむこうにあるのですよ」

ドレイソンはいまにも泣きだしそうな顔をしていた。アレサンドラは彼をなだめた。「不自由なく暮らしていけるぶんは手元にあるわ。あなたが堅実に投資してくださったおかげで、わたしはだれにも迷惑をかけずに生きていける。とくに、夫の重荷にはならずにすむもの。でも、少し驚いたわ。将軍はわたしと結婚するつもりだったのに、なぜ……」

「プリンセスが修道院を出たことを知ったのですよ。そして、自分の手の届かないところへ行ってしまうと考えたのでしょう。自分を拒んだプリンセスに仕返しをしようというわけです」

「昔から、復讐心はいい原動力だ」

戸口でそういったのはコリンだった。コリンはドアを閉めると、歩いてきてアレサンドラの隣に腰をおろし、アレサンドラとドレイソンは振り向いた。ドレイソンが立ちあがった。コリンはドアを閉めると、歩いてきてアレサンドラの隣に腰をおろし、ドレイソンに座るよう身振りで伝えた。

「復讐にいいもなにもないわ、コリン」

アレサンドラはドレイソンに目を戻した。「お金を移す方法はあると思います。修道院長にお手紙で事情を説明して、預金額ぴったりの手形を送るわ。銀行は将軍を恐れているかもしれないけれど、あの修道院長が手形を持っていけば震えあがるでしょう。そうよ、きっとうまくいくわ。聖十字修道院はお金を必要としている。わたしには必要ないもの」

コリンはかぶりを振った。「父君が一生懸命働いて増やしたものだろう。それをあっさり人にやってしまうのはどうかな」

「でも、わたしには必要ないわ」

ドレイソンが正確な金額をいった。コリンは目に見えて青ざめた。アレサンドラは肩をすくめた。「価値のあることに使うのよ。母が病気になったときに、手厚く看病してくださったのは修道院の方々だもの。とてもよくしてくださったのよ。だから、父も認めてくれる。さっそく手紙を書いて、手形に署名します。待ってくださいね、マシュー」

アレサンドラはコリンに目をやった。彼がまだ納得していないのは明らかだったが、黙っていてくれることはありがたかった。

「船の件ですが、プリンセス」ドレイソンが口を挟んだ。「支払い条件も納品日もあれで結構だと、先方から返事が来ました」

「船？」コリンが尋ねた。

アレサンドラはあわてて話を変えた。「悪い知らせがもうひとつあるんでしょう、マシュー。なにかしら」

「まずは、その船の件とやらについて説明してもらおうか」

「びっくりさせようと思っていたのに」アレサンドラはつぶやいた。

「アレサンドラ」コリンはあきらめなかった。

「お義父さまの書斎で、すばらしい発明の記事を読んだの。蒸気船っていうものよ、コリン。大西洋をたった二十六日間で横断するんですって。すごいでしょう」早口でつけくわえた。「だって、修道院長にお手紙を書いても、届くまでに三カ月はかかるのよ。いいえ、もっとかかるかも」

コリンはうなずいた。その新しい船のことは、もちろん知っている。輸送力を強化するために、一隻購入できないかどうか、ネイサンと検討中だった。ただ、莫大な費用がかかるため、購入するとしてもずいぶん先のことになりそうだった。

「それで、一隻買ったんだな」コリンの声は怒りで震えていた。妻に答えるひまも与えず、ドレイソンに怖い顔を向けた。「注文を取り消してくれ」

「まさか、本気でいってるの?」アレサンドラは動揺をあらわにして叫んだ。突然、コリンに対してむらむらと腹が立ち、蹴りつけてやりたくなった。蒸気船があれば収益がぐんとあがるのに、妻が親から譲り受けた金で買ったからといって拒むのは、ただの意地っぱりだ。

「本気だ」コリンはとりつく島もなかった。アレサンドラの財産には手を着けないとはっきりいっておいたにもかかわらず、その意志がまったく尊重されなかったことに、ひどく怒っているのだ。

歯を食いしばっているコリンを見て、アレサンドラはなにをいっても無駄だと悟った。注文を取り消してほしいと頼もうとしたとき、ドレイソンがいった。

「ちょっとよろしいですか。サー、プリンセスのおじ上であらせられるアルバートさまが、せっかく結婚のお祝いにくださるものをいらないとおっしゃるのですか。結婚祝いはお受け取りになるものだと思いますが」

「アルバートとはだれだ」

コリンはアレサンドラに尋ねた。アレサンドラは返答に困った。アルバートという人物は存在しないと正直にいえば、ドレイソンに恥をかかせてしまう。きっと、これ以上のつきあいを断られることになる。アレサンドラとしては、せっかくのよい関係を壊したくなかった。

でも、夫に嘘をつくのもいやだ。

正直でいたいという気持ちが勝った。「わたしのおじではないの」

ドレイソンが、勢いこんでアレサンドラをさえぎった。「でも、ご本人はほんとうのおじのようなものと思っていらっしゃるのですよ。ご両親のご友人なのですよね。わたしも数年前からおつきあいさせていただいております」得意げにいった。「しかも、堅実な投資で利益をあげていらっしゃる。奥さまの財産の一部を管理なさっていらっしゃいましてね。贈り物をお断りになったら、きっとご気分を害されますよ」

コリンはアレサンドラを見据えたままだった。その表情からはなにも読み取れなかった。

彼女は一見、平静だ。だが、手元を見ればそうではないことがわかる。両手は膝の上できつく握りあわさっていた。なにかがおかしいが、なにがおかしいのかコリンにはわからなかった。

「そんな人がいることを、なぜいままで黙っていたんだ。結婚式にも招待しなかったじゃないか」

結局、アレサンドラは嘘をつかないわけにはいかなくなった。正直に話しても、だれのためにもならない。

とがめるようにかぶりを振る修道院長が目に浮かび、頭から追い払った。あとでゆっくり反省すればいい。

「アルバートおじさまの話はしたと思っていたの」コリンのあごを見つめながら、嘘をついた。「結婚式に招待しても、たぶんいらっしゃらなかったわ。外出がお嫌いなの。お客さまも受け付けないのよ」とうなずく。

「つまり、世間との交流を絶っておられるわけです」ドレイソンが割りこんだ。「奥さまだけが外界とのつながりなのですよ。ご家族はいらっしゃいません。そうですよね、プリンセス。高額だからという理由で船を受け取るのをためらっておられるのなら、ご安心ください。アルバートさまは大変裕福な方ですので」

「数年前からのつきあいだとおっしゃったが」コリンがドレイソンに尋ねた。

「ええ、そうですよ」

コリンはクッションに背中をあずけた。誤解したことをアレサンドラに謝るべきかもしれない。あとでふたりきりになってから、そうすることにした。

「次に手紙を書くときに、ぼくからの感謝を伝えてくれ」アレサンドラにいった。

「では、受け取って……」

コリンがかぶりを振ったので、アレサンドラは途中で黙った。

「ありがたい話だが、あまりにも金額がかかりすぎる。ぼくが――いや、ぼくたちが、受け取るわけにいかない。ほかのものを贈ってくださるよう、頼んでくれないか」

「たとえば？」

コリンは肩をすくめた。「きみが考えてくれ。それより、もうひとつ話があるんだろう」

ドレイソンは顔を曇らせた。口を開きかけ、ふと躊躇《ちゅうちょ》した。薄くなった灰色の髪を指でなでつけながら咳払いし、それから、また口を開いた。「いささか微妙な状況なのですよ。あらかじめ申しあげますと、不愉快な話でして」

ドレイソンがそこでしばらく黙ってしまったので、コリンはつづきをせかした。「それで？」

「おふたりは、一七七四年生命保険法をご存じですか」

コリンとアレサンドラが答えるひまもなく、ドレイソンはつづけた。「昨今は忘れられたも同然の法律ですよ。何十年も前に制定されたものですから。保険契約者と利害関係のない者に生命保険をかけることを禁止した法律です」

「その法律がどうかしたの」アレサンドラは、話の行き先が見えずに尋ねた。

「以前は恥ずべき行為が横行していたのです。他人の生命に保険を掛け、殺し屋を雇って被保険者を殺し、保険金をせしめるような輩《やから》があとを絶たなかった。まさに恥ずべき行為ですが、事実なのですよ、プリンセス」

「でも、それがなぜいま――」

コリンがさえぎった。「最後まで聞こう、アレサンドラ」

アレサンドラはうなずいた。「ええ」小声で答えた。

ドレイソンはコリンに目を向けた。「じつは、奥さまに生命保険がかけられているということがわかったのです。契約日時は、昨日の正午。保険金額はかなり高額です」

コリンは低く悪態をついた。アレサンドラは彼に寄り添った。「だれがそんなことを。どうして？」

「契約には、いくつかの条項がありました」ドレイソンはうなずいてつけくわえた。「許容期間も設けられていました」

「ナポレオンも生命保険が掛かっていたと聞いたことがあるわ。だけど、一カ月間だけだったのよね」アレサンドラはつぶやいた。「ウェストミンスター公爵も、馬に保険を掛けていた。許容期間というのは、保険を掛ける期間のことね、マシュー」

ドレイソンはうなずいた。「そうです、プリンセス。そういうことです」

「保険業者は？」コリンは問いただした。声に怒りがあらわになっていた。

「ロイズの会員かしら」

「いいえ。ロイズの会員は信用がありますから、賭博《とばく》まがいの保険には手を出しません。モートン・アンド・サンズという業者です。そう、悪徳業者ですよ。金額さえ高ければ、どんな契約でも引き受けます。わたしは、ああいう連中とはつきあいませんがね」ドレイソンはうなずきながらつけくわえた。「ところが、つきあいのある友人がいまして、彼からこのことを聞いたのですよ。運よく、ばったり会ったときに」

「詳細を聞こう」コリンがいった。「保険期間は？」

「一カ月」

「契約者はだれだ」

「それが、匿名なのです」

「そんなことができるの？」

「できます。アルバートさまもイニシャルをお使いでしょう。イニシャルすら伏せておきたければ、そうすることもできます。保険業者には守秘義務がありますので」

ドレイソンはコリンのほうを向いた。「そんなわけで、わたしも友人も、悪事の黒幕がだれかはわからないのです。けれど、賭けてもいい、奥さまの財産を凍結させたのと同一人物だと思います」

「アイヴァン将軍？　それはありえないわ」アレサンドラは反論した。「コリンとは昨日結婚したばかりなのよ。まだ知らないはずだわ」

「予防措置ですよ」ドレイソンがいった。

コリンは、ドレイソンがいわんとしたことを理解していた。アレサンドラの肩を抱き、そっと力をこめてからいった。「おそらく、きみを捕まえに送りこんだ連中のだれかに命じたんだ。やつはおもしろがっている。みじめな負け犬だ。きみが結婚してくれないのをわかっていたんだろう。現に、きみは突然逃げた」

「ひどい人だわ」

「ああ、ひどい男だ」コリンはそれよりもふさわしい形容を百は思いつくが、アレサンドラを元気づけたくて同じ言葉を返すにとどめた。

アレサンドラは冷静なふりをするのが得意だ。肩を抱いていると、震えが伝わってくるが、表情は少しも変わらない。落ち着き払っているように見える。だが、コリンにはよくわかっている。「ドレイソン、引きつづき黒幕がだれなのか調べてくれないか。おそらく将軍だろうが、確実な証拠がほしい」

「承知いたしました。調査をつづけます」

「ロンドンの人たちには、もうこのことが知られているのかしら」アレサンドラがいった。

「もし知れ渡っているのなら、だれかが自慢そうに吹聴してまわっているかも……」

「もしそうなら、いずれわたしの耳に入ります」ドレイソンが請けあった。「ただ、過度な期待はしないほうがよさそうです。ちょうど、みんな新しい噂に夢中ですので」

「新しい噂？」アレサンドラは興味をかきたてられた。

「もちろん、タルボット子爵のいざこざですよ。奥方が騒ぎを起こされましてね。ご主人を置いて出ていかれたとか。すごいでしょう？」

コリンは、とんでもないことだと思った。夫婦とは、結婚生活が難しくなっても一緒にいるべきだ。「ほんとうは違うのではないかな」

「その子爵を知っているの？」アレサンドラが尋ねた。

「ああ、知り合いだ。兄のオックスフォード時代の学友でね。できた人だよ。奥方はおそらく、何日か田舎の屋敷に帰っているんだろう。社交界の連中は四六時中、噂の種を探しているからな」

ドレイソンがうなずいだ。「わたしはソートン卿《きょう》から話を聞いたのですが、たしかにあの方は噂好きですね。しかし、事実は事実なのです。レディ・タルボットは、ある日こつぜんと姿を消したそうですよ」

アレサンドラの腕に悪寒が走った。「姿を消した？」

「そのうち出てくるでしょうけれどね」アレサンドラの表情に気づき、ドレイソンはあわていった。「夫婦げんかでもして、ご主人をとっちめてやろうとなさったのでしょう。二、三日で帰ってこられますよ」

ドレイソンが立ちあがり、コリンが彼を玄関まで送っていった。しばらくして、アレサンドラの言葉にふたりとも足を止めた。「マシュー、どんなに非常識な保険でも、金額が大きくなれば、モートン・アンド・サンズは引き受けるの？」

「ええ、そうでしょうね、プリンセス」

彼女はコリンにほほえみかけた。「わたしを守るといった言葉に嘘はないか、証明してくださる？」

そんな失礼なことをいってもなお、アレサンドラは笑顔のままだった。コリンには、妻がなにかたくらんでいることはわかったが、それがなんなのか、見当もつかなかった。

「なにを考えているんだ」

アレサンドラが隣へ来た。「わたしに保険をかけて。あなたを保険金受取人にするの。将軍がかけたのと同じ額、同じ保険期間で」

彼女がいいおわる前から、コリンはかぶりを振っていた。

「絶対にうまくいくわ」アレサンドラはいいはった。「首を振るのはやめて」

「死亡保険か、それとも生存保険か?」

アレサンドラは口をとがらせた。「もちろん、生存保険に決まってるでしょう」ドレイソンに向きなおる。「モートン・アンド・サンズと取引したくないのは承知のうえでお願いするわ、仲介してくださらない?」

「賢明なこととは——」

「お願いよ、マシュー」アレサンドラは、夫の抗議を無視してドレイソンにたたみかけた。

「ご主人のお名前が記載された保険証書が、衆目にさらされるのですよ」

「かまわないわ」

「高い保険料を払いこまなければなりませんよ。それに、あなたの署名がある引受書にイニシャルを書きこむのをいやがらない業者がいますかね」ドレイソンはコリンにいった。

「ロイズだって、保険金額が高額になれば沈みかけている船にも保険をかけるって、あなたが教えてくれたのよ」アレサンドラはドレイソンにいった。「賭博屋と同じだなんて、さんざんな評判のモートン・アンド・サンズなら、儲《もう》かる機会を放っておくわけがないわ」

「それはそうですが……ただ、プリンセスの夫君はサー・コリン・ホールブルックですからね。ご主人の評判は邪魔になりますよ。ご主人に賭けで対抗しようとする者などいません」

「どうして？」

ドレイソンはほほえんだ。「ご主人はある意味で伝説の人ですからね。どこでも一目置かれているのですよ。なんといっても、陸軍省での仕事ぶりは――」

「やめてくれ、ドレイソン」コリンがさえぎった。「妻が心配している」

ドレイソンは謝った。「では、引受業者をお探ししましょう」

「保険というよりも、賭博だろう」

「わたしを守る自信がないのなら、苦労して稼いだお金を使いたくないのも当然――」

「ぼくがきみを守れることはよくわかっているはずだ」コリンはぴしゃりとさえぎった。

「アレサンドラ、普通の女は自分の命に保険が掛かっていると知ったら泣きだすぞ、それなのにきみときたら……」

「なんだというの？」

コリンはかぶりを振った。ようやく負けを認める気になった。少しも潔くないが。「では、頼む」つっけんどんに、ドレイソンにいった。「自分に二種類の保険がかかっているとロンドンじゅうに知らしめたいと本人がいうんだ。そのとおりにしてくれ」

アレサンドラはにっこり笑った。「コリン、ご自分の能力にお金を賭けることになるのよ。まさに危険な賭けね。わたしの見たところ、あなたのほうが分がいいわ。そんなに不機嫌にならないで。わたしはあなたをどこまでも信じてる。不安になる理由なんかひとつもないわ」

アレサンドラは、コリンが返事をするのも待たず、ドレイソンに挨拶をして二階へ行った。

目立たないところに控えていたフラナガンが出てきた。ドレイソンを外へ送り出すと、急いでコリンのもとへ行った。

「奥さまはまったく心配していらっしゃらないのですね」

「どこから聞いていたんだ」

「最初からです」

コリンはかぶりを振った。「おまえのおじさんもご満悦だろう。おまえはあの人の困ったところを全部受け継いでいる」

「恐れ入ります。ご主人さまも、ご主人さまのプリンセスから信頼されて、ご満悦ですね」

コリンはほほえみ、フラナガンには返事をせずに書斎へあがった。執事の言葉が頭のなかにずっと残っていた。

ぼくのプリンセスか、とコリンは声に出さずにつぶやいた。そう、彼女はぼくのプリンセスだ。そしてたしかに、ぼくは彼女にご満悦だ。

10

あの人にはほんとうに腹が立つ。アレサンドラとコリンはその夜遅く、はじめて夫婦げんかをした。アレサンドラは先にベッドに入っていたが、眠れなかったので、翌日にやるべきことの一覧表を作ることにした。もちろん、自分の寝室でのことだ。フラナガンから、コリンはひとりで眠りたがっていると聞いていたし、いかに愛情に欠けた夫であっても、努めて腹は立てまいと決めていた。彼は自分の思いどおりでなければ気がすまない人なのだ。それに、愛しあって結婚したのではないのだから、ひとりで眠りたいといわれても、こちらに怒る権利はない。でも、やはり腹は立つ。それと同時に、弱気にもなってしまい――心細くもある――なぜそんな気持ちになるのかもわからない。

なぜなのか考えてみた。こんなに気持ちが不安定なのは、コリンと取引するうえで、不利な立場に立たされているからではないだろうか。そんなふうに思ったが、あまりにも的外れでかぶりを振った。取引もなにもしていない。コリンはアレサンドラが差し出したものをことごとく拒絶したのだから。

ああ、自分がみじめになってきた。修道院長は日々のお説教のなかで、男と女はしばしば決して手に入らないものを求めることがある、と話していた。羨望《せんぼう》はすぐに妬《ねた》みそねみに変わり、いったんこの罪深い感情が触手を伸ばしはじめたら、みじめな状態に陥るのは時間の問題です。妬みそねみは心を焼き尽くし、よろこびや愛や幸せを感じる余地をいっさい残さないのですよ、と。

「でも、わたしはだれも妬んではいないわ」アレサンドラはつぶやいた。けれど、羨望は抱いている。正直にそう認めると、小さな嘆息が漏れた。コリンの兄夫妻の幸せそうな暮らしをうらやんでいる。つまり、そのうち自分は嫉妬深い女になって、死ぬまでみじめに暮らさなければならないということ?

結婚とは複雑な事業だわ、とアレサンドラは結論づけた。

コリンには、その複雑な事業に取り組む余裕がない。夕食のあと、さっさと書斎に引っこんでしまい、帳簿と格闘している。妻を迎えても、その習慣は変わらない。会社を大きくするという野望を抱え、不本意ながら結婚した妻はもちろん、だれにも計画の邪魔をされたくないのだ。そのことは、こんこんと説明されなくても、彼の態度でわかる。

コリンの考え方が気に入らないわけではない。むしろ、それほど仕事に没頭できるのはいいことだと思う。それに、彼ならきっと成功するはずだ。どんな目標でも達成できるだろう。彼は強く、頭は切れるし、並外れた自制心も備えている。

邪魔をするつもりはない。わずらわせたくもない。コリンにとって、なによりいやなものは、まとわりついてくる妻だろう。でも……夜、仕事が終わったら、一緒にいたいと思ってほしい。彼の腕のなかで眠りにつき、夜中に彼のぬくもりを肌で感じられたら、どんなにいいだろう。コリンの手は、唇は、とても素敵で……。

アレサンドラはうめき声をあげた。夫のことをぼんやり考えていたら、いつまでたっても表作りに集中できない。夢想を振り払い、なんとか仕事に戻った。

コリンがアレサンドラの部屋に入ってきたのは、午前零時をまわるころだった。身につけているのは黒いズボンだけだったが、それもベッドへたどりつくまでに脱いでしまった。裸になることに、なんのためらいもない様子だった。アレサンドラも、少しも気にしていないふりをした。「お仕事は終わったの？」

ベッドに向かってそう尋ねた。頬が熱く、首を絞められたような声になってしまった。

コリンはにやりと笑った。「終わった。完全に片付いたぞ」

「なにが？」

コリンは笑いたいのをこらえた。「アレサンドラ、もう恥ずかしがることはないだろう」

「恥ずかしがってなんかいないわ」

アレサンドラは見え透いた嘘を、まっすぐコリンの目を見つめながらいった。進歩だ、とコリンは思った。上掛けをめくり、ベッドに入る。アレサンドラがベッドに広げていた紙を急いでどけた。

コリンはヘッドボードに背中をあずけ、大きく息を吐いた。アレサンドラに落ち着く時間を与えるつもりだった。これ以上、顔が赤くなったら火を噴くのではないか。紙を集める両手が震えている。なぜここまで緊張するのかわからないが、さしあたっては尋ねないでおくことにした。あれこれ問いただせば、ますます彼女を緊張させるだけだろう。

「寒いか」

「いいえ」

「手が震えているぞ」

「少し寒いのよ。お風呂を使ったから、まだ髪が湿っているの。ゆっくり乾かさなかったから」

コリンは手を伸ばし、アレサンドラの首筋に当てた。そこが凝り固まっているので、ゆっくりともみほぐしはじめる。アレサンドラは目を閉じ、気持ちよさそうに溜息をついた。

「なにをしていたんだ」

「みんなの仕事の一覧表を作っていたの。フラナガンと料理番と、レイモンドとステファンの。それから、わたしのもね。ああ、もちろん元表もよ。ちょうどそれを作り終えたところなの」

アレサンドラはそこで、コリンのほうへ振り向くという失態を犯してしまった。理性が窓の外へ飛んでいき、話を終えたのかどうかすらも忘れてしまった。

コリンのせいだった。コリンの瞳が美しすぎるせい。それに、あんなに素敵な笑みを浮かべるからだ。彼の歯が真っ白だから、つい見とれて、ほかのことをすべて忘れてしまった。目を閉じても無駄だった。彼の体が発する熱を感じ、男らしい清潔な香りを嗅《か》いで……。

「元表とはなんだ」

「なんですって」

コリンはまたにやりと笑った。「元表だ」

アレサンドラが度を失っていることに、彼は気づいている。そして、楽しんでいる。あのにやにや笑いを見ればわかる。アレサンドラはわれに返り、少し落ち着きを取り戻した。

「一覧表の一覧表よ」

「一覧表の一覧表を作ったのか」

「ええ、当然でしょう」

コリンは大笑いしはじめた。その勢いで、ベッドが小刻みに揺れた。アレサンドラはむっとした。「コリン、一覧表は仕事を整理するためには欠かせないものよ」

威厳たっぷりな口調だった。アレサンドラが真剣なので、コリンは笑うのをやめようと努力した。「ほう。そういう大事なことは、だれに教わったんだ」

「修道院長が、きちんと仕事をこなすために必要なことを全部教えてくれたの」

「夫婦の営みについて教えてくれたときのように、詳しく教えて……」

アレサンドラはコリンに最後までいわせなかった。「そのときよりもっと詳しかったわ。院長にとっては、難しいことなのよ……その、あちらの話をするのは。修道女だもの、大昔に貞節の誓いを立てたのよ。詳しく話せなくてもしかたがないでしょう。経験がないんですもの」

「まあ、たしかに経験はないだろうと思うよ」

コリンが入ってきたので、ベッドが狭くなった。アレサンドラは、彼の両脚がおさまるように、ベッドの端へ体をずらした……が、彼は遠慮なくなわばりを広げてくる。伸びをしてあくびをすると、ベッド全体を占領してしまった。

しかも、仕事の書類を持ちこんでいた。それをサイドテーブルに置くと、二本の蠟燭を吹き消し、アレサンドラに向きなおった。

アレサンドラは膝の上で両手を重ね、そわそわしないと自分にいいきかせた。

「整理整頓をしなければ混乱に陥るわ」

ばかげたことをいってしまったが、ほかにましな言葉を思いつかなかった。なぜこちらのベッドに来たのかと、コリンに尋ねたくてたまらなかった。毎晩、このベッドで眠るつもりなのかしら。いや、それはありえない。理屈に合わないもの。コリンのベッドのほうがよほど広いのだから――そして、寝心地もいい。

アレサンドラは、これからの就寝ルールについて、やんわりと話を切り出してみることにした。いまでは緊張も解け、完全に落ち着いている。なんといってもコリンは夫なのだから、個人的な問題だろうが、なにを訊いてもよいはずだ。

遠くで雷鳴がとどろいた。アレサンドラはベッドから転げ落ちそうになった。コリンがつかまえ、ベッドの内側へ引っぱってくれた。

「雷は嫌いか?」

「いいえ。コリン、考えていたのだけど……」

「寝間着を脱いでくれ」コリンが同時にいった。

アレサンドラは、いおうとしていたことをそっちのけで訊き返した。「なぜ?」

「抱きたいからだ」

「まあ」

アレサンドラは動かなかった。「アレサンドラ。どうした」

「あなたの考えていることがわからないわ」とささやく。「てっきりあなたは好きなのかと……でもフラナガンにはあんなふうにいわれて……だから、やめたのに」

これではなにひとつ伝わらない。アレサンドラは説明をやめて、コリンがなぜ寝間着を脱げといったのか考えた。コリンがじっとこちらを見ているが、むこうを向いてほしかった。部屋のなかがもっと暗ければよかったのに。暖炉の炎はまだあかあかと燃えていて、ベッドを金色に照らしている。いや、恥ずかしがるのはおかしい。コリンは夫であり、すでに体のすみずみまで見られたのだから。おどおどしたくないし、彼に負けないくらい堂々としていたい。

それでも、まだ結婚して二日目なのよ。恥ずかしいということを打ち明け、どうすれば克服できるのか、助言を求めてみるの。

そのとき、コリンに寝間着の裾を腰までめくりあげられ、アレサンドラはぎょっとした。彼の手を払いのけないようにするのに骨が折れた。

「なにをするの」アレサンドラは息を切らし、わたしこそなにをしているのだろうと思った。この人がなにをしているのか、重々承知しているくせに。

「手伝おうと思って」

「今夜のわたしが緊張していることに気づいていないの？」

「気づいているとも」いまにも笑いだしそうな声だが、熱いものもこもっていた。アレサンドラを抱きたいという思いに一日じゅう耐え、ようやくその強烈な欲望をなだめることができるのだから。

「まだ少し恥ずかしいのか、アレサンドラ」

アレサンドラは目だけで天を仰いだ。少し？　恥ずかしさで爆発しそうなのに。

コリンは寝間着をアレサンドラの頭から取り去り、ベッドの脇に放り捨てた。アレサンドラはとっさに毛布で体を隠そうとしたが、コリンはそれを許さず、そっと毛布を腰まで引きさげた。

アレサンドラの姿は非の打ちどころがなかった。乳房はふっくらとみずみずしく、美しい。薄桃色の乳首が早くも待ち構えるようにとがっているのは、自分がそばにいるからだと、傲慢にもコリンは思った。両腕が粟立《あわだ》っているのも、室内が寒いからではないはずだ。彼女の体はもうコリンに反応している。まだ触れてもいないのに。

コリンはじっくりとアレサンドラを眺めた。彼女は上掛けを見つめている。「寝間着を着ないで眠るのには慣れていないの」

「まだ眠らないさ」

アレサンドラは、コリンが部屋に入ってきてからはじめてほほえむことができた。「わかってるわ」とささやく。ひとりで勝手に恥ずかしがっている場合ではないと思い、少し勇気が必要だったけれど、コリンのほうを向いた。彼のまなざしのおかげで——とても熱く、とてもいとおしげだ——大胆になれた。彼の首に両腕をまわし、みずから強く抱きついた。

コリンと体を密着させるのは、すばらしく心地よかった。彼の胸毛が乳房をくすぐる。アレサンドラはよろこびの小さな溜息をつき、もう一度体をこすりつけた。うなり声が返ってきた。腰を押さえられ、勃起したものが当たる。彼のあごの下に顔をうずめた。おとがいを持ちあげられて顔をあげると、彼の顔が迫ってきた。

コリンはまずアレサンドラのひたいに、それから鼻梁《びりょう》にキスをし、下唇に甘く歯を立てて口をあけさせた。開いた口をキスでふさぐ。彼女の口はこのうえなくやわらかく、その甘さにコリンはますます貪欲になった。ゆっくりと舌を入れると、アレサンドラは身を震わせた。舌を引っこめ、ふたたび入れると、今度は小さなあえぎ声をあげた。愛の遊戯はゆるゆるとつづいた。ふたりの唇は繰り返しはすかいに合わさり、キスはいつまでも終わらないかのようだった。アレサンドラが途切れ途切れにうっとりと溜息を漏らし、コリンをよろこばせた。彼女はだれよりも正直に反応する。その感じやすさがコリンを酔わせる。ゆうべはじめて彼女を抱くまでは、男と女があれほどの情熱を分けあえるとは知らなかった。アレサンドラがすべてをさらけ出してくれるので、コリンも自身の心の壁を崩すことができた。

コリンはアレサンドラを仰向けにし、もう一度キスをしてから、今度は首の脇に唇をおろした。息を切らし、耳打ちする。「焼けつきそうだ」焦燥で声がしわがれた。「きみがすぐに熱くなるから、少しあせってしまう」

ほとんど怒ったような告白になってしまったが、アレサンドラはほめ言葉と受け止めてくれたようだった。「あなたのせいよ、コリン」ささやきが返ってきた。「あなたがそんなふうに触れるから……」

最後は小さなあえぎ声に変わった。コリンがとがった乳首を口に含んで吸いはじめたからだ。彼女の脚のあいだに手を入れ、内なる炎をかきたてる。きつい鞘《さや》のなかへゆっくりと指を差しこむ。アレサンドラは痛みと快楽に声をあげ、コリンの手をつかんだ。まだそこが痛むのか、手を押しのけようとしつつ、ためらっている。コリンの腕のなかでしきりに身をよじる。コリンは親指の腹で、やわらかな繁みに何度も円を描いた。少しずつ奥へ進み、なめらかなひだに隠れた熱い粒をなでた。彼女がコリンの名前を呼んだ。

「コリン、やっぱり……無理……やめて」ふたたび指を入れると、彼女は叫んだ。「痛いわ。ああ、やめないで」

　矛盾したことをいいながら、アレサンドラはコリンにしがみついた。自分でもわけのわからないことをいっているのはわかっていたが、この気持ちを正しくいいあらわす言葉が見つからなかった。キスで唇をふさがれ、抗議の声は封じられた。キスは激しく容赦なくアレサンドラを圧倒した。コリンが唇を離したときには、アレサンドラはみずからの欲望に呑みこまれ、痛みも忘れた。

　なにもかも忘れていた。

　コリンは腕のなかの美しい妻を見おろし、その瞳にこもった情熱に、ほとんど泣きだしそうになった。キスを受けてふっくらと薔薇色になった唇が、またコリンを誘惑する。コリンは屈し、ふたたびキスをしてしまう。

「ほかにもやり方があるといったのを覚えているか」声がこみあげる熱情でかすれた。

　アレサンドラはコリンに訊かれたことを思い出そうとしたが、ひどく難しかった。彼のすべてに夢中になっていた。熱い肌にもっと密着したくて、しきりに身をよじる。愛の行為の匂いと彼の男らしい香りが入り混じり、魔法の指とともに興奮を煽《あお》った。たくましいふくらはぎにつま先が食いこみ、強い毛に覆われた胸板を乳房がこする。両手は張りつめた上腕をなでさすった。焼けた鋼《はがね》のような手触りがして、指先に感じる力強さはまるで麻薬だ。これほど強い人なのに、胸が痛くなるほど優しい。

　コリンはアレサンドラの返事を待たなかった。彼女を余すところなく知りたいという思いがすべてにまさっていた。たいらな腹部にキスをし、舌でへそのまわりに濡れた円を描く。意図を悟られないうちに、両手で膝を割り、屈みこんで熱い潤いを味わった。

「だめ、やめて」アレサンドラは懇願した。コリンは許されないことをしている。とんでもないことを……でも、素敵だ。どこよりも秘められた場所を舌でなでられるたびに、慎みなど忘れていった。白熱のよろこびが全身を駆け巡る。この甘い責め苦にはきっと耐えられない。ざらざらした舌に、ただでさえ感じやすい欲望の核を責められ、アレサンドラは乱れた。コリンにやめてといいたいのに、両手は彼の頭を押さえ、腰が勝手に持ちあがる。

　コリンもアレサンドラの反応にわれを忘れた。先に彼女をいかせてから、自分をよろこばせる方法を教えたかったが、体の下で激しく身をよじられ、ほとんど抑えがきかなくなってしまった。官能をそそるあえぎ声に、いますぐ彼女のなかに入りたくなる。自分がなにをしているのかもわからなくなった。欲望に呑みこまれ、思考が停止していた。動きが荒々しくなる。すべすべした太もものあいだにひざまずき、彼女を首に抱きつかせると、奥まで一気に貫いた。ひたいに汗がにじみ、息が弾んだ。歯を食いしばり、締めつけられる快感に耐えた。彼女は吸いつくように熱い潤いでコリンを包む。コリンは突きあげるよろこびに身震いした。彼女が声をあげた。コリンは動くのをやめ、じれったさに顔をしかめた。

「痛いか」

アレサンドラは答えたくても答えられなかった。また唇で口をふさがれ、言葉も思いも封じこめられた。けれど、情熱の霧のなかでも、彼の心配そうな声が聞こえてきて、痛いけれど大丈夫だと答えたかった。コリンがもたらす快楽は、痛みよりずっと大きかった――そして、強かった。最後までいきたくて疼《うず》いた。けれど、コリンはじれったいほどゆっくりと動く。アレサンドラは彼の太ももに両脚を巻きつけてのけぞり、言外に伝えた。もっと、もっと。

コリンは了解した。アレサンドラの首のつけねに顔をうずめ、腰を動かしはじめた。やみくもに、強く激しく突く。もはや抑制はきかなかった。アレサンドラの炎に誘われるがままに焼かれ、それでもさらに近づかずにいられない。

耐えられないほどのこの快感を終わらせたくなかった。何度も繰り返し腰を突き動かす。アレサンドラはもっと締めつけてきて、またコリンの名前を叫んだ。もうすぐ達する。コリンは最後に深くひと突きすると、低いうなり声をあげて精を注ぎこんだ。

死んだ、と思った。天国に来てしまった、と。アレサンドラの上に崩れ落ち、しばらくあえいだのち、またうなった。このうえなく満ち足り、ほほえみたくなった。だが、できなかった。ほほえむことすらできないほど消耗していた。

アレサンドラも長いあいだ余韻に浸った。夫の腕に包みこまれ、その温かさに安心していた。ついさっきまで感じていた怖さは、コリンの荒い呼吸音を聞くたびに薄れていった。

「くそっ、きみは最高だ」コリンは寝返りをうった。ほんとうに気の利いたことがいえない人だわと思い、アレサンドラはほほえんだ。言葉遣いなどどうでもよいことだ。自分が彼を満足させたことが誇らしかった。彼のことも、少しはほめてあげるべきかもしれない。脇腹を下にして彼のほうを向き、激しく鼓動している心臓の上に手のひらを当ててささやいた。

「あなたも最高よ。ほんとうに、あなたみたいな人をほかに知らないわ」

コリンは目をあけてアレサンドラを見た。「きみはぼくのほかに男を知らないはずだが、忘れたのか?」いとおしそうに声がかすれていた。

「いま思い出したわ」

「ほかの男にはきみに指一本触れさせない。きみはぼくのものだ」

そんなふうにいわれても、アレサンドラはいやではなかった。むしろ、ほのぼのとした気持ちになった。大事にしてくれているのだと思えたからだ。いまのわたしは彼のもの。ほかのだれかと結婚していたかもしれないと思うと、ぞっとした。コリンはひとりだけ、そして彼はわたしのもの。

アレサンドラは彼の肩に頬をあずけた。「わたしがほしいのはあなただけ」

その真剣な告白がうれしく、コリンは体を起こして彼女のひたいにキスをした。

静かな時間が流れた。アレサンドラは、自分になにが起きたのか、なぜあんなに乱れたのか、筋の通る説明を考えてみた。だが、答は見つからなかった。コリンが相手となると、理屈などなく反応してしまう。

「コリン」

「なんだ」

「あなたに触れられると、わたしは慎みを忘れてしまうみたいなの。まるで頭が体から離れてしまうような感じがする。変でしょう」コリンの答を待たずにつづけた。「怖くて……あらがえなくて……でも……すばらしい感じなの」

コリンは暗がりのなかでほほえんだ。妻の声はとまどいに満ち――不安そうでもあった。

「変なことではないさ」

「修道院長はこんなことを教えてくれなかったわ」

「それはそうだろう」

「この奇妙な儀式について、整理してみたいの」

「なぜ？」

「そうすれば、わかるかもしれないから」アレサンドラはコリンの顔を見あげた。目を閉じた彼は、とても安らかに見えた。眠ってしまったのだろうか。アレサンドラも考えごとはあとまわしにして、夫に寄り添って目をつぶった。だが、頭は協力してくれず、次々と疑問を提示しつづけた。

「コリン」

返事代わりのうなり声が返ってきた。

「ほかの女の人とベッドをともにしたことはある?」

すぐには返事がなかった。アレサンドラは彼の脇腹をつついた。彼は溜息をついた。「ある」

「たくさん?」

コリンが肩をすくめ、アレサンドラの頭が落ちそうになった。「多いかどうか、基準がわからない」

アレサンドラはコリンの答が気に入らなかった。ふたりなのか、二十人なのか。コリンがたったひとりでもほかの女と親しくしているところを想像すると、胸がむかついた。そんなふうになるのはおかしい。過去のことなど関係ないはずなのに。でも、気になる。「それは体だけの関係? それとも相手の方を愛していたの?」

「アレサンドラ、なぜそんなことを訊くんだ」

コリンはもはやいらいらしている。アレサンドラもかちんと来た。妻が心細くなっているのに、鈍感な彼はわかっていない。

だが、怒りはわきあがったと同時に消えた。自分にもわからないものが、コリンにわかるわけがない。彼に怒るのは不当だ――筋が通らない。

「ちょっと訊いてみたかっただけ」小声で答えた。「愛した人はいるの？」

「いや」

「だったら体だけの関係ね」

またコリンは溜息をついた。「そうだ」

「わたしもそう？」

それとも愛しているの、と尋ねたかった。でも、怖くてその質問をつけたすことはできなかった。聞きたい答が返ってこないかもしれない。ああ、自分でもなにをしているのかまったくわからない。コリンが愛してくれていないことはわかっている。愛しているという言葉をこんなに求めるのは、おかしいのではないの？

いったい、わたしはどうしてしまったのだろう。

一方、コリンは尋問を終わらせたがっていた。アレサンドラは、まだ考える覚悟ができていないことを答えろと迫ってくる。たしかに、最初は体が目当てだったと、コリン自身も思う。大人になった彼女にはじめて会ったときからそうだった。

だが、アレサンドラをほかの女たちと同じ部類にまとめるのは、非道なことに思える。彼女を抱くのはほかとはまったく別物で、はるかに満たされる。ほかの女には、アレサンドラのように焼けつくような思いにさせられなかったし、完全に自分を見失うこともなかった。

肉欲だけではない。コリンはひそかに認めた。アレサンドラがいとおしい。彼女は自分のものになったのだし、夫が妻を守ろうとするのは当たり前の話ではないか。

でも、愛しているのか。正直なところ、よくわからない。女を愛するとはどういうことなのか、参考にするような経験がないからだ。この厄介な疑問については、本気でだれかを愛することができないのではないかと、なんとなく感じている。友人であり、会社の共同経営者のネイサンが、妻のサラと恋に落ちたときに大変な目にあったことは、コリンも覚えている。ネイサンほど強い気持ちが自分にはないかもしれないと思うと恐ろしい。あのたくましい大男が、あんなにあっけなく陥落するとは信じられなかった。でも、現にそうなったのだ。それに、気の毒なほど無力になっていた。

コリンは気の滅入ることを考えるのをやめ、アレサンドラに手を伸ばした。彼女はベッドのむこうへ逃げようとしていた。彼女を抱き寄せ、そっと仰向けにすると、全身で覆いかぶさった。両腕で上体を支え、彼女を見おろす。その瞳が濡れていることに気づき、眉をひそめた。「また痛い思いをさせたか。いつも少しあせってしまうんだ。それで……」

コリンはほんとうに心配そうに、かすれた声でいった。アレサンドラは彼の頬をなでた。

「わたしも少しあせるのよ。痛いことを忘れてしまうの」

「だったら、なぜ泣いているんだ」

「泣いてないわ。ただ、ちょっと考えごとをしていたの」

「愛と肉欲の違いについて？」

アレサンドラはうなずいた。コリンはほほえんだ。「ぼくはずっときみを抱きたいと思っていた。きみも抱かれたいと思っていただろう」うなずいてつけくわえた。

そう告白すれば、アレサンドラも満足してくれるはずだった。ところが、意外にもアレサンドラは顔をしかめた。「肉欲は罪よ」とささやく。「あなたのことは素敵だと思ったわ、でも抱かれたいなんて思ったことはない」

「思わなかったわけがないだろう」

アレサンドラは、コリンがむっとしたことに少しあきれた。男のプライドを、わざとではないにしろ踏みつけてしまったようだ。

「ああいうものだとは知らなかったからよ。体を重ねることがどんなにすばらしいことか、だれも教えてくれなかったもの。これでいい?」

コリンは申し訳なさそうに、にやりと笑った。

「ねえコリン、たったいまわかったわ。なぜ心細い気持ちになるのか、ずっと考えていたのだけれど、いまその理由がわかって、すっきりしたの」

「教えてくれ」

「こんなふうにだれかと寄り添うのがはじめての体験だからよ、決まってるじゃない。だれかに心を許すのが、こんなに素敵なことだとは知らなかったの」言葉を切って、にっこりと彼の顔を見あげた。「あなたのように経験があれば、こんなに心細い気持ちにはならなかったわ」

「妻が心細い思いをするのは、悪いことではないよ。ただ、きみがそんなふうに思うのはおかしい」

「どうして?」

「ぼくに守られていることはわかっているはずだから。心細く思う必要はまったくない」

「あきれるほど傲慢なことをいうわね」

コリンは肩をすくめた。「傲慢な男だからな」

「夫は心細くならないものなの?」

い。

「ならない」

「でも、コリン――」

コリンはアレサンドラに最後までいわせず、キスでおしゃべりをさえぎった。厄介な話を忘れさせたかっただけだったのに、彼女は口をあけてコリンの舌を求め、首にしがみついてきた。コリンはにわかに燃えあがった。せっかく燃えあがったものを消すのはもったいない。

今度はもっと優しくゆっくりとアレサンドラを抱くつもりだったが、その殊勝な思いを、彼女は奔放な反応で迎え撃った。信じられないことに、肌を重ねるたびにもっとよくなるし、もっと満たされる。コリンはほとんど昇天しそうな絶頂にたどりついたが、肩が彼女の涙で濡れていることに気づいた。また痛い思いをさせてしまったらしい。

コリンは蠟燭をともしてから、アレサンドラに向きなおった。彼女を抱きしめ、甘い言葉で慰めた。アレサンドラは、痛くなかったとはっきりいったが、泣いているわけを話してはくれなかった。

それ以上はコリンも追及しなかった。アレサンドラはくたびれているのだろう、大きなあくびをした。奇妙なことに、コリンは目が冴えてしかたがなかった。アレサンドラにひどく痛い思いをさせたかもしれないのが心配で、まだしばらくは眠気が訪れそうになかった。蠟燭を吹き消そうとしたとき、彼女の作っていた一覧表が目にとまった。いちばん上の紙には、名前がふたつ書いてあった。レディ・ヴィクトリアと、レディ・タルボット。それぞれの名前の隣に、疑問符がついていた。

いうまでもなく、コリンは好奇心を抱いた。とろとろと眠りに落ちかけている彼女をつついて起こした。

「これはなんだ」

アレサンドラは目をあけなかった。コリンは名前を読みあげ、どういうことか説明するようにいった。

「朝でもいいでしょう」

ではそうしようと答えようとしたとき、アレサンドラがつぶやいた。「このふたりにはなんらかのつながりがあるかもしれないの。ふたりとも突然姿を消したのよ。タルボット卿とお会いして話を聞いたら、あなたにも話すわ。おやすみなさい、コリン」

「タルボット卿のところに行くなど、もってのほかだ」

コリンの口調に、アレサンドラの眠気も吹き飛んだ。「えっ」

「卿のところへは行ってはいけない。こんな大変なときに、きみにあれこれ尋ねられては、いい迷惑だ」

「ぼくがだめだといっているんだ、アレサンドラ。タルボット卿に迷惑をかけないと約束しろ」

「コリン、わたしは――」

アレサンドラは、コリンの高飛車なやり口にあぜんとした――そして、腹を立てた。なにをするにもいちいち親の許可を取らなければならない子どもではあるまいし、気になることを調べてなにが悪いというの。コリンにしても、アレサンドラが自分の頭を持ち、場合に応じてその頭を使えることくらい知っているはずなのに。

「約束するんだ、アレサンドラ」コリンはふたたびいった。

「いやです」

コリンは耳を疑った。「いや?」

アレサンドラはまだコリンのあごの下に顔をうずめていたので、思いきりしかめっ面をしてやった。やれやれ、彼を怒らせてしまったらしい。腕の縛《いまし》めがきつくなった。こんなとき、よき妻は夫をなだめようとするのかもしれない。

けれど、わたしはよき妻にはなれないわ、とアレサンドラは思った。なぜなら、だれだろうが――たとえコリンだろうが、わたしの行動に口出しさせるつもりはないもの。

夫の許可なんているものですか。アレサンドラは彼を押しのけ、起きあがった。顔の前にたれさがった髪を肩の後ろに払い、怖い顔をしているコリンを負けずににらみ返した。「あなたは結婚したばかりだからわからないでしょうけれど、コリン、わたしがいやだといったら……」

「もしぼくが間違っていたら教えてくれ。きみもぼくときっちり同じときに結婚したんじゃなかったか」

「そうだけど……」

「だったら、きみも結婚したばかりということになるな」

アレサンドラはうなずいた。

「結婚したばかりだろうが、時間がたっていようが、誓ったことは変わらないぞ。妻は夫に従うものだ」

「わたしたちの結婚は普通じゃないわ」アレサンドラは反論した。「あなたとわたしは、誓いを立てる前に、一種の契約をしたのよ。あなたは忘れているようだから、その高飛車な態度もとがめないであげるわ。でも、思い出させてあげる。わたしたちはたがいに干渉しないということで、意見が一致したでしょう」

「いいや、していない」

「口に出してそう約束したわけではないわ。でも、わたしは、しつこくつきまとう夫はいらないといったし、あなたもそんな妻はほしくないと認めたでしょう」

「いったい、それがこの話とどう関係するのか……」

「つまり、つきまとうということは干渉するのと同じことよ。あなただって、会社を大きくするにあたってわたしの援助は必要ない、邪魔されたくないとはっきりいったわ。ちょうどいい機会だからいっておきます。あなたもわたしのすることを邪魔しないで」

アレサンドラは、コリンの目をまっすぐに見ることができなかった。彼のあきれかえったような顔つきを見ていると、不安になってくる。だから、あごを見つめるようにした。「わたしの父は、母がなにをしようが禁じたりしなかったわ。ふたりの結婚は、おたがいへの信頼と敬意の上に成り立っていたのよ。わたしもいつかはそんなふうになれると思っていたのに」

「いいたいことはそれだけか」

アレサンドラは、コリンの声が穏やかだったことに安堵した。やはり、コリンはわかってくれるのだ。アレサンドラの思いの丈を聞き、自分の傲慢さでふたりの関係を壊してはいけないと気づいてくれた。

「ええ、ありがとう」

「こっちを見るんだ」

アレサンドラはすぐに目をあげて、コリンと目を合わせた。彼はしばらくなにもいわなかった。じっと見つめられるばかりで、アレサンドラは居心地が悪くなった。彼の顔を見ても、頭のなかが少しも読めない。なにを考えているのか、どう感じているのかを隠すことにかけては、コリンはたいしたものだと、アレサンドラは思う。そして、そんなところが少しうらやましくもある。コリンのように自分を律することができればいいのに。

「なにかいいたいことがあるの?」沈黙に耐えきれず、アレサンドラは尋ねた。

コリンはうなずいた。アレサンドラは笑顔を作った。

「タルボット子爵に、奥方のことを訊きにいってはいけない」

また話が振り出しに戻ってしまった。コリンはなにひとつ聞いていなかったのだろうか。アレサンドラは頑固な夫を蹴りつけてやりたくなった。もちろん、レディなのだから、そんなことはしない。だから、どんなに怒っているのか、頑固な彼にはいつまでたっても伝わらないだろう。

ああ、コリンが相手となると、あの修道院長すらいらいらして罰当たりな言葉を吐くに違いないわ。

コリンは笑みを噛み殺していた。こんな深刻なときに笑うのは不謹慎だが、アレサンドラの表情がおもしろすぎる。コリンを殺してやりたいと思っているのが見え見えだ。

「約束するんだ」

「わかったわ」アレサンドラは叫んだ。「あなたの勝ちよ。タルボット卿にご迷惑はかけません」

「勝ち負けの問題じゃないだろう。タルボット卿はただでさえ心配で頭がいっぱいなんだぞ。そこに追い打ちをかけてどうするんだ」

「あなたはわたしの判断を信頼していないんだわ、そうでしょう、コリン」

「していないね」

その返事は、高飛車な命令よりもはるかにアレサンドラを傷つけた。アレサンドラは顔をそむけようとしたが、コリンにあごをつかまれた。「きみもぼくの判断をまだ信じていないだろう」

コリンは、同じように信じていないという言葉が返ってくるものと思っていた。アレサンドラはまだ自分のことをよく知らないのだから、完全に信頼されていなくて当然だ。もちろん、そのうちたがいのやり方がわかるようになれば、信頼してくれるようになるだろう。

「いいえ、信じているに決まっているでしょう」

コリンは驚きとよろこびを抑えきれなかった。アレサンドラの首筋をつかむと、自分のほうへ引き寄せながら体を起こし、激しいキスをしようとした。

「うれしいよ、根拠もないのに信じてくれて」

アレサンドラは身を引いて、眉をひそめた。「根拠はあるわ。あなたがいざというときにはきちんと判断できることは、もうわかっているもの」

「いざというとき?」

「たとえば、わたしとの結婚を決めたとき。あなたはしっかりと判断したわ。もちろん、あなたはわたしの知らないことを知っていたからだと、いまではわかるけれど」

「ぼくがなにを知っていたんだ」

「ほかの女では、あなたの相手は無理だということよ」

アレサンドラがそんなことをいったのは、コリンをむっとさせたかったからだ。まだ少し彼に腹が立っていた。だが、コリンは怒らなかった。彼の傲慢さをちくりと皮肉ってやったのに、通じなかったようだ。侮辱されたことに気づかなかったのか、べつに怒る気にもならなかったのか、彼は大笑いした。

「きみはおもしろいよ、アレサンドラ」

「それはそうでしょう。たったいま、わたしは負けてあげたんだもの」

アレサンドラは枕をぽんぽんとたたいてふくらませ、上掛けの下に戻って横になった。

「結婚生活は思っていたよりも複雑だわ」とささやく。「これからもずっとわたしが譲ってあげなければならないのかしら」その声はさびしそうだった。

「いいや、そんなことはない」

アレサンドラは信じられないらしく、行儀悪く鼻を鳴らした。

「結婚とは持ちつ持たれつの関係を結ぶことだ」

「妻が持ちつ持ちつ、夫は持たれつ持たれつ?」

コリンは答えなかった。脇腹を下にして、アレサンドラを抱き寄せた。彼女の肩が胸にのり、腰が下腹に密着した。絹のようになめらかな太ももの裏側が、コリンの膝を覆った。この感触が好きなのだ。コリンはアレサンドラの腰に腕をかけ、あごを頭のてっぺんにつけて目を閉じた。

長いあいだ、沈黙がつづいた。コリンは、アレサンドラが眠ってしまったのだろうと思い、体の上からそろそろとおろしはじめた。そのとき、彼女がささやいた。「わたしは〝従う〟ということばが好きではないの」

「それは前から知っている」コリンはそっけなくいった。

「プリンセスたるもの、ほんとうはだれにも従う必要はないわ」

くだらない。「だが、きみはぼくのプリンセスだ。だから、ぼくが最善だと思うことをしてほしい。しばらくは、ふたりとも昔ながらの作法に従うしかないけれど。ぼくたちはどちらも結婚の経験がない。ぼくは鬼ではないが、きみがぼくに従うと誓ったのは事実だ。きみが誓いの言葉を練習していたのは知っているよ」

「もう少し、ものわかりがよくなってくれるといいのに」

「ぼくは以前からものわかりがいいさ」

「コリン」

「なんだ」

「もう眠って」

コリンはいい返さなかった。しばらく待って、アレサンドラが寝ついたのを確認すると、ベッドを出て自分の寝室へ戻った。

アレサンドラは、コリンが出ていったことに気づいていた。呼び止めて、なぜ朝まで一緒に眠ってくれないのか尋ねたかったが、プライドが勝った。夫に拒絶されたような気がして、涙がわきあがった。そんなふうに感じるのはおかしい。なんといっても、コリンはあんなに情熱をこめて抱いてくれたばかりだ。けれど、くたびれてそれ以上は考えることができなかった。

眠りは浅かった。一時間後、コリンの寝室からものを引きずるような音が聞こえてきて、目が覚めてしまった。すぐにベッドを出て、なんの音か調べにいった。邪魔をするつもりはなかったので、ガウンもはおらず、部屋履きも履かなかった。

ドアをあけてなかを覗きこんだ瞬間、小さな悪態が聞こえた。コリンが暖炉の前に立っていた。アレサンドラが見ていると、足のせ台を引っぱってきて、傷跡のあるほうの足をのせると、屈んで両手でさすりはじめた。

コリンはアレサンドラに見られていることに気づいていなかった。そのことは、彼の顔を見ればわかった。いまは完全に無防備だ。そして、顔の片側しか見えないが、彼がひどく痛がっていることはよくわかった。

アレサンドラは駆け寄って少しでも楽になれるように手を貸したかったが、なんとか我慢した。コリンはプライドが高い。見られていたことを知ったら、怒るに違いない。

さするだけでは、痛みはおさまらなかった。コリンは体を起こし、暖炉の前でうろうろと歩きはじめた。左ふくらはぎの外側がねじくれるように痛むのをほぐしたかったが、左脚に体重をかけると、激痛が胸まで走る。雷に全身を打たれたかのようで、腰を折り曲げたくなるほどだった。けれど、苦痛に屈するつもりはなかった。歯をきつく食いしばり、深呼吸をひとつして、歩きつづけた。経験上、歩いているうちに痛みがおさまるのはわかっている。日によって、一時間でおさまることもあれば、それ以上かかることもある。

コリンはアレサンドラの寝室に通じるドアへ歩いていった。ドアノブへ手を伸ばし、はたと動きを止めた。アレサンドラの様子を確かめたかったのだが、眠りの浅い彼女を起こしてはいけない。彼女がすぐに目を覚ますたちだということは、看病してもらっているあいだに同じベッドで眠ったときから知っている。

アレサンドラを眠らせてやらなければ。コリンはドアに背を向け、また歩きはじめた。ふと、自分は指示する立場で、彼女は従う立場だという先ほどの話を思い出した。従うという言葉は嫌いだといった彼女の姿が浮かんだ。彼女は間違っていない。女が死ぬまで夫に従うと誓わなければならないのは、いささか前時代的だとコリン自身も思う。だが、そんな過激な考えを公然と口にすれば、保守主義者に破壊分子だと誤解されてニューゲート監獄に放りこまれるのがおちだ。正直なところ、自分のなかの一部分は――ほんの小さな一部分だが――なにをいいつけても女が従ってくれれば気持ちいいだろうと思っている。だが、その思いは長くはつづかない。いいつけに従う使用人たちに、従順な人妻たち。だが、アレサンドラはそこに当てはまらない。それはありがたいことだ。アレサンドラははねっかえりで、自分の意見を持っている。だからこそ、コリンは彼女と結婚したのだ。すべてにおいて情熱を注ぐ彼女だから。

ぼくのプリンセスは完璧だ、とコリンは思った。

アレサンドラは、いっさい音をたてずにベッドへ戻り、上掛けの下にもぐった。コリンのつらそうな顔を頭から振り払うことができなかった。彼がかわいそうで胸が痛んだ。今夜まで、彼の痛みがどれほどつらいのか少しもわかっていなかったけれど、これからはできるかぎり助けになろう。

そんなわけで、アレサンドラは突如として使命を帯びることになった。蠟燭をともし、しなければならないことを表に書き出した。まずは、手に入るかぎりの文献を読む。次に、主治医のウィンターズ先生に会いにいく。質問攻めにして、助言を求める。いまのところは、ほかにつけくわえることが見つからないけれど、しっかり睡眠を取れば、またなにか思いつくだろう。

紙をサイドテーブルに置き、蠟燭を吹き消した。頰が涙で濡れていた。上掛けで涙をぬぐい、目をつぶって眠ろうとした。

うとうとしかけたとき、不意に気がついた。コリンが同じベッドで眠りたがらないのは、脚のせいだ。苦しみに気づかれたくなかったのだ。そうに違いない。もちろんプライドも関係があるだろうが、きっと彼なりの思いやりだ。毎晩、あんなふうに歩きまわらなければならないので、わたしを起こしてしまうと考えているのだろう。それもあって、一緒に眠りたくないんだわ。アレサンドラは、安堵の息を吐いた。

コリンに拒絶されているわけではなかったのだ。

11

コリンは翌朝早くアレサンドラを揺さぶり起こした。「目をあけてくれ。出かける前に話しておきたいことがある」

アレサンドラはもぞもぞと起きあがった。「どこへ行くの?」

「仕事だ」

アレサンドラはまた上掛けの下に戻ろうとした。コリンはベッドの脇から身を屈め、肩をつかんだ。彼女の目が開いているのかどうか、定かではなかった。ふわふわの髪が顔を隠していたからだ。片方の手でアレサンドラを支え、反対の手で髪をどけた。じれったくも、おかしかった。「目は覚めたか」

「たぶん」

「ぼくが帰ってくるまで、家から出るんじゃないぞ。ステファンとレイモンドには指示してある」

「なぜ外に出てはいけないの?」

「一カ月間の保険期間について、もう忘れたのか」

アレサンドラは大きなあくびをした。すっかり忘れていた。「一カ月間、家に閉じこめられなければならないということ?」

「一日一日、無事に過ごそうと考えることだ」

「コリン、いま何時?」

「夜が明けたばかりだ」

「嘘」

「ぼくのいったことが聞こえたか」

アレサンドラは答えなかった。ベッドを出てガウンをはおり、コリンの寝室へ行った。彼がついてきた。

「なにをしている」

「あなたのベッドに入るの」

「なぜ」

「ここがわたしの居場所だもの」

アレサンドラはコリンのベッドにもぐりこみ、たちまち眠ってしまった。コリンは上掛けを掛けてやり、身を屈めて彼女のひたいにキスをした。

フラナガンが廊下で待っていた。コリンは彼に次のような指示を与えた。このタウンハウスはこれから一カ月間、要塞《ようさい》となる。家族以外の者は立ち入り禁止にすること。

「お客さまを受け入れないのは簡単ですが、プリンセスを閉じこめておくことは難しいでしょう」

フラナガンの予言は当たっていた。その朝遅くから、戦いがはじまった。フラナガンは新しい女主人が夫の寝室の床に座りこんでいるのを見つけた。まわりには、夫の靴が並んでいた。

「なにをしていらっしゃるのですか」

「コリンには新しいブーツが必要だわ」

「けれど、いまでも五足、お履きにならないものがあるのですよ。ウェリントン型のほうが流行《はや》っているのに、古いヘッセンブーツに愛着をお持ちのようで」

アレサンドラはブーツの底を見ていた。「フラナガン、左の靴底がほとんど減っていないことは知っているの?」

フラナガンは女主人のかたわらにひざまずき、差し出されたブーツを眺めた。「まるで新品のようです。でも、ご主人さまはこれをお履きになっている……」

「そう、コリンはこれを履いていた」アレサンドラは右のブーツを掲げた。「こっちはすり減っている」

「どういうことでしょうね」

「このことは内密にしてね、フラナガン。コリンに知られたくないの。あの人は脚のことをひどく気にしているから」

「かしこまりました」

アレサンドラはうなずいた。「けがをした左脚は、右脚より少しだけ短いみたい。靴職人さんにこのブーツを見てもらって、調整してもらおうと思うの」

「左のかかとを高くしてもらうのですか。ご主人さまは気づきますよ」

アレサンドラはかぶりを振った。「中敷きを入れたらどうかしら――やわらかい革の詰め物を靴底全体に敷くの。いまコリンの靴を作っているのはどなた?」

「それを作ったのはホビーです。お洒落な紳士はみな、ホビーに注文なさいます」

「では、ホビーは除外ね。この実験は、だれにも知られたくないの。ほかの職人さんを探しましょう」

「カーティスという職人がいます」フラナガンはしばらく考えてからいった。「ウィリアムシャー公爵の靴を作っていた職人です。もう引退しましたが、ロンドンに住んでいますし、事情を話せば協力してくれるかもしれません」

「すぐに相談に行くわ。一足だけ持っていくことにするわね。一足くらいなら、なくなったことに気づかれずにすむでしょうし」

フラナガンはしきりにかぶりを振った。「外に出てはいけません。わたくしがよろこんでお使いをしますから」アレサンドラが口を開きそうに見えたので、あわててたたみかけた。

「カーティスになにをしてほしいのか、お手紙に書いてくだされば……」

「わかったわ」アレサンドラはうなずいた。「お願いしたいことの一覧表を作ります。ほんとうに、いいことを思いついたわね。今日の午後に、職人さんのところへ行ってくださる？」

フラナガンは即座に承知した。アレサンドラはブーツを一足渡して、立ちあがった。「これがうまくいけば、ウェリントンブーツも作ってもらいましょう。そうすれば、コリンもくるぶし丈のズボンに合わせて履けるわ。ところで、フラナガン、もうひとつお願いがあるの」

「はい、プリンセス」

「ウィンターズ先生に、お手紙を届けてくださる？　今日の午後、こちらへ来ていただきたいの」

「かしこまりました。失礼ながら、先生をお招きする理由を教えていただきたいのですが」

「わたしは今日の午後、病気になるの」

フラナガンは少ししてからびっくりした。「今日の午後？　なぜいまから——」

アレサンドラは溜息をついた。「いま全部説明して、黙っていてちょうだいとお願いすると、あなたはコリンに嘘をつかなければならなくなる。それは避けたいでしょう」

「それはそうですが」

「だから、フラナガン、あなたは知らないほうがいいわ」

「ご主人さまと関係のあることなのですね」

アレサンドラはほほえんだ。「そうかもしれないわね」

アレサンドラはフラナガンに靴の片付けもまかせ、部屋に戻って靴職人に渡す書面を作りはじめた。持っていかせるブーツはやわらかい黒の仔牛革なので、ブーツの甲全体を少し伸ばせば、これから作ってもらう中敷きを入れられるのではないか、と書き足した。

それから、ウィンターズ医師に面会を申しこむ手紙を書いた。面会の時刻は午後四時にした。

ウィンターズは時間に正確だった。四時きっかりに、ステファンが医師を案内して客間に入ってきた。そして、医師をなかに入れろといって聞かなかった女主人をとがめるように見やった。アレサンドラは笑みを返した。

「ご家族以外は立ち入り禁止と、旦那さまにいいつかったのですよ」ステファンが声をひそめていった。

「ウィンターズ先生は家族同然よ」アレサンドラはいい返した。「それに、わたしは体調が悪いの。診察していただきたいのよ」

ステファンはすぐさま申し訳なさそうな顔になった。アレサンドラは見え透いた嘘をついたことで、少し後ろめたかった。だが、コリンのためだと自分にいいきかせ、すぐに後ろめたさを忘れた。

ステファンを客間の外に出し、両開きのドアを閉めた。ウィンターズがかたわらに立ち、茶色い革の鞄《かばん》を脇に抱えている。アレサンドラは、医師をソファへ案内した。

「体調がすぐれないのなら、ベッドでお休みになるべきではありませんか、プリンセス」

アレサンドラはウィンターズにほほえみかけた。「それほどではありませんわ。喉が少々いがいがするくらいです」

「では、熱いお茶を召しあがるとよろしい。ブランデーを一滴たらすと効き目があります」

白髪の医師が心から心配している様子なので、アレサンドラはそれ以上嘘をつづけることができなかった。「じつは、お越しいただいたのにはわけがあるんです。コリンのことでご相談があります」

アレサンドラはむかいの椅子に座り、膝の上で両手を重ねた。「病気というのは、先生にお越しいただくための口実でした」大きな罪を告白しているような気がした。「喉はそれほど痛くありません。正直に申しあげて、喉が痛くなるのは、頑固な主人をどなりつけてやりたいのにどなれないときだけですわ」

ウィンターズ医師はほほえんだ。「コリンはそんなに頑固ですかな」

「ええ」

「では、コリンの具合がよくないのですね」医師は、アレサンドラに呼ばれたほんとうの理由を尋ねた。

アレサンドラはうなずいた。「脚なんです」小さな声で答えた。「あの人はなにもいいませんけれど。脚の話はしたがらないんです。でも、ひどく痛むらしいということはわかります。それで、少しでも楽にしてあげる方法がないか、ご相談したかったんです」

ウィンターズはクッションに背中をあずけた。アレサンドラの顔つきを見れば、心から心配しているのが伝わってくる。「けがの原因は聞いていらっしゃらない？」

「聞いていません」

「鮫《さめ》に噛みちぎられたのですよ。わたしが治療しました。切断したほうがよいのではないかと、最初は思いました。けれど、コリンの友人のネイサンに、なんとか切断せずに治してくれと頼まれましてね。当然、コリン本人は自分の希望をいえるような状態ではなかった。意識を失ったまま、最悪のときを乗り越えたのはさいわいでした」

ドアをノックする音がして、会話が中断した。フラナガンが銀の盆を運んできた。アレサンドラもウィンターズも、執事が熱いお茶のカップを置いて客間を出ていくまで黙っていた。

ウィンターズが鞄を脇にどけ、身を乗り出してビスケットののった盆に手を伸ばした。ロに一個入れ、お茶をごくりと飲む。

「わたしたちがこんな相談をしているのを知ったら、コリンはきっと怒ります」アレサンドラはいった。「わたしに対して腹を立てるのはわかりきっていますから、気がとがめるんです」

「なにをおっしゃる」ウィンターズは一蹴《いっしゅう》した。「あなたは衷心《ちゅうしん》からコリンのためを思っていらっしゃる。ふたりで話したことは、コリンには伏せておきます。では、ご質問にお答えしましょう。コリンの痛みを少しでも楽にするには、どうすればよいか？ 痛みがひどいときは、阿片チンキかブランデーをすすめるのですが、コリンは両方、受け付けないでしょうね」

「それはプライドの問題でしょうか」アレサンドラは尋ねた。

ウィンターズはかぶりを振った。「依存性の問題です。阿片チンキは中毒になりやすい。強い酒もそうだといわれています。だから、コリンはそのどちらも常用を避けるんです」

ウィンターズがそういって黙ってしまったので、アレサンドラはいった。「そうですか」

「ほかには、膝から足首まで、金属の装具をつけることもおすすめしました。でも、問題外といった反応でしたよ」

「プライドの高い人ですから」

ウィンターズはうなずいた。「コリンはわたしよりよほど賢い。わたしは彼が自力で歩けるようになるとは考えていませんでした。でも、彼はそれが間違いだったと証明してみせた。残った筋肉をきたえて、自分の体重を支えるまでになったのです。いまでは、ほとんど脚を引きずりません」

「でも、夜は疲れているので、脚を引きずっています」

「熱い湿布をしてあげてください。もちろん、筋力が強くなるわけではありませんが、痛みはやわらぎます。マッサージも効果があるでしょう」

どうすればコリンが自分にそのような援助をさせてくれるのか、アレサンドラには見当もつかなかった。でも、それはウィンターズの問題ではなく、自分で解決するべきことだ。医師が帰ってから、ゆっくり悩めばよい。

「ほかに、なにかありませんか」アレサンドラは尋ねた。

「痛みが強くなったら、脚をなにかにのせて休むといいでしょう。我慢できなくなるまで我慢すべきではありません」

アレサンドラはうなずいた。ひどく落胆していたが、ウィンターズに悟られないよう、冷静な顔を崩さなかった。医師のすすめることは、対症療法ばかりだ。

「先生がおすすめしてくださったことは、症状を緩和するためのものですね。できれば、痛みの原因を取り除くようなものを教えていただけないかと思っていたのですが」

「それは奇跡を望むようなものですよ」ウィンターズはいった。「なにをしても、彼の脚は二度と元のようにはならないのです、プリンセス」思いやりに満ちた声だった。

「わかりました」アレサンドラは小さな声でいった。「わたしは奇跡を望んでいたのですね。でも、とても役に立つことを教えていただきました。あとでほかになにか思いついたら、お手紙で知らせていただけますか。なんでも試してみます」

ウィンターズは最後のビスケットを盆から取った。真剣にコリンの状態を考えていたので、ビスケットをひとりで平らげてしまったことにも気づいていなかった。アレサンドラは彼のカップにお茶のおかわりを注いだ。

「世の中の夫という人たちはみんな頑固なのでしょうか」アレサンドラは尋ねた。

ウィンターズはほほえんだ。「たいていはそのようですね」

それから、医師の治療が必要だということを絶対に認めようとしない紳士たちの話をおもしろおかしく語った。こんなときにいつも語るのが、アッカーマン侯爵の話だった。侯爵はあるとき、決闘をするはめになり、肩を撃たれたが、だれにも傷を見せなかった。そこで、ウィンターズが呼ばれた。

「わたしたちが侯爵を捕まえたのは、ホワイツの賭博室でしてね。ご友人が三人がかりで侯爵を引きずり出したんですよ。上着を脱がせると、これがまあ、血まみれでした」

「回復なさったのですか？」

ウィンターズはうなずいた。「あれだけ頑固ですと、簡単にはお亡くなりになりませんよ。かすり傷だといいはって、あげくのはてに気絶なさった。奥方には、完治するまでベッドに縛りつけてさしあげるよう、助言いたしました」

アレサンドラは、その様子を思い浮かべて笑った。「コリンも負けないくらい頑固ですわ」溜息をつく。「いま話しあったことは、どうかご内密にお願いしますね。先ほど申しあげたとおり、コリンは脚のことをひどく気にしているので」

ウィンターズはティーカップとソーサーを盆に置き、鞄を取って立ちあがった。「ご心配なく、プリンセス。今日こちらへまいりましたことは口外しません。わたしはこう見えて、しょっちゅうあちこちの奥方にご主人のことで相談を受けるのですよ」

彼がドアノブに手を伸ばしたとき、ドアがあいた。そこに立っていたのはコリンで、ウィンターズの姿を見て脇にどいた。医師に会釈し、アレサンドラに向きなおった。

「フラナガンがいっていたぞ、具合が悪かったんじゃないのか」

コリンはアレサンドラに答えるひまを与えず、ウィンターズに尋ねた。「妻はどこか悪いのですか」

アレサンドラは、自分のために医師に嘘をつかせたくなかった。「喉が少し痛かったのだけど、ずいぶんよくなったわ。ウィンターズ先生が熱いお茶をすすめてくださったの」とうなずく。

「そう、お茶をすすめたのですよ」ウィンターズがうなずいた。

コリンは違和感を覚えたが、なにがおかしいのか、はっきりとわからなかった。アレサンドラが目を合わせようとしない。隠しごとをしているのだと察しがつく程度には、コリンも彼女のことがわかるようになっている。それに、少しも体調が悪そうには見えない。頰がやけに赤いということは、なんらかの理由で気まずさを感じているのだ。あとで彼女とふたりきりになってから、違和感のもとを解明しよう。

アレサンドラは、医師と話しているコリンの隣に立っていた。ふと背後に目をやると、フラナガンがすぐそばに控えていた。同情するようにアレサンドラを見ている。

ただでさえ、コリンに嘘をついたことで気がとがめているのに、フラナガンの表情を見て、ますます申し訳なくなった。

すぐさま、動機は純粋だもの、と自分にいいきかせた。小さく息を吐く。修道院長のために二重帳簿を作ったときも、まったく同じいいわけをしたのだった。

罪は罪です。あのささやかな詐欺行為を知った修道院長は、そう断言した。大きかろうが、小さかろうが、罪は罪です。院長は威厳たっぷりの声でそういい、地上の老若男女が犯す罪をひとつひとつ列挙していった。院長がいうには、アレサンドラの罪を記した一覧表はおそらく海の底に届くほど長いだろうとのことだった。

アレサンドラ自身は、そんなにしょっちゅう罪を犯しているつもりはなかった。罪の一覧表は現時点で自分の影と同じくらいの長さだと思っている。神さまは、アレサンドラの表に二種類の欄を設けているのではないだろうか――ひとつはささいな罪の欄、もうひとつは重大な罪の欄。

ウィンターズの声で、アレサンドラは現実に引き戻された。「ダイヤモンドを失ったのは残念だったね、コリン。運が悪かった」

「ダイヤモンドをなくしたの？」アレサンドラは、どういうことだろうと思った。

コリンはかぶりを振った。「船の名前だ、アレサンドラ。荷物を満載して沈没したんだ。ウィンターズ先生、もうご存じなのですか？　ぼくも昨日聞いたばかりなのですが」

「友人が今日、ロイズで仕事をしてきたのだよ。仲介人が話してくれたそうだ。損失は保険でまかなえるのだろう？」

「ええ」

「今年で二隻目というのはほんとうかね」

コリンはうなずいた。

「なぜいわなかったの？」アレサンドラは尋ねた。

傷ついたのが声に出ないようにしたつもりだった。だが、そうするのは難しかった。

「心配させたくなかったからだ」

アレサンドラは、それだけではないと思った。たしかに、心配させたくないというのもあるだろうが、それよりも、困っていることを妻に相談したくなかったのだ。アレサンドラは、努めて悪く受け取らないようにした。コリンはずっとだれも頼らずにやってきたのだから、たとえ妻であっても、だれかを信頼して相談することは難しいに違いない。

まだしばらくは辛抱するしかない。そのうちコリンも慣れて、なんでも気楽に相談してくれるようになるはず。

　コリンはまだウィンターズと話しこんでいたので、アレサンドラは挨拶をして二階へ行った。寝室へ行き、教わった対症療法を書きとめた。だが、集中できなかった。やはり、コリンが船の沈没のことを黙っていたのは間違っている。彼が心配事を抱えているのなら、アレサンドラも心配するのが当然だ。夫婦とは問題を共有するものではないの？

　フラナガンが夕食の準備ができたと呼びにきた。下へおりるあいだ、アレサンドラは彼にもうひとつ頼み事をした。

「タルボット子爵がお困りだという話を知っているかしら」

「ええ、存じておりますとも」フラナガンが答えた。「噂になっておりますので。奥さまが家出なさったとか」

「コリンが子爵に会いに行くなというから、しかたなく行かないことにしたの。わたしが行くと迷惑だっていうのよ」

「なぜ子爵にお会いしたいのですか？」

「奥さまが突然いなくなったのは、友人のレディ・ヴィクトリアの失踪と関係があるような気がするの。ヴィクトリアも行方不明なのよ、フラナガン。それで、あなたには子爵家の使用人から話を聞いてもらいたいの。子爵の奥さまも謎の崇拝者から贈り物をもらっていたのかどうか、調べたいのよ」

「贈り物とは、どのようなものでしょうか」

アレサンドラは肩をすくめた。「お花とか、チョコレートとかよ。メイドなら、その手の贈り物が届けば気づくでしょう」

フラナガンはうなずいた。「そうですね。メイド同士で噂をするでしょう。でも、わたしにはなにも教えてくれませんよ。明日、料理番が市場へ出かけたときに、なにかしら仕入れることができるかもしれません。料理番に頼んでもよろしいでしょうか」

「ええ、お願い」

「ふたりしてなにをこそこそ話しているんだ」

食堂の入口からコリンが問いただした。アレサンドラの驚きぶりに、頬をゆるめる。三十センチは跳びあがったのだ。「なんだか今夜は様子が変だな」

アレサンドラはすぐに答えることができなかった。フラナガンのあとについていき、食堂に入った。コリンはアレサンドラに椅子を引いてやり、その斜め前、テーブルの上座に着席した。

「丸一カ月間、わたしは閉じこめられなければならないの?」

「そうだ」

コリンは手紙の束を仕分けしていたので、アレサンドラに一瞥《いちべつ》もくれずに答えた。食事のときですら仕事を中断できない人なのだ。アレサンドラは、彼の消化機能に問題があるのではないかと思い、実際にそう尋ねかけた。だが、思いとどまり、もっと差し迫った話をすることにした。

「キャサリンのはじめての舞踏会はどうなったのかしら。一週間後でしょう、コリン。わたしはぜひ出席したいわ」

「あとで話そうと思っていた」

「ひとりで行くつもり?」

アレサンドラはしょんぼりとしていた。コリンはほほえんだ。「そうだ。ぼくは出席しないわけにはいかないからね。我慢してくれ」

きっぱりと引き結んだ口元を見れば、なにをいっても無駄だとわかる。アレサンドラはいらいらと指先でテーブルを小刻みにたたいた。

「食事の席で手紙を読むのはお行儀が悪いわ」

コリンはネイサンからの手紙を読むのに没頭し、妻の小言を聞いていなかった。しばらくして長い手紙を読み終え、テーブルに置いた。

「ネイサンのところに女の子が生まれたそうだ。名前はジョアンナ。手紙が書かれたのは三カ月前で、サラが回復したらロンドンに子どもと三人で帰ってくる。留守のあいだ、事務所はジンボにまかせるそうだ」

「ジンボって？」アレサンドラは、名前の響きがおもしろくてほほえんだ。

「大事な友人だ。エメラルド号という船の船長だが、いま船は修理中だから、ジンボもひまなんだよ」

「とてもいい知らせね、コリン」

「ああ、ほんとうに」

「それなのに、なぜそんな怖い顔をしているの」

そういわれて、コリンは自分が顔をしかめていることにはじめて気づいた。椅子に深く座りなおし、アレサンドラにきちんと目をやった。「ネイサンが、株を一割ないし二割売りたがっている。ぼくはそうしたくないし、ネイサンも内心売りたくないと思っているはずだ。でも、ネイサンの気持ちはわかる。彼には養わなければならない家族がいる。ネイサンとサラは貸家住まいだが、子どもが生まれたからには自分の家がほしいだろう」

「なぜ、あなたたちはそこまでふたりだけの経営にこだわるの？」

「経営権を維持したいからだ」

アレサンドラはあきれた。「たかが一割ないし二割の株を売ったとしても、あなたとネイサンが過半数の株を持ちつづけるのだから、経営権はあなたたちのままでしょう」

コリンはアレサンドラの理屈に感心しなかったらしく、まだ眉間にしわを寄せていた。アレサンドラは切り口を変えてみた。「家族に売ったらどうかしら」

「ありえない」

「あら、どうして？」

コリンは溜息をついた。「借金をするのと同じことだ」

「そんなことないでしょう。ケインもお義父さまも、いずれ儲かることになるのよ。確実な投資だわ」

「なぜウィンターズ先生を呼んだんだ」

コリンはわざと話を変えようとしている。そうはさせるものですか、とアレサンドラは思った。「ネイサンは株を売ってもいいといっているのね」

「そうだ」

「あなたはまだ決めていないの？」

「考えは決まっている。ドレイソンにまかせるつもりだ。さあ、もうこの話はいいだろう。それより、なぜウィンターズ先生を呼んだんだ」

「もう話したでしょう。喉が……」

「それは知っている。喉が少し痛かったからだ」

アレサンドラはナプキンをたたんだり広げたりしていた。「ほんとうは、喉が痛いというのは口実で――」

「案の定だ。では、正直にいってもらおうか。それから、話すときはぼくの目を見ろ」

アレサンドラはナプキンを膝に置き、ついにコリンと目を合わせた。「わたしを嘘つき呼ばわりするなんて失礼ね」

「嘘をついたのか」

「はい」

「なぜ」

「正直にいえば、あなたを怒らせると思ったからよ」

「これからは二度と嘘をつくな。約束しろ」

「そっちこそ嘘をついたわ」

「いつ」

「リチャーズさんの下で働くのはやめたといったわね。帳簿を見たのだから、現金収入があったことは知っているわ。それに、リチャーズさんが新しい任務の話をしにきたのも知っているのよ。ほら、あなたも嘘をついたでしょう。あなたが二度と嘘をつかないと約束すれば、わたしも約束するわ」

「アレサンドラ、それとこれでは話が違う」

「違いません」

コリンに対する怒りがむらむらとわきあがった。ナプキンをテーブルに置いたとき、フラナガンが料理を山盛りにした盆を抱えて入ってきた。「わたしは危険を冒さないわ。コリン。あなたは違う。わたしのことはどうでもいいの?」

コリンに答えるひまを与えず、一気につづけた。「あなたはみずから危険に突っこんでいく。わたしは絶対にそんなことはしないわ。あなたとはもう夫婦なのだから、わたしは自分さえ無事ならいいとは思わない。あなたにも無事であってほしいの。あなたに万一のことがあったら、わたしは生きていけない。だけど、わたしになにかあっても、あなたは少し不便に思うくらいでしょうね。妻の葬儀のために、何時間かお仕事を休まなければならないもの。失礼するわ、これ以上ここにいたら、後悔するようなことをいってしまいそうだから」

アレサンドラはコリンの返事を待たずに席を立った。座れという命令も無視して、寝室へ走った。ドアを乱暴に閉めたかったけれど、衝動には屈しなかった。八つ当たりはよくない。

ありがたいことに、コリンは追いかけてこなかった。いまはひとりにならなければ、荒れる心の内を鎮めることができない。一瞬でコリンに腹を立てたことに、自分でも驚いていた。コリンの首に縄をつけておくわけにはいかないのよ、と自分にいいきかせた。彼がリチャーズに頼まれた仕事をしたいのなら、やめるよう説得する権利はないし、そうすべきではない。

でも、コリンも危険を避けるべきだ。少しでもこちらのことを気にかけているのなら、こんなふうにわざと傷つけないはず。

アレサンドラは、体を動かして怒りを鎮めようとした。十分以上、ぶつぶつひとりごとをいいながら暖炉の前を行ったり来たりした。

「修道院長は決して危険に近づかなかったわ。わたしが院長を頼っているのをわきまえていらしたから、危ない橋は渡らなかった。だって、わたしを愛していたんだもの、えいくそっ」

信心深いほうではないが、アレサンドラは悪態をついたあとに十字を切った。

「リチャーズなら、修道院長にも任務をいいつけると思うぞ、アレサンドラ」

コリンが部屋の入口からそういった。愚痴をこぼすのに没頭していたアレサンドラは、ドアが開く音に気づいていなかった。くるりと振り向き、ドア枠にゆったりともたれている夫に気づいた。くつろいだ様子で腕組みをしている。顔は笑っていたが、アレサンドラがその場でへなへなと座りこみそうになったのは、そのまなざしの優しさのせいだった。

「おもしろがらないで。不愉快だわ」

「きみの行動も不愉快だ。ぼくがリチャーズと仕事をするのが気に入らないのなら、そういってくれればよかったじゃないか」

「自分でもそんなふうに思っているなんて知らなかったのよ」

奇妙な告白に、コリンは片方の眉をあげた。「やめてほしいのか」

アレサンドラはうなずきかけ、思いとどまってかぶりを振った。「自分からやめたいと思ってほしいの。大きな違いがあるわ、コリン。いまはわからないでしょうけれど」

「いまわからせてくれ」

アレサンドラは暖炉のほうを向き、話をはじめた。「わたしは修道院にいたとき、危険は避けるようにしていたわ――あることがあって、痛い思いをしたからよ。あるとき、火事になって、わたしは燃えている部屋に閉じこめられたの。なんとか外に逃げた瞬間、天井が崩れたわ。修道院長は死ぬほど心配してくださった。人目をはばからず泣いていらしたくらいよ。わたしが無事だったことに安心すると同時に、怒ってもいらしたわ。お祈りをしているはずだったわたしが、ヴィクトリアの手紙を読もうと、蠟燭立てから一本失敬していたから……院長をひどく心配させてしまって、ほんとうに申し訳ない気持ちだった。火事は事故だったのだけれど、軽率な行動は慎もうと誓ったの」

「事故だったら、きみが軽率だったわけではないだろう?」

「シスターたちが大切にしていた絵や小さな彫像を取りに戻ろうとしたの」

「それは軽率だ」

「ええ」

「院長はきみを娘のようにかわいがっていたんだな」

アレサンドラはうなずいた。

「きみも院長が大好きだったのか」

「ええ」

長い沈黙がおりた。「愛は責任を伴うわ」アレサンドラはささやいた。「修道院長がわたしのことであんなに心配するのを見て、はじめて気づいたの」

「きみはぼくを愛しているのか、アレサンドラ」

コリンに核心を突かれた。アレサンドラは彼に向きなおった。コリンがドア枠から離れ、近づいてきた。アレサンドラはとっさにあとずさった。

「あなたを愛したくない」

狼狽しながらそういっても、コリンを止めることはできなかった。「ぼくを愛しているのか」彼はふたたび尋ねた。

運よく、その夜は暖炉に火が入っていなかった。火が入っていたら、マントルピースまで追い詰められたアレサンドラのドレスに燃え移っていたところだ。

アレサンドラはコリンから逃げようとしているのか、それとも答えにくい質問からだろうか。コリンにはわからなかった。それでも、アレサンドラに答を迫った。彼女の正直な気持ちを聞きたい……いや、聞かずにはいられない。

「答えろ、アレサンドラ」

アレサンドラはぴたりと止まった。自分を抱くように両腕を曲げ、コリンの前に歩いてくると、仰向いてコリンの目をまっすぐ見据えた。

「ええ」

「どっちなんだ」

「ええ、あなたを愛しているわ」

コリンの満足そうな笑みがすべてを語っていた。彼は知っていたのだ。アレサンドラは心底、困惑した。

「わたしがあなたを愛しているのを知っていたの？」

コリンはゆっくりとうなずいた。アレサンドラはかぶりを振った。「わたしも知らなかったことを、なぜあなたが知っていたの?」

コリンはアレサンドラを抱き寄せようとした。アレサンドラは急いで一歩さがった。「だめよ。キスをしようとしたわね。でも、キスをされたら、考えていることを全部忘れてしまうわ。先に答えて、コリン」

コリンは引きさがらなかった。アレサンドラを捕まえておとがいを持ちあげ、長々とキスをした。アレサンドラの舌を舌でこする。コリンがようやく顔をあげたとき、彼女は大きな溜息をついた。コリンの胸にもたれ、目を閉じる。コリンは両腕で彼女の腰を包んできつく抱きしめ、頭の上にあごをのせた。

アレサンドラを抱くと、ほんとうに心地よい。このごろ、仕事を終えるのが楽しみになってきた。彼女が待っていてくれるとわかっているからだ。

ふと、妻がいるのはいいことだ、と思った。ただの妻じゃないぞ、アレサンドラだ。以前は夜が嫌いだった。脚の痛みは、たいてい夜にひどくなるからだ。けれど、かわいい妻のおかげで痛みを忘れられる。彼女はコリンをいらだたせ、魅了する。彼女がいると、さまざまな感情に見舞われて、ほかのことを考える余裕もない。

そして、彼女はコリンを愛している。

「では、答えよう」コリンがかすれた声でささやいた。アレサンドラは、その声がとても素敵だと思う。

「なにに答えるの？」

コリンは笑った。「ほんとうに、ぼくに触れられると、考えていたことを忘れるんだな」

「そんなにうれしそうにすることはないわ。あなたはそうはならないんでしょう。わたしにキスをするときも、ほかのことで頭はいっぱいなのね」

「そうだ」

「やっぱり」アレサンドラはしょんぼりした。

「なにを考えているかというと、次にきみになにをしようかということだ。次は口でこれをして、その次は手であれをして……」

アレサンドラは、これ以上は聞きたくないといわんばかりに、手を伸ばしてコリンの口をぴしゃりとふさいだ。コリンは笑った。

彼女の手をはずして、コリンはいった。「いつきみがぼくを愛していることに気づいたんだろうと思っているね」

「ええ、そのとおりよ」

「結婚式の夜だ。きみの反応を見て、ぼくを愛していることがわかった」

アレサンドラはかぶりを振った。「わたしはわからなかったわ」

「わかるんだよ。きみはなにも隠さない。とても正直だ。ぼくを愛していなければ、あんなふうに自分をさらけ出さないだろう」

「コリン」

「なんだ」

「ほんとうに、その傲慢なところはなおしたほうがいいわ。手に負えなくなってきたわよ」

「そこが好きなんだろう」

厚かましい言葉は聞き流された。「あなたの将来の計画を邪魔したりしないわ、コリン。それは約束する」

「きみが邪魔だと思ったことなどない」コリンは、アレサンドラの真剣な口調にほほえんだ。

「計画は変更していないんでしょう？　あと五年もすれば……」アレサンドラは黙ってしまった。

「あと五年もすれば？」

あなたもやっと妻を愛するようになるわ、おばかさん。アレサンドラは心のなかでいった。それから、子どもも。五年もすれば、あなたもひとりかふたりは子どもをほしがるようになるかもしれないわ。でも、わたしだって年を取るのに。

いまはまだ子どもを生むことはできない。コリンにとっては重圧だ。会社の共同経営者のネイサンは、子どもが生まれて変わってしまったという。以前は容認できなかったことも甘んじて受け入れようとしているらしい。株を売ることは最後の手段だったはずだ。それなのに、娘が生まれたことで、ネイサンは考えを変えた。

「アレサンドラ、あと五年もすればどうなんだ」コリンはもう一度尋ねた。アレサンドラの切なそうな口調が気になっていた。

「あなたは目標を達成できるわ」アレサンドラが早口でいった。

「ああ」コリンはいった。「まだ五年ある」

そういいながらベッドへ歩いていくと、端に腰をおろし、屈んで靴を脱いだ。「リチャーズと仕事をすることで、きみを心配させていたとは知らなかった」話を元に戻した。「いってくれればよかったのに」

靴と靴下を放り、シャツのボタンに取りかかった。「きみはぼくたちがたがいに対して責任を持つべきだといったが、そのとおりだ。いままできみの気持ちを考えていなかったね。すまなかった」

アレサンドラは、コリンがシャツの裾を出し、頭から脱ぐのを見ていた。目をそらすことができなかった。自分をどう思ってくれているのか言葉にしてくれないかと期待し、彼のひとことひとことに耳を澄ませた。あなたはわたしを愛しているのかと尋ねる勇気はなかった。コリンはなんのためらいもなく、さらりと同じ質問をしたけれど。答を知っていたのだから、ためらわなくて当然だ。

わたしは彼の答を知らない。

つまらないことを考えるのはやめようと、アレサンドラはかぶりを振った。男は愛についてなど考えないものだ。リチャーズの下で危険な仕事をすることで妻を心配させるのではないかと、一度たりとも案じたことのない男が、妻を愛しているのかどうかなど考えるわけがない。コリンの頭は会社を大きくすることでいっぱいなのだから、ほかのことに使う余地はない。

アレサンドラは背筋を伸ばし、決意した。彼の仕事に対する熱意は賞賛に値すると思っていたはずだ。辛抱強くつきあってあげなければ。五年もすれば、コリンは振り向いてくれるだろう。

そのとき、コリンに話しかけられ、アレサンドラはわれに返った。「リチャーズに、書類の仕事を頼まれて引き受けたんだ」シャツを椅子に放り、立ちあがった。「ほかに頼まれたことはモーガンにまかせるつもりだ。じつは、そっちは断ろうと決めていたんだ。二週間、ひょっとしたら三週間もロンドンを離れなければならなくなるのでね。会社は、もちろんボーダーズにまかせておけばいいが、きみをひとりで残していきたくなかった」

いままでコリンがいったことのなかで、いちばん優しい言葉だと、アレサンドラは思った。離れるのはいやだと思ってくれたのだ。それを言葉にしてほしい。

「なぜわたしをひとりで残していきたくなかったの？」

「もちろん、保険のためだ」

アレサンドラは肩を落とした。「ステファンとレイモンドがいるわ」

「きみを守ることはぼくの仕事だ、アレサンドラ」

「あなたのお荷物になりたくないの」アレサンドラはぶつぶつといった。「ただでさえ、あなたは悩みごとが多いでしょう。わたしまで背負いこみたくないはずよ」

コリンはなにもいわなかった。ズボンのボタンをはずし、下履きごと脱いだ。

アレサンドラの頭のなかは千々に乱れた。コリンから目を離せなくなった。ああ、まばゆいばかりに素敵な人だ。古代の戦士とは、きっと彼のような外見だったのだろう。コリンはたくましく、力がみなぎっているのに、しなやかで優美だ。

部屋を突っ切って寝室のドアに鍵をかけるコリンを、アレサンドラは目で追った。コリンはまたアレサンドラの横を通り過ぎ、ベッドへ戻った。上掛けをめくり、体を起こしてアレサンドラを手招きした。

彼女はためらわなかった。コリンの前まで歩いてきた。慎ましく両手を体の前で重ねている。穏やかで冷静そうに見えたが、コリンはだまされなかった。首のつけねが激しく脈打っている。首から髪をどけて、身を屈めてキスをしようとして、そのことに気づいた。

アレサンドラは自分で服を脱ぎはじめた。コリンは彼女の両手をそっとボディスから離した。「ぼくがやる」とささやく。

アレサンドラは両手を脇におろした。コリンのほうが、ずっと手早くドレスを脱がせたが、丁寧さに欠けていた。ドレスをたたまずに、自分のシャツの上に放り投げる。彼女の肌に触れたくて、待ちきれなかった。シュミーズの襟元をとめるレースのリボンをほどいたとき、手が震えていることに気づき、自分のこらえ性のなさに苦笑した。

アレサンドラが相手となると、あきれるほど反応が早い自分に驚いた。すでに息が弾み、胸郭で心臓が激しく鼓動している。まだ彼女に触れてもいないうちから——触れたいように触れてはいないうちから——こうなのだ。期待で痛いほど勃起している。

アレサンドラのほうは、コリンよりやや冷静だった。きみと離れたくないから任務を断った、といわせたかった。

下着がはぎとられたあと、アレサンドラはコリンのあごを見つめて名前を呼んだ。

「コリン」

「なんだ」

「ロンドンを離れたら、わたしのそばにいられなくなってさびしい?」

コリンはアレサンドラのおとがいを持ちあげ、目を合わせた。その笑顔は優しかった。

「さびしいよ」

アレサンドラは満足し、小さく息を吐いた。コリンは身を屈め、そっと口づけをした。

「あなたはわたしがさびしがるかどうか考えないの?」

「考えない」

「なぜ?」

コリンはアレサンドラの両手を首にかけ、彼女の耳たぶに軽く歯を立てはじめた。「さびしがるのはわかっているから。ぼくを愛しているんだろう」

そういわれて、アレサンドラは言葉に詰まった。あなたは自信を失って悩むなんてことはなさそうね。そういってやらなくちゃ。キスでわたしの頭のなかをとろとろにするのをやめてくれたら、すぐにそういってやるのよ。

コリンはアレサンドラの喉に濡れたキスをしていった。彼女の鼓動が速まり、体を震わせているのが腕に伝わってくる。上々のすべりだしだ、とコリンは思った。

彼はわざとゆっくりと責めてアレサンドラをじらしている。突然、アレサンドラはそう気づいた。押し返すと、彼は放してくれたが、ぽかんとしていた。

「どうしたんだ。なぜ抵抗するんだ。その気になっているのはわかるし、ぼくがやる気満々なことはそっちもわかっているくせに」

いまこそ形勢逆転だわ。アレサンドラはベッドにあがって中央へ進み、コリンのほうを向いてひざまずいた。顔が熱かったが、恥ずかしさに屈するつもりはなかった。コリンは夫であり、愛する人なのだから、なにも恥ずかしがることはない。

アレサンドラは指を曲げてコリンを呼んだ。コリンはアレサンドラの大胆さに驚いて笑うと、ベッドにのぼり、手を伸ばしてきた。アレサンドラはかぶりを振って彼の肩を押し、仰向けになるように言外に伝えた。

「大胆なわたしは気に入った？」

「ああ。気に入った」

アレサンドラは、その言葉ではなく口調に勇気づけられた。引きつづき、指で彼の胸をなでおろした。

「あなたに触れられると、わたしはいつも少し自分を見失ってしまうの」小さな声でいった。「でも、今夜は……」

それ以上はいわなかった。指先で彼のへそのまわりにゆるゆると円を描く。手をさらに下へ動かしていくと、彼がはっと息を呑んだ。アレサンドラは頬をゆるめた。

「今夜は?」コリンは切迫した声で尋ねた。

「あなたのほうが先に自分を見失うのよ。挑戦を受けて立つ気はある?」

返事代わりに、コリンは両手を頭の下に入れて目を閉じた。「勝つのはぼくだ、アレサンドラ。ぼくのほうが経験が多い」

そんなふうに豪語され、アレサンドラは笑った。どういうわけか、彼を愛していると認めたことで、慎みなど忘れてもよいのだと思えた。みだらな気分で、品位などどうでもよくなってきた。そもそも一糸まとわぬ裸なのに、品位もなにもあったものではないわ、と思った。

「あなたを愛していると教えてくれて感謝するわ、コリン」

「それはどうも」

コリンは高まる期待に緊張して、ざらついた声でいった。「ぐずぐずしているのは怖じ気《おけ》づいたからか」

「戦略を考えているのよ」

そういうと、コリンはほほえんだ。アレサンドラは彼の体に興味津々だった。どんな味がするのだろう。コリンはわたしの味を知っているけれど。そう思ったとたん、顔がかっと熱くなったが、コリンは目を閉じているので、赤面したのを隠す必要はない。

「コリン……なにをしてもいい？　それとも、してはいけないことはある？」

「どうぞご自由に」コリンが答えた。「ふたりの体はおたがいのものだ」

「ああ、よかった」

アレサンドラはかかとに尻をのせ、どこから手を着けるか考えた。首に心惹かれるけれど、それをいうなら彼の全身に惹かれる。

「早くはじめてくれないと眠ってしまうぞ」コリンがいった。

アレサンドラはこれ以上時間を無駄にせず、いちばん惹かれるところに取りかかることにした。

コリンは目を閉じたことを後悔した。勃起したものの先端に彼女の唇を感じたとたん、ベッドから飛び起きそうになった。思わず漏らしたよろこびのうめき声が、やけに大きくなってしまった。

だめだ。いますぐぶちまけてしまいそうで、コリンは持てるかぎりの忍耐力を振り絞ってこらえた。ひたいに汗がにじむ。やわらかな舌に敏感な肌をくすぐられ、ほどなく絶頂の間際でもだえることになった。

いつまでも持ちこたえられそうにない。コリンは低くうなると、アレサンドラの肩をつかんで顔をあげさせた。膝でアレサンドラの脚を開かせ、自分にまたがらせる。首筋をつかんで引き寄せ、やわらかな唇をふさぎつつ、彼女をひと突きにした。そこは熱く濡れ、準備がととのっている。両手を彼女の腰までおろし、持ちあげてふたたび突いた。もはや理性は吹き飛び、一物を締めつけられたとたん、自分の体を制御できなくなった。絶頂は前触れなしにやってきた。コリンはふたたび大きなうめき声をあげ、彼女のなかに精を放った。

このうえなく親密なやり方で夫に触れ、彼が抑制を忘れて反応してくれたことで、アレサンドラはいつにも増して快感を覚えた。コリンのほうが先に達したが、動くのはやめなかった。よろこびは耐えがたいほど大きく、アレサンドラは体のなかで熱いかたまりがほどけ、野火のように広がっていくのを感じながら、彼の名を呼び、すすり泣いた。至福の快楽に呑まれ、がくりと仰向く。コリンはアレサンドラが絶頂に達しかけて身を震わせたことに気づいた。ふたりの体がつながっているところへ手を伸ばし、彼女をこする。それが後押しとなり、アレサンドラはのぼりつめた。すさまじい快楽にすみずみまで呑みこまれ、全身をこわばらせてのけぞった。

体がぶるぶると震え、いつまでもおさまらないように思えたが、コリンがしっかりと胸に抱きしめてくれたので、怖くはなかった。コリンの腕のなかで、情熱の嵐が過ぎ去るのを安心して待つことができた。

愛の行為のすばらしさに、アレサンドラの胸は一杯になった。感激のあまり、コリンの首に顔をうずめて嗚咽した。

コリンも感激していた。アレサンドラの背中をなでながら、冬の風のようにしわがれた声で優しい言葉をかけているうちに、彼女は少し落ち着きを取り戻した。

「どんどんよくなるわ」とささやく。

「それが、そんなに怖いか」

「一週間もすれば死んでしまうわ。胸の鼓動がこんなに激しいのがわからない？　絶対に、体によくないわ」

「死ぬとしても、幸せの絶頂で死ぬんだぞ」コリンは傲慢にもいった。「上になるのは気に入ったか」

アレサンドラはゆっくりとうなずいた。「わたしの勝ちね」

コリンの笑い声が部屋を満たした。「きみの勝ちだ」

よかった。アレサンドラは目を閉じ、夫に寄り添った。

「夕食をいただいていなかったわね」アレサンドラはつぶやいた。

「あとでいい。ぼくの番が終わってからだ」

どういう意味なのだろう。「あなたの番？」

コリンはアレサンドラを仰向けにし、覆いかぶさった。両腕で体重を支え、にやりと笑いながら彼女を見おろす。

顔をぐっと近づけ、コリンは答えた。

「ぼくが勝つ番だ」

12

コリンを愛することと、好きでいることは、まったく別物だ。彼はキスをすることには抵抗がないくせに、人の説得には頑として耳を傾けようとしない。アレサンドラもそのことを思い知り、手元にある財産を彼の会社のために使ってほしいと、まともに持ちかけるのはやめた。そして、昔ながらの単純な手を使うしかないと考えるに至った。父親の例にならうのだ。もしコリンが理解してくれなくても、神さまはきっとおわかりになってくださるはず、とアレサンドラは何度も自分にいいきかせた。コリンもいつかは意地を張るのをやめるだろう。とはいえ、そのいつかを待っているうちに、第三者がコリンの会社を買収するような事態は、アレサンドラとしても避けたかった。

株は水曜日の午前十時に公開された。二分後には取引が完了し、二十株すべてが売れた。しかも、驚くほどの高値がついた。

コリンは総額を聞いてあっけにとられた。そして、これは怪しいと思った。ドレイソンに、新しい株主の名前を教えてほしいと頼んだが、あるひとりの人物が二十株まとめて買いあげたのだが、名前を明かすことは許されていないという答が返ってきた。

「では、ひとつだけ教えてくれ」コリンは食いさがった。「株主の名前の欄にのっているのは、ぼくの妻の名前ではないか？」

ドレイソンはすかさずかぶりを振った。「いいえ」嘘ではないので、後ろめたさはなかった。「プリンセス・アレサンドラではありません」

コリンは、どうやら嘘ではなさそうだと感じた。だが、そのときふと思いついた。「例のアルバート氏とかいう人物は？　その男が株主だろう」

「いいえ」ドレイソンはまたすかさず答えた。「あの方も食いついたと思いますが、またたくまに売れてしまいましたのでね。お伝えするひまもありませんでした」

コリンはついにあきらめた。アレサンドラは、コリンが追及をやめてくれたことに感謝の祈りをつぶやいた。

だが、ずるい手を使ったことに、ひどく良心がとがめていた。夫を操るのはよいことではないとわかっている。でも、彼が意地を張るからいけないのだ。

このことは忘れようと思ったが、コリンに真実を隠しているかぎり、どんどんつらくなってくることにほどなく気づいた。しきりにぶつぶつとひとりごとをつぶやいたが、さいわい、コリンはそばにいない。彼はほとんど一日じゅう、会社で過ごしている。もちろん、フラナガンはアレサンドラの様子がおかしいことに気づいていたが、長いこと外出できずに不満がたまっているのだろうと考えていた。

一カ月はあっというまに過ぎていった。キャサリンの舞踏会は大成功だったらしく、ウィリアムシャー公爵夫人とジェイドが一部始終をアレサンドラに語った。アレサンドラが出席できなかったのを残念がったが、コリンが外出を禁じるにいたった理由には納得していた。舞踏会の翌日、キャサリンが話をしにきた。早くも何人かの紳士を気に入ったという。いまは、相手からもう一度会いたいという手紙が父親経由で届くのを、楽しみに待っているとのことだった。

コリンがほとんど一日じゅう働いているので、アレサンドラはふたりで過ごせる時間を貴重に思い、お金の話を持ち出して台無しにしたくなかった。とはいえ、やむをえないこともある。家主がフラナガンに、外国へ移住するので、タウンハウスを売りたいと知らせてきたのだ。アレサンドラはこのタウンハウスに愛着を持つようになっていたので、買うことにした。そして、夕食の席で、自分のお金で買いたいものがあると、やんわり切り出してみた。

あいかわらず、コリンはアレサンドラの財産に無頓着だった。きみのお金だから、ほしいものがあるなら好きに使えばいいという。

そこで、アレサンドラはなにを買うつもりなのか告げた。「このタウンハウスを買いたいの」

すかさずだめだといわれないように、急いでつけくわえた。「あなたはイングランドの法律を知らないみたいだけど、普通、夫のいる女は自分の名義で不動産を買えないのよ。あなたに迷惑はかけないわ、ただ契約書に署名してほしいの」

「その法律の根拠はじつにわかりやすい。妻がいかなる危ない賭けに出ようが、法的な責任を負うのは夫だからだ」

「ええ、でもいま話しているのは……」

「ぼくの稼ぎできみを養えるかどうかということだ」彼の声が硬くなった。「無理だと思うのか」

「思うわけがないでしょう」

コリンは満足してうなずいた。アレサンドラは溜息をついた。お金のことに関しては、コリンはほんとうにかたくなだ。アルバートがタウンハウスを買ってくれたことにしようかと、ちらりと思ったが、その考えは捨てた。コリンが激怒するのは目に見えている。それに、アルバートおじさまは真っ赤な嘘だ。自分勝手な嘘など、神さまはお許しにならないだろう。コリンとネイサンを助けるために、ちょっとした策を弄《ろう》して株を外部の人間に買わせないようにするのは許されても、自分がこの家を気に入っているからというだけで嘘をついて購入するのはよくない。コリンと結婚してからというもの、犯した罪は増える一方だが、神さまの帳簿にはごく矮小《わいしょう》な罪として記載されているはず。けれど、自分の思いどおりにするために厚かましい嘘をつけば、重罪の項目に記入されてしまうに違いない。

コリンをだましてはいけない。「わかったわ、コリン。でも、覚えておいてね、この件に関しては、わたしはあなたが意地を張りすぎていると思っているから」

「覚えておこう」コリンはそっけなく答えた。

今度もいわれっぱなしですませるつもりはないのだ。たしかにコリンはしょっちゅうアレサンドラの要求を却下するものの、ほかの人に対してはとても親切だ。レイモンドとステファンがアレサンドラを護衛する必要がなくなってからひと月がたったころ、コリンはふたりに自分の会社へ来ないかと誘った。ふたりとも若く、家族もいないので、船に乗って世界じゅうを旅することに胸を躍らせた。コリンはふたりが海の仕事を覚えられるよう、友人のジンボに託した。

ベッドでは、あいかわらずとても情熱的だった。毎晩アレサンドラの寝室で過ごし、愛を交わしたあとは彼女が眠りにつくまで抱いていた。そして、かならず自分の部屋に引きあげる。アレサンドラは、この決まりきった行動について、コリンと話しあうことができずにいた。脚の話を持ち出せば、コリンははっきりといやがる。まるでけがなどしていないかのようにふるまっている。アレサンドラには、彼の考え方が理解できなかった。人間の体は壊れやすいものなのに、自分が劣っているように感じるのだろうか。妻を愛しているのなら、よろこびだけではなく、つらさも分かちあってくれればよいのに。

でも、コリンはわたしを愛してはいない――いまはまだ。アレサンドラはそう思ったが、気落ちすることはなかった。コリンを心から信頼しているからだ。彼はなんといっても賢い人だ。そのうち、頭がやわらかくなって、妻のすばらしさに気がつくはず。五年後も気づいていなくても、それはそれでかまわない。さらに待てばいい。約束も守る。干渉もしない。

コリンの靴に中敷きを忍ばせたことは、アレサンドラにいわせれば干渉ではない。いままではほとんど毎日、彼はあの特別なブーツを履いていて、アレサンドラはほんとうによかったと思っている。靴職人が最初に作ったものは厚すぎたようで、コリンはブーツを履いてしばらくすると脱いでしまい、ほかのものを履いた。職人に作りなおしてもらって、アレサンドラがこっそりブーツに入れたものは、ずっと具合がよかったようだ。コリンは、自分の足が靴に慣れたので、履き心地がよくなったと思いこんでいる。真実を知っているアレサンドラは黙っていた。フラナガンも同じだ。彼は中敷きを入れた日の夜に、コリンが足を引きずるのが目立たなくなったといった。アレサンドラもそう思った。策略が成功したことに気をよくし、普段履きと夜会用に二枚の中敷きを注文した。

外の世界では、コリンはなんの屈託もない男に見えた。のんびりとした笑みを絶やさず、ロンドンでも屈指の人気者だった。彼が部屋に入っていくと、たちまち友人に囲まれた。女たちも群がった。彼に妻がいることなど、だれも気にしていなかった。独身のころと変わらず、女たちは彼を放っておかなかった。だが、彼は愛想がよくても女たらしではなかった。いつもアレサンドラと手をつなぎ、仕事上のつきあいも楽しんだ。パーティの会場で仕事が決まることも多かった。アレサンドラはそのことを実感していたので、毎晩のように夜遅くまで社交の場にいることも苦にならなかった。

それでも、よく昼寝をするようになった。二カ月間、毎晩のようにパーティに出かけていたので疲れがたまったのか、しょっちゅう吐き気を覚えた。

けれど、今夜のアレンボロー伯爵家のパーティはとても楽しみにしていた。コリンの家族と会えるからだ。ウィリアムシャー公爵夫妻がキャサリンを連れてきて、ケインとジェイドもやってくることになっている。

アレンボロー伯爵はハリソン・ハウスを借り切っていた。大理石と花崗岩《かこうがん》の屋敷は、摂政皇太子の宮殿に負けないほど豪壮だった。

アレサンドラは象牙色のドレスを着ていた。襟ぐりはそれほどあいていないけれど、それでもコリンはぶつぶつ文句をいいたいのを我慢した。唯一のアクセサリーは、チョーカーのようにぴったりしたタイプの、金とサファイアの美しいネックレスだった。サファイアは二カラットはある大きなもので、かすかな疵《きず》も見当たらなかった。とんでもなく高価なものであるはずの宝石をアレサンドラがつけることに、コリンはいい顔をしなかった。

「このネックレスには特別な思い入れがあるのよ」会場へ向かう馬車に乗りこみ、アレサンドラはいった。「その顔からして、あなたは気に入らないようね。どうして気に入らないの、コリン」

「なぜそれが特別なんだ」

アレサンドラは指先でネックレスをなでた。「母の形見なの。これをつけると母を思い出すわ。父が母に贈ったものよ」

コリンはたちまち態度をやわらげた。「だったら、きみがつけるのは当然だ」

「でも、なぜあなたはこれが気に入らなかったの？ ひと目見て眉をひそめたでしょう」

コリンは肩をすくめた。「ぼくが買ってやったものではないからだ」

アレサンドラは面食らった。うなじに手を伸ばし、留め金をはずそうとしたとき、コリンに止められた。「ぼくがばかだったよ。はずさなくてもいい。その色はきみの瞳の色によく似合う」

彼の表情を見て、いまの言葉は批評ではなくほめ言葉だとアレサンドラは受け取った。膝に両手を重ねて彼にほほえみかけ、話を変えた。「ネイサンがそろそろロンドンに到着するんでしょう?」

「ああ」

「わたしはネイサンを好きになれるかしら?」

「たぶん」

「奥さまのことは好きになれるかしら?」

「ああ」

そっけない返事だったが、アレサンドラは気にしなかった。コリンの顔つきを見れば、彼が脚を痛がっていることがわかった。今夜は調子が悪いらしい。足をアレサンドラの隣にのせたので、間違いない。

アレサンドラは彼の脚に触れたいのを懸命にこらえた。「今夜は家にいましょうか。なんだかとても疲れているみたいだわ」

「ぼくは大丈夫だ」コリンは有無をいわせない口調で答えた。

アレサンドラはあえて反論しなかった。また話を変えてみた。「ネイサンとサラに、赤ちゃんお誕生のお祝いを贈らなきゃいけないわね」

コリンは座席に背中をあずけて目を閉じた。話を聞いているのかどうか、よくわからない。アレサンドラは膝に目を落とし、ドレスのひだをととのえはじめた。「あなたは雑用にわずらわされたくないだろうと思ったから、わたしが手配しておいたわ。あなたとネイサンは海運会社を経営しているから、船の模型なんてどうかしらと思って。ふたりがお家を買ったら、サラがマントルピースに飾ってくれるかもしれないわ」

「きっと気に入ってくれるよ」コリンはいった。「きみが決めるものでぼくはかまわない」

「書斎に会社の船の絵が何枚かあるでしょう。エメラルド号の絵を職人さんに貸したのだけど、いいかしら」

馬車がハリソン・ハウスの前で急停止した。コリンは半分眠っているように見えたが、御者が馬車のドアをあけたとたんに、きびきびと動きはじめた。馬車を降りるアレサンドラに手を貸してやり、腕を取ってハリソン・ハウスの階段をのぼる。ケインとジェイドが歩いてくるのを見て、すぐに笑顔になった。

脚の痛みが急におさまったわけではない。彼の笑顔は無理やり作ったものだ。けれど、アレサンドラは彼の痛みを知っている者は自分だけだとわかっていた。医師は、脚が痛みはじめたら休むべきだといっていた。それなのに、コリンは忠告を聞き入れようとしない。おそらく、今夜も平気なふりをしてダンスをするのだろう。

夜気はひんやりと湿っていた。アレサンドラは、急に頭がぼうっとしてきたような気がした。それに、胸もむかむかする。料理番が用意してくれた軽食をほとんど食べてこなかったのは正解だった。疲れているんだわ、とアレサンドラは自分にいいきかせた。

ジェイドがアレサンドラの顔色の悪さに気づき、ケインに教えた。ケインもコリンも、アレサンドラのほうへ振り返った。

「気分が悪いのなら、いわなければだめじゃないか」コリンがいった。

「ちょっと疲れているだけよ」アレサンドラはあわてて答えた。「怖い顔をしないで、コリン。毎晩、外出することに慣れていないから、少し疲れたんだわ。ほんとうよ、これからときどきは家にいるようにするわ」

「パーティが嫌いか」

コリンは意外そうだった。アレサンドラは肩をすくめた。「やるべきことはやるまでよ」

「どういう意味かわからないが」

答えるまでは許してもらえそうにない。「じゃあ、いうわ。はっきりいって、パーティはあまり好きではなくて……」

「なぜいままでいわなかったんだ」

コリンはいらだっている。アレサンドラはかぶりを振ってみせた。「あなたにとって仕事を獲得する場でしょう。あなたも、とりたててパーティが好きというわけではないわ。だから、やるべきことはやるまでといったのよ。いまは黙っていても、いずれは嫌いって打ち明けたかもしれないわ」

コリンは賢明な妻を持ったと思った。アレサンドラは、コリンが社交の場に出入りする理由も、ほんとうはパーティを嫌っていることも知っていて、そのうえでついてきてくれたのだ。「いずれは?」コリンはにやりと笑って繰り返した。「厳密にはいつになったら文句をいうつもりだったんだ」

「文句なんかいいません。そんなふうにいうなんて謝ってほしいわ。いずれは、というのは、いまからきっかり五年後のことよ。五年たったら、家にいたいっていうようになるわ」

ケインがアレサンドラにほほえみかけた。「アルバート氏に、よろしく伝えてくれ。例の投資について教えてくれて感謝しているよ。株価はもう三倍にはねあがっているんだ」

アレサンドラはうなずいた。

「どこの株だ」コリンが尋ねた。

「この前おまえの家に行ったとき、投資に興味があると話したんだ。そうしたら、アレサンドラが、アルバート氏にキャンプトン・ガラスの株をすすめられたと教えてくれた。ちょうど公開されたばかりでね」

「ケントの縫製工場の株を買ったのだと思っていたわ」ジェイドが口を挟んだ。

「そっちも検討中だ」

アレサンドラは、ついかぶりを振ってしまった。「その会社はやめておいたほうがいいと思うわ、ケイン。ぜひ慎重に考えてみて」

コリンの視線を感じたが、振り返らなかった。「アルバートおじさまも以前その工場に興味を持っていたの。仲買人のドレイソンに、工場の視察に行かせたくらいよ。ドレイソンの報告では、建物はいったん火事になったら逃げ場のない造りで、経営も危ないということだったわ。何百人もの女の人や子どもが、劣悪な条件で働かされていたのよ。アルバートおじさまは、経営者を儲けさせたくなかったし、そんな工場に投資して儲けたいとも思わなかったの。他人の不幸を元手に稼ぐようなものだから――とにかく、このあいだ届いた手紙にそう書いてあったわ」

ケインはすぐさまうなずいた。話を中断させ、四人はハリソン・ハウスの玄関に入った。ドアにほど近いアルコーブでウィリアムシャー公爵夫妻とキャサリンが待っていて、四人の姿を認めて手招きした。投資の話は忘れられた。キャサリンがジェイドを抱きしめ、次にアレサンドラを抱きしめた。すぐにサファイアのネックレスに目をとめ、うらやましくて失神しそうだといった。キャサリンは真珠の一連のネックレスをつけていたが、上の空でその真珠をいじりながら、お父さまがサファイアを買ってくださったら、このすみれ色のドレスがもっと素敵に見えるのにといった。

アレサンドラは、あからさまなおねだりに声をあげて笑った。だれも見ていないうちに、手早くネックレスをはずしてキャサリンに渡した。

「これは母のものだったから、取り扱いには気をつけてね」コリンに聞こえないよう、声をひそめた。「留め金はしっかりしているから、つけているかぎりなくさないわ」

キャサリンは、形ばかりは遠慮するようなことをいいつつ、自分のネックレスをはずしてアレサンドラに渡し、サファイアのネックレスをつけた。ジェイドは義妹に後ろを向かせ、留め金がきちんとはまっているのを確かめた。

「なくさないようにね」

コリンは、ふたりのネックレスが入れ替わったことに、丸一時間は気づかなかった。リチャーズがせかせかと近づいてきて一家に挨拶をしたのち、コリンにふたりで話をしたいと合図した。リチャーズの顔つきから、深刻な話だと予想された。

ウィリアムシャー公爵がアレサンドラとダンスをしたいといいだし、コリンとリチャーズは好機を得た。公爵とアレサンドラが舞踏室の中央へ歩いていくのを見届けると、コリンはすぐにリチャーズのもとへ急いだ。リチャーズは三角形のアルコーブの入口に立ち、人の群れを眺めていた。

ふたりはしばらく無言のまま並んで立っていた。コリンは、部屋の向こう側にニール・ペリーの姿を認め、眉をひそめた。アレサンドラが気づかなければよいのだが。もし気づいたら、彼の妹のことでまた質問攻めにしたあげく、無礼な言葉を返されて、コリンが介入するはめになる。

想像すると、頬がゆるんだ。

そのとき、キャサリンに目がとまった。彼女はモーガンとダンスをしていた。コリンは腰の後ろで手を組み、ふたりを眺めた。モーガンが気づいて、会釈をしてきたので、コリンも会釈を返した。

リチャーズも、新米諜報員にうなずいてみせた。笑みを浮かべてもいる。だから、コリンはリチャーズの不機嫌な声に驚いた。「モーガンにあの任務をまかせたのは間違いだった」

リチャーズは声をひそめていった。「みごとにしくじってくれたよ。デヴィンズを覚えているか」

コリンはうなずいた。デヴィンズとは、ときどき情報の伝達要員として使われる男だ。

「死んだよ。わたしの聞いた話を総合すれば、撃ちあいになって命を落としたらしい。モーガンの報告によれば、デヴィンズは恐慌状態にあった。連絡員を待っていたときに、彼の娘が現れたのだよ。運が悪かった。娘は十字砲火を浴びて死んだ。まったくなんということだ、本来なら氷の上をすべるように円滑に終わるはずの任務だぞ。だが、未熟なモーガンが功をあせり、単純な任務が大失敗に終わってしまった。運が悪かったとはいえ、彼はこういう仕事には向いていない」うなずいてつけくわえた。

「二度と使ってはいけません」コリンの声は怒りで震えていた。「デヴィンズは恐慌に陥るような男ではなかった。たしかに短気でしたが、判断はいつも的確でした」

「そう、普通の状況であれば、的確な判断ができたかもしれない。だが、彼は娘を守ろうとする父親でもあったのだよ、コリン。娘が危険にさらされているのを目の当たりにして、恐慌に陥るのは当然ではないかね」

「父親なら、正反対の反応をすると思います。冷静であろうとするものではありませんか」

リチャーズはうなずいた。「モーガンには、辞めてもらうと告げた。もちろん、彼は不満そうだった。任務が失敗したことは申し訳ない、やりすぎだったと認めてはいたがね。それから、きみのことを責めてもいた。きみが同行して指示をしてくれなかったせいだとね」

コリンはかぶりを振った。いいがかりだ。リチャーズの顔を見れば、彼もそう思っているのがわかった。

「おっしゃるとおりです、リチャーズ。彼は向いていない」

「残念だ」リチャーズがつぶやいた。「やる気はあったし、金もほしがっていた。まあ、結婚には向いているんじゃないかね。ご婦人方には人気があるようだ」

コリンはダンスフロアに目を戻した。モーガンはすぐに見つかった。笑顔でキャサリンを見おろし、フロアじゅうをくるくると連れまわしている。妹は笑い声をあげ、心から楽しんでいるようだった。

そのとき、キャサリンがつけているネックレスに目がとまった。コリンはすぐさま人混みのなかにアレサンドラを探した。先に公爵が見つかり、次にアレサンドラの姿が見えた。キャサリンの真珠をつけている。コリンは眉をひそめた。ネックレスが変わっていたからではない。アレサンドラの顔色がドレスと同じくらい真っ白だったからだ。いまにも気を失いそうに見える。

コリンはリチャーズに断ってアレサンドラのもとへ急いだ。公爵の肩をたたき、アレサンドラを抱き寄せる。彼女は弱々しくほほえみ、コリンにもたれた。

ちょうどそのときワルツが終わり、コリンは正面のテラスにアレサンドラを連れていった。

「具合が悪いんだろう」

ケインがドアのすぐ脇にジェイドと並んで立っていたが、アレサンドラの顔を見てすぐに一歩あとずさった。彼女の顔色は真っ青だ。伝染性の病気でなければよいが、とケインは思った。

アレサンドラは、気絶しそうなのか吐きそうなのか、自分でもわからなかった。家に帰るまでは、そのどちらもしでかしませんようにと祈った。新鮮な空気が功を奏したのか、しばらくして頭がくらくらしていたのがおさまった。

「たぶん、みんながくるくるまわっているのを見ていたせいだわ」アレサンドラはコリンにった。

ケインはほっと息を吐き、手助けにいった。コリンはアレサンドラを兄にまかせ、主催者に失礼すると挨拶しにいき、戻ってきた。アレサンドラは外套を着てこなかったので、コリンは自分の上着を脱いで着せかけ、玄関階段を降りて馬車へ向かった。

ほどなく、アレサンドラはまた気分が悪くなった。馬車が揺れるせいで胸がむかつきはじめた。膝の上で両手を握りあわせ、吐き気を鎮めようと、何度も深呼吸した。

コリンは手を伸ばしてアレサンドラを膝に乗せ、あごの下に彼女の頭をしまいこむようにして抱きしめた。

タウンハウスに着き、コリンはアレサンドラを寝室まで抱いていった。ベッドの端に彼女を座らせ、頼まれたとおりに冷たい水を取りにいった。

アレサンドラは上掛けの上に横になり、目を閉じた。それからすぐに眠ってしまった。

コリンがアレサンドラのドレスを脱がせた。フラナガンがドアの外で心配そうにうろうろしていたが、コリンは手伝わせず、妻のドレスを脱がせてから上掛けを掛けてやった。彼女は疲れきっているらしく、赤ん坊のように眠りつづけた。

コリンは朝までアレサンドラに付き添うことにした。病気なら、いざというときのためにそばにいてやりたかった。ところが、コリンもにわかに疲れを感じた。服を脱ぎ、アレサンドラの隣に横たわる。彼女は眠ったまま、コリンの腕のなかへ寝返りを打った。コリンは彼女の体に両腕をまわし、ひたいにキスをして目を閉じた。

夜が明ける少し前、アレサンドラが腰をこすりつけてきて、コリンは目を覚ました。彼女はあいかわらず熟睡している。コリンは、自分がなにをしているのかわかる程度には目覚めていた。ふたりは愛をかわし、満足してから、つながったままふたたび眠った。

翌日のアレサンドラは、いつもの元気を取り戻していた。午後二時、キャサリンがネックレスを返しにきた。彼女には話したいこともたくさんあった。社交シーズンを楽しみ、父親のもとに届いている数々の縁談について、アレサンドラに話したがっていた。

キャサリンはアレサンドラの腕に腕を絡め、客間へ入った。

「せっかくの日曜日の午後に、お兄さまはいないの？」

「お仕事よ」アレサンドラは答えた。「夕食までには帰ってくるわ」

キャサリンはソファの隣の椅子に腰をおろした。フラナガンが入口の脇に控え、用事をいいつけられるのを待っていた。

「たくさんの殿方に会って、覚えていられないくらいよ」キャサリンが大げさな口調でいった。

「興味のある殿方の名簿を作ればいいのよ。そうすれば混乱しないわ」

キャサリンは確実なやり方ねと答えた。アレサンドラはすかさずフラナガンに紙とペンを取ってきてほしいと頼んだ。

「お父さまから、もう何人かはお断りしてもらっているの。お父さまは協力的よ。わたしをさっさと結婚させようとは思っていないみたい」

「そうね、お断りする方の名簿から作るといいわ。もちろん、お断りする理由も書くの。気が変わったり、なぜお断りしたのか忘れてしまったりするから」

「なるほど、よく考えてあるわね」キャサリンは感心した口調でいった。「いいことを教えてくれてありがとう」

アレサンドラは役に立てて大得意だった。「整理整頓が鍵よ、キャサリン」

「なんの鍵？」

アレサンドラは口を開き、自分でもよくわかっていないことに気づいた。「人生をきちんと系統立てて、幸せに生きるための、かしら」アレサンドラは声に出して考えた。

フラナガンが紙とペンを持って戻ってきた。アレサンドラは礼をいい、キャサリンに向きなおった。

「では、お断りする方からはじめましょう」

「ええ。一番はニール・ペリーね。昨日、申しこんできたわ。でもわたしはあの方が嫌いなの」

アレサンドラは名簿の表題を書き、ニール・ペリーと書きこんだ。「わたしもあまり好きではないわ。この方を除外したあなたの判断は正しいと思う」

「ありがとう」キャサリンが答えた。

「理由はなんて書きましょうか？」

「最低の人だから」

アレサンドラは笑った。「たしかに。妹とは大違いだわ。ヴィクトリアはいい人よ」

キャサリンはヴィクトリアを知らないので、賛成とも反対ともいいかねた。引きつづき、除外する紳士の名前を並べていった。ほとんどやっつけ仕事になった。好ましい候補者の名簿作りに、早く取りかかりたかったからだ。それに、アレサンドラに話したくてたまらないこともある。

「これでいいわ。では、次の名簿を作るわよ」

キャサリンは四人の名前をあげた。四人目がモーガンだった。「もちろん、まだ申しこまれてはいないわ。ゆうべ知りあったばかりですもの。でもアレサンドラ、あの方はとても素敵だわ。あの方が笑うと、心臓が止まりそうになるの、ほんとうよ。でも、結婚は無理かもしれない。あんなに人気がある方でしょう。それでも、訪問したいとお父さまにお願いするといってくださったわ」

「わたしも会ったことがあるわ」アレサンドラは答えた。「たしかに、素敵な方だったわね。コリンも気に入っていたようよ」

「結婚相手としては申し分ないわ。だけど……もうひとり、いい方がいるの」

「その方の名前を教えて、名簿に書きこむから」

キャサリンは頬を染めた。「とってもロマンティックなの」とささやく。「お父さまはそう思わないでしょうけれど。だれにもいわないって約束して」

「なにをいってはいけないの?」

「とにかく、先に約束して。ほら、胸に手を当てて。決して約束を破らないというしるしよ」

アレサンドラは笑いをこらえた。キャサリンがとても真剣なので、傷つけたくなかった。いわれたとおりに胸に手をあて、だれにもいわないと約束した。

「さあ、話して」

「その方の名前はまだわからないの」キャサリンはいった。「ゆうべの舞踏会にいらしていた。それは確実よ。それに、きっと素敵な方だわ」

「会ったこともないのに素敵な方だなんて、どうしてわかるの。それとも、会ったことはあるの？　そうなのね。だけど、名前は知らない。見た目はどんな方なの。ひょっとしたら、わたしも会ったことがあるかもしれないわ」

「それがね、会ったこともないのよ」

「わけがわからないわ」

キャサリンは笑った。

「名簿に書くために、とりあえず仮の名前を決めましょう」アレサンドラはペン先をインク壺に浸した。

キャサリンはペンにインクを含ませるのを待ち、小声でいった。「秘密の崇拝者さん、にして」そして、長々と幸せそうな溜息をついた。

アレサンドラは息を呑み、ペンを膝に取り落とした。薄桃色のドレスにインクが飛び散った。

「まあ、大変」キャサリンが叫んだ。「ドレスが……」

アレサンドラはかぶりを振った。「ドレスはどうでもいいわ」不安で声が震えた。「その秘密の崇拝者のことを聞かせて」

キャサリンは眉をひそめた。「わたしはなにもいけないことはしていないわ、アレサンドラ。なぜ怒るの」

「怒ってはいないわ……とにかく、あなたには怒っていない」

「でも、大声をあげたわ」

「そんなつもりはなかったの」

アレサンドラは、キャサリンの目が潤んでいることに気づいた。キャサリンは興奮しやすく、傷つきやすいたちだ。一人前の女性というより、まだ子どもなのだ。アレサンドラはそう気付き、絶対に不安の理由を話してはならないと自分を戒めた。まずコリンに相談しなければ。彼ならどうすればいいのか考えてくれる。

「ごめんなさいね。どうか許して」なんとか穏やかな口調でつけくわえた。「その秘密の崇拝者さんに興味があるの。どこで知りあったのか、教えてくれない?」

キャサリンはまばたきして涙をこらえた。「教えるほどのことはなにもないわ。今朝、カードのついたお花が届いたの。メッセージはなくて――ただ、署名だけ」

「どんな?」

「〝あなたの秘密の崇拝者より〟って。とてもロマンティックだと思ったの。あなたがなぜそんなふうに驚くのかわからないわ」

「なんてこと」アレサンドラはつぶやき、ソファの背にぐったりともたれた。頭のなかは恐怖でいっぱいだった。コリンに聞いてもらわなければ。たとえ彼が眠っているあいだに、ベッドに縛りつけなければならないとしても。

「震えているわよ、アレサンドラ」キャサリンがいった。

「少し寒気がして」

「お母さまがジェイドにいってたわ、あなたに子どもができたんじゃないかって」

「なんですって?」

もちろん叫ぶつもりではなかったが、アレサンドラはキャサリンの突飛な発言に、悲鳴をあげてしまいそうなほど驚いた。

「みんな、あなたがコリンの赤ちゃんを身ごもったかもしれないと思ってる」キャサリンはいった。「ほんとうにそうなの?」

「まさか。ありえない。早すぎるわ」

「結婚してもう三カ月たつのよ。お母さまがジェイドにいったわ、吐き気は懐妊の兆しかもしれないって。そうじゃなかったら、お母さまはがっかりするわよ。ほんとうに違うの、アレサンドラ?」

「ええ、確信があるわ」

キャサリンにほんとうのことをいえなかった。確信などない。ああ、妊娠したかもしれない。最後に月のものがあってから、ずいぶんたつ——三カ月以上だろうか。念のために数えてみた。やはりそうだ。結婚式の二週間前にあって……それ以来、一度もない。吐き気は疲労のせいではなかったのか。以前は昼寝などしたことがないのに、いまは午睡をとらなければ一日をやり過ごせない。もちろん、コリンと毎晩のように外出しているし、遅くまで起きているから、どうしても昼間に眠くなるのだと思っていた。

手が腹部を守るようにおりた。「わたしはコリンの赤ちゃんを産みたい。でも、あの人には大事な計画があるの。邪魔はしないって約束したのに」

「その計画と赤ちゃんになんの関係があるの」

アレサンドラはしっかりしなければと思った。まるで霧に包まれているような気分だった。頭のなかがごちゃごちゃでまとまらない。なぜ気づかなかったのか……ありえないことではない……筋の通った答はただひとつ……そう、妊娠。

「アレサンドラ、なんの関係があるのかって訊いてるのよ」

「五年計画なの」アレサンドラは出し抜けにいった。「五年たってから産むのよ」

キャサリンは、この人はふざけているのかしらと思った。そして、大笑いした。それからまもなく、キャサリンは帰っていった。それまではアレサンドラもなんとか平静を保っていた。ひとりになったとたん、アレサンドラは寝室へ駆けのぼり、ドアを閉めて号泣しはじめた。


矛盾するふたつの感情に満たされた。コリンの息子か娘がおなかにいると思うと、うれしくてたまらなかった。大切な命が自分のなかで育っているということはまさに奇跡そのものであり、胸がいっぱいになる。よろこびと――後ろめたさで。

コリンはよろこんでくれないかもしれない。いい父親になることは疑問の余地がないが、いま子どもが生まれると、重荷が増えるだけではないだろうか？　ああ、あの人がわたしを愛してくれていればいいのに。意地を張らずにわたしの財産を使ってくれればいいのに。

後ろめたい気持ちになどなりたくない。それに、舞いあがりそうなほどの幸せと強い不安を同時に覚えるなんてことがありうるのだろうか。

フラナガンが熱いお茶を持ってきた。ドアをノックしようとしたとき、内側から女主人の泣き声が聞こえた。フラナガンはしばらくその場に立ちすくんだ。もちろん、どうしたのかと声をかけ、女主人を助けたかったが、ドアは閉まっている。女主人は放っておいてほしいのだ。

玄関のドアが開く音がしたので、フラナガンは急いで階段をおりた。下にたどりついたとき、コリンが入ってきた。彼はひとりではなかった。会社の共同経営者のネイサンを連れていた。ネイサンはとても背が高いので、アーチ型の入口をくぐるとき、頭をひょいとさげた。

フラナガンは賢明にも、奥さまが大変だと客の前で口走りはしなかった。足早に主人のもとへ行ってお辞儀をして、客に向きなおって挨拶をした。

「客間を使うぞ」コリンがいった。「ケインとジェイドももうすぐ来る。アレサンドラはどこだ」

「プリンセスは二階でお休みになっています」フラナガンは堂々とした執事のようにふるまおうと努力した。ネイサンとはこれがはじめての対面ではないが、いまだに少し怖かった。

「ケインが到着するまで起こさなくていいぞ」コリンはいい、ネイサンに向きなおった。

「毎晩のように外出しなければならなくてね。アレサンドラは疲れているんだ」

「奥方は夜ごとのパーティ生活を気に入っているのか」ネイサンが尋ねた。

コリンは苦笑した。「いや」

ふたりが客間へ入ろうとしたとき、だれかが玄関のドアをノックした。フラナガンはコリンの兄夫婦だろうと思い、急いでドアをあけ、深々と頭をさげかけたところで、そこに立っているのが少年だと気づいた。少年は、赤いリボンを結んだ白い箱をフラナガンに差し出していた。

「お金をくれて、かならずプリンセス・アレサンドラに届けろって」

フラナガンは箱を受け取ってうなずき、ドアを閉めると、くるりと階段のほうへ向きを変えた。その顔はほころんでいる。これでプリンセスの部屋に入る口実ができた。部屋に入ったら、さっきはなぜ泣いていたのかお尋ねしよう。

またドアをノックする音がした。フラナガンはサイドテーブルに箱を置き、ドアへ引き返した。いましがた来た少年が戻ってきたのかもしれない。

入口で待っていたのは、ケインとその妻だった。妻のジェイドが、フラナガンににっこりとほほえみかける。ところが、ケインはフラナガンに目もくれず、険しい目で妻を見つめていた。

「いらっしゃいませ」フラナガンはいいながら、ドアを大きくあけた。

ジェイドが足早に入ってきた。彼女はフラナガンに挨拶をし、ケインは会釈した。どこか上の空だった。

「まだ話は終わっていないぞ」ケインが有無をいわせぬ硬い声で妻にいった。

「いいえ、終わりました」ジェイドはやり返した。「あなたってほんとうに石頭ね。フラナガン、コリンとネイサンはどこかしら」

「客間でお待ちでございます」

「きちんと最後まで話しあうぞ、ジェイド」ケインがいった。「何時間かかろうがかまうものか」

「あなたの嫉妬《しっと》は根拠がありません」

「ああそうだ、嫉妬しているさ」

コリンは大声でいいはなちながら妻を追いかけた。

ジェイドが客間へ入ると、すぐにネイサンとコリンが立ちあがった。ネイサンは妹を強く抱きしめてから、妹に声を荒らげたケインをにらみつけ、ついでに小言をいった。

「夫が妻に声を荒らげるとはなにごとだ」

ケインが笑い、コリンもくわわった。ケインがいった。「おまえはすっかり変わったな。記憶では、おまえこそいつもどなりちらしていたがね」

「おれは変わったよ」ネイサンは平然と答えた。「充実しているのでね」

「いまではサラがどなりちらしているほうだな」コリンがいった。

ネイサンはにやりと笑った。「たしかにあいつは短気だ」

ジェイドはネイサンの隣に座った。ネイサンはふたたび腰をおろし、ケインに目を戻した。「おまえと妹と、なにか意見の相違でもあったか？」

「ないわ」ジェイドが答えた。

「あった」ケインが同時にいった。

「いまその話はやめて」ジェイドはいい、話を変えた。「早く赤ちゃんに会いたいわ、ネイサン。あなたに似ているの、それともサラに？」

「目はおれだ。足はありがたいことにサラだな」

「サラと赤ん坊はいまどこにいるんだ」コリンが尋ねた。

「サラの実家に置いてきた。みんなに赤ん坊を会わせてやりたがっていたよ」

「ロンドンにいるあいだは、サラの実家に泊まるのか？」ケインが尋ねた。

「まさか」ネイサンは心底ぞっとするといわんばかりに答えた。「あっちにいると、おかしくなってだれかを殺しかねない。おまえのところに泊めろ」

ケインはうなずいた。頬がゆるんだ。頼むのではなくいきなり命令してくるとは、やはりネイサンは変わっていない。ジェイドも興奮した様子で両手を握りあわせていた。兄夫婦が泊まりにくると知って、うれしくてたまらないようだった。

「奥方はどこだ」ネイサンがコリンに尋ねた。

「フラナガンが呼びにいった。すぐにおりてくる」

すぐにのはずが十分がたった。アレサンドラはインクで汚れたドレスから、きれいなすみれ色のドレスに着替えていた。そして、机の前に座って、コリンがしなければならないことを一覧表にしていた。もちろん、コリン本人に見せるわけではない。なぜなら、どれも不適切なことばかりだったからだ。妻は夫に提案はしても命令はしない。コリンを含め、夫は命令されるのを嫌う。

とりあえずなにかするのはいいことだし、これからの展望を書き出すと気分が落ち着く。アレサンドラは紙のいちばん上にコリンの名前を書いた。そして、彼がしなければならないことをその下に書いていった。

まず、ヴィクトリアも〝秘密の崇拝者〟と自称する者と交際していたのは驚くべき偶然ではないかという妻の話に耳を傾けること。アレサンドラは、そのあとに（キャサリン）とつけくわえた。

第二に、妻の財産に手をつけないという考え方を改めること。（頑固すぎる）、とつけくわえた。

第三、五年も待たずに、妻を愛していると気づくこと。いますぐ気づき、妻に愛していると告げなければならない。

第四、父親になることをよろこばなければならない。人生設計を邪魔したといって妻を責めないこと。

アレサンドラは一覧表を最初から読みなおし、大きく息を吐いた。コリンの子どもを生むのが楽しみであると同時に、彼が怒るのではないかと不安でもあり、泣きたいような叫びたいような気分だった。

長い溜息が漏れた。こんなふうに混乱して感情的になるのは自分らしくない。

一覧表に、疑問をひとつつけくわえた。〝妊娠した既婚女性は修道女になれるのか?〟

それだけでは気がすまず、もうひとつ書き足した。〝修道院長はわたしを愛している〟。

いいわ——この重要な事実を思い出して、少し元気が出てきた。アレサンドラは落ち着きを取り戻してうなずき、紙を破こうと両手でつまんだ。

そのとき、ドアをノックする音がした。アレサンドラが返事をすると、フラナガンがあわてた様子で入ってきた。

彼はプリンセスが泣きやんだのを知って安堵した。目はまだ赤かったが、フラナガンはとくになにもいわず、アレサンドラも黙っていた。

「プリンセス、下に——」

アレサンドラはさえぎった。「ごめんなさい、でも先に聞いておきたいの。料理番はタルボット子爵家のだれかから話を聞くことができたのかしら？　しつこくして申し訳ないけれど、事情があってどうしても調べたいことがあるのよ、フラナガン。どうか辛抱してね」

「料理番はいまだに市場で子爵家の使用人と会うことができずにおります」フラナガンは答えた。「ひとつご提案してもよろしいでしょうか」

「もちろん、どうぞ」

「いっそのこと、料理番を子爵家に使いにやったらいかがです。勝手口から入れば、子爵に知られることはありません。使用人がわざわざ教えることでもございませんし」

アレサンドラはすぐさまうなずいた。「それは名案だわ」賞賛をこめていった。「状況は差し迫っていて、ぐずぐずしていられないの。いますぐ料理番に頼んでくれるかしら。馬車を使ってもいいから」

「いえいえ、プリンセス、料理番も馬車は遠慮いたしますよ。とんでもないことです。子爵家までは石を投げれば当たる距離でございます」

「あなたがそういうのならしかたないわね。ところで、あなたの用事はなんだったの」

「お客さまがいらっしゃいました。ご主人さまの会社の方がお見えです。それから、兄上さまと奥方さまもご一緒です」

アレサンドラは立ちあがったものの、ふと思いとどまった。「少し待っていて、すぐに行くから。あなたにお願いしたいことの一覧表を渡したいの」

フラナガンは期待に顔をほころばせた。プリンセスが一覧表を作ってくださるとはありがたい。やるべきことを整理してくださるとは、気にかけてくださっている証拠だ。プリンセスは、フラナガンにその日のうちに片付けられそうな仕事を頼み、そのたびにほめるのを忘れない。プリンセスはいつも感謝を忘れず、ほめ言葉をけちらない方なのだ。

彼はプリンセスが紙の束をめくるのを見ていた。彼女はようやくフラナガンの名前が書いてある紙を見つけ、それを差し出した。

フラナガンは紙をポケットにしまい、アレサンドラを一階へ連れていった。玄関の間のサイドテーブルに置いたままの箱が目にとまり、それをアレサンドラに渡さなければならなかったことを思い出した。

「先ほど、あの箱が届きました。いまあけましょうか、それともあとになさいますか」

「あとでいいわ。早くネイサンに会いたいの」

アレサンドラが客間に入っていくと、コリンが立ちあがって歩いてきた。ほかの三人もすぐに立ちあがった。アレサンドラはジェイドのそばへ行って彼女の手を取り、また会えてよかったといった。

「くそっ、うまくやったな、コリン」

そうつぶやいたのはネイサンだった。アレサンドラには聞こえなかった。やっとのことで勇気をかき集め、大男の前へ歩いていき、笑顔で顔を見あげた。

「プリンセスにはお辞儀をすべきかな」ネイサンが尋ねた。

「そうしてくださったら、頰に感謝のキスしてさしあげることができるわ。屈んでくださらないと、はしごがいりますもの」

ネイサンは笑い、屈んで頰にキスを受けてから、体を起こした。「さて、なんに対する感謝か教えてくれないか」

彼はこのうえなく魅力的だった。そして、とても優しい声をしている。「もちろん、コリンに我慢してくださることへの感謝です。いまのところ、会社は好調だとうかがっていますわ。コリンは頑固でしょう、きっとあなたが調停役を引き受けてくださっているのでしょうね」

コリンはのけぞって大笑いした。ネイサンは少し恥ずかしそうな顔をした。

「それは反対だよ、アレサンドラ」ケインがいった。「ネイサンが頑固で、コリンが調停役なんだ」

「妻はぼくをドラゴンと呼ぶんだ」

アレサンドラは、秘密を明かしたコリンをにらんでみせ、彼の隣に行って腰をおろした。

「兄さん、奥方をにらむのはやめろよ」コリンがいった。

「この人、わたしに腹が立ってたまらないみたいなの」ジェイドがいった。「もちろん、怒るなんてばかげてるわ。わたしがあの人の気を惹《ひ》いたわけじゃないのに」

「そんなことはいっていない」ケインが反論した。

ジェイドはコリンのほうを向いた。「この人、お花を外に放り出したのよ。信じられる?」

コリンは肩をすくめた。アレサンドラの肩を抱き、両脚を伸ばした。「なんの話か、さっぱりわからないな」

「サラとジョアンナを連れていく前に、夫婦げんかの決着をつけておいてくれ。娘には静かな環境が望ましいからな」

そういったのはネイサンだった。ケインとコリンは目を丸くして彼を見つめた。信じられないといわんばかりだ。ネイサンはふたりを無視した。

「父親になると知ったときはうれしかったのかしら」アレサンドラはさりげなくネイサンに尋ねた。だが、両手は膝できつく握りあわされていた。

奇妙なことを訊くものだと思ったのかどうか、ネイサンは顔には出さなかった。「ああ、とてもうれしかった」

「でも、五年計画のことは気にならなかったの？」

「なんのことだ」ネイサンは当惑をあらわに訊き返した。

「赤ちゃんは会社の拡大計画の邪魔にはならなかった？」

「いいや」

アレサンドラは嘘だと思った。赤ん坊が生まれなければ、ネイサンも会社の株を売ろうとは考えなかったはずだ。それに、ネイサンが自宅を購入したがっていると、コリンから聞いている。

だが、その微妙な話は持ち出さないことにした。「そう。不測の事態に備えて、計画に余裕を持たせたのね」

「コリン、奥方はいったいなんの話をしているんだ」

「アレサンドラと会ったばかりのころに、あと五年は結婚しないと話したんだ」

「子どもも持たないって」アレサンドラは口を挟み、うなずいた。

「子どもも持たない」コリンはアレサンドラに合わせて繰り返した。

ケインとジェイドが顔を見あわせた。「じつに計画的だ」ケインはコリンにいった。

アレサンドラは、ケインは弟をほめたのだと思った。「そうでしょう、とても計画的な人なの」声を弾ませて同意した。

「計画は変更できるのよ」ジェイドがいった。その目はアレサンドラに向けられていた。顔は同情に満ちている。不意に、アレサンドラがしょんぼりとした。ジェイドはその理由がわかるような気がした。

「赤ちゃんって、幸せをもたらすものよね」ジェイドは出し抜けにいった。

「そのとおり」ネイサンが答えた。「ジェイドのいうとおりだ。計画は途中で変更できる」とうなずく。「たとえば、コリンとおれは、国王陛下から妻に贈られた資産を会社の資金にするつもりだったが、皇太子殿下が金を出そうとしないから、ほかの手段を考えざるをえなくなった」

「だから、五年計画を立てたんだ」コリンがいった。

アレサンドラはいまにも泣きだしそうな顔になった、ケインはコリンの首を絞めてやりたくなった。アレサンドラの顔をひと目見れば、様子がおかしいとわかる。それなのに、コリンは少しも気づいていないらしい。だが、介入しないほうがよさそうだ……いまはまだ。

一方、アレサンドラは物思いにとらわれていた。ネイサンがなにげなくいった言葉をきっかけに、むらむらと怒りがわいてきたのがわかった。ネイサンは、彼もコリンも、サラの財産を使うことになんのためらいもなかったと、はっきりいいきっていた。それなのになぜ、コリンはわたしの財産をかたくなに使おうとしないの？

そのときコリンがまた口を開いた。「兄さん、奥方をにらむのはもうやめてくれないか」

「わたしを責めているのよ」ジェイドがいった。

「そんなことはない」ケインが反論した。

「なぜ責めるんだ」

「今朝、花束をいただいたのよ。メッセージはなくて、送り主の署名だけがついていたの」

ネイサンとコリンは同時に眉をひそめた。

「夫以外の男から花束？」ネイサンがあきれた声で尋ねた。

「そうよ」

ネイサンはケインをにらみつけた。「なにをしてるんだ、ケイン。おまえの女房だろう。ほかの男に花なんか贈らせてはだめじゃないか。そいつをたたきのめしてやれ」

ケインはネイサンが味方してくれたことに感謝した。「そいつがだれかわかったら、すぐさまたたきのめしにいくさ」

コリンはかぶりを振った。「やめろよ」うんざりしたようにいった。「冷静になれ。花を贈るのは犯罪じゃない。たぶん、どこかの若造が勝手にのぼせあがってるだけだ」

「そりゃあ、おまえは冷静になれるさ、コリン。ジェイドはおまえの妻じゃない」

「アレサンドラに花が贈られてきても、ぼくは取り乱さないね」

ケインはかぶりを振った。

「そいつの名前はなんていうんだ、ジェイド」ネイサンが問いただした。

だれもアレサンドラのほうを見ていなかった。アレサンドラはありがたく思った。頭のなかは忙しく回転していた。コリンが、どこかの若造がのぼせあがっているといったとき、アレサンドラはかぶりを振った。

「そうだな」コリンがジェイドにいった。「だれが贈ってきたんだろう」

「その男は、だれに贈るカードにも〝あなたの秘密の崇拝者より〟と署名するのよ」アレサンドラがいった。

その場のだれもが、一斉にアレサンドラを見やった。ジェイドはぽかんと口をあけた。

「そうなのか、ジェイド」

ジェイドはうなずいた。「なぜわかったの?」

ネイサンが椅子の背にもたれた。「ジェイドのほかにも贈り物をしているということか」

長いあいだ、全員が黙りこくっていた。アレサンドラは突然、フラナガンから箱が届いたといわれたのを思い出した。それを取りにいこうとしたが、コリンに止められた。彼はアレサンドラの肩を抱く手に力をこめた。

「その男はわたしにもなにか贈ってきたようよ。玄関の間に箱が届いているの」

「くそっ。フラナガン！」

コリンはどなった。アレサンドラの耳はじんじんした。フラナガンが走ってきた。先ほどから会話を聞いていたらしく、すでに箱を抱えていた。それを放り投げんばかりに、コリンに手渡した。

アレサンドラは箱を取ろうとしたが、コリンににらまれて手を引っこめた。ソファに座りなおし、膝に両手を重ねた。コリンは箱の上に屈みこんだ。蝶結びをほどき、ぶつぶつと小声でなにかをつぶやきながら、蓋《ふた》をむしり取ってなかを覗く。アレサンドラは彼の肩越しに、箱のなかを見やった。けばけばしい色合いの扇がちらりと見えたとたん、コリンが蓋をたたきつけるようにかぶせた。

「くそっ！」コリンは吠えた。もう一度、同じ汚い言葉を繰り返した。ネイサンがそのたびにうなずくことに、アレサンドラは気づいた。どうやらネイサンも同じ気持ちらしい。

コリンがカードを掲げ、険しい目で見つめた。

「冷静でいられるか」ケインがからかうようにいった。

「いられるもんか」

「ほら見ろ」

「いいかげんにして、怒るわよ」ジェイドがいった。「アレサンドラ、わたしたちの夫ときたら情けないわね。ふたりとも大げさなのよ。根拠のない嫉妬だわ」

ジェイドはアレサンドラが同意するものと思っていたので、かぶりを振って否定されてきょとんとした。

「たしかに、嫉妬するのは間違ってるわ」アレサンドラは小さな声でいった。「むしろ、心配するべきよ」

「なぜきみはカードの署名のことを知っていたんだ」ネイサンが尋ねた。「ほかにもなにか受け取ったのか」

コリンがアレサンドラのほうを見た。凍りつきそうなほど冷たい表情だった。同じく、凍りつきそうな声でいった。「ほかに受け取ったものがあるのなら、もっと早くいうべきだったな、アレサンドラ」

アレサンドラは、うなずくことができて感謝した。コリンの怒りは少し怖いくらいだった。「ええ、でもほかにはなにも受け取っていないわ」

コリンはうなずいてソファに深く座りなおし、またアレサンドラの肩に腕をまわすと、ぴったりと抱き寄せた。アレサンドラは、いまではそんな彼の強引さに安堵するようになっていた。彼が不注意にも力をこめすぎたせいで息が苦しくなっても、少しも腹は立たなかった。

「ほかにも知っていることがありそうだ」ネイサンがいった。

アレサンドラはうなずいた。「ええ。しばらく前から、だれか話を聞いてくれないかしらと思っていたのだけど。リチャーズさんにも助けを求めたのよ」眉間にしわをよせて夫のほうを向いた。「聞く覚悟はある？」

コリンは妻の言葉に少しばかり面食らったが、それよりも彼女の怒った口ぶりにあっけにとられていた。

「なにがいいたいんだ」

「ヴィクトリアも〝秘密の崇拝者〟から手紙を受け取っていたのよ」

コリンはその言葉にぎょっとした。アレサンドラはずっとヴィクトリアのことをなぜ心配しているのか説明しようとしていたのに、自分はいつもさえぎっていた。耳を傾けるべきだったのだと、いまさら気づいた。

「ヴィクトリアとは？」ケインが尋ねた。

アレサンドラは、ヴィクトリアと知りあったいきさつを話した。「ヴィクトリアはイングランドに帰ってからも、月に一度は手紙を送ってくれた。もちろん、わたしもすぐに返事を書いたわ。ヴィクトリアの手紙を楽しみにしていたの。とても刺激的な毎日を送っているようだったから。ところが、最後の何通かに、〝秘密の崇拝者〟と名乗る人から贈り物が届くようになったと書いてあったの。ヴィクトリアは、このうえなくロマンティックだと思っていたわ。そして、九月のはじめに最後の手紙が届いたの」

「その手紙にはなんて書いてあったんだ？」ケインが尋ねた。

「相手の殿方に会うことにした、と。当然、わたしはびっくりして、その場で返事を書いたわ。用心して、ほんとうにその人の正体を知りたいのなら、お兄さまに付き添ってもらうべきだってすすめたの」

アレサンドラは震えはじめた。コリンは思わず彼女を抱きしめた。「ヴィクトリアがわたしの手紙を読んでくれたのかどうかはわからない。すでにいなくなっていたかもしれないわ」

「いなくなった？　どこかへ行ってしまったの？」ジェイドが尋ねた。

「ヴィクトリアはグレトナ・グリーンで駆け落ちしたといわれている」コリンが答えた。

「アレサンドラは、そうじゃないと考えているんだ」

「結婚の記録がないのよ」アレサンドラはいった。

「きみは、彼女がどうなったと思うんだ」

ネイサンが尋ねた。そのときはじめて、アレサンドラはほんとうの不安を言葉にした。落ち着きを取り戻そうと深呼吸し、ネイサンに目を向けた。

「殺されてしまったのだと思う」

彼はいらいらと書斎のなかを歩きまわっていた。自分は悪くない。なにも悪いことはしていない。もうやめたのだ。欲求に気づかないふりをし、衝動に屈しなかった。だから、自分のせいではないのだ。悪いのはあいつだ。二度と人殺しをするつもりはなかった……衝動に負けるつもりはなかったのに。

復讐だ。目にもの見せてやる。借りを返してやる。やつを破滅させるのだ。まずは、あの男の大切なものを奪ってやる。さんざん苦しめばいい。

期待に頬がゆるんだ。手はじめに、あの女だ。

13

その言葉に、すかさず反応が返ってきた。「まさか」ケインがつぶやいた。

「そんなことがありうるのか」とネイサン。

「思ってもいなかった……」ジェイドがささやきながら、胸に手を当てた。

コリンが最後に、だれよりも冷静なことをいった。「なぜそう思うのか、理由を教えてくれ」

「フラナガン、二階へ行ってわたしの表を取ってきてくださる？」

「友人が殺されたと思う理由を表にしているのか」ケインが尋ねた。

「なんでも表にするんだ」

そういったのはコリンだが、ばかにするような口調ではなかったので、アレサンドラはうれしく思った。

「ええ、そうよ」アレサンドラはいった。「ヴィクトリアが行方不明になったことについて考えをまとめて、どうすればいいのか決めるつもりだったの。駆け落ちしたと聞いたときから、そんなはずはないと思っていたわ。ヴィクトリアが駆け落ちするなんて考えられない。愛より体面を大事にする人だったもの。地位が釣りあわない人と恋に落ちるわけがないと思ったわ。ときどき少しだけ浅はかなことをいったり、気取った態度を取ることはあったけれど、それ以外は申し分なかった。それに、とても優しかったわ」

「上流階級の男だな」ネイサンが声に出して決めつけた。

「わたしもそう思うわ」アレサンドラは同意した。「たぶん、その男がヴィクトリアに会ってくれと頼んだのよ。好奇心に駆られた彼女は、警戒を怠った。それに、口説かれて悪い気はしなかったはずよ」

「それはひどく世間知らずだわ」ジェイドがいった。

「キャサリンもね」

「キャサリン？　なぜ妹の話になるんだ」

「だれにもいわないって約束させられたけれど、彼女の安全のほうが大事だから、約束を破るわ。キャサリンも今朝、花束を受け取ったのよ」

「くそっ、ブランデーがなければ聞いていられないな」ケインがつぶやいた。

そのとき、フラナガンが客間に戻ってきて、紙の束をコリンに渡した。フラナガンはケインのつぶやきを聞いていたので、いますぐブランデーをお持ちしますと告げた。

「ボトルごと頼む」ケインがいった。

「みんな、もう一度じっくり考えなおしたほうがいいんじゃないか」とネイサン。

「急いだほうがいい」ケインが反対した。「親族の女性のうち三人が、危険な男に接近されている。最悪の事態を想定して動くべきだ」きっぱりとうなずいた。

コリンは紙の束をめくり、いま必要な一覧表を探した。そのなかの一枚に、自分の名前が書いてあるのを見つけ、手を止めた。

アレサンドラは、コリンのほうを見ていなかった。ケインを見つめていた。

「ケイン、三人だけだと決めつけるのは早すぎるわ。この男はロンドンじゅうの女性に贈り物をしているのかもしれないのよ」

「たしかに」ネイサンがいった。

ケインはかぶりを振った。「根拠はないが、こいつはうちの親族を狙っている気がする」

コリンはアレサンドラの作った表に目を通し終えた。平静な顔を保つのに骨が折れた。震える手で、紙を束に戻した。

自分が父親になる。うれしくてたまらず、アレサンドラを抱きしめてキスをしたかった。

でも、よりによってこんなときに知るとは。もちろん、一覧表を見たことは、アレサンドラに気づかれてはならない。彼女の口から報告されるのを待ちたい。猶予は今夜までだ。それから、ふたりでベッドに入って……。

「なにをにやにやしているんだ、コリン。深刻な話をしているのに」ケインがいった。

「ほかのことを考えていたんだ」

「きちんと聞いて」アレサンドラはいった。

コリンが振り返る。アレサンドラには、彼の瞳が熱い光を帯びているように見えて、いったいなにを考えていたのか気になった。だが、尋ねるより先に、コリンは身を屈めてキスをしてきた。

すばやいが熱っぽいキスで、アレサンドラがぽかんとしているうちに終わった。

「なにをしているんだ、コリン」ケインがあきれたようにいった。

「新婚だからよ」アレサンドラは夫の行動のいいわけを探し、あわてていった。

フラナガンがグラスとブランデーのデカンタをのせた盆を運んできた。アレサンドラのそばに盆を置き、身を屈めて彼女に耳打ちする。

「料理番が戻ってまいりました」

「なにかわかったかしら」

フラナガンは大きくうなずいた。ケインがブランデーを注ぎ、一気にあおった。ネイサンとコリンはブランデーを断った。

「わたしにもいただける？」アレサンドラは頼んだ。ブランデーの味はとりたてて好きではなかったが、温かいものを飲めば、寒気がおさまるかもしれない。少し胸もむかついていた。きっと、殺人の話で気が滅入ったせいだろう。

「フラナガン、アレサンドラに水を頼む」コリンが命じた。

「ブランデーをいただきたいの」

「だめだ」

アレサンドラは、いきなりそういわれてびっくりした。「どうしてだめなの？」

コリンは、すぐには答えなかった。ほんとうは、いまは大事な時期だから、ブランデーを飲むのはよくないかもしれないといいたかった。だが、もちろんそんなことはいえない。まだアレサンドラの口から子どもの話を聞いていないのだから。

「またにやにやしているわ。コリン、あなたってほんとうにわけがわからない」

コリンは、よけいなことを考えるなと自分にいいきかせた。「きみにはアルコールを慎んでほしい」

「いままでだって飲んでいないけれど」

「そのとおり。だから、これからも飲まないでくれ」

アレサンドラはフラナガンに肩をたたかれ、話の途中だったことを思い出した。

「ちょっと失礼してもいいかしら」アレサンドラはいい、そのときコリンが一覧表の束を持っていることに気づいた。「なぜそれを？」

「あずかっているだけだ。ヴィクトリアの件で作った一覧表を探しておこうか」

「いいえ、自分でするわ」アレサンドラは紙の束を受け取り、上から二枚目にヴィクトリアの紙を見つけ、立ちあがろうとした。コリンがかぶりを振り、アレサンドラを引き止めた。

「どこにも行くな」

「料理番に話があるのよ」

「フラナガンにまかせればいいじゃないか」

「わからない人ね」アレサンドラは声をひそめていった。「料理番にちょっとしたお使いにいってもらったのよ。その結果を聞きにいきたいの」

「お使いとは？」

アレサンドラは、しばし迷った。「話せば怒るわ」

「怒らないよ」

彼女は露骨に信じられないという顔をした。

「アレサンドラ」

コリンは、アレサンドラがあわてて答えたくなるはずの声音で名前を呼んだ。だが、彼女はほほえむばかりで、少しも怖がっていない。

「頼むから教えてくれ」

命令ではなくお願いされたことにほだされ、アレサンドラは結局答えてしまった。「タルボット子爵のお宅に行かせたの。怒る前に思い出してね、わたしに子爵と会ってはいけないといったでしょう。だから、わたしは行かなかった」

コリンはすっかりとまどっていた。「よくわからないんだが」

「料理番に頼んで、子爵夫人の使用人に聞きこみをしてもらったの。姿を消す前に、だれかから贈り物が届いていなかったかどうか。子爵夫人は家出をしたのではないと、いまではあなたも考えているはずよ。家出なんて問題外だわ」

「たしかに、贈り物が届いていました」フラナガンが出し抜けに口を挟んだ。「それで、子爵がお怒りになったのですよ。使用人は、夫人がその贈り物をしてきた張本人と駆け落ちしたと思っています。ご本人は口をつぐんでいますが、使用人は、子爵もそう思っているはずだといっています。二階のメイドが料理番に話したところでは、子爵は苦しみを忘れるために一日じゅう書斎に閉じこもってお酒を飲んでいらっしゃるとのことです」

「いったいどうなっているんだ」ケインが声をあげた。「子爵夫人とヴィクトリアと、なにか関連があるのか」

「ふたりとも、急に姿を消したわ」ジェイドがいった。「それだけで充分でしょう」

「そうとはいえない」

「ひょっとしたら、男は無作為に相手を選んでいるかもしれない」ネイサンがいった。

「動機があるはずだ」とコリン。

「ひとり目はな」ネイサンがうなずいた。

アレサンドラはいまの言葉に引っかかった。「ふたり目からはなぜ動機がなくなるの」

ネイサンはコリンのほうを向いた。コリンがうなずいたので、ネイサンは答えた。「最初はおそらくなんらかの動機があって殺人を犯した。そして、味をしめたんだ」

「ときに、そういうことがある」ケインも認めた。

「まあ」ジェイドがつぶやいた。目に見えて震えていた。ケインがすぐに立ちあがり、彼女の隣へ来て、椅子から立ちあがらせた。そして、腰をおろして彼女を膝に座らせた。

「つまり、人を殺《あや》めるのが好きになったということ?」アレサンドラが尋ねた。

「おそらく」とネイサン。

アレサンドラはまた吐き気を覚えた。コリンに暖めてもらおうと、ぴったりと身を寄せた。彼のそばにいると安心し――気持ちが落ち着く。たぶん、愛するとはそういうことなのだ。

「もっと情報を集めなければならないな」ケインがいった。

「ヴィクトリアのお兄さまに会ってみたのだけれど、あまり協力的ではなかったわ」アレサンドラはいった。

「ぼくが行けば協力的になるさ」コリンが腹立たしそうにいった。

「それはどうかしら。このあいだは、あの人を舗道に放り出したと思ったけれど」

「リチャーズに協力を頼んだらどうだろう」ネイサンが提案した。

アレサンドラは目を閉じて話しあいを聞いていた。コリンが話に集中したままアレサンドラの腕をさすっていて、それがとても心地よかった。これからどうするのか相談している男たちの低い声を聞きながら、やっと夫に協力してもらえて、ほんとうによかったと思えた。

コリンなら、ヴィクトリアになにがあったのかを解明してくれる……そして、なぜそうなったのかも。アレサンドラは迷いなくそう信じていた。なぜなら、自分が結婚したのは、イングランドでだれよりも頭の切れる人だと確信しているから。そして、たぶんだれよりも頑固な人でもある。でも、その欠点がこういうときには役に立つ。彼は答が見つかるまでは調べるのをやめないはずだ。

「ほかには？」ケインが尋ねた。

アレサンドラは自分が作った表を見おろし、ケインに答えた。「ヴィクトリアが死ぬことで、だれが得をしたのか調べるの。コリン、保険がかかっていなかったかどうか調べて。ドレイソンが手伝ってくれるわ」

三人の男がそろってほほえんだ。

「眠っていたんじゃなかったのか」コリンがいった。

アレサンドラは聞き流した。「ほかに動機がある人がいないかどうかも考えなければ……もっと一般的な動機が。嫉妬と拒絶は二大動機よ。ニールは、ヴィクトリアが何人かの紳士からの申しこみを断ったといっていた。もしかしたら、そのうちひとりが断られて逆上したのかもしれないわ」

ジェイドは、アレサンドラはかなり切れ者だと思ったが、ケインとネイサンはまだ気づいていないようだった。

「そのとおり、考えつくかぎりの動機をあげて、そこから調べることだ」ケインがいった。

「とりあえず、ひとつふたつ手がかりがほしいな」

「あら、手がかりならあるわ」アレサンドラが答えた。「ジェリドとキャサリンとわたしの三人が贈り物をもらったということは、充分な手がかりでしょう、ケイン。あなたたち男性のうちだれかが、もしくはわたしたち女性のうちだれかが、その男を怒らせるようなことをしたのよ」

コリンはうなずいた。「ぼくもそう考えていた。やつはだんだん用心しなくなっている」

「もしくは、大胆になっているのか」ネイサンが割りこんだ。

「もうひとつ大事なことを忘れていない？」ジェイドがいった。

「なにを？」ケインが尋ねた。

「死体が見つかっていないということよ。わたしたちが勘違いしているのかもしれないわ」

「そう思う？」とアレサンドラ。

ジェイドはしばらく考え、ささやいた。「いいえ」

そのあとは、コリンが引き継ぎ、アレサンドラ以外の全員に仕事を割り振った。ジェイドは、できるだけ多くのレディに、贈り物を受け取っていないか尋ねてまわることになった。その際、キャサリンとアレサンドラが贈り物を受け取ったことは伏せておく。どこかの愚かなご婦人に、競争かなにかだと勘違いされては困るからだ。

ネイサンは、コリンが謎を解決するまで会社をひとりで管理する任務をまかされた。

「ケイン、アレサンドラのいうとおりだ。ニールはぼくと会おうともしないだろう。そこで、兄さんに頼みたい」

「わかった」ケインはうなずいた。「タルボットにも会おう。オックスフォードでは同期だったから、なにか話してくれるかもしれない」

「ぼくは父上にこのことを話す」コリンがいった。「人殺しが捕まるまで、キャサリンから目を離さないようにしてもらおう」

アレサンドラは、コリンに仕事をいいつけられるのを待ち構えていた。しばらくして待ちきれなくなり、コリンをつついた。

「わたしのことは忘れたの?」

「いや」

「わたしの仕事はなに、コリン。わたしはなにをすればいいの?」

「休んでくれ」

「休む?」

アレサンドラは大声をあげた。だが、コリンは有無をいわせなかった。ケインはすでに帰り支度をはじめようと、ジェイドを膝からおろして立ちあがった。ネイサンも立ちあがり、玄関へ向かった。

「おいで、アレサンドラ。少し眠るんだ」コリンがいった。

アレサンドラは、昼寝なんか必要ないと思った。昼寝がしたければ、遠慮せずにそういうのに。けれど、コリンに反論するには疲れすぎていた。いやな話をしたので、体力を消耗したようだ。

ケインがほほえみかけてきた。アレサンドラは、彼の手に表の束を突きつけた。「ほかに動機になりそうなことを書きとめておいたから、参考にしてください」

ケインに礼をいわれる前に、急いでいった。「たしかにわたしは少し疲れているけれど、毎晩遅くまで外出しているからというだけのことよ。コリンも疲れているの」うなずきながら、つけくわえた。

ケインにウインクされアレサンドラは面食らったが、コリンに階段をのぼるよう促された。フラナガンが客を見送った。

「なぜわたしを病人扱いするの」

寝室に入ってから、アレサンドラは問いただした。コリンはドレスのボタンをはずしていた。「疲れているようだから。それに、きみのドレスを脱がせるのは趣味みたいなものだ」

コリンは奇妙なほど優しかった。アレサンドラが白いシルクのシュミーズだけの姿になると、彼は身を屈めてアレサンドラのうなじから髪をどけてキスをした。

それから、ベッドの上掛けをめくり、アレサンドラを寝かせた。「少し休むだけよ。眠ったりしないわ」

コリンは屈んでアレサンドラのひたいにキスをした。「なぜだ」

「いま眠ったら、今夜眠れなくなるもの」

コリンはドアへ向かった。「わかったよ。少し横になるだけでいい」

「あなたも横にならないの?」

コリンは笑った。「いや。仕事がある」

「ごめんなさい」

コリンはドアをあけたところだった。「なぜ謝るんだ」

「わたしはいつもあなたのお仕事を邪魔するわ。だから謝ったの」

コリンはうなずき、外へ出ようとして思いとどまった。くるりと振り返り、ベッドへ引き返す。アレサンドラがそんな理由で謝るのはばかげているのだから、そういっておきたかった。彼女は妻なのだ、手のかかる遠い親戚ではない。

だが、コリンは黙っていた。あとでアレサンドラが話を聞ける状態になるまで待たなければならなかった。彼女はぐっすり眠っていた。いまのいままで起きて話していたのを思うと、いささか驚いたが、夜ごと遅くまで連れまわしていることが申し訳なくなった。彼女はとても脆《もろ》く、無防備に見えた。

どのくらいそこに立ちつくしてアレサンドラを見おろしていたのだろうか。コリンの心は彼女を守りたいという気持ちでいっぱいだった。こんなふうに、なにかを大事に思ったことはない……幸せを感じたこともない。ふと、そう気づいた。

アレサンドラはぼくを愛している。

そして、ああ、ぼくも彼女を愛している。その事実が忍び寄ってきて頭を殴ったわけではないが、コリンはそんなふうに想像して顔をほころばせた。ずっと前から、アレサンドラを愛していることは知っていたが、堂々と認めることはかたくなに拒んでいた。恋に落ちた男の症状がすべて出ていたにもかかわらず。アレサンドラに会った瞬間から、おかしなほど独占欲に突き動かされ、彼女を守りたいという気持ちを強く感じていた。彼女に触れずにはいられないのを、単なる肉欲だと長いあいだ信じていた。いまではわかる。あれは肉欲などではなかった。

そう、ずいぶん前からアレサンドラを愛している。なぜ彼女が自分を愛してくれるのか、さっぱりわからないのだが。目を覚ましたら、すぐになぜなのか尋ねよう。ほかにもっとふさわしい男がいたはずなのに。爵位を持ち……領地と先祖代々受け継いできた財産があり……健康で強靭な体を持つ男が。

コリンは自分のことをロマンティックだとは思わない。論理と現実を重んじる男で、一生懸命努力すれば成功すると、身をもって知っている。だが、心の暗い片隅では、神にそっぽを向かれてしまったのではないかと思っている。理屈ではないその思いは、脚がこんなふうになってしまったあとに根をおろしてしまった。医師が脚を切断しなければならないとささやいた声を、いまでも忘れてはいない――そして、ネイサンが強く拒む声も。ネイサンがウィンターズ医師を止めてくれたのだが、いまなお目が覚めたら脚がなくなっているのではないかという恐怖で、なかなか寝付けないことがある。

脚は残ったが、慢性的な痛みを抱えていると、やはり勝利の気持ちもだんだんむなしいものになってくる。

奇跡とは、自分には縁のないことだ。コリンはずっとそう考えていた――アレサンドラと出会うまでは。信じられないことだが、彼女はほんとうにコリンを愛している。彼女の愛は無条件かつ無制限の愛だと、コリンにはわかっている。コリンが片方の脚を失っていたとしても、同じように愛してくれただろう。ひょっとしたら同情されたかもしれないが、哀れみではなかったはずだ。アレサンドラの行動はすべて、彼女の強さと、コリンを慈しもうとする決意のあらわれだ。

彼女はいつもそばにいてくれる。ぶつぶつ文句をいい、屁理屈をいい――なにがあっても、コリンを愛するだろう。

それこそが奇跡だ、とコリンは思う。

結局、神はそっぽを向かなかったのだ。

アレサンドラはコリンと別れたかった。われながら理不尽だと思うが、内心では腹が立ってたまらず、頭がきちんと働かなかった。サラの財産で会社を大きくするつもりだったというネイサンのなにげない言葉が、何度も頭のなかによみがえり、泣きたくなった。

コリンはことごとくわたしを拒絶する、とアレサンドラは思っていた。会社の帳簿もつけさせてくれない、財産もほしがらない、なによりも、愛情をほしがらない――いや、必要としていない。彼の心は防壁に囲まれているかのようだ。いつまでたっても彼は愛してくれるようにならないのではないか。

自己憐憫《じこれんびん》に陥っていることは自覚していた。かまうものですか。修道院長からの手紙が今朝届いたが、すでに十二回は読んだ。

修道院に帰りたい。シスターたちやあの土地が恋しくて、涙があふれてきた。大丈夫、いまはひとりだ。コリンは書斎でドアを閉めきって仕事をしている。彼に嗚咽《おえつ》は聞こえないはず。

なぜこのところこんなに感情が安定しないのだろう。なにごとに対しても論理的に考えられない。寝間着にガウンをはおった姿で窓辺に立ち、外を眺める。頭のなかはくよくよした思いでいっぱいで、ドアが開く音にも気づかなかった。

「どうしたんだ。気分が悪いのか」

コリンの声はほんとうに心配そうだった。アレサンドラは深く息を吸い、気持ちをととのえて振り返った。

「故郷に帰りたいの」

コリンは不意を突かれたようだった。ぽかんとした。だが、立ち直りははやかった。ドアを閉めると、アレサンドラのそばへ歩いてきた。

「ここが故郷だろう」

アレサンドラは、違うといいたかったが、いわなかった。「そうね。でも、聖十字修道院に里帰りするのを許してほしいの。ストーン・ヘイヴンのお隣だもの。両親の城をもう一度この目で見たいわ」

コリンは机へ歩いていった。「ほんとうの理由は?」机の端に腰をのせ、答を待った。

「今朝、修道院長から手紙が届いたの。そうしたら、急に修道院が恋しくなって」

コリンは一見なんの反応も示さなかった。「ぼくはいま時間が取れないから……」

「ステファンとレイモンドが付き添ってくれるわ」アレサンドラはコリンの言葉をさえぎった。「あなたが一緒に来てくれるとは最初から思っていないわ。忙しいのは知っているもの」

コリンはむらむらと怒りがわきあがるのを感じた。妻が自分の付き添いなしでそんな遠いところへ行くなど考えられない。だが、即座にだめだといいたいのをなんとかこらえた。アレサンドラがこれほど動揺しているのを見たことがなかったからだ。彼女が大事な時期にあるということを考えると、心配でたまらなかった。

ぼくの付き添いなしでどこかへ行かせると思っているのなら、どうかしている。だが、これも口には出さなかった。

そして、理詰めで説得することにした。「アレサンドラ――」

「コリン、あなたはわたしを必要としていないでしょう」

コリンはあっけにとられた。「必要としていないわけがないだろう」ほとんどどなるように返した。

アレサンドラはかぶりを振った。コリンはうなずいた。すると、彼女は背を向けてしまった。

「わたしを必要としたためしがないじゃないの」小さな声だった。

「アレサンドラ、座ってくれ」

「座りたくない」

「きちんと話しあおう、この……」ばかげたいいがかりについて、といいそうになり、直前でこらえた。

アレサンドラは無視を決めこみ、窓を見つめつづけている。

コリンは机に一覧表の束が置いてあることに気づいた。とたんに、現状を打開する方法を思いついた。束をめくり、自分の名前が書いてあるものを探した。

アレサンドラは目もくれない。コリンは紙を半分にたたんでポケットにしまった。それから、もう一度アレサンドラに座るようにいった。今度はもっと厳しい声で命じた。

アレサンドラは手の甲で顔の涙をぬぐいながら、やっとベッドへ歩いていった。腰をおろし、膝に両手を重ねてうつむいている。

「急にぼくに対する愛情がなくなってしまったのか」

コリンは不安を隠すことができなかった。アレサンドラは驚いたように顔をあげてコリンを見た。「いいえ、そんなことがあるわけないでしょう」

コリンはうなずいた。真剣な声で否定され、うれしくてほっとした。それから、机を離れてアレサンドラの前へ歩いていった。

「アルバート氏は実在しないんだろう?」

いきなり話が変わって、アレサンドラは面食らった。「故郷に帰りたいという話とは関係ないでしょう」

「くそっ、ここがきみの故郷だぞ」

アレサンドラはまたうつむいた。コリンはとたんに声を荒らげたのを後悔し、冷静になるために深呼吸した。「いまは我慢してくれないか、アレサンドラ。アルバート氏がいるのかいないのか、はっきり答えてくれ」

アレサンドラは、しばらくのあいだ真実を打ち明けるべきかどうか迷った。「そのとおりよ、アルバートなんて人はいないわ」

「やっぱりそうか」

「どうしてわかったの？」

「アルバートと名乗る人物から手紙が届いたことが一度もない。だが、ケインには手紙を受け取ったと話していただろう。つまり、きみはアルバート氏という人物をでっちあげたわけだ。その理由はわかるような気がする」

「いまこの話はしたくないわ。今夜はほんとうに疲れているの。もう遅いわ、十時になるのよ」

この話しあいから彼女を逃がすわけにはいかない。「今日は四時間も昼寝をしただろう」

「日頃の睡眠不足を解消したのよ」

「ドレイソンは女から仕事を引き受けない。だから、きみはアルバートという人物をでっちあげた。たまたまきみと同じイニシャルを持つ、便利な隠遁者《いんとん》だ」

アレサンドラは否定しなかった。「そのとおりよ」

コリンはまたうなずいた。背中で両手を握りあわせ、眉根を寄せて彼女を見おろした。

「きみは知性を隠しているんだろう、アレサンドラ。市場を読む勘もあるのに、間違いのない投資をしていることもひけらかさず、架空の男の手柄にしていた」

アレサンドラが顔をあげた。彼女もしかめっ面だった。「殿方は、殿方のいうことしか聞かないわ。女が投資に興味を持つなんて受け入れられないのよ。レディらしくないとかいってね。それから、わたしに市場を読む勘なんかないわ。新聞を読んで、ドレイソンのおすすめを聞いているだけよ。とくに頭がよくなくても、ドレイソンの助言を聞くことはできるわ」

「でも、きみはばかではないし、たいていのことは論理的に考えられる、そうだろう？」

アレサンドラは、この議論の行き着く先はどこだろうと思った。コリンはひどくそわそわしている。なぜなのか、さっぱりわからない。

「そうね。ばかではないとは思うわ」

「だったら、いろいろな事実から推測して、ぼくがきみを愛しているのがわからないか」

アレサンドラは目をみはり、上体を引いた。口をあけてなにかいおうとしたが、なにをいおうとしたのか思い出せなかった。

「アレサンドラ、きみを愛している」コリンはいった。

それまで気持ちを伝えることができずにいたが、いったん言葉にしてしまえば、信じられないほど解放された気がした。コリンはアレサンドラにほほえみかけ、もう一度、同じ言葉を繰り返した。

アレサンドラはベッドから飛び降り、険しい目でコリンを見あげた。「あなたはわたしを愛していないわ」きっぱりといった。

「愛しているよ。ちょっと頭を使えば……」

「使ってます。そうしたら、反対の結論が出たのよ」

「かわいい人……」

「かわいい人じゃない」アレサンドラは叫んだ。

コリンは手を伸ばしたが、アレサンドラはまたベッドにどすんと腰をおろして逃げた。

「もう何度も何度も頭を使って考えたわ。どういう結論に達したか教えてあげましょうか」

答えるひまも与えずにつづけた。「あなたはわたしが差し出したものに、ことごとく背を向けた。だから、論理的に考えれば、あなたはわたしを愛していない」

「ぼくが、なんだって?」コリンはアレサンドラの剣幕に驚いて尋ねた。

「ことごとく拒絶した」小さな声だった。

「正確には、なにを拒絶したのか」

「わたしがプリンセスであること、わたしのお城、わたしの財産――会社のために援助することすら、拒絶したでしょう」

コリンはようやく理解した。アレサンドラを立たせて、両腕で包みこんだ。アレサンドラはコリンを押しのけようとしたが、ふたり一緒にベッドに倒れこんだ。コリンは重みで彼女をつぶさないように気をつけながら覆いかぶさった。アレサンドラの脚を膝で押さえ、肘をついて顔を見おろした。

枕に広がった髪、涙で曇った瞳が、ますます彼女を無防備に見せていた。ああ、なんて美しいんだろう――たとえしかめっ面でも。コリンはささやいた。「ぼくはきみを愛している、アレサンドラ。きみが差し出すものはすべて受け取ったつもりだ」

アレサンドラがなにかいいかけたが、コリンは許さなかった。これからいうことをさえぎられないように、手で口をふさいだ。「ぼくは価値あるものは拒絶していない。きみは男ならだれでもほしがるものをすべてくれた。愛情、信頼、忠誠、知性、心と体。それらは物質的なものではない。きみが持参した財産をすべて失っても、ぼくは気にしない。ぼくがほしいのはきみだけだ。わかるか」

すばらしい言葉の数々に、アレサンドラは感極まった。信じられないことに、コリンの瞳も潤んでいる。彼にとって気持ちを言葉にするのは、とても大変なことなのだと、アレサンドラはそのときはじめて知った。彼が愛してくれている。よろこびで胸がいっぱいになり、涙があふれてきた。

「いとしい人、泣かないで」コリンが困ったようにいった。「きみがつらそうにすると、ぼくはどうすればいいのかわからなくなる」

アレサンドラは、泣きやんで少しもつらくないといいたかった。コリンがアレサンドラの口から手をはずし、そっと涙をぬぐった。

「ぼくはきみと結婚したとき、なにもあげられなかった。それなのに……結婚した日の夜、きみが愛してくれているのを知った。最初はなかなか受け入れられなかった。皇太子殿下のことできみがなんといったか、思い出せばよかったんだが。そうすれば、きみもぼくも、あれこれ悩まずにすんだと思う」

「なんていったかしら」

「摂政皇太子がきみをいたくお気に召したといったとき、きみはなんといったか覚えているか」

アレサンドラは覚えていた。「あの方はわたし自身ではなくわたしの地位が気に入ったのだといったわ」

「どうだ」コリンがかすれたささやき声でいった。

「どうって？」

アレサンドラの笑顔は輝かんばかりだった。ようやくわかったのだ。

「きみはわりと賢いほうだと思っていたんだが」コリンがわざとらしくゆっくりといった。

「あなたはわたしを愛しているのね」

「ああ」

コリンは身を屈めてアレサンドラにキスをした。アレサンドラは彼の口元で溜息をついた。唇を離したとき、アレサンドラはすっきりとした表情になっていた。

「自分で推理したの？」

コリンはなにを訊かれたのかわからなかった。アレサンドラの寝間着のボタンをせっせとはずしていたからだ。「なにを？」

「わたしはあなたの地位ではなくて、あなた自身に夢中になったのだということ。わたしはあなたの心と体の強さに惹かれたのよ、コリン。わたしにはそのどちらも必要だった」

コリンはよろこび、もう一度キスをせずにはいられなかった。「ぼくもきみが必要だった」

コリンはまたキスをしたかったが、アレサンドラは話しつづけた。「コリン、あなたは会社を大きくしようと努力している人だと思われようとしているでしょう」

「現に、ぼくは会社を大きくしようと努力しているが」

コリンはもっと手早くアレサンドラのガウンと寝間着を脱がせられるよう、自分も横になった。

「あなたはぜんぜん貧しくないじゃない」アレサンドラは起きあがり、自分でガウンを脱ごうとした。コリンは手を貸した。

「帳簿をじっくり見せてもらったのよ。充分な収益があるのに、すべてそれを経営に還元して、みごとな結果を出している。あなたは海運帝国を築きあげようとしているけれど、一歩引いて全体をよく見てみて。すでに目標を達成していることがわかるわ。いまでは二十隻の船を所有して、来年まで積み荷の注文が入っている。これ以上、無理やり拡大しなくてもいいと思うでしょう」

コリンはアレサンドラの話に集中することができずにいた。彼女はガウンを脱ぎ、いまでは寝間着を頭から脱ごうとしている。コリンは息苦しくなった。ようやく彼女の防壁がすべて取り去られ、さっそく手を伸ばす。ところが、彼女はかぶりを振った。

「まず質問に答えて」

うなずいたような気がするが、よくわからない。コリンのなかでは炎が燃えあがり、とにかく彼女のなかに入ることしか考えられなかった。たまらず気がはやり、ほとんど破かんばかりの勢いでシャツを脱ぐ。

「コリン、そろそろ満足したんじゃない？」

質問はきちんと集中して聞かねばならない。だが、いまのコリンにその余裕はなかった。

「きみを何度抱いてもまたほしくなる」

「わたしもよ」アレサンドラはささやいた。「でも、いま訊いたのはそういうことではなくて――」

コリンは唇でアレサンドラを黙らせた。アレサンドラもそれ以上あらがえなかった。両腕でコリンの首にしがみつき、彼の情熱に身をゆだねた……そして、彼の愛に。

コリンは強引だが、信じられないほど優しい。その指先は魔法を使う。よろこびにもだえるアレサンドラに、コリンは何度も愛しているとささやいた。

アレサンドラも愛していると返したかったが、へとへとに疲れ、口をきくこともできなかった。仰向けになって目を閉じ、激しい鼓動の音を聞きつつ、ほてった肌を冷ました。

コリンが脇腹を下にして頭を腕で支え、満面の笑みでアレサンドラを見おろした。見るからに満足そうだった。

それから、アレサンドラのあごから下へ指を這《は》わせ、たいらなおなかをそっとなでた。

ったが、

「ぼくに話したいことがあるんじゃないか」

アレサンドラはこのうえなく満ち足り、ひたすら陶酔に浸るばかりでなにも考えられなかった。

コリンはアレサンドラが妊娠したことを打ち明けるまで引きさがるつもりはなかったが、フラナガンが寝室のドアをたたきはじめた。

「ご主人さま、兄上さまがいらっしゃいました。書斎にお通ししました」

「すぐ行く」

コリンは、ケインの間の悪さにぶつぶつと文句をいった。アレサンドラは笑い、目をつぶったままいった。「十分前だったら間が悪かったわ。むしろ、ケインは察しがいいわね」

コリンはうなずき、ベッドを出ようとしてまた戻ってきた。アレサンドラが目をあけたとき、コリンは身を屈めてへそにキスをしようとしていた。アレサンドラは彼の肩をなでた。うなじの髪が指に絡む。

また髪を伸ばそうとしているのだ。アレサンドラはにわかにそう気づいた。うれしくて、また泣きたくなった。けれど、我慢した。泣き顔を見せたらコリンを困らせてしまう。どちらにしても、彼はわからないだろう。自分がわかっていれば充分だ。結局、彼にとって結婚は牢獄《ろうごく》ではなかったということが。

コリンはアレサンドラの表情を見てとまどった。「どうした」

「あなたはいまでも自由よ、コリン」

彼は目をみはった。「妙なことをいうものだな」

「ケインが待っているわ」

コリンはうなずいた。「ケインに会ってくるから、そのあいだにぼくが訊いたことについて考えておいてくれ。いいね」

「なにを訊いたの」

彼はベッドを出てズボンをはいた。「ぼくに話したいことがあるんじゃないかって」

裸足のまま靴を履き、新しいシャツを探しに自室へ向かった。さっきまで着ていたものは破いてしまった。

「考えておいてくれ」もう一度いい、上着を取ると、アレサンドラにウインクして部屋を出た。

ケインは暖炉の前にある革の椅子に、四肢を投げ出して座っていた。コリンはうなずき、机の前に座った。ペンと紙を取り出す。

ケインは弟の姿をひと目見て、にやりと笑った。「邪魔したようだな。すまん」

コリンは、笑いだしそうな兄の声を無視した。いかにもベッドから出てきたばかりという格好をしているのは自覚していた。クラヴァットも締めていなければ、髪も梳かしていない。

「結婚生活は合っているんだな、コリン」

コリンは、どうでもよさそうなそぶりはしなかった。まっすぐに兄を見返し、正直な顔を見せた。仮面はもうない。

「愛する女《ひと》がいる」

ケインは笑った。「気づくまでに時間がかかったな」

「兄さんほどじゃない」

ケインはうなずいた。コリンは紙に目を戻した。

「なにを書いているんだ」

コリンは少し恥ずかしそうに笑いながら、一覧表を作っていると答えた。

「妻の整理整頓好きが伝染したらしい。タルボット卿には会ったのか」

ケインは笑みを消し、クラヴァットをゆるめながら答えた。「ハロルドはひどい状態だ。まともにものを考えられなくなっている。奥方がいなくなる直前に、口論になったらしい。ハロルドはいま一日じゅう、あのとき奥方をののしった自分を責めている。見ていられなかった」

「気の毒に」コリンはかぶりを振った。「口論の原因はなんだったんだ？」

「奥方に愛人ができたと、ハロルドは信じている。何度か贈り物が届いたことがあって、ハロルドは奥方が浮気をしていると勝手に思いこんでしまった」

「くそっ」

「いまでもそう思っているんだ。ジェイドやアレサンドラも贈り物を受け取ったことを話したんだが、ハロルドはすっかり酔っ払っていて、自分の奥方と結びつけることができなかった。自分の怒りが奥方を愛人のもとへ追いやったと、ずっといいつづけていたよ」

コリンは椅子の背にもたれた。「ほかに手がかりになりそうなことはいっていなかったのか」

「ああ」

兄弟は沈黙し、それぞれに考えを巡らせた。

コリンは椅子を引き、屈みこんで靴を脱いだ。左の靴を床に落としてから右の靴を落としたとき、左の靴から中敷きがはみ出ているのが見えた。「やれやれ」いちばん履き心地のよい靴なのに、もう壊れてしまったのか。修理できるかどうか確かめるつもりで靴を拾いあげた。分厚い中敷きがはずれていた。

その中敷きは、コリンが見たこともないものだった。すぐさま右の靴を拾って、調べてみた。そのとき、フラナガンがケインのためにブランデーのデカンタを持ってドアから入ってきた。だが、コリンが手に持っているものに気づいたとたん、くるりと背を向けてまた出ていこうとした。

「戻ってこい、フラナガン」コリンは命じた。

「お飲み物はいかがですか」フラナガンはケインに尋ねた。

「頼む」ケインが答えた。「だが、ブランデーではなく水がいい。さっきハロルドと会ったばかりでね、アルコール度数の高い酒を思い浮かべただけで胸がむかむかしてくる」

「では、すぐにお水をお持ちします」

フラナガンはまた出ていこうとした。コリンは呼び止めた。

「ご主人さまもお水をご所望ですか」

コリンは中敷きを掲げた。「ぼくがご所望なのは、これをおまえが知っているかどうか、その答だ」

フラナガンは、義理に引き裂かれていた。もちろん主人はコリンだが、プリンセスには、中敷きを作ったことは決して漏らさないと約束している。

フラナガンの沈黙は、彼が知っていることを物語っていた。ケインが笑いだした。「あの顔つきからして、彼はよく知っているようだぞ。それはなんだ、コリン」

コリンは中敷きをケインに放った。「いま気づいたんだが、知らないうちに靴のなかに入れられたらしい。左足用に、特別に作ったもののようだ」

コリンはフラナガンに目を戻した。「アレサンドラが一枚嚙んでいるんだろう?」

フラナガンは咳払いした。「ご主人さまも、その靴がお気に召していらっしゃったではありませんか」急いでいった。「中敷きを入れたことによって、おみ足にぴったり合うようになったのです。どうか、あまりお怒りになりませんように」

コリンは少しも怒っていなかったが、まだ若いフラナガンは、心配のあまりわからなかった。

「わたくしたちのプリンセスは、ご主人さまがいささか……おみ足に関しては敏感だとご存じです。それゆえ、一計を案じられたのです」

コリンは苦笑した。フラナガンがアレサンドラをかばうさまは、ほほえましかった。「では、いい、い、い、い、われわれのプリンセスを呼んできてくれないか。ドアをノックするときは小さい音で頼む。それで返事をしなかったら、眠っているということだ」

フラナガンは足早に書斎を出ていったが、デカンタを持ったままだったことに気づいて、あわてて書斎に引き返し、サイドテーブルに置いて、また出ていった。

ケインは中敷きをコリンに投げ返した。「そのしろものは役に立ったのか」

「ああ。ぜんぜん気づかなかった……」

ケインは弟が無防備な目をしているのを認めた。微笑以外の表情を見せるのはめずらしい。不意に、弟に近づけたような気がした。それは、コリンがケインを遮断していないからだ。ケインは身を乗り出し、両膝に肘をついた。

「なにに気づかなかったんだ？」

コリンは分厚い中敷きを眺めながら答えた。「左脚のほうが右脚より少し短くなっていたんだ。当然だ。筋肉がなくなったのだから……」

コリンは無理やり肩をすくめた。ケインは言葉に窮した。コリンが自分の脚の状態を認めたのははじめてだったので、ケインはどんなふうに話を進めればよいのかわからなかった。軽く受け流せば、心配していないように思われる。だが、深刻になりすぎてあれこれ尋ねようものなら、コリンは即座にドアを閉め、あと五年はこの話題に触れようとはしないだろう。

気まずいことこのうえない。結局、ケインは脚についてはなにもいわず、話を変えた。

「キャサリンのことで父上に話をしたか」

「話したよ」コリンは答えた。「用心すると請けあってくださった。使用人にも話しておいてくれるそうだ。小包が届いたら、父上にまず確認していただく」

「キャサリンには?」

「父上はキャサリンを不安にさせたくないとお考えだった。ぼくは話すべきだといったんだが。キャサリンもわかっておいたほうがいい。あいつはちょっと……浮ついているところがあるだろう?」

ケインは苦笑した。「あいつはまだ子どもだ、コリン。もう少し待ってやれ」

「そして、大人になるまでは守ってやらなければならない」

「そのとおりだ」

書斎の入口に、アレサンドラがフラナガンと一緒に現れた。あごからくるぶしまで、濃いブルーのガウンにきっちりと包まれている。彼女は書斎に入ってくると、まずケインにほほえみかけ、コリンのほうを向いた。コリンは中敷きを掲げてみせた。アレサンドラはたちまち笑みを消し、あとずさった。

怖がっているのではなく、警戒しているようだ。「アレサンドラ、これがなにか知っているか」

アレサンドラは、コリンが怒っているのか、それとも少しいらだっているだけなのか、表情からはつかみかねていた。でも、つい先ほど愛しているといってくれたばかりだと自分にいいきかせ、一歩踏み出した。「ええ」

「それで?」

「それがなにか知っているわ。こんばんは、ケイン。また会えてよかった」アレサンドラは早口でつけくわえた。

とぼけているな。コリンはアレサンドラにかぶりを振ってみせた。「ぼくはきみに質問したんだが」

「なにを訊かれたのか、いまわかったわ」アレサンドラは出し抜けにいい、また一歩前に出た。「わたしの部屋を出ていく前に、なにか話したいことがあるんじゃないかって尋ねたでしょう。その中敷きのことだったのね。わかりました、いまから答えるわ。わたしはお節介だった。ええ、たしかに。でも、あなたのためを思ってやったことよ、コリン。あなたは脚のこととなると、とても神経質になるでしょう。そうでなければ、きちんと話してからフラナガンを靴職人のところへやったわ。わたしが無理やりフラナガンにお使いを頼んだの。フラナガンはあなたに忠実だもの」コリンが執事に裏切られたと思わないように、急いでつけくわえた。

「いいえ、プリンセス」フラナガンが口を挟んだ。「わたくしのほうから、お使いをさせていただきたいとお願いしたのです」

コリンは目を天に向けた。「なぜこんなことを思いついたんだ?」

アレサンドラは意外そうな顔をした。「脚を引きずっていたでしょう……とくに夜、疲れてくると、脚を引きずるのが少しひどくなっていた。コリン、あなたは左脚をかばいがちだわ、気づいていた？」

コリンは思わず笑いだしそうになった。「ああ、気づいていた」

「あなたは自分がばかではないと思うでしょう」

自分が訊かれたことをそのままコリンに返している。コリンは真顔のままこらえた。「ああ」

「だったら、なぜ脚を引きずるのか、考えてみたことはないの？」

コリンは肩をすくめた。「鮫に脚の一部を食いちぎられたからだ。間抜けといいたければそういってくれ、アレサンドラ。間抜けだから脚を引きずるはめになったんだ」

アレサンドラはかぶりを振った。「それはけがの原因でしょう。わたしはあなたの靴の底を見たの。どの靴も、左のかかとがほとんどすりきれていなかった。もちろん、どうすればいいかわかったわ」溜息《ためいき》をつく。「あなたが脚のことでこんなに神経質でなければ……」ケインのほうを向いて尋ねた。「でも、神経質なの。そう思うでしょう？」

ケインがうなずく。アレサンドラは同意を得てほほえんだ。「話もしないのよ」

「でも、いまは話している」とケイン。

アレサンドラはくるりとコリンに向きなおった。「ええ、いまは話しているわ」と叫ぶ。

なぜか彼女はうれしそうだ。コリンはとまどった。「ああ」

「それなら、これから毎晩、あなたのベッドで眠ってもいいでしょう?」

ケインが声をあげて笑った。アレサンドラは無視した。「あなたが自分の部屋に戻るのはなぜか、わかっていたわ。脚が痛むから、歩かずにいられない。そうでしょう、コリン」

コリンは答えなかった。

「なにかいって」

「ありがとう」

アレサンドラはぽかんとした。「なぜお礼をいうの」

「中敷きを作ってくれた」

「怒っていないの?」

「怒っていない」

アレサンドラはあっけにとられた。コリンは恐縮しているのだ。

ふたりは長いあいだ見つめあった。

「フラナガンにも怒っていない?」アレサンドラは尋ねた。

「怒っていない」

「なぜわたしに腹を立てないの」

「ぼくのためを思ってしてくれたことだから」

「なんて素敵な言葉なの」

コリンは声をあげて笑った。アレサンドラはほほえんだ。フラナガンが書斎に駆けこんできて、ケインに水のグラスを突き出すように渡した。その目はアレサンドラに向いている。

アレサンドラは、彼が心配そうにしているのを見て、小声でいった。「怒ってないわよ」

ケインがそろそろ失礼するといい、アレサンドラは彼のほうを見た。コリンはアレサンドラから目を離さず、兄におやすみと挨拶した。

「アレサンドラ、ちょっと残ってくれ。フラナガンがケインを見送るから」

「承知しました、あなた」

「おお、きみが謙虚にふるまうと興奮するね」

「どうして」

「めったにないことだから」

彼女は肩をすくめた。コリンはまた笑った。「まだ話したいことがあるんじゃないか」

アレサンドラはがっくりと背を丸めた。この人にはかなわない。「じつはね、あるの」小さな声でいった。「ウィンターズ先生に、あなたの脚のことで相談したの。もちろん、内密で」

コリンは片方の眉をあげた。「なにを相談したんだ」

「脚の痛みを取る方法よ。一覧表にしてあるわ。取ってきましょうか」

「あとでいい。それより、もっとほかに話したいことがあるだろう?」

この質問のしかたなら、広範囲のことを聞き出せる。コリンは、これから二週間に一度は話したいことがあるのではないかと問いただすことにした。アレサンドラはこれからもいろいろなことをたくらむに決まっている。

ところが、アレサンドラはコリンがなにを聞き出そうとしているのかわかるまでは、これ以上なにも話すつもりはなかった。「なんのことか、もう少しわかりやすくいってくれないかしら」

やっぱりほかにも秘密があるんだな、とコリンは思った。「だめだ。ぼくがなんのことを訊いているのかわかっているんだろう。白状するんだ」

アレサンドラは指で髪を梳《す》きながら、机のほうへ歩いていった。「ドレイソンに聞いたのね」

コリンはかぶりを振った。

「だったらなぜわかったの」

「きみの話を聞いてから教えてやる」

「もう知ってるくせに。わたしに気まずい思いをさせたいだけなんでしょう？　でも、もう取り消せないわ。蒸気船の注文は取り消さなかったの、いまさらいわれても無理ですからね。それに、あなただってわたしのお金は自由に使えばいいといったでしょう。だからそうしたのよ。前から蒸気船が一隻ほしかったの。でも、あなたとネイサンがときどき貸してくれっていうのなら、よろこんで貸してあげるわ」

「ドレイソンに注文を取り消すよう、ぼくは指示したんだが」

「そのあとで、アルバートおじさまがほしがってるって、ドレイソンにいったの」

「まったく、ほかにも隠していることがあるのか」

「知らなかったの？」

「アレサンドラ……」

「コリン、だんだんいらいらしてきたわ。あなたはわたしをどんなに傷つけたか、まだわかっていないのね」アレサンドラは語気を強めた。「ネイサンが、あなたたちふたりは会社のためにサラの財産を使おうと考えていたといったわ。それを聞いたときのわたしの気持ちがわかる？　あなたは、わたしの財産は使わないと、かたくなにいいはっていたのに」

アレサンドラは彼の膝に座らせられた。すかさず首に抱きつき、にっこりと笑った。

コリンは眉をひそめてアレサンドラを見た。「サラの財産というのは、国王陛下がネイサンとサラのために取っておいてくださったものなんだ」

「わたしの父だって、わたしと将来の夫のためにお金を取っておいてくれたのよ」

まいった、とコリンは思った。アレサンドラも彼を負かしたと思った。「コリン、お義父《とう》さまはなぜまだわたしのお金を管理しなければならないのかと思っていらっしゃるわ。気まずいことよ。あなたが引き継ぐべきだわ。わたしもお手伝いするから」

彼の笑みは優しさに満ちていた。「きみが管理するのを、ぼくが手伝うというのはどうだろう」

「素敵」アレサンドラは彼にもたれた。「愛しているわ、コリン」

「ぼくも愛している。で、ほかに話すべきことは?」

アレサンドラは答えなかった。コリンはポケットに手を伸ばし、例の一覧表を取り出した。アレサンドラはさらに彼に寄り添った。

コリンは紙を開いた。「きみには、どんなことでもぼくに話せるようになってほしい。いま、この瞬間から」

アレサンドラは逃げようとしていたが、コリンは腕の縛めを強くした。「ぼくのせいで、きみは脚の話をできなかった。そうだろう?」

「ええ、そうよ」

「それは申し訳なかった。では、いましばし逃げないでくれ。きみの疑問に答えるから。いいね」

「べつに、なにも訊いていないわよ」

「いいから」コリンは片方の腕でアレサンドラを支え、もう片方の手で一覧表を掲げた。黙ったまま最初の一文を読んで、こういった。「ヴィクトリアの話はもう聞いたな」

「ええ、でも……」

コリンはアレサンドラを抱く腕にぎゅっと力をこめた。「最後まで聞いてくれ」二番目の文を呼んだ。「きみの財産に対する考え方をもっと柔軟にすると約束する」頑固という言葉を括弧《かっこ》でとじてつけくわえてある。コリンは溜息をついた。「そして、石頭でいるのはやめるよ」

三番目の文に、コリンは顔をほころばせた。五年も待たずに妻を愛していると気づかなければならないと書いてある。

その義務にはもう従ったので、次の文を読んだ。父親になることをよろこび、人生設計を邪魔したからといって妻を責めてはならない、とある。

妊娠した人妻は修道女になれるか。コリンはまず、こちらの疑問に答えることにした。

「アレサンドラ」

「なに?」

コリンは彼女の頭のてっぺんにキスをした。「これはだめだ」とささやく。

その声がいまにも笑いだしそうだったので、アレサンドラはとまどった。ほら、やっぱり拒絶だわ。「なにがだめなの」

「妊娠した人妻は、修道女にはなれないよ」

コリンが手を離していたら、アレサンドラは膝から飛び降りていたところだった。だが、コリンは彼女が落ち着くまでしっかりとつかまえていた。

アレサンドラはすっかりあわてていた。「知っていたのね……ずっと……ああ、あの表。あれを見つけて、だからわたしを愛しているといったのね」

コリンはアレサンドラのおとがいを持ちあげ、熱いキスをした。「きみの表を見て、そのことに気づいた。ぼくを信じてくれ、アレサンドラ。心をあずけてくれ」

「でも――」

コリンは抗議を唇で封じた。顔を離したとき、彼女の瞳は潤んでいた。「最後にもう一度訊く。ぼくに話すべきことがあるんじゃないか」

アレサンドラはゆっくりとうなずいた。コリンが得意げな顔になった。ああ、わたしはほんとうにこの人を愛している。そして、まなざしを見れば、彼もわたしを愛してくれているのがわかる。

だから、彼は赤ちゃんができたことをよろこんでいる。アレサンドラは確信した。彼の手がおなかへおりていき、優しくなでた。無意識のうちに、そうしているようだった。それでも、そのしぐさは多くを語っていた。彼はまだ生まれてもいない息子か娘をなでているのだ。

「答えてくれ」コリンはかすれた声でいった。

その表情は真剣そのものだった。アレサンドラは思わずほほえんだ。コリンはいつも真剣で、冷静だ。もちろん、そういうところが好きだけれど、ときどきわれを忘れるところがおもしろい。

コリンをじらすのは楽しい。いつも思いがけない反応をしてくれるから。

彼はもはや我慢の限界に来ていた。「答えてくれ、アレサンドラ」

「ええ、コリン。話すべきことがあるわ。わたしね、修道女になることに決めたの」

コリンは、アレサンドラの首を絞めそうな顔になった。その顔に、アレサンドラは声をあげて笑った。コリンをもう一度抱きしめ、あごの下に頭を突っこんだ。

「わたしたちに赤ちゃんが生まれるのよ」とささやく。「まだいってなかったかしら」

14

それから二週間、ひっきりなしにコリンのもとへ訪問者がやってきた。なかでもリチャーズは何度も訪ねてきて、彼専用の寝室ができそうなほどだった。ケインとネイサンも、毎日午後にやってきた。アレサンドラは、昼間はコリンと顔を合わせることがなかったが、夜は彼を独り占めした。コリンは夕食後、〝秘密の崇拝者〟の調査でわかったことをアレサンドラに逐一話した。

ドレイソンがとても役に立っていた。彼は、ヴィクトリアが失踪する四カ月前に、保険が掛けられていたことを突き止めた。保険金の受取人は、兄のニールになっていた。保険業者はモートン・アンド・サンズ。

また、コリンの情報源を通じ、ヴィクトリアが帰ってこなければ、いずれはニールが彼女の結婚持参金を譲り受けることがわかった。持参金はヴィクトリアが生まれた日に遠い親戚が預託したもので、かなり高額だった。

その日、リチャーズが夕食に同席した。コリンが調べあげたことをアレサンドラに話すのを聞きながら、リチャーズもときおりみずからの考えを差し挟んだ。

「遺体が見つからなければ、ニールは保険金も持参金も手に入れられない。ニールが金目当てでヴィクトリアを殺したのなら、遺体をわざわざ隠すのは変ではないか?」

「たしかに、つじつまが合いませんね」コリンが相槌《あいづち》を打った。「ニール自身もかなり裕福ですし」

リチャーズがうなずいた。「だが、もっと金が必要だと考えたのかもしれない。アレサンドラの話では、ニールは妹を嫌っていたようだし」と、つけくわえた。「もう一点、ニールを指している証拠がある。状況証拠に過ぎないのだがね。六年前、彼はタルボット子爵夫人のロバータに結婚を申しこんだが、彼女は子爵と結婚するために断った。噂では、結婚したあとも彼女にいいよっていたらしい。ロバータがニールと浮気をしていたともいわれている。つまり、ヴィクトリアとロバータには接点があったわけだ」

「ニール・ペリーと結婚したがる人がいるなんて、信じられない」アレサンドラはつぶやいた。「あの人にはぜんぜん……魅力がないもの」

「きみのところにあれからまた贈り物が届いたりしていないかね」リチャーズが尋ねた。

アレサンドラはかぶりを振った。「今朝、ネイサンとサラのために注文したものが届いたんです。コリンは怒って壊しそうになりましたわ。わたしがあの船の模型を注文したのを忘れていたんです。ありがたいことに、箱を破いただけで思い出してくれましたけれど」

「あの船が金の板を組みあわせたものだとは、きみはひとこともいっていなかったじゃないか」コリンがいった。「大の男が五人がかりでも壊せないよ」

そのとき、ケインが食堂に入ってきて、会話は一時途切れた。

「ヴィクトリアの遺体が見つかったぞ！」

コリンは手を伸ばし、アレサンドラの手を握った。「どこで？」

「ロンドンから一時間ほど離れた畑のなかだ。作物を収穫していた農民がたまたま発見した。おそらく狼《おおかみ》が……」ケインは途中で口をつぐんだ。アレサンドラがつらそうな顔をしている。彼女をさらに悲しませないよう、生々しい話はしないほうがいい。

「ヴィクトリアと確認されたの？」アレサンドラが尋ねた。

アレサンドラは目に涙をためていたが、かろうじて冷静さを保っていた。ヴィクトリアを思って泣くのはあとまわしだ——彼女の魂のために祈りを捧げるのも……彼女を殺した男が捕まったあとで、思う存分泣き、祈ろう。

「彼女がつけていた装飾品で……身許《みもと》がわかった」ケインがいった。

リチャーズは遺体が発見された場所を自分の目で確かめたがった。椅子を後ろに押して立ちあがりかけた。

「もう日が落ちて、なにも見分けられませんよ」ケインはアレサンドラの隣の椅子を引いて腰をおろした。

「彼女が発見された畑の所有者はだれだ」コリンが尋ねた。

「ニール・ペリー」

「なんと」コリンがいった。

「つじつまが合いすぎる」とケイン。

「とりあえず、わかった事実は事実として受け止めよう」リチャーズがいった。「それから、じっくり検証する」

「遺体発見現場を掘るのはいつにしますか」コリンが尋ねた。

「明日の朝一番に」

「掘る?」アレサンドラが尋ねた。「ヴィクトリアは見つかったんでしょう。なぜ……」

「ほかになにか見つかるかもしれないだろう」リチャーズが説明した。

「ロバータもそこに埋められているかもしれないとお考えなのね」

「そのとおりだ」

「おれもそう思っている」ケインがいった。

「殺した人を自分の土地に埋めるような、ばかなことはしないんじゃないかしら」

「おそらく、彼が人殺しだ」ケインがいった。「そして、おそらく賢くない」

アレサンドラは真剣に聞いてほしくてケインの手をつかんだ。「でも、問題はそこよ。ニールはいままで抜け目なくやっていた、そうでしょう？　その彼がふたりを自分の土地に埋める？　おかしいわ。それに、あなたはもうひとつ忘れていることがあるわ」

「なにを忘れているんだ」

「あなたは、殺された女性はふたりだけと仮定している。ほかにもいるかもしれないのよ」

「彼女のいうことは的を射ているよ、ケイン」コリンがいった。「アレサンドラ、兄を放してやってくれ」

アレサンドラは、ケインの手を握りしめていることに気づき、あわてて放した。それから、リチャーズに向きなおった。「あなたのお考えは？」

「ニールはたぶん逮捕される」リチャーズがいった。「でも、それは始まりに過ぎない。わたしはあなたと同じ考えで、ニールが人殺しだと完全に信じているわけではありませんよ。つじつまが合いすぎるところが引っかかる」

アレサンドラは満足し、ちょっと失礼すると告げた。ケインが立ちあがって椅子を引いてくれた。礼をいおうと振り向くと、驚いたことに彼はアレサンドラの肩に両手を置き、身を屈めた。なにをするのかと尋ねるより先に、彼はアレサンドラのひたいにキスをした。

「おめでとう、アレサンドラ。ジェイドもとてもよろこんでいるよ」

「なにがめでたいんだ」リチャーズが尋ねた。

アレサンドラは、コリンから説明してもらった。そして、笑顔でケインを見あげた。「わたしたちも、とてもよろこんでいるの」

リチャーズがコリンと握手をし、アレサンドラは食堂の入口へ向かった。ふと、あることを思いついて足を止め、コリンに向きなおった。「なぜわたしたち三人が選ばれたのか、まだ考えていなかったわ。あなたはニールを舗道に放り出したわね。それで、彼は怒って仕返しをしようとしているんじゃないかしら」

コリンは、そうは思わなかった。アレサンドラは、その可能性について考えているケインとリチャーズを残し、階段へ向かった。フラナガンが書斎で待っていた。彼の妹ミーガンも一緒だった。

「ほら、いらっしゃったよ」アレサンドラが書斎に入っていくと、フラナガンがいった。

「プリンセス・アレサンドラ、こちらがミーガンです」彼は妹を紹介した。「早くお役に立ちたいと張りきっております」

フラナガンは妹の脇腹をつついた。彼女はすかさず前に進み出て、ぎこちないお辞儀をした。「お役に立てれば光栄です、奥さま」

「奥さまではなく、プリンセスとお呼びしなさい」フラナガンがいった。

ミーガンはうなずいた。兄によく似ている。髪の色がそっくりで、笑うとフラナガンと瓜二つだった。兄を心から尊敬している様子で見あげるさまに、アレサンドラの胸はほのぼのと温かくなった。

「わたしたち、仲よくなれそうね」アレサンドラはいった。

「わたしがきちんと指導します」フラナガンがきっぱりといった。

アレサンドラはうなずいた。「ケイトはどこ？　明日から、お使いをしてくれることになっていたわね」

「まだ荷物をまとめているところだそうです」フラナガンが答えた。「妹たちのことは、ご主人さまにお伝えになりましたか」

「いいえ、まだ。大丈夫よ、フラナガン。コリンも賛成してくれるわ」

「ミーガンには、三階のいちばん奥の部屋を使わせます。ケイトはその隣を使わせていただいてよろしいでしょうか」

「ええ、どうぞ」

「素敵なお部屋でした、奥さま」ミーガンが出し抜けにいった。「自分ひとりの部屋なんて、はじめてです」

「奥さまではなくプリンセスだ」フラナガンがまた訂正した。

アレサンドラは笑いをこらえた。フラナガンの兄としての立場を損ねてはいけない。

「明日から訓練をはじめましょう、ミーガン。わたしはもう休むわ。なにか必要なものがあれば、お兄さまにお願いしてね。不自由のないようにはからってくれるわ。コリンとわたしにも、とてもよくしてくださるのよ。フラナガンがいなかったら、わたしたちはやっていけないわ」

フラナガンはほめられて頬を紅潮させた。ミーガンは心から感じ入った様子だった。

アレサンドラが、使用人を増やしたことを告げると、コリンは笑った。だが、すぐに真顔に戻った。フラナガンは薄給なのに、それまでずっと、ひとりでミーガンとケイトを養ってきたのだ。両親がふたりとも他界したことは、コリンも知っていた――スターンズに紹介されたときに聞いている。だが、ふたりも妹がいるとは聞いていなかった。そう、知らなかったのだ。だから、アレサンドラがふたりを雇い入れたことに、コリンは感謝した。明日の朝から、フラナガンの給料をあげてやらなければならない。

翌朝、アレサンドラに花が届いた。ドレイソンは、哀悼の言葉を書き連ねたカードを添えていた。

　コリンが顔をしかめてそのカードを読んでいるかたわらで、アレサンドラは白い磁器の花瓶に花を活けた。「なんだ、これは」

「アルバートおじさまが亡くなったの」

　コリンは大笑いしはじめた。アレサンドラはほほえんだ。「よろこぶと思ったわ」

「笑うとは薄情だぞ、コリン」

　食堂の入口から、ケインがコリンをにらんでいた。ケインはアレサンドラのほうを向き、悔やみの言葉をかけようとして、彼女が笑っていることに気づいた。

「アルバート氏は友人だったんだろう？」

「もう友人ではなくなったんだ」コリンがもったいぶった口調でいった。

　ケインがかぶりを振ると、コリンがまた笑い声をあげた。「実在しないんだよ。アレサンドラが、ドレイソンに仕事を引き受けさせるためにでっちあげたんだ」

「だが、アルバート氏はよい助言をくれたぞ。くそっ、アルバート氏が亡くなったとは残念だ。これから……」

「アレサンドラが助言したんだ。これからもそうしてもらうといい」

　ケインはぽかんとした。アレサンドラは、いったでしょうといわんばかりの顔でコリンを見てから、ケインに向きなおった。

「ドレイソンがわたしに市場の情報を教えてくれていたのは、わたしが殿方にそれを伝えると信じていたからよ。いまは、いい投資の話があると聞けば、コリンに教えてくれているの。アルバートなんて人が実在しなかったと知ったら、ドレイソンはひどく怒るわ。だから、黙っていてほしいの」

「なぜそんなことをしたんだ」ケインは、いまだに彼女を信じてよいものかどうか決めかねていた。

「殿方は殿方しか相手にしないからよ」アレサンドラは辛抱強くいった。

「それより、兄さんはどうしてここへ？」コリンが話を変えた。「なにかわかったのか」

「ああ」ケインは、自分がここへ来た理由を思い出した。「ヴィクトリアが見つかった場所から少し離れたところで、ロバータの遺体が発見された」

「まあ」アレサンドラはささやいた。

コリンはアレサンドラの肩を抱いた。「ほかに遺体はなかったのか」

ケインはかぶりを振った。「いまのところは。ニールは二件目の殺人容疑で再逮捕される見こみだ。だが、弁護士を通じてアレサンドラと面会したいといっている」

「問題外だ」

「コリン、わたしは彼から話を聞きたいわ」

「だめだ」

「お願いだから聞いて」アレサンドラは懇願した。「彼がほんとうに人殺しなのか、確かめなければならないでしょう?」

コリンは溜息をついた。「だったら、かわりにぼくが行く」

「ニールはあなたを嫌っているのよ」

「知ったことではないね」

アレサンドラはケインのほうを向いた。「コリンはあの人を放り出したのよ。いま会っても、なにも話してくれないと思うわ」

「ニューゲート監獄に入った人間がどんなに変わるか知ったら、きみは驚くぞ」ケインがいった。「助けてくれる相手だと思えば、だれにだってしゃべるさ」

「きみは行ってはだめだ、アレサンドラ。だが――」アレサンドラがまた異議を唱えようとしたので、コリンはあわててつけくわえた。「ニールに訊きたいことを書いてくれれば、ぼくが尋ねてくる」

「もう紙に書いてあるわ」

「では、それを取ってきてくれ」

「コリン、おれも一緒に行こう」ケインがいった。

アレサンドラは、夫になにをいっても無駄だと悟った。絶対に考えなおしてくれないと、目を見ればわかる。ニールに尋ねるべきことを書いた紙を取りに二階へ行き、二、三の質問をつけたしてから、急いで下に戻った。

「おれの馬車で行こう」ケインがいった。

コリンがうなずいた。アレサンドラから表を受け取り、ポケットにしまうと、彼女にキスをした。「出かけるんじゃないぞ。すぐ帰ってくるから」

「だめだ」ケインがいった。「忘れていた。ネイサンが一時間以内にアレサンドラを迎えにくる」

「なぜ」コリンが尋ねた。

「ジェイドがアレサンドラをサラに紹介したいというんだ。母上とキャサリンも一緒だ」

「ネイサンがアレサンドラと？」

「そうだ」

アレサンドラは背中を向けて階段をのぼりはじめた。急いで着替えなければならない。サラに会うなら、精一杯きれいにしていきたかった。

「贈り物を持っていってもいいかしら」アレサンドラは階段の上からコリンに尋ねた。

コリンは玄関へ向かって歩いていた。それはいい考えだと返事をしたが、アレサンドラは彼が肩をすくめるのを見て、どちらでもいいのだろうと受け取った。

ミーガンが着替えを手伝った。彼女は緊張していた――手つきもぎこちなかった――が、女主人になんとか満足してもらおうという熱意は見て取れた。

しばらくしてネイサンが迎えにきた。アレサンドラは、フラナガンが包みなおした贈り物を持って下におりた。それをネイサンに運んでほしいと差し出したが、中身がなにかはいわなかった。

ネイサンはどこか上の空で、ケインのタウンハウスに着くまで、ほとんど口をきかなかった。

アレサンドラは、どうかしたのかと尋ねた。

「帳簿を見ていたんだ」ネイサンは答えた。「どこからの収入かわからないものがあった。ちなみに、コリンのほうが数字に強いんだが。おれは伝票をためないようにしようと思うものの、できたためしがない」

「コリンが病気のあいだは、わたしが帳簿をつけていたの。もしかしたら、わたしが間違ったのかもしれないわ。収支が合わないの？」

ネイサンはかぶりを振った。「きみが手伝ってくれたことはコリンから聞いている」そういってほほえみ、長い脚を伸ばした。アレサンドラはスカートをどけて場所を空けた。

「いくつか伝票が見当たらない入金があった」

アレサンドラは、ネイサンがなんのことをいっているのかようやく理解した。コリンが陸軍省から受け取った報酬を会社に入金していたのだ。

「領収書もないんでしょう」

「そうなんだ。全部で四回」ネイサンはうなずいた。「コリンがどこからその金を受け取ったのか知らないか。変なんだ。船の収入はすべて記入されているし、コリンに副収入があったとは聞いていない」

「尋ねてみたの？」

ネイサンはかぶりを振った。「今朝、気づいたばかりでね」

「あなたとコリンは……なんでも話しあうの？　つまり、どちらかがどちらかに隠しごとをしたりしない？」

「アレサンドラ、おれたちは共同経営者だ。おたがいを信用できなければ、ほかにだれを信用する？」

ネイサンは射貫くような目でアレサンドラを見た。「きみは金の出所を知っているんだな」

アレサンドラはゆっくりとうなずいた。「コリンから話すべきだろうけれど――わたしではなくて」

「きみが渡した金か」

「いいえ」

「だったら、だれが？」

ネイサンは答を知るまであきらめる気がなさそうだった。彼がコリンの共同経営者というだけではなく、親友でもあるので、アレサンドラは彼になら話してもいいだろうと考えた。

「ケインにも、ご両親にもいわないと約束してくださいね」

ネイサンはうなずいた。もちろん、好奇心をかきたてられていた。「約束する」

「コリンは、資金を増やすためにある仕事をしていたの」

ネイサンが身を乗り出した。「どんな仕事だ」

「リチャーズに頼まれたことを」

ネイサンの雄叫《おたけ》びに、アレサンドラの贈り物が座席から落ちそうになった。それまで彼は穏やかだったので、その反応は驚くべきものだった。アレサンドラは端目にもわかるほど跳びあがった。悪態をつくネイサンが少し怖くもあった。

ネイサンは落ち着きを取り戻して、汚い言葉を使って悪かったと謝った。だが、その目はまだ怒っていた。

「詳しいことはコリンに聞いたほうがいいと思うわ」アレサンドラはあわてていった。「でも、もうリチャーズの仕事はやめたのよ、ネイサン」

「ほんとうか」

アレサンドラはうなずいた。「ほんとうよ」

ネイサンは長い溜息をつき、座席の背にもたれた。「教えてくれてありがとう」

「コリンから話せばよかったわね」

その声は不安そうだった。ネイサンは、アレサンドラが後悔しているのかもしれないと思い、ほほえんだ。「そうだな、あいつが話すべきだった。今夜、伝票のない入金について訊いてみるよ」

ネイサンは、アレサンドラをこれ以上心配させないよう、わざと話を変えた。まもなく、馬車はケインのタウンハウスに到着した。

フラナガンのおじであるスターンズがドアをあけ、アレサンドラははじめて彼と会った。おそろしく気むずかしそうな顔をした老人で、糊《のり》付けしたかのように堅苦しい物腰だったが、瞳をきらきらと輝かせてアレサンドラに挨拶をした。どうやらフラナガンがアレサンドラをほめたたえていたらしい。スターンズはミーガンとケイトが雇い入れられたことを聞いたばかりだといった。

客間のドアが広くあいていた。ケインの娘が真っ先にアレサンドラに気づき、玄関の間に走り出てきた。四歳のオリヴィアはスターンズの手につかまり、腰を屈めてお辞儀をした。だが、レディらしいふるまいはそれだけだった。ややこしいお辞儀を終えるや、彼女はスターンズの手を離し、ネイサンの脚に飛びついた。おじに抱きあげられ、帽子のようにぽんぽんと宙に放りあげられると、甲高い声で笑った。

「天井が高くてよろしゅうございました」スターンズがつぶやいた。

ネイサンはそれを聞いて笑った。姪《めい》を抱き、アレサンドラのあとから客間に入った。

ジェイドとキャサリンがソファに並んで座っていた。公爵夫人は、むかいの椅子にいる。

三人はすぐさま立ちあがり、アレサンドラを囲んだ。

「うれしい知らせを聞いたわよ」公爵夫人がいった。

アレサンドラは笑った。

「わたしはキャサリンから聞いたの」と公爵夫人。

「わたしはジェイドから」とキャサリン。

「わたしはいってないわ……」ジェイドが否定しようとした。

「じつは、お母さまがそうじゃないかっていってたの」キャサリンが認めた。

「サラはどこだ」ネイサンが尋ねた。

「ジョアンナにお乳をあげているの」ジェイドが答えた。「そろそろおりてくるわ」

ネイサンはさっそく妻のもとへ行くため、オリヴィアをおろそうとしたが、彼女は肩にしがみついて離れず、一緒に行くといいはった。

アレサンドラはサイドテーブルに贈り物の箱を置き、みんなにつづいて椅子のある場所へ歩いていった。それから、義母の隣の椅子に腰をおろした。公爵夫人は麻のハンカチで目元をぬぐっていた。

「あまりうれしいものだから興奮してしまって。また孫が生まれるのよ。なんて幸せなんでしょう」

アレサンドラもうれしくて満面の笑みを浮かべた。しばらく子どもの話がつづいた。キャサリンはたちまち退屈そうにしはじめた。アレサンドラはそれに気づいて、話を変えることにした。

「花束を受け取ったのをコリンに話したのを怒っていない?」

「最初は怒ったけれど、お父さまがすべて話してくれたわ。そうしたら、怖くなってしまって。いまではニール・ペリーも捕まったから、怖くなくなったし、お父さまもまた外出させてくださるようになったわ。ねえ、もうすぐ社交シーズンが終わってしまうのよ。田舎に帰ったら、退屈で死にそうになるかも」

「退屈くらいで死んだりしません」公爵夫人がいった。

「今日の午後はモーガン・アトキンズと公園で馬に乗るの」

「キャサリン、お誘いはお断りして、家族と一緒に過ごすようにいったでしょう」

「すぐに帰ってくるわ。それに、家族にはいつでも会えるもの」

「モーガンが迎えにきてくださるの？」ジェイドが尋ねた。

キャサリンはうなずいた。「とっても素敵な方よ。お父さまも気に入っていらっしゃるわ」

アレサンドラは、キャサリンが外出することに不安を覚えた。たしかにモーガンはコリンの友人だから、キャサリンを危険な目にあわせないよう気をつけてくれるだろう。けれど、やはりキャサリンは家にいるほうがいいような気がする。ニールが人殺しだとは思えない。それでも、公爵夫人たちを心配させたくなかった。コリンがここにいれば、どうすればよいのか教えてくれるのに。

コリンなら、キャサリンを行かせないだろう。結論はわかりきってる。でも、コリンは無駄な心配をするし、と心のなかでつぶやく。

「キャサリン、やっぱりここでみんなといたほうがいいと思うの」アレサンドラは出し抜けにいった。

「なぜ？」

ほんとうに、なぜだろう。アレサンドラは頭のなかで理由を探した。ジェイドのほうを向き、無言で助けを求めた。

ジェイドはとても鋭かった。アレサンドラの目を見て、すぐに同意してくれた。「ええ、家にいなさい」とキャサリンにいった。「家族の用事ができて行けなくなったと手紙を書けば、スターンズがモーガンに届けてくれるわ」

「でも、わたしは行きたいのよ」キャサリンは抵抗した。「お母さま、こんなのってないわ。ミッシェル・メアリはハンプトン伯爵と馬に乗るのよ。あの子のお姉さまたちはうるさく干渉しないんだわ」

「わたしたちは干渉しているわけではないのよ」アレサンドラはいった。「ただ、行かないでといっているだけ」

「なぜ行ってはいけないの」

キャサリンは不満のあまり金切り声になっていた。さいわい、アレサンドラは答を考えずにすんだ。ネイサンと妻のサラが部屋に入ってきて、だれもがそちらに気を取られた。

アレサンドラは文字どおりはじかれたように立ちあがった。サラのもとへ、足早に部屋を突っ切った。

ネイサンの妻は美しかった。濃い茶色の髪、しみひとつない肌、瞳は晴れた空の色だった。その笑みも、見る人の目を奪った。温かな笑顔だった。

ネイサンが妻を紹介した。アレサンドラは正式なお辞儀をするべきか、握手にとどめておくべきか迷った。だが、それも長くはつづかなかった。サラはあけっぴろげなたちだった。さっそくつかつかと歩いてくると、アレサンドラを抱きしめた。

サラの前で緊張するほうが不可能だった。彼女は、しばらく会っていなかった友人であるかのように、アレサンドラに接した。

「ジョアンナはどこ?」アレサンドラは尋ねた。

「オリヴィアが連れてくるわ」サラは答えた。

「スターンズに手助けされてな」ネイサンが口を挟み、サラのほうを向いた。「上で帳簿を終わらせてくる」

ジェイドがサラを呼び、かたわらのクッションをたたいた。アレサンドラはそちらへ行かずにネイサンのあとを追い、階段の途中で追いついた。

「ちょっとだけ時間をいただける?」

「もちろん」ネイサンは答えた。「書斎でいいか」

アレサンドラはうなずいた。ネイサンの後ろから階段をのぼり、書斎に入った。ネイサンは椅子をすすめてくれたが、アレサンドラは断った。

部屋は地図と帳簿で散らかっていた。ケインの書斎は会社の支所と化したようだ。アレサンドラは、部屋の奥へ歩いていきながら、ネイサンにそういった。

「ケインの書斎は下にあるんだ。なかには入れてくれない。彼もここへは入ってこないよ」にやりと笑ってつけくわえる。「義兄は整理魔でね。散らかった状態に耐えられないんだ。座ってくれ、アレサンドラ。ゆっくり話を聞こう」

アレサンドラはもう一度、座るのを断った。「すぐに終わるわ。キャサリンがモーガン・アトキンズと馬に乗りにいこうとしているの。もうすぐ迎えにくるらしいわ。でも、行かせないほうがいいと思うの。だけど、もっともらしい口実が思い浮かばなくて。キャサリンは聞く耳を持たないし」

「なぜ行かせたくないんだ」

話せば長くなるし、とりとめがなくなって結局まとまらないに違いないが、ネイサンの時間を無駄に奪いたくなかった。

「いやな予感がするだけ。でも、コリンも行かせないと思うわ。わたしもコリンも、ニール・ペリーが人殺しだとは確信していない。確信できるまでは、キャサリンを外に出したくないの。コリンはここにいないし、キャサリンはお義母《かあ》さまのいうことには反抗する。だから、あなたが協力してくださらないかしら。キャサリンも、あなたのいうことは聞くかもしれないわ」

ネイサンは早くもドアへ向かっていた。「コリンはそのアトキンズという男を信用していないんだな」

「あら、そこまではいっていないのよ。モーガンはコリンのお友達だし」声をひそめてつけくわえた。「コリンのあとに、リチャーズのお仕事を引き継いだの」

「だが、コリンなら行かせないだろうと、きみは思っているわけだ。よしわかった。おれがなんとかしよう」

「キャサリンになんていうの」アレサンドラは大男に遅れまいと足を速めながらいった。

「なにもいわない」ネイサンはそう答え、いたずら小僧そのものの笑みを浮かべた。「理由はいらない。とにかく、ここにいろというだけだ」

「反抗されたらどうするの」

ネイサンは笑った。「なにをいうかではなくて、どんなふうにいうかが肝心だ。おれにまかせろ、アレサンドラ。反抗などさせない。この世におれを怖がらない女はふたりしかいない。妹と妻だ。心配するな、なんとかするさ」

「ネイサン、三人よ。ジェイドとサラとわたし」

彼が目をみはるのを見て、ジェイドは声を出さずに笑った。

公爵夫人が、アレサンドラとネイサンに別れを告げようと玄関の間で待っていた。大事なディナーパーティの準備があるとのことだった。アレサンドラの頬にキスをし、ネイサンに身を屈めさせ、やはり頬にキスをした。

アレサンドラは、キャサリンはまだ客間にいるのだろうと思い、ネイサンに頼み事をしたのを気づかれないよう、ひとりで先にそちらへ向かった。ただでさえ、約束を破ってキャサリンの機嫌を損ねてしまったので、これ以上、彼女をいらだたせる種を増やしたくなかった。

サラがソファに座っていた。小さなオリヴィアが隣に座り、赤ん坊を抱えている。

「ジョアンナもあなたのようにきれいな女の子になってほしいわ」サラがオリヴィアにいった。

「それは無理ね」オリヴィアがいった。「わたしみたいに髪がふさふさしていないもの」

ジェイドが目を天に向けた。サラがほほえんだ。「まだ赤ちゃんだもの。これから大きくなるのよ」

「キャサリンはどこ?」アレサンドラは部屋を突っ切りながら尋ねた。「ネイサンが話があるそうよ」

「少し前に出たわ」ジェイドが答えた。

アレサンドラは、公爵夫人と帰ったのだろうと思った。オリヴィアの隣に腰をおろし、赤ん坊を眺めた。

「わたしたちに邪魔をされて怒っていなかった？　いまごろお義母さまにぷりぷり文句をいっているかもしれないわね。ああ、サラ、ジョアンナはなんてかわいいの。とてもちっちゃくて」

「おおきくなるのよ」オリヴィアがいった。「あかちゃんは、おおきくなるの。おかあさまがそういったわ」

「アレサンドラ、キャサリンはお義母さまと帰ったんじゃないわ。モーガンと出かけたの。わたしは引き止めようとしたけれど、それなりの理由がないから、お義母さまも折れるしかなかったのよ。キャサリンはささいなことで泣きだしかねない子だし、お義母さまはみっともないところを見せたくなかったのかもしれないわ」

赤ん坊がむずかりはじめた。サラは娘を抱いて立ちあがった。「おねむの時間だわ。すぐに戻ってくるわね。スターンズがいそいそとこの子を連れていくから。あの人はほんとうに赤ちゃんに目がないのね、ジェイド」

「四歳児にも目がないわよ」ジェイドは答え、娘を見おろした。「あなたもお昼寝の時間よ、オリヴィア」

オリヴィアは行きたがらなかったが、ジェイドは譲らなかった。オリヴィアの手を取り、引っぱっていく。

「あたし、あかちゃんじゃないわ、おかあさま」

「ええ、わかってます、オリヴィア」ジェイドが答えた。「だから、一日に一回のお昼寝が必要なの。ジョアンナは二回」

アレサンドラはソファに座り、ジェイドが娘を引っぱっていくのを見送った。ネイサンが戸口に立っていた。

「キャサリンを追いかけようか」

アレサンドラはかぶりを振った。「わたしの心配しすぎかもしれないわ、ネイサン。大丈夫だと思う」

そのとき、玄関のドアがあき、ケインとコリンが入ってきた。ケインは玄関の間で立ち止まってネイサンと話しはじめたが、コリンはすぐさま客間にいるアレサンドラのほうへ歩いてきた。彼女の隣に座り、抱き寄せてキスをした。

「なにかわかったの?」コリンがなにもいわずに首の横に鼻をこすりつけはじめたので、アレサンドラはせっついた。

「たぶん、やつは有罪だ」コリンはいった。

ケインとネイサンが客間に入ってきた。アレサンドラは、耳たぶをかじっているコリンをつついてやめさせた。コリンは溜息をついて体を起こした。そして、顔を赤くしているアレサンドラを見てほほえんだ。

「動機と機会があった」コリンはいった。

ケインがそれを聞いていた。「おれたちは、この件を実際よりややこしいものに考えようとしているのかもしれない。たしかに……都合がよすぎるが」

コリンはうなずき、表を取り出した。「よし、アレサンドラ。きみが訊きたかったことに対する答を教えよう。まず、ニールはヴィクトリアが〝秘密の崇拝者〟と自称する男と会いにいくのに付き添ったことはないと証言している。第二に、保険のことなど知らないと証言している。第三に、ロバータとは交際していないと、強く否定している」

「思ったとおりだわ」アレサンドラはいった。

「ヴィクトリアにとっては、とんでもない兄だったというわけだ」ケインは座り、大きなあくびをした。

「ほかの質問への答は?」

「どれのことだ」

「ヴィクトリアに求婚を断られた人はだれか。ニールは三人いるといっていたわ。ひょっとしたら、断られた腹いせかもしれないと思ったの。コリン、まさか訊くのを忘れたの？」

「いや、忘れてないよ。バークという男と——この男はもう結婚しているので除外してもいいだろう——マゼルトン」

「彼ももうすぐ結婚する」ケインがいった。

「それから？」コリンがつづけなかったので、アレサンドラは促した。「三人目は？」

「モーガン・アトキンズ」ケインがいいい、コリンがうなずいた。アレサンドラはネイサンを見やった。ネイサンは眉根を寄せている。「コリン、モーガンは友人じゃないのか」ネイサンが尋ねた。

「とんでもない」コリンは答えた。「いまごろぼくを殺したいくらい恨んでいるさ。あることで失敗したのをぼくのせいだと考えている」

ネイサンは身を乗り出した。「おまえの奥方を狙うほどの恨みか」

コリンの表情が変わった。かぶりを振りかけて、思いとどまった。「ありえないことじゃない……可能性は低いが……なにを考えているんだ、ネイサン」

ネイサンはアレサンドラを見やった。

ふたりはそろってつぶやいた。「キャサリン」

「ぼくたちは落ち着いていた」

「いいえ、取り乱していたわ」アレサンドラはそう答えながらもコリンにほほえみ、また作業に戻った。

15

ふたりともベッドにいた。コリンはあおむけになり、枕に頭をあずけていた。アレサンドラはベッドの足側にひざまずき、木綿の布をもう一度しぼり、コリンの脚に当てた。熱い湯で指が赤くなったが、じんじんする痛みもコリンの気持ちよさそうな溜息で報われた。

ウィンターズ医師の助言を書いた一覧表を見せたとき、コリンは小さくうなった。鎮痛剤もブランデーも拒否したが、時間をかけて理由を説明した。鎮痛剤や酒に依存するようになりたくないので、どんなに脚が痛んでも、そのふたつには頼りたくない、と。

だが、温湿布はふくらはぎの引きつりを緩和したし、アレサンドラがほかのことを考えるように仕向けたので、傷跡を気にするひまもなかった。

脚を除けば、体を見られることに恥ずかしさはなかった。少しばかり露出癖があるのかもしれない。アレサンドラは、慎ましやかに首元の詰まった薄桃色と白の寝間着と、そろいのガウンを着ているが、コリンは裸だった。両手を頭の下に入れ、もう一度長々と溜息をつく。アレサンドラは、この人はわたしに対してなにも隠さないのだと思った。そして、満ち足りている。

「ケインはたしかに少しばかりあわてていたが、モーガンが関わっているかもしれないというわずかな可能性があったからだ」

「少しばかり? 冗談でしょう、コリン。あの人ときたら、ジェイドを馬車に放りこんで、全速力でキャサリンを追いかけたのよ」

コリンは思い出して頬をゆるめた。「ああ、大あわてだったな。でも、ぼくは違う」

アレサンドラはふんと鼻を鳴らした。「置いていかれまいと、ケインの馬車に飛び乗ったのはだれだったかしら」

「後悔するよりましだろう、アレサンドラ」

「でも、無駄なことだったわね。追いついていたら、キャサリンは死にそうなほど恥ずかしい思いをしたでしょう。捕まる前にモーガンが家に送り届けてくれていてよかったわ。でも、全部わたしが悪かったのよ」

「どこが？」

「わたしが空騒ぎしたせいよ。あなたの家族をあんなに心配させて」

「きみも家族だよ」

アレサンドラはうなずいた。「ヴィクトリアはなぜモーガンの求婚を断ったのかしら」

急に話が変わっても、コリンは平然としていた。妻の頭の回転の速さにも、だんだん慣れてきている。アレサンドラは並外れて論理的だから――いまいましいほど切れ者でもある――コリンもいまでは彼女の気になることを軽く受け流すのをやめていた。ニールはほんとうの人殺しではないと彼女が考えるのなら、コリンも同じだ。

「モーガンは首まで借金に浸かっていて、財産を使い果たしそうになっていたからだろう」

「なぜあなたはそのことを知っているの」

「リチャーズに聞いた。ヴィクトリアは、もっとふさわしい相手がいると考えたんだろうな」

「そうね。その可能性はあるわ」

「さて、寝ようか」

アレサンドラはベッドからおり、洗面器を窓辺のベンチに置いた。それから、コリンの湿布を取ってたたみ、洗面器の隣に並べた。

「コリン、わたしがヴィクトリアのことを相談しても聞かなかったことを、悪かったと思ってる?」

「そりゃ思っているさ。話を持ち出されるたびに、放っておけとしかいわなかったんだから」

「そう、よかったわ」

コリンは片方の目をあけてアレサンドラを見た。「よかった? きみはぼくに悪かったと思ってほしいのか」

アレサンドラはにっこりと笑った。「ええ」ガウンを脱ぎ、ベッドの端にかけてから、寝間着のボタンをはずしはじめた。「交渉するのに有利になったもの」

コリンはその言葉遣いと顔つきがおかしくて笑った。アレサンドラは真顔そのものだった。「なにを交渉したいんだ」

「眠るときの取り決めよ。朝まであなたのベッドで眠りたいの、コリン。だめとはいわせないわ」

アレサンドラは寝間着を脱ぐのをやめ、さっさとベッドに入った。隣に寄り添ってしまえば、コリンも断りづらいだろう。上掛けを引っぱりあげ、枕をたたいてふくらませる。「悪かったと思っていてもだめだというなら、わたしの体はいま大事な時期だということを思い出してもらわなければね。あなたの子どもの母親に頼まれたら、断れないでしょう」

コリンは笑った。脇腹を横にして、アレサンドラに腕をまわした。「まったく、交渉上手だな」のんびりという。「きみと一緒に眠りたくないからではなくて、一晩じゅうたびたび起きあがってしまって、きみの眠りを邪魔したくないだけだ。きみはきちんと睡眠をとらなければならないだろう」

「わたしは目を覚ましたりしないわ。今日、修道院長から長い素敵なお手紙が届いたの」アレサンドラはいきなり話を変えた。「机に置いてあるから、明日にでも読んでね。いま、ストーン・ヘイヴンは薔薇《ばら》が満開ですって。来年、花盛りの時期にわたしたちのお城を見に連れていって。ほんとうにきれいなのよ」

「なんだって、いつ城がぼくのものになったんだ?」

アレサンドラはコリンにすり寄った。「修道院長が銀行からお金を引き出してくださったの。もちろん、わたしは一度たりとも修道院長の手腕を疑ったことはないわ。いざとなったら、ほんとうに説得力をお持ちになるんだもの」

コリンはよろこんだ。アイヴァン将軍がアレサンドラの財産の一部でも手にするのは許せなかった。「ドレイソンも安心するだろう。こっちの銀行に無事移せたら……」

「もう、コリン、修道院長がお金を送ってくださるなんて思っていないでしょうね」

「じつは……」

アレサンドラに笑われて、コリンはいったん口をつぐんだ。「なにがおかしいんだ」

「将軍からお金を取り戻すのは難しくないわ。でも、修道院長にお金をあきらめさせるのは不可能よ」

「どうして」コリンはまだわけがわからなかった。

「修道女ですもの。修道院はいつもお金を必要としているわ。決してあきらめない。将軍は修道院長にはかなわないし、あなたもそうよ。神さまは、修道院にお金を持ってほしがっていらっしゃる。それに、あれはそもそも贈り物よ。修道院はきっといいことにお金を使うわ。ドレイソンはしばらくむくれるでしょうけれど、すぐに忘れてくれるわ」

コリンは身を屈めてアレサンドラにキスをした。「愛している、アレサンドラ」

アレサンドラはその言葉を待ち構えていたので、すかさず飛びついた。「まあ、少しは愛してくれているかもしれないけれど、ネイサンのサラに対する愛情には負けるわね」

コリンは心外に思った。片方の肘で頭を支え、アレサンドラの顔を見おろした。彼女は真顔だったが、瞳は見まがいようなくきらめいている。なにかたくらんでいるのだ。

「なぜそんなことをいうんだ」

アレサンドラは、彼のむっとした口調にも、しかめっ面にもひるまなかった。「もうひとつ交渉したいの」

「今度はなんだ」コリンはしかめっ面を保つのに苦労した。いまにも笑ってしまいそうだった。

「あなたとネイサンはサラが国王陛下からいただいた持参金を使おうとしていた。だからわたしもお願いするわ――いいえ、要求するわ――同額をわたしの手持ちのお金から使って。そうでなければ不公平よ、コリン」

「アレサンドラ……」

「わたしは軽く見られるのがいやなの」

「軽く見られる？　いったいどうしてそんなふうに思うんだ」

「もう眠いわ。わたしの希望が妥当かどうかよく考えて、明日返事をくださいね。おやすみなさい、コリン」

希望？　コリンは鼻を鳴らした。要求じゃないか、それ以外のなにものでもない。ただでさえ頑固なのに、彼女の決意は固い。財産のことも譲らないだろう。それに、いまの口調から、軽く見られていると思いこみ、傷ついていたことがわかる。

「考えておくよ」コリンはしばらくしていった。

アレサンドラには聞こえていなかった。すっかり熟睡していた。コリンは蠟燭を吹き消し、彼女を抱き寄せると、まもなく眠りについた。

使用人たちは、まだ一日の仕事を終えていなかった。フラナガンは一階で妹たちの仕事を手直ししていた。ミーガンに、客間にはたきをかける仕事をまかせたのだが、やり残しがあったので、きれいにしているところだった。フラナガンは心配性かつ完璧主義者で、ふたりの妹が仕事を覚えるまでは、自分の基準に合格しているかどうか、確認を怠らないようにするつもりだった。

午前一時、フラナガンは客間の掃除を終え、蠟燭を吹き消した。玄関の間に出てきたとき、ドアをノックする音がした。

夜更けだったので、フラナガンはすぐにはドアをあけなかった。ドアの横の窓から外を覗いてみると、そこに立っているのが主人の友人だったので、掛け金をはずした。

モーガン・アトキンズが足早に入ってきた。フラナガンが主人夫妻はもう休んでいると告げる前に、彼はいった。「遅い時間なのは承知しているが、緊急事態なんだ。いますぐコリンに会わせてくれ。リチャーズももうすぐ来る」

「しかし、ご主人さまはもうお休みになっております」フラナガンはつっかえながらいった。

「起こしてくれ」モーガンはにべもなくいったが、口調をやわらげてつけくわえた。「大変なことが起きたんだ。コリンに知らせなければならない。急いでくれ。リチャーズがそろそろやってくるはずだ」

フラナガンはそれ以上断れず、くるりと向きを変えて階段を駆けのぼった。モーガンがついてきた。フラナガンは、彼が書斎で待つつもりなのだろうと考え、客間で待っていてくれないかと尋ねようと、振り返りかけた。

まばゆい光が頭のなかではじけた。痛みは強烈で、フラナガンは動けなくなった。悲鳴をあげる余裕も、抵抗する力もなかった。後頭部を殴られた瞬間から、彼は暗い渦のなかへ呑みこまれていった。

フラナガンは仰向けに倒れた。モーガンは彼が階段にぶつかって音を立てないよう、脇の下をつかむと、手すりにもたれさせた。

しばらくフラナガンを見おろし、彼が完全に意識を失い、当分は目を覚まさないだろうと確信すると、より重要な仕事に取りかかった。

足音を忍ばせて階段をのぼる。ポケットには、アレサンドラに使うつもりで短剣を忍ばせてある。べつのポケットには、コリンを撃つためのピストルが入っている。

気持ちははやるが、注意力はそがれていなかった。頭のなかで計画を何度も見直し、瑕疵《かし》がないことは確認している。

いままでアレサンドラを殺したいという衝動に屈しなかったのはよかったと思った。ほんとうは、早くやってしまいたかった……そう、やりたくてたまらなかったのだが、ここまで我慢した。そして、モートン・アンド・サンズへ、コリンを受取人にした保険を掛けた。アレサンドラの死で得をするのが、夫ただひとりであると見せかけるために。いやはや、われながら抜け目がない。あのプリンセスのことは、はじめて会ったときから気に入っていたのだ。王族を手にかけることほど、興奮を煽《あお》るものはないだろう。

モーガンは期待に頬をゆるめた。あと少しで、その答がわかる。

アレサンドラの寝室がどこかは知っている。はじめてコリンを尋ねてきたときにわかったのだ。あのとき、モーガンは書斎の外の廊下でアレサンドラと鉢合わせした。彼女は自室になにかを取りにいくといらと、廊下を急いで歩いていき、ひとつ目のドアを通り過ぎ、ふたつ目のドアのなかへ入った。ああ、やはりわれながらよくやった、とモーガンは思う。なにかのときのために、あのとき彼女が入っていった部屋を覚えておいたのだが、まさにいま役立っている。

最初にやるのはアレサンドラだ。おそらく、夫婦それぞれの寝室はドアでつながっているはずだ。そうでなくても、廊下のドアがある。アレサンドラに恐怖と苦痛の悲鳴をあげさせ、その様子を観察する。すぐに、コリンが愛する妻を助けに駆けこんでくるだろう。モーガンは、コリンがすべてを目撃するまで待つ。アレサンドラの体から血が流れるのを見せる。そして、恐怖と絶望に満ちたコリンの目をとっくりと眺めて楽しみ、一発で心臓を止める。

コリンにはじわじわと苦しみながら死んでほしかったが、そんな危険を冒すわけにはいかない。コリンは危険な男だ、さっさと仕留めるにかぎる。

それでも、自分の妻が死んでいくのを知ったコリンの顔は、のちのちまでずっと楽しませてくれるだろう。それで充分だ。モーガンはそう思いながら、ゆっくりと暗い廊下を進んでいった。

書斎の前を通り過ぎ、最初のドアも通り過ぎた。猫のようにひそやかに、ほとんど息もせずに、アレサンドラがあのときあけたドアの前へたどりつく。

準備は万端、冷静そのもので――われこそは無敵だ！――それでも、モーガンは待った。なによりも、まもなくとてつもないよろこびが手に入るという期待で自分をじらすために。長いあいだ、沈黙に耳を澄ませ……待ちつづけ……熱いものに全身を包まれ、燃えあがり、さらに強さを得る。

ふたりとも死ななければならない――もちろん、アレサンドラは女であるがゆえに。コリンは陸軍省で成功する機会をつぶしたがゆえに。リチャーズはもはや信用してくれない。すべてはコリンのせいだ。コリンが同行してくれれば、あのフランス人の妹の姿が目に入ったとき、体の内側で暴れる炎に屈することはなかった。彼女の肌のなめらかさ、無垢《むく》で無防備な瞳に気を取られることはなかった。両手で握った刃《やいば》で彼女に触れたいという衝動を制することができたはずだ……。けれど、コリンはいなかったし、運も味方をしてくれなかった。予定より早く帰ってきたあのフランス人が、刃を抜いては差し、抜いては指すという独自の交合の儀式に恍惚《こうこつ》となっているモーガンを見つけてしまった。彼女の悲鳴が――モーガンの情熱をかき立てるのに必要不可欠な、ぞくぞくするような悲鳴に――フランス人を警戒させた。もしコリンがいれば、あの兄妹はいまでも生きていたはずだ。モーガンも自制できたはずず――そう、そうに決まっている――だが、ああ、あの娘はとても愛らしく……。

鋼《はがね》の一物を通して感じる彼女の肌は、まさしくバターのようだった。きっと、アレサンドラの体もあんなふうにやわらかいのだろう。手にかかる血しぶきは熱く、とろみを帯びているはずだ、ちょうどあの……。

これ以上は待てない。リチャーズは、モーガンが陸軍省の仕事には向かないということでコリンと意見が一致したといっていた。そのとき、モーガンは落胆したふりをした。内心では激怒していた。このぼくをだめな男だと決めつけるとは。許せない。

あのとき、モーガンはコリンとリチャーズを殺すと決意した。計画は入念に練った。もちろん、ふたりは悲劇的な事故で死ぬはずだったが、今日コリンの妹を公園に連れていったときに、計画は変更になった。彼女は、アレサンドラに行くなと止められたといったのだ。あの愚かな娘は思ったことを全部しゃべる。おかげで、モーガンは自分がコリンの家族に疑われていることを知った。あの女たちとモーガンを結びつける証拠はなにもないのに……いや、あったのだろうか。まさか、そんなはずはない。自分がそんなふうに無防備だと考えるのは間違っている。これほどまでの切れ者が自信を喪失するなどあってはならない。

だが、モーガンは取り急ぎ計画を変えた。細かいところまで見なおした。アレサンドラは純粋な快楽のために殺し、次にコリンを始末する。退出する際に、執事が二度と目を覚まさないようにするのを忘れないようにしなければならない。

そうすれば、だれもモーガンがやったとは考えない。完璧なアリバイもある。今夜はあのいまいましいロレインのところで過ごすのだ。彼女はだれに訊かれても、一晩じゅうモーガンが自分のベッドにいたというだろう。先ほど、あの娼婦の家で飲み物にたっぷりと阿片チンキを混ぜて飲ませ、裏手の窓からこっそり出てきた。彼女が目を覚ますときには、モーガンは彼女の隣に戻っているという寸法だ。

そう、なにひとつ抜かりはない。モーガンは、満足の笑みを浮かべることを自分に許した。ポケットから短剣を出し、ドアノブに手を伸ばす。

ドアがきしみながらあき、その音にコリンが気づいた。先ほどから目を覚ましていたのだが、脚の疼《うず》きをやわらげるためにベッドから出ようとしたとき、ドアがゆっくりとあく音が聞こえたのだった。

また物音がするのではないかと耳を澄ませるのは時間の無駄だ。直感が警報を発している。だれかがいま、アレサンドラの寝室にいる。使用人ではない。使用人なら、入る前にノックをして許可を得るに決まっている。

コリンは閃光《せんこう》のようにすばやく動いたが、音ひとつたてなかった。ナイトテーブルの抽斗《ひきだし》から弾をこめたピストルを取り出すと、アレサンドラのもとへ戻った。片方の手で彼女の口をふさぎ、ベッドの奥へ移動させた。視線と銃口は、隣の寝室に通じるドアへ向けたままだ。

アレサンドラは目を覚ましてぎょっとした。月光が窓から差しこみ、夫の顔を照らしていた。その顔は怖いほど緊張していた。たちまち眠気が吹き飛んだ。なにかあったのだ。コリンはようやくアレサンドラの口から手を離し、部屋の奥へ行くよう身振りで指示した。だが、アレサンドラに目を向けようとはしなかった。あいかわらず、ドアを見据えている。

コリンの前を通ろうとすると、止められた。彼はアレサンドラの腕をつかみ、そっと自分の背後へまわらせた。アレサンドラの盾になったまま、部屋の奥へつれていくと、壁と大きな衣装簞笥《だんす》の隙間に押しこんだ。それから、攻撃に備えてアレサンドラの前に立った。

どのくらいそこに立っていただろうか。アレサンドラには永遠にも思えたが、おそらく数分しかたっていないのだろう。

そのとき、ドアがゆっくりとあいた。人影が絨毯《じゅうたん》に伸びる。大きな物体がさっと入ってきた。侵入者はそろそろと入ってきたのではなく、悪魔のようにすばやく、固い決意とともに走りこんできた。

低くしわがれた叫び声に、アレサンドラはぞっとして、きつく目をつぶり、祈りはじめた。

モーガンは片方の手で頭上高くナイフを振りかざした。もう片方の手にはピストルを持っていた。部屋に勢いよく走りこんできたため、ベッドのすぐそばまで来て、そこが無人であることにようやく気づいた。モーガンは人間のものとは思えない、おそろしい叫び声を止められなかったが、突然、その声は獲物を逃した獣の逆上した雄叫びに変わった。モーガンは振り向く前に、コリンがそこで待ち構えているのを察知した。猶予はたった一秒しかない。

だが、自分は優秀だ、こっちのほうが勝っている……一秒あれば充分だ。

なんといっても、無敵なのだ。モーガンは流れるような動きでくるりと回転し、ピストルを構え、引き金に指をかけ——

死は一瞬で訪れた。コリンのピストルから発射された弾丸は、モーガンの左のこめかみに命中した。モーガンは目をかっと見開き、ナイフと銃を握ったまま、床にくずおれた。

「じっとしてろ、アレサンドラ」

コリンの声は厳しく、鋭かった。アレサンドラはうなずいたものの、コリンはむこうを向いている。両手が痛かった。胸の前できつく握りあわせていたのだ。無理やり体の力を抜いた。

「気をつけて」コリンに聞こえるかどうかもわからないくらい、小さな声でささやいた。

コリンはモーガンのそばへ歩いていき、手からピストルを蹴り飛ばすと、ひざまずいて彼の死を確認した。

長い溜息が漏れた。心臓がいまだに早鐘を打っていた。「くそっ」つぶやきながら立ちあがる。アレサンドラのそばへ戻り、手をさしのべた。彼女は隙間から出てきて、モーガン・アトキンズを見つめ、ゆっくりとコリンのそばへ来た。コリンは彼女を抱き寄せ、死体が見えないようにした。

「見るな」

「死んだの?」

「ああ」

「殺すつもりだったの？」

「しかたなかった」

アレサンドラはコリンに寄り添った。コリンは彼女が震えているのを感じ取った。「これで終わりだ。二度とこいつがだれかを傷つけることはない」

「間違いなく死んでるのね？」心配そうな声だった。

「間違いない」コリンの声はまだ怒りでしわがれていた。

「なぜそんなに怒っているの」

コリンは深呼吸して気持ちを鎮めてから答えた。「理由はない。こいつはとんでもないことを考えていたんだ、アレサンドラ。きみがもし自分の寝室で眠っていたら……」

その先はつづけられなかった。妻がどうなっていたか、恐ろしくて想像もできなかった。

アレサンドラはコリンの手を取り、ベッドへ連れていった。優しく肩を押して、ベッドに座らせた。「でも、あなたがとっさに行動してくれたおかげで、無事だったわ。あの人が隣の部屋に入ってきたことに気づいたのね」

彼女のささやき声は、コリンの神経を鎮めた。コリンはかぶりを振った。この自分が妻に慰められているとは……信じられないことに、妻の慰めを必要としているのだ。

「なにか羽織るんだ」コリンがいった。「風邪をひくぞ。大丈夫か」

アレサンドラを膝に座らせながら、そう尋ねた。「大丈夫よ」と、アレサンドラは答えた。「あなたは？」

「アレサンドラ、きみになにかあったら、ぼくはどうすればいいんだ。きみのいない人生など考えられない」

「わたしもあなたを愛しているわ、コリン」

きっぱりとした言葉が、コリンを安堵《あんど》させた。よろこびのうなり声をあげ、アレサンドラを膝からおろしてベッドに座らせた。

もう一度、大きく息を吐いてから立ちあがった。「フラナガンを起こして、リチャーズを呼びにいかせよう。それまでここに……」

アレサンドラがさっと立ちあがったので、コリンは途中で口をつぐんだ。「一緒に行くわ。ここで……あの人と一緒にいたくない」

「わかった」コリンはアレサンドラの肩を抱き、ドアへ向かった。

アレサンドラはまだ震えていた。コリンは、アレサンドラを安心させてやりたかった。

「モーガンのことを素敵な人とかなんとかいっていなかったか」

アレサンドラは息を呑んだ。「そんなことはいってないわ。キャサリンはそう思ったみたいだけど。わたしは一度も思ったことはないわね」

コリンは黙っていた。アレサンドラが結婚相手の候補者にモーガンを入れていたことは、いまは思い出させないほうがよい。彼女をさらに動揺させるだけだ。

アレサンドラにいまのようなことをいったのは、部屋のむこう側へまわるときに、彼女が死体に気を取られないようにするためだった。その思惑は成功した。アレサンドラはモーガンに一瞥もくれなかった。眉をひそめてコリンをにらみつけていたからだ。頬に赤みも戻ってきた。

「モーガンのことは、会ったときから胡散臭《うさんくさ》いと感じていたのよ」アレサンドラはいった。

「まあ、ほとんど会ったときからね」コリンが信じられないといわんばかりの顔をすると、彼女はそうつけくわえた。

コリンはこれにも黙っていた。廊下に出て、はじめて裸だったことに気づいた。寝室に戻ってズボンをはき、衣装簞笥の上の棚からシーツを取り出し、モーガンにかぶせる。二度とこの男の顔をアレサンドラに見せたくなかった。

フラナガンは自室にいなかった。玄関の間にほど近い階段で伸びているのが見つかった。アレサンドラは、モーガンが死んだことよりフラナガンが気絶していることにうろたえた。いきなり泣きだし、フラナガンの手を握りしめて離そうとしないので、コリンはただ気を失っているだけだと説明した。フラナガンが低くうめいたとたん、アレサンドラは落ち着きを取り戻した。

一時間後、タウンハウスは来客でいっぱいになった。コリンは辻馬車を止め、リチャーズとケイン、ネイサンを迎えにいかせていた。

アレサンドラは、ほどなく到着したネイサンとケインに挟まれて、ソファに座っていた。ふたりは競いあってアレサンドラを力づけようとした。アレサンドラはふたりの優しさをありがたく思ったので、ネイサンが不器用にばしばしと肩をたたいてきても我慢し、ケインが出し抜けに口にする、意味のない慰めの言葉にも耐えた。

客間に入ってきたコリンは、三人組を見ていらだたしげにかぶりを振った。アレサンドラがほとんど見えない。ケインとネイサンが、大きな体で彼女をソファに押さえつけているからだ。

「ネイサン、妻が息苦しそうだ。どいてくれ。兄さんもだ」

「落ちこんでいる奥方をふたりで慰めているんだぞ」ケインがいった。

「そのとおり」とネイサン。

「さぞ、怖い思いをしたでしょうな、プリンセス」

リチャーズが客間の入口からいった。つかつかと部屋へ入ってきて、アレサンドラの向かいに座った。

彼も、あわてて飛んできたのがよくわかるいでたちだった。連絡が入ったときは眠っていたらしく、髪は逆立ち、シャツの裾がズボンからはみ出している。靴も左右ちぐはぐだった、どちらも黒いが、片方はタッセルつきのウェリントンブーツで、もう片方はなんの飾りもない。

「それは怖かったに決まっています」ケインがいった。

ネイサンは、またアレサンドラを力づけるつもりで膝をたたいた。アレサンドラはコリンを見た。彼女の瞳は、いまにも笑いだしそうにきらめいている。微笑くらいは浮かべていたかもしれないが、顔の下半分はケインとネイサンの肩に隠れて見えなかった。

「立ってくれ、ネイサン。ぼくを妻の隣に座らせろよ」

ネイサンは最後にもう一度、アレサンドラを強くたたいて、べつの椅子に移った。コリンはすかさず座り、彼女を抱き寄せた。

「あの男をどうやって仕留めたんだ」ネイサンが尋ねた。

ケインはアレサンドラのほうへあごをしゃくり、ネイサンにかぶりを振った。アレサンドラは、それには気づかず、だれもネイサンに答えようとしないので、自分が答えることにした。「みごとな一発だったわ、左のこめかみに命中よ」

「コリンの射撃は昔から正確だったよ」リチャーズがほめた。

「モーガンだったのは予想外なのですか」アレサンドラは尋ねた。

リチャーズはうなずいた。「これほどの非道なふるまいができる男だとは思っていなかった。それどころか、一度はうちで使おうとしたくらいだ。だが、ある任務で失敗したことで、向いていないことがわかった。彼が無能だったために、兄妹が命を落としたのだ」

「無能だったせいではないのかもしれませんよ」コリンがいった。「妹のほうは、たまたま現場に現れたとおっしゃいましたが、いまとなっては、モーガンに殺されたのではないかと思いませんか。報告書をあげたのはモーガン自身でしょう」

リチャーズは身を乗り出した。「実際はどうだったのか調査しよう。絶対にそうする。しかし、なぜ彼は今夜凶行に及んだのだろう。なぜ急にここまで来てアレサンドラを襲ったのか。ほかの女たちのときは、人目につかない場所に誘《おび》き出したのに、今夜はここまでやってきた。大胆になっていただけかもしれないが」

「キャサリンが理由かもしれない」ケインがいった。「モーガンに、アレサンドラに彼と出かけるなといわれたことをしゃべったのかもしれません。キャサリンは知っていることをなんでもしゃべりたがる。おそらく、モーガンはわれわれに疑われていると勘違いしたんでしょう」

ネイサンはかぶりを振った。「あいつはおかしかったんだ」

コリンもうなずいて同意を示した。「寝室に駆けこんできたときの叫び声は、どう見ても常軌を逸していた」

「そういう嗜好《しこう》だったんだ」

ケインが力をこめていった。アレサンドラは、他人の苦痛から快楽を得る者がいるということにぎょっとした。

「今夜、アレサンドラを襲いにこなければ、真実はわからなかったわけだ」ネイサンがいった。「ニールは二件の冤罪《えんざい》で死刑台にのぼらされていたかもしれない」

「モーガンとタルボット子爵夫人のつながりは？　つきあいがあったのか、それとも適当に選んだのか」アレサンドラが尋ねた。

すぐに答えられる者はいなかった。やがて、リチャーズが推理をはじめた。「子爵と奥方がうまくいっていないのは、だれもが知るところだった。おそらく、モーガンはロバータの弱みにつけこんだ。秘密の崇拝者から手紙や花を贈られて、ロバータも悪い気はしなかったんだろう」

「いずれにしても、モーガンは捕まったはずだ」ケインがいった。「そのうちもっとしくじるようになっていただろうから。やつは抑制がきかなくなっていた」

「キャサリンは、やつのことを魅力的だと思っていたぞ」

ネイサンが怖い顔でいった。ケインがうなずいた。

「ああ」コリンが意味ありげにいった。「やつは文字どおりの女殺しだったんだ」

16

モーガンの死から三カ月がたったが、アレサンドラはあいかわらず、一日に一度はあの恐ろしい男のことを思い出した。修道院長には、罪人の魂のために祈りなさい、聖人よりも祈りを必要としているのです、と教わった。だが、やはりモーガンのために祈ることはできなかった。あの夜の恐怖を忘れなければならない。けれど、夜寝る前に、かならずヴィクトリアの魂のために祈りを捧げた。それから、タルボット子爵夫人の魂のためにも祈った。ふたりとも、地上にいるあいだは苦難にあい、冷酷なモーガンの手によって苦しめられたけれど、いまは安らかに天国の主とともにいると信じたかった。

ネイサンとサラは、島へ帰る準備をはじめた。ケインがアレサンドラとコリン、それに公爵一家を別れのディナーに招待した。料理は洗練されていたが、量はたっぷりで、ジェイドは二皿目が出るころには青い顔をしていた。そして、不意に席を立って食堂から走り出ていった。ケインはつらそうな妻に、さほど同情したそぶりを見せなかった。それどころか、男ならではの得意そうなにやにや笑いを浮かべていた。

ケインらしくないと思ったアレサンドラが、なぜもっと心配してあげないのかと尋ねると、にやにや笑いは満面の笑みになった。そして、ジェイドはふたり目を身ごもっているのだと答えた。ジェイドはよろこんでいるが、儀式のような朝夕のつわりに耐えているあいだ、夫につきまとわれるのは勘弁してほしがっているそうだ。

みんながケインの肩をバンバンとたたきに集まった。何度も乾杯して、ネイサンとコリンはそれぞれの妻と一緒に客間へ行った。

サラは、むずかっているお嬢さまに乳をあげてほしいと、スターンズに二階へ連れていかれた。アレサンドラはコリンの隣に座り、彼とネイサンの仕事の話に耳を傾けた。やがて、会社の銀行口座に多額の入金があったという話になった。ネイサンは、金の出所を知りたがった。コリンは、ネイサンの怒ったような声に面食らった。アレサンドラには怒りの理由がわかっていた。ネイサンは、コリンがまたリチャーズの仕事をはじめたと思いこんでいるのだ。

コリンは、自分とネイサンがサラのお金を使おうとしたのに、アレサンドラのお金を使おうとしないことで、アレサンドラが軽視されているように感じていたことを話した。

「われわれの強欲な統治者がみずからの懐に入れなければ、サラが受け取っていたのときっかり同じ金額だ」

ネイサンはかぶりを振った。「アレサンドラ、きみがジョアンナに贈ってくれたものだけでも充分なのに」マントルピースの中央にちらりと目をやる。そこには、彼がいちばん気に入っている船、エメラルド号を模した美しい金の置物があった。

コリンもそちらを見やった。ネイサンがそこに贈り物を置いてくれたのがうれしく、笑みを浮かべた。「みごとなものだろう?」

「ほしがっても無駄だぞ」ネイサンがにやりと笑って返した。「島へ持って帰るんだからな」

「気に入ってくださってよかったわ」アレサンドラはいい、コリンのほうを向いて、もう一隻同じものを注文しましょうかと尋ねかけたが、ネイサンにさえぎられた。彼は、いまはアレサンドラの財産は必要ない、会社の経営は順調だ、という。

「コリンがタウンハウスを買った分をそれで埋めあわせてくれ」

アレサンドラはかぶりを振った。「かなりの額の保険金がおりたから、それを費用にあてたの。お城は少し修理が必要だったたし。ほんとうに、帰る前に見ていただきたかったわ。いま借りているタウンハウスからほんの一ブロックなのよ。とても広々としているの」

コリンは船からアレサンドラに目を戻した。「あれは城じゃないだろう」

「いいえ、お城よ。わたしたちの家だもの、コリン。だからわたしたちのお城」

いささかややこしい論理だが、コリンはけちをつけることができなかった。「ということは、ぼくはいまや二つの城の持ち主か」笑いながらいった。「そして、プリンセスをひとり」

コリンは両脚を伸ばし、妻の肩を抱いた。ネイサンは、やはり金は返すといいたかったが、アレサンドラに譲る気がないとわかるまで時間はかからなかった。

ついには、負けを認めた。「くそっ」と、小声でぼやいた。

「今度はどうした」コリンが尋ねた。

「アレサンドラの財産から資金を出してもらえるとわかっていれば、株を売れなどといわなかったんだが。だれが買ったかわかるか。買い戻せるかもしれない」

コリンはかぶりを振った。「ドレイソンが教えてくれない。顧客の信用を裏切ることになるといってね」

「おれに話をさせろ。五分ドレイソンとふたりきりにしてくれ。かならず教えてくれるぞ」

アレサンドラはすぐさまネイサンをなだめにかかった。「ドレイソンは職業倫理を大変に重んじるの。わたしの父も、だからこそ取引をお願いしたのよ。わたしも父の娘ですもの、ネイサン。父の足跡に従ったの。ドレイソンの誠実なところも心から信頼しているのよ。全財産を賭けてもいい、あの方に秘密を暴露させることはできないわ。あきらめたほうがいいわね」

「コリンとおれには、株主の名前を知る権利がある」

コリンは目を閉じて話を聞いていたが、大きなあくびをした。だが、妻がたったいまいったことが、ふと気になった。

わたしも父の娘。コリンは目をあけ、ゆっくりと船のほうへ振り返った。

父親のタウンハウスのマントルピースに置いてあった城の置物を思い出した……そして、アレサンドラの父親が仕掛けたいたずらを。

その瞬間、コリンは悟った。そう、アレサンドラはあの父親の娘だ。株券はあの船に隠されている。コリンはそう気づいて感心した。驚いた顔のまま、アレサンドラのほうを向いた。

「どうしたの、コリン」

「ぼくに嘘はつかないでくれよ、いいね」

「もちろん、嘘なんかつかないわ」

「どうやったんだ」

「なにを?」

「きみは株を買っていない。ドレイソンに尋ねたが、きみが株主ではないとはっきりいわれた。きみも、買っていないといいきった」

「そうよ。いったいなぜ……」

コリンが船を指さすと、アレサンドラは黙った。ついにコリンが真実を当てたことを知ったのだ。

妊娠六カ月に入り、アレサンドラの動きは日を追うごとに鈍くなっていったが、それでもまだ、いざというときには敏捷《びんしょう》に動ける。あわてて立ちあがり、そそくさとドアへ向かった。「サラの様子を見てくるわ。ちっちゃなジョアンナをだっこしたくて。笑顔がとてもかわいいんですもの」

「戻ってこい」

「いやよ、コリン」

「話があるんだ。早く」

「コリン、奥方を泣かすんじゃない。おなかに子どもがいるんだぞ、まったく」

「彼女を見てみろ、ネイサン。泣いているように見えるか。ぼくには、後ろめたそうに見えるが」

アレサンドラはむっとしてみせた。ソファへ引き返すと、ネイサンがウインクした。膝に両手を重ね、コリンをにらむ。「怒らないほうがいいわよ、コリン。赤ちゃんが泣くわ」

「だが、きみは泣かないだろう」

「ええ」

コリンは自分の隣のクッションをたたいた。アレサンドラは腰をおろし、ドレスのしわを伸ばした。

アレサンドラは床を見つめた。コリンがこちらをじっと見ている。「船のなかにあるんだな」

「なにがあるんだ」ネイサンが尋ねた。

「株券だ」コリンは答えた。「アレサンドラ、ぼくは質問した。答えてくれ」

「ええ、船のなかよ」

コリンはどっと安堵に包まれた。株券が見知らぬ他人に売られていなかったことにほっとして、笑いだしたかった。

アレサンドラの頬がじわじわと赤くなった。「なぜこんなことをしたんだ」コリンは尋ねた。

「こんなことって?」

「ぼくの名義で買ったのか。ドレイソンには訊かなかった。ぼくの名義になっているのか」

「いいえ」

「では、ネイサンの名義で?」

「いいえ」

コリンは長いあいだ、アレサンドラが白状するのを待った。彼女は強情に黙りこくっている。ネイサンはすっかり困惑していた。

「おれは株主と話をしたいんだ、アレサンドラ。もう一度、おれたちに株を売ってくれないかと頼みたい。なにも脅しをかけるつもりはないよ」

「株主は、あなたとは話さないわ、ネイサン。それに、株を買い戻すのは法律のうえでも無理よ――いまはまだね」

アレサンドラはコリンに向きなおった。「少しだけ干渉したことは認めるわ。だけど、あのときはあなたがかたくなにわたしの財産を使うのを拒んでいたからよ。わたしとしては、ちょっとした策略を使わざるをえなかった」

「きみの父上のように」

「ええ。父のようにね。父は怒らないと思うわ。あなたはどう?」もう一度尋ねた。

コリンには、アレサンドラがさほど心配しているようには見えなかった。彼女の輝くような笑みを見て、コリンの喉の奥で息が止まった。このところ、アレサンドラにはまったく手を焼いているが、これ以上の幸せは想像できない。

屈んでアレサンドラにキスをした。「サラに別れの挨拶をしておいで。それから、ぼくたちの城に帰ろう。脚がきみに甘やかされたがっている」

「コリン、おまえが脚の話をするのを聞いたのははじめてだ」ネイサンがいった。

「以前ほど神経質ではないのよ。結局、脚の痛みのおかげで、わたしたちはいまも生きているんだもの。あのときコリンが痛みで目を覚まさなかったら、モーガンがいることに気づかなかったかもしれない。修道院長は、あらゆるものごとには理由があるとおっしゃったわ。そのとおりだと思う。鮫《さめ》があなたの脚を食いちぎらなかったら、わたしもあなたの息子も救われなかったわ」

「ぼくには息子が生まれるのか」コリンは、アレサンドラの当然のような口ぶりにほほえんだ。

「ええ、そう思うわ」

コリンは目を天に向けた。「名前はつけたのか」

彼女の瞳に輝きがもどってきた。「ドルフィンかドラゴンがいいわ。どちらもふさわしいもの。だって、この父親の息子なのよ」

アレサンドラは、夫の笑い声を聞きながら客間を出た。ふくらんだおなかをそっとたたいてささやく。「あなたがご機嫌でにっこりしてくれたら、わたしのドルフィンだと思うわ。

思いどおりにならなくて怒ったら、わたしのドラゴンになったと思うことにする。心からあなたを愛するわ」

「なにをぶつぶついっているんだろう」ネイサンがコリンに尋ねた。

ふたりは、彼女が階段をのぼりはじめるのを見守っていた。「ぼくの息子に話しかけているんだ」コリンはいった。「聞こえると思っているんだよ」

ネイサンは笑った。こんなばかげた話は聞いたことがない。

コリンは立ちあがり、マントルピースの前へ行った。船の横腹に目立たないように仕こまれた隠し扉の掛け金を見つけ、あけてみた。丸めてピンク色のリボンで縛った株券が入っていた。

ネイサンに見つめられながら、コリンは株券を引き出して広げ、株主の名前を見た。

そして、大笑いしはじめた。ネイサンははじかれたように立ちあがった。好奇心が疼いていた。「だれが株主なんだ、コリン。名前をいってくれ、すぐに会いにいく」

「アレサンドラは、株主はきみとは話さないといっていただろう」コリンは答えた。「たしかにそのとおりだ。待つしかない」

「いつまで?」

コリンは株券をネイサンに渡した。「きみの娘が、話がわかるようになるまでかな。全部、ジョアンナの名前になっているよ、ネイサン。これでは、ぼくたちふたりとも株券を買い戻せない。なぜなら、共同の管理者になっているからだ」

ネイサンは驚嘆していた。「でも、なぜジョアンナのことを知っていたんだ。株が売りに出されたときは、まだサラにもジョアンナにも会っていなかったぞ」

「きみが手紙でジョアンナの名前を教えてくれたじゃないか」

ネイサンは腰をおろした。ゆっくりと笑みが広がった。会社は自分たちのもののままだ。

「どこへ行くんだ、コリン」客間を出ていくコリンに、ネイサンは声をかけた。

「ぼくの城に帰るよ」コリンはいった。「ぼくのプリンセスと」

コリンは妻を呼びに、階段をのぼっていった。彼女の笑い声が聞こえ、足を止めて、その楽しそうな声に身をゆだねる。

プリンセスがドラゴンを手なずけた。

だが、ドラゴンが勝者であることに変わりはない。プリンセスの愛を勝ち取ったのだから。

ドラゴンは満ち足りていた。

訳者あとがき

お待たせいたしました。ジュリー・ガーウッドの『碧い夜明けの婚約者』をお届けします。

こちらは『精霊が愛したプリンセス』、『夜に招かれた守護天使』、『約束はエメラルドの航路に』（すべてヴィレッジブックス）に連なるリージェンシー・ロマンスで、本国で出版されたのは一九九三年ですが、現在でも版を重ねているロングセラーです。

本作のヒーロー、コリンは『夜に招かれた守護天使』で、復讐心に燃える男ケインのかわいい異母弟として初登場しました。今回、しばらくぶりに再会した（前作から二年半近くたってしまいました）コリンは、もうすっかり大人の男になっていて、親戚のおばさんになったような気持ちで翻訳しました。

また、本作には『夜に抱かれた守護天使』の主人公カップル、ジェイドとケイン、『約束はエメラルドの航路に』で結ばれたサラとネイサンも登場し、あいかわらず仲睦まじいところを見せてくれます。それにしても、あのとんがっていたケインが丸くなったような……。しっかり者のジェイドの尻に敷かれている感もあります。はちゃめちゃなお嬢さんだったサラは、お母さんになってすっかり落ち着いたようです。そしてネイサンは、いまも昔も心優しい大男。彼らの幸せそうな〝その後〟を垣間見て、旧友に再会したような、というよりも、やはり甥っ子姪っ子と久しぶりに会ったような思いでした。

さて、本作のストーリーを少しだけご紹介します。

一八一九年のロンドン。ウィリアムシャー公爵家の次男コリンは、友人と経営している海運会社を大きくしようと毎晩遅くまで仕事に没頭している日々を過ごしていました。そんなある日、父親が後見している娘アレサンドラをあずかることに。

アレサンドラはヨーロッパ小国の王家の血を引く娘ですが、父王がイングランド人女性と結婚して退位したため、オーストリアで生まれ、子どものころに両親を亡くしてからは、女子修道院で育ちました。ところが、父親の祖国で政変が勃発《ぼっぱつ》、王位を狙う将軍がアレサンドラと結婚しようともくろみます。それを知った父王の友人、ウィリアムシャー公爵が彼女をイングランドへ呼び寄せたのです。

コリンは美しく可憐なアレサンドラにひと目で惹かれるものの、いまは仕事第一、よけいなことに気を取られてはならないと自分を戒めます。

いっぽうアレサンドラは、父親の祖国の将軍に連れ戻されずにすむよう、イングランドで結婚相手を探しはじめ、ウィリアムシャー公爵に息子のコリンをすすめられていました。けれど、本人にいまは結婚どころではないときっぱり断られてしまいます。

どのみち、彼のことは素敵だと思うけれど、なぜか顔を合わせるたびに険悪な雰囲気になってしまうし、仕事を優先したいのならしかたがない。アレサンドラはそう割り切り、ほかにふさわしい相手を探すことにしました。

しかし、将軍はあきらめが悪く、イングランドへ追っ手を送りこんできました。アレサンドラが将軍の魔手を逃れるには、いますぐだれかと結婚しなければなりません。コリンは、恩のある親友の娘と結婚してほしいという父親の望みを叶えるため、そしてアレサンドラを守るためだと自分にいいきかせ、彼女と結婚することにしますが、今度はアレサンドラのほうが首を縦に振らず……。

前作では、その温和な性格ゆえに、〝ドルフィン〟というあだ名で呼ばれ、からかわれていたコリンでしたが、その後さまざまな経験を積んだことによって、愛する人を守ることのできるたくましさを身につけて帰ってきました。訳者――いえ、おばさんとしては、その成長に目を細めるばかり。コリンにはぜひかわいらしいお嬢さんと結ばれてほしいと思っていましたので、アレサンドラは期待に違わぬ魅力的なヒロインで、ほっと胸をなでおろした次第です。

アレサンドラは美しく聡明ですが、少しばかり衝動的なところがあり、ときに失敗もしてしまいます。またなんでもかんでもリストにせずにいられないメモ魔でもあります。アレサンドラを育てた修道院長が、彼女の衝動性をカバーするために、覚え書きを作って行動や考えを整理するようしつけたのです。素直にその教えに従い、突っ走ってしまいそうになるたびに「品位と礼節、品位と礼節」と、院長にたたきこまれた言葉を呪文のように唱えるアレサンドラは、ほんとうに愛すべきヒロインではないでしょうか。

修道院育ちで純粋培養のアレサンドラと、根っこはおっとりした次男坊のコリンは、とてもかわいらしい二人組だと思います。ガーウッドのヒストリカル作品のヒーローは強面大男が多いので、コリンはめずらしいタイプといえるでしょう。とはいえ、命を賭してアレサンドラを守ろうとするあたり、やはりガーウッドのヒーローです。非道な将軍のほかにもアレサンドラに忍び寄る敵がいて、サスペンスを盛りあげます。

アレサンドラとコリンの、かわいらしくもホットなロマンスを楽しんでいただければ幸いです。

著者ジュリー・ガーウッドは、ここ数年、年に一作のペースでコンテンポラリー・ロマンティック・サスペンスを発表しています。ヴィレッジブックスより、"*Sizzle*"をご紹介する予定ですので、こちらも楽しみにお待ちください。

二〇一四年　五月

碧《あお》い夜明けの婚約者

著者	ジュリー・ガーウッド
訳者	鈴木美朋《すずきみほう》
	2014年5月20日 初版第1刷発行
発行人	鈴木徹也
発行所	ヴィレッジブックス 〒108-0072 東京都港区白金2-7-16 電話 048-430-1110（受注センター） 03-6408-2322（販売及び乱丁・落丁に関するお問い合わせ） 03-6408-2323（編集内容に関するお問い合わせ） http://www.villagebooks.co.jp
印刷所	中央精版印刷株式会社
ブックデザイン	鈴木成一デザイン室

 ISBN978-4-86491-135-1 Printed in Japan

精霊が愛したプリンセス

ジュリー・ガーウッド
鈴木美朋＝訳

世界中の女性を魅了する
珠玉のヒストリカル・ロマンス!

ロンドン社交界で噂の美女、プリンセス・クリスティーナ。
その素顔は完璧なレディの仮面に隠されていたはずだった。
あの日、冷徹で危険な侯爵、ライアンと出会うまでは……。

定価：本体880円＋税　ISBN978-4-86332-860-0

ジュリー・ガーウッドの好評既刊

ベストセラー作家が
ハイランド地方を舞台につむぐ、
心震えるヒストリカル・ロマンス……

婚礼はそよ風をまとって

ジュリー・ガーウッド
鈴木美朋＝訳
定価：本体920円＋税　ISBN978-4-86491-064-4

大天使の名を持つハイランドの戦士と、美しいイングランド貴族の娘。
ふたりの誓いの背後にあるものとは――

「太陽に魅せられた花嫁」鈴木美朋＝訳
定価：本体880円＋税　ISBN978-4-86332-900-3

「メダリオンに永遠を誓って」細田利江子＝訳
定価：本体920円＋税　ISBN978-4-86332-940-9

「ほほえみを戦士の指輪に」鈴木美朋＝訳
定価：本体900円＋税　ISBN978-4-86332-039-0

「黄金の勇者の待つ丘で 上下」細田利江子＝訳
各定価：本体780円＋税　ISBN〈上〉978-4-86332-085-7〈下〉978-4-86332-086-4

「広野に奏でる旋律」鈴木美朋＝訳
定価：本体860円＋税　ISBN978-4-86332-297-4

 ISBN978-4-86332-378-0